英文学と教養のために
Further Salmagundi

原　公章

大阪教育図書

はじめに

前著『英文学と英語のために』を大阪教育図書株式会社から刊行したのは、私が還暦を一年後に控えた二〇〇三年十月であった。あれから早くも十年以上の時が過ぎた。それで古希をとうに過ぎた今、過去十年あまりに発表した拙文を、前著に収められなかった論文・随想などとともに、再度まとめようと思い立ったのは、本年二〇一八年の始めであった。その動機は、前著を改めて読みなおしたとき、そこに確かに「以前の自分」が存在していると実感したことである。さらに、米寿を過ぎてなお、ご著書やご翻訳を出版されている、藤井繁先生と松村昌家先生の強い影響もあった。また、ご定年退職後、重厚なご著書を次々と出版されている河村民部先生からも大きな刺激を受けた。自分の本はこの三人の先生方のご著書には遠く及ばないことは重々承知している。にもかかわらず、前著に続く著書を出版しようと決意したのは、やはり自分の存在を再確認したかったゆえである。だが前著に続くこの本のたいそうな題名は、多くの方々の顰蹙を買うだろうことも承知している。それでもなお、このような題名を使わないではいられなかった。

私がこれまで主にやってきたことは、「英文学と英語」について教壇から学生諸君に語ってきたことである。これが前著の題名の理由であった。今回の題名は、二〇〇三年から三年がかりで始まった、日本大学人文科学研究所の共同研究「いま教養とはなにか」に、私もその末席に名をつらねたことに加えて、定年退職の最終講義で、「大学とは自分の無知を知る場所である」と話したことが元にある。「教養」という言葉は今や死語になった感もあるが、実際は、いまほど「教養」の重要さが求められている時代はない、というのがずっと私の心にあり続けた問題意識であった。「教養」は「身につける」ものではない、それは「真に優れたもの」を生涯「求め続ける」ことである、という前著に収めた「教養の崩壊・教養の再生」で述べたことは、私が大学で教鞭をとるときの根底にいつもあって、それは学生たちに最も伝えたいことでもあった。それゆえ、今回もこのような「たいそうな題名」を使うことをお許し願いたい。

いずれの文章も未熟で稚拙であることは、前著と変わらない。それに何十年も前に書いた論文なども収めてある。それゆえ、前著同様、すぐにお読みいただけるとは思っていない。この本の出版も、同じく単なる自己満足ではないか、という批判も甘んじて受け入れたい。だが、この本をいつか手に取られる方がいらっしゃれば、どの頁でもいいから少しだけお読みいただければ、さいわいである。そこにやはり「過去の私」がまぎれもなく存在しているからである。読む順番などは構わない。どれでも気の向くままにお読みくだされば十分である。Salmagundiとは「ごった煮」のことであるから、何から召し上がっていただいてもかまわない。

今回もまた、日本ジョージ・エリオット協会の皆様から多大なお力を頂いた。とりわけ歴代会長を務められた、海老根宏先生、故川本静子先生、内田能嗣先生から受けた大きなご恩は、感謝してもしきれない。またお名前をお一人お一人挙げないが、同協会でとりわけ数々のご厚意を頂いた方々にも感謝したい。同時に、勤務先で同僚であった諸先生、大学の先輩と後輩の方々、また教室で出会った多くの学生諸君にも感謝したい。この本に収めた「定年随想」で語った通り、「この方々なくして今の自分はいなかった」と、今さらながら思う。

最後に、大阪教育図書出版社長の横山哲彌社長と奥様の陽子様からは今回も多大なご厚意を頂き、出版事情がますます厳しくなった現在、このような本を出版することを快く承諾して頂いたことは大変ありがたいことだと、心から感謝したい。ご夫妻からはまた、公私にわたり、いつも励ましを頂いたことも忘れ難い。終わりに、これまで大学内外でお世話になった多くの方々に改めて感謝する。本当にありがとうございました。

二〇一八年七月

原　公　章

英文学と教養のために―Further Salmagundi

目次

第五部　随想

第一部

新しい目でシェイクスピアの「四大悲劇」を眺める
ハムレットが教えてくれたこと

二〇〇九年度　日本大学春期公開講座

新しい目でシェイクスピアの「四大悲劇」を眺める

――Looking at Shakespearean tragedies with fresh eyes――

第一回　イントロダクション ［五月十三日（水）十三時～十四時三十分］

"As a man is, so he sees." ― William Blake

「シェイクスピアの姿は、それを眺める人の数だけ見えてくる。」

はじめに

ウィリアム・シェイクスピア（一五六四～一六一六）がロンドンの劇場に関わり始めたのは一五八〇年代後半からと推測されており、最初の作品『ヘンリー六世』が上演されたのは一五九二年でした。最後の完成作『テンペスト』が書かれたのは一六一一年ごろと考えられていますので、その間約二十年が、シェイクスピアが劇作家として活躍した時代だと言えます。シェイクスピアはこの間、喜劇十六編、歴史劇十編、悲劇十一編、計三十七編の劇を発表しました。そして一六二三年にまとめられた「第一・二つ折り本（the First Folio）」が、最初のシェイクスピア全集ということになっております。今回の講座では、シェイクスピアの基本的な知識については、『シェイクスピア・ハンドブック』（三省堂）を始めとする多くの入門書に譲り、対象をもっぱら四大悲劇『ハムレット』、『マクベス』、『オセロ』『リア王』に限って、二十一世紀の新しい目でそれらを眺めるとき、それぞれがどのように見えてくるかを、考えてみたいと思います。同時に、これまでの代表的な見方(perspectives)も紹介いたします。

一　A・C・ブラッドレーの見方

オックスフォード大学教授、A・C・ブラッドレー（Andrew Cecil Bradley, 1851-1935）の『シェイクスピアの悲劇』（*The Shakespearean Tragedy*, 1904）が、近代シェイクスピア解釈の出発点とみなされています。いわゆる「性格研究（Character study）」と言われるその方法は、悲劇の根底に、登場人物たちの「性格」があり、それが「運命」と関わっていかに「悲劇」を紡ぎだすかを、もっぱらテキストの「精読」（close reading）を通して探ったものと言えます。今ではすっかり古色蒼然となった「性格研究」ですが、テキストの語句を精密に読み解いていくその方法は、シェイクスピア研究のみならず、二十世紀の全ての文学研究にも大きな影響を与えました。ブラッドレー以前のイギリスにおけるシェイクスピア研究は、ジョンソン（Samuel Johnson,1709-84）、コールリッジ（Samuel Taylor Coleridge, 1772-1834）、ラム（Charles Lamb, 1775-1834）、ハズリット（William Hazlitt, 1778-1830）などの印象批評に代表されますが、ブラッドレーの研究はそれらを踏まえた上で、あくまでもテキストの細部に踏み込んで、その内部の解釈を徹底した点に特徴があります。この本は今読んでも学ぶところが多いのですが、それはブラッドレーが自分の知性と感受性を最大限に用いて作品に打ち込むという、文学研究の基本姿勢を示しているからだと思います。（参考・中西信太郎訳『シェイクスピアの悲劇』岩波文庫）

二　E・M・W・ティリヤードの見方

ブラッドレーの「精読」は確かに有効な方法ですが、他方、シェイクスピアが生きた時代と社会の実情をよく知った上でないと、テキストを読んでも思わぬ見落としや誤解も生じます。この点に目を向けたケンブリッジ大学教授、ティリヤード（E.M.W. Tillyard, 1889-1962）は、『エリザベス朝の世界像』（*The Elizabethan World Picture*, 1962）を書いて、十六世紀、十七世紀初頭のイギリス人にとって当然であった世界観、宇宙観が、シェイクスピア劇にどのように反映されているかを指摘しました。ティリヤードはいわば、シェイクスピアが劇を執筆した「過去」に戻り、そこからテキストを眺め直したと言えます。その劇の根底には、当時の世界観、宇宙観が前提として潜んでおり、それを知らずしてシェイクスピア劇は正しく読めない、というのがティリヤードの考えです。最も有名なのは『トロイラスとクレシダ』でユリシーズが語る「位階論」です（1.3）。世界の秩序は上下の位階からなっており、それは一本の大きな鎖のイメージ（「存在の大きな鎖」）で表徴されます。その鎖が人間界、自然界のみならず、神が創造した全宇宙をも貫いている、というキリスト教的見方は、確かにシェイクスピア劇の解釈に解明の光を注ぎました。たとえば、『ベニスの商人』第五幕一場で、ロレンゾが語る天上の音楽などは、この世界観に裏付けられていますし、何より、「秩序」の崩壊から回復へという、シェイクスピア劇に共通のテーマは、ティリヤードのように「過去」のまなざしで眺めたとき、より明確に浮かんでくると言えましょう。ティリヤードはすでに『シェイクスピアの歴史劇』（*The Histories of Shakespeare*, 1944）で、この見方を具体的にかつ精緻に、展開しておりました。（参考・磯田光一他訳『エリザベス朝の世界像』筑摩叢書）

三　ヤン・コットの見方

二十世紀のシェイクスピア研究は、テキスト研究、伝記研究、言語研究、批評研究、心象研究、素材研究、上演研究など、多くの分野に花開き、それぞれの専門研究者が数多く活躍してきました。たとえば、E・K・チェンバーズ（E.K.Chambers）、D・ウィルソン（John Dover Wilson）、W・ナイト（G.Wilson Knight）、A・L・ナイツ（A.L.Knights）など、枚挙にいとまがありません。その中で、ポーランドから画期的な研究書が発行されました。それがヤン・コット『シェイクスピアはわれらの同時代人』（Yan Kott, *Shakespeare Our Contemporary*, 1966）です。ティリヤードが過去に戻ってシェイクスピアを再発見したのと反対に、コットはもっぱらシェイクスピア劇に現代的な意味を見出そうとしました。ヨーロッパでは一九三〇年代から五〇年代にかけて、モダニズム、イマジズム、さらには不条理演劇や実存主義が盛んになりましたが、コットはたとえば『ハムレット』や『リア』の中に、不条理演劇と同質の問題を眺めたのでした。よく知られているのが『リア王』を、サミュエル・ベケット『勝負の終わり』（Samuel Beckett, *Endgame*, 1958）と比較した論文です。つまり、それまでエリザベス朝的な意味を付与された嵐や風が、このような見方に立つと、その意味をはぎとられ、自然現象は人間界とはまったく無縁な実存的な力となって、現実のちっぽけな人間と対比される、というわけです。シェイクスピア劇はこのように二〇世紀の人間たちの実存的問題を内包しており、現代人として生きる私たちはその劇から多くを学ぶことができるというのです。つまり、現代人の意識からシェイクスピアを再発見しようとする態度を、コットの見方が代表しております。上演の世界でも、ピーター・ブルックのようにコットに触発された演出家たちが、盛んに現代的解釈でシェイクスピア劇を舞台化しました。（参考・蜂谷・喜志訳『シェイクスピアはわれらの同時代人』白水社）

四　七〇年代八〇年代の見方

「性格」、「過去」、「現在」と、大きく三つの観点からシェイクスピア劇を眺める方法を見てきましたが、これらの見方に共通するのは、文学作品は確固とした実態を持ち、作品の「意味」は作品が内蔵していて、「研究」とはそれを探り出すことだ、という前提です。また、人間には普遍的な、生まれながらの「人間性」が付与されており、それは独自に存在するという考え方です。これを「本質主義」（essentialism）と名づけます。すなわち、シェイクスピア研究は登場人物を現実に生きた人間としてとらえ、その前提に立って劇の意味を探ってきたのだと言えるでしょう。この考えは同時に言語観とも結びます。即ち、言葉の背後には、それが表す確たる実体（指示物）があり、語と指示物とはゆるぎなく結び付いているという見方です。このような見方が一挙に崩れていくのが、一九七〇、八〇年代の「構造主義」、「ポスト構造主義」と言われる時代でした。それによれば、①言葉の背後に実体はなく、言葉は単なる表示・記号に過ぎない、②作者とは過去の作品を読んだ人のことで、作者は絶対的個人という根本的存在を持たない、③作品とは記号の集合、記号のたわむれ、過去の作品からの引用・言及のモザイクである、④あらゆる現象は言語現象、すなわち「テクスト」として捉えることができる、⑤それゆえ、文学作品はすべて「テクスト」であって、その本質に優劣はないから、「正典」(canon) はイデオロギーの産物――という見方です。また人間の見方についても、「生来の個人」は存在せず、すべて人間とは、政治・社会・文化という環境の集合的な力により「人為的に構成されたもの」という見方です。これは従来の「本質主義」(リベラル・ヒューマニズムがそれを代表します) と真っ向から対立する考え方となり、以後、両陣営 (従来の見方と七〇年代以後の新しい見方) の対立が、批評界の主要な流れを作り出していきます。

五　抑圧されてきたものの反攻

さらに、この新しい見方は、従来周辺に追いやられていたものを、再度捉えなおす「見直し」(revision) へと続きます。意識に対して無意識を前景化する「精神分析的批評」、作者を神格化することをやめて受け手中心に作品をとらえる「読者受容論」、男性に対して女性の立場から世界を捉えなおす「フェミニズム批評」、植民地の立場から西欧中心主義を暴く「ポストコロニアリズム批評」、異性愛に対して同性愛の観点を打ち出す「ジェンダー研究、クイア理論」、作品の亀裂と矛盾を暴き、解釈の袋小路《アポリア》まで追い込む「ディコンストラクション」、宗教・倫理など、精神的な価値を定めるのは文化や物質であるとする「文化唯物論 (従来のマルキシズム批評)」、歴史の細部を出発点として、ポスト構造主義的にテクストを捉える「新歴史主義」、人間中心主義を脱し、エコロジーの観点から文学と環境の関係を考える「エコ・クリティシズム」などがそれです。シェイクスピア批評は、このような見方の変遷につれて、常に文学批評の最先端に立ってきました。そのきっかけとなった著作が、ともに一九八五年出版のジョン・ドラカキス編『さまざまなシェイクスピア』(*Alternative Shakespears*) と、ドリモア及びシンフィールド編『政治的シェイクスピア』(*Political Shakespeare*) という二冊の批評集でした。それまで文学作品の有機的統一という面ばかりに焦点を当ててきた研究が、これによってシェイクスピア作品内に循環・交流する、政治・社会・歴史・文化・人種などの面を総合的に眺め捉え直そうとする傾向が、近年ますます高まっています。マンチェスター大学出版のL・ホプキンズ『シェイクスピアを始める』(Lisa Hopkins, *Beginning Shakespeare*, 2005) は、このような近年のシェイクスピア研究の動向をわかりやすくまとめた入門書です。

六　今の自分にとってのシェイクスピア

以上のような欧米におけるシェイクスピア批評の変遷は、日本のシェイクスピア研究にも大きな影響を及ぼしてきました。またそれとは逆に、黒澤明監督の映画や、蜷川幸夫演出の演劇など、日本版シェイクスピアが、欧米に与えた影響力も少なくありませんでした。日本の歌舞伎や能がイギリスのシェイクスピア上演に新たな生命を吹き込んでいるのは、ちょうど、浮世絵が十九世紀印象派の画家たちに新たなまなざしと方法を与えたことと比較できるかもしれません。しかし、シェイクスピアの見方は、それを眺める人の数だけあります。これこそ絶対的な解釈というものはありません。同時にシェイクスピアは、眺める人の年齢や経験、民族や文化の違いによって、また異なる相を見せ始めます。かつて『シェイクスピア入門』(*Introducing Shakespeare*, 1966) を書いたG・B・ハリソン (G. B. Harrison) は、シェイクスピアを深く読んだ人の感想として、次のように書きました。

"This Shakespeare was a man very like myself ; how otherwise could he have understood my own peculiar problems so acutely?"

（「このシェイクスピアという人は私にとてもよく似ていた。さもなければ、私個人の特有の問題をどうしてこれほど鋭敏に理解することができただろうか」）

これは今なお、シェイクスピアを眺める最適な態度ではないでしょうか？

何より、「今の自分にとってのシェイクスピア」という観点こそ、「新しい目でシェクスピアを眺める」最もよい方法だと、思います――たとえ「今の自分」が作られた「一時的な自分」であっても。今回の公開講座はこういうわけで、現在の私自身にとって「最も特有の問題」という点から、四大悲劇を眺めてみたいと思います。

第二回　『ハムレット』［二〇〇九年五月二十日（水）十三時～十四時三十分］
"The readiness is all."「覚悟が全てだ」

一　『ハムレット』の問題点

あの「モナリザ」と並び、永遠の謎と呼ばれる『ハムレット』（執筆は一六〇〇-〇一年頃。出版は第一・四つ折本一六〇三年。第二・四つ折り本一六〇四年）は、今なおシェイクスピアの代表的悲劇と目され、その名前を知らない人はいないでしょう。一体、この劇のどこに「永遠の謎」があり、またどうしてこの劇が今なお、世界中の人々の関心を引き付けるのでしょうか？

これまでの『ハムレット』批評の大部分は、まず、ハムレットがなぜ殺された父の復讐をためらうのか、という「復讐遅延」の理由を出発点としております。すべての謎はまずこの問題にかかっています。また、第三幕三場で、父の仇クローディアスが祈っている姿をみて、ハムレットは短剣を抜き、一思いに復讐を遂げようと思います（"And now I'll do't."; 74）が、結局このときは思いとどまります。その直後、ハムレットは母の部屋に呼ばれて、カーテンの後ろに隠れていたポローニアスをクローディアスだと思い込み、一突きで彼を殺害してしまいます。ハムレットとしては、この瞬間、念願の復讐を達成した高揚感に溢れたはずでした。しかしそれがポローニアスだとわかったときから、事態は彼の思惑とはまったく異なる方向へと動きはじめます。この場面がこの劇のターニングポイントだといえるでしょう。

二　ハムレットの性格の問題点

復讐遅延はハムレットの「性格」が招いたもの、というのがまずはブラッドレーの見方でした。彼によればエリザベス朝には青年の間に「憂鬱症」（メランコリー）が、一種の流行のように蔓延していたとのことです。ハムレットは体質的に憂鬱な気質で、それが彼を行動へと駆り立てさせなかった、というのです。この時代、人間は「空気」、「水」、「火」、「土」（四元素と言います）を成分とする、四つの体液、「血液」(blood)、「粘液」(phlegm)、「黄胆汁」(choler, yellow bile)、「黒胆汁」(melancholy, black bile)からなっていると、考えられていました。それゆえ、ハムレットが第一独白冒頭で、「ああこのあまりに固い肉体が解けて、露になってしまえばいい」(O that this too too solid flesh would melt/ Thaw and resolve into a dew, 1.2. 129-30)というのは、土の憂鬱質から水の冷淡質へと変われ、と言っていると考えられます。しかし「世の営みすべてがいかにうんざりと味気ないか」、「この世は雑草だらけの庭」、「この世は関節が外れている」というハムレットを、単に憂鬱というだけで済ませてよいか、という疑問が残ります。オフィーリアは以前のハムレットについて、「宮廷人の目、武人の剣、学者の言葉、国の希望、国の薔薇、流行の鏡、作法の原型」(3.1.153-5)と言っているからです。しかし、非行動的な青白いせん病質な若者という、コールリッジやツルゲーネフが描き出したハムレット像の背後には、上でみたような「メランコリー気質」がもとであることは確かなようです。しかしこのハムレット像は、やがて覆されることになります。

三　ハムレットと母の問題

劇冒頭のハムレットにとって最大の問題は、父の不慮の死ではなく、母ガートルードが夫の死から二か月もたたないうちに、夫の弟クローディアスと再婚したことでした。太陽神のごときあの父から、脂ぎった豚のような男と床をともにする母の姿を想像しただけで、ハムレットは母に代表される女性という「性」のおぞましさに身震いし、「もろきもの、お前の名は女」(Frailty, thy name is woman, 1. 2. 146)と言い放ちます。恋人オフィーリアに「尼寺」に行け、と後に言うのも、尼になって子供を生むなと命じているのですが、同時に「尼寺」には当時「淫売屋」の意味もあったので、肉欲を商売とする「娼婦」となれ、という意味も込められているようです。さらに自分はその母が生んだ子供だから、わが身の中にもその穢れた血が流れていると思うと、ハムレットはますますいたたまれない気持ちになったと思われます。先の引用で「固い肉体」(solid flesh)とした部分を、D・ウィルソンは「穢れた肉体」(sullied flesh)とテキストを校訂しましたが、それは雪の白さが踏みにじられて黒く汚れたという、ハムレットの意識を強く反映しているという理由からです。この息子と母の関係が、劇中最も激烈な形で現われるのが、第三幕四場で母を詰問する場面です。ここには激しい言葉で母を責める息子の、ほとんど常軌を逸した姿が見られます(ハムレットは時々、うつ状態から躁状態になります。他には例えば、巡回劇団が訪問してきたときなどがそうです)。

四　ハムレットとエディプス・コンプレックス

母と息子の関係を、精神分析で言う「エディプス・コンプレックス」という点から解明しようとしたのが、フロイトとその弟子アーネスト・ジョーンズの『ハムレット』論でした。それによれば、幼いときから母との合一を望むハムレットは、無意識に父を憎んでいたので、その父を殺したクローディアスに自分を重ねてしまった、それゆえクローディアスを殺すことは自分を殺すことになるから、復讐をためらうのだ、という見方です。これはローレンス・オリヴィエ製作主演の映画にも反映された見方で、今なおこの見方を支持する批評家もいるようです。ただし、これはあまりに男性中心の見方だと考えられ、ガートルードやオフィーリアの観点からハムレットを見るとどうなるか、という女性の視点から劇全体を見直す研究もなされています。さらに、王座を叔父に奪われたハムレットは、ポローニアス殺害、イングランド追放により、既に第一の死たる「社会的な死」を被っているのであり、それゆえ無意識のうちに第二の「個人の死」を願ったのだ、という人間に内在する「タナトス願望」という点から、この劇を再解釈する研究者も現われています。

五　ハムレットと亡霊の問題

ハムレットに復讐をためらわせた最大の問題は、先王ハムレットの亡霊は、果たしてどこまで真実を告げているか、ということです。学者である彼は亡霊の言葉を、すんなり信じるわけには行きませんでした。この時代、亡霊は、①死者が蘇って生者に秘密を告げる、②悪魔が亡霊の姿を借りて生者を惑わせ地獄に落とす、③亡霊は幻覚にすぎない、という三種の見方があったようです。第一はカトリック的、第二はプロテスタント的、第三はレジナルド・スコットやオランダ人のヴィールズ博士のような学者たちが説いた説だそうです。ハムレットは、その目で父王の亡霊を実際に見て、かつその告白と命令を聞いたのですが、なお、その正体については懐疑的であることが、第二独白最後の次のせりふからうかがわれます。

「俺の見た亡霊は悪魔かもしれない。そうだ、悪魔は目に心地よい姿となって現われる力を持つ、そうだ、それに俺の弱さと俺の憂鬱をもとに……俺をいたぶって俺を地獄に落とすのだ」

The spirit that I have seen/ May be a devil, and the devil hath power / T'assume a pleasing shape, yea, and perhaps, /Out of my weakness and my melancholy,.../Abuses me to damn me. 2. 2. 594-9)

ここでハムレットが、「俺」「俺の」「俺を」を連発していることに注意してください。ハムレットはそれゆえ「自力」で、亡霊の言葉の真偽を確かめようとします。それが次の劇中劇の場面、即ち巡回劇団に「ゴンザゴ殺し」という劇を演じさせ王の反応を見る三幕二場へと続きます。

六　ハムレットと故郷喪失・アイデンティティ喪失の問題

ハムレットは青年期の問題を扱った劇だとも考えられます。劇中のハムレットの年齢は、いろいろ計算すると三十歳をはるかに超えますが、読者及び観客の受ける印象は、やはり「青年ハムレット」です。というのもハムレットは青年期に誰もが被る問題を経験していると考えられるからです。即ち、それが「帰るべき場所を持たない青年」、そして「自己のアイデンティティを喪失した青年」です。言い換えると、落ち着くべき場所をもたず、しかも自分が行うことに何の確信ももてない、という青年期特有の問題です。批評家・劇作家の福田恒存は、かつて『人間・この劇的なるもの』（中公文庫）で、ハムレットは必然性を求めて求められない青年であると言いました。「生きるか、死ぬか、それが問題だ」（3. 1. 55）というのは、自分の人生が自分で納得いくように生きられるかどうか、という問題です。もし納得できなければ死を選ぶしかありません。「こうなるのが当然だった」と思うとき、人は自分の人生を受け入れます。だがその当然という気持ちが無い場合は、人はいつも根無し草のように、「必然」を求めてさまよわなければなりません。ドイツのウィッテンベルグ大学からデンマークのエルシノアに戻ったハムレットに、いまや居場所はありません。王座を失い、故郷を失い、父母を失い、恋人オフィーリアを失い、ホレイショを除く全ての友を失ったハムレットは、一体何を支えに生きていかねばならないのか。ここに、現代の青年にも通じるこの劇の問いかけがあります。父を失った青年は他に、ノルウェー王子のフォーティンブラスとポローニアスの息子レィアティーズがいます。この二人とハムレットを比較するとき、ハムレットのアイデンティティー喪失がますます浮き上がります。彼がしばしば「道化」役を演じざるを得ないところに、この問題の根深さがうかがわれます。

七　ハムレットと国家権力の問題

ハムレットの父を殺害したとされるクローディアスは、劇中、実にバランスの取れた国王ぶりを発揮しています。彼の発言と繰り出す指示は的確で、その支配下にあるデンマークは、安定と秩序を謳歌しているかのようです。隣国ノルウェーの王子が、先王ハムレットによって奪われた土地を奪回しようと企てていますが、それについてのクローディアスの外交も的確です。そもそもガートルードがクローディアスと再婚したこと自体、彼に男性としての魅力があったと、言わざるをえません（ガートルードもハムレットが言うほど、淫欲の女性という印象は与えません）。人類最初の殺人「兄弟殺し」を再演したとも考えられるクローディアスは、その点を除けば名君といってもいいでしょう。しかるに現国家の全ての問題の発祥地点は、ハムレットです。ハムレットは劇中、ポローニアス、ローゼンクランツ、ギルデンシュタイン、オフィーリア、レィアティーズ、クローディアス、さらにはガートルードまで、その死の責任者です。志賀直哉に『クローディアスの日記』という面白い小説がありますが、それはクローディアスの目から見た若者ハムレットの、傍若無人ぶりを嘆く日記です。すべてはハムレットの妄想のなせるわざ、とも考えられるのです。要するに、国王となるべき若者が国家を支配する力を失ったばかりにデンマークが衰えていくという、新たな見方が可能、というのが近年の『ハムレット』論に見られる論調です。国家のイデオロギーが、実際には個人を左右しているという問題は、二十一世紀の私たちに関わる大問題でもあります。

八　個を超えた存在へ

では『ハムレット』という劇は、最終的に何を私たちに伝えているのでしょうか？　今回私が目を向けたいのは、ハムレットの独白の変遷です。また、始めのハムレットと、イギリスから戻ったハムレットの言葉遣いの違いです。まず、第一独白(1. 2. 129-159)では、自殺を考えるハムレットが、その心情をぶちまけています。第二独白(2.2.543-601)

は、復讐に着手できない自分を叱咤激励し、劇を使ってクローディアスの犯罪を暴こうと思いつくまでが語られます。その直後の、有名な第三独白（3.1.55-88）でハムレットは、一転して自分個人の問題から広く生きる意味について、思いを寄せています。ハムレットの手にはこのときモンテーニュの『エッセイ』があったと考えられています。第四独白（4. 4. 32-66）では、イングランドに送られる前、大軍を率いるフォーティンブラスの行軍を崖の上から見下ろし、彼と自分を比較しつつ、そのふがいなさを責めつつも、「人間とは何か」を問いかけています。ハムレットは以後しばらく姿を消し、次にその姿を現すのはオフィーリア埋葬の墓場の場面で、このあと彼はこれまでのような長い独白はしません。ポローニアス殺害後、イングランドに追いやられ、たまたま海賊に会って帰国できたハムレットは、以後、その死生観がこれまでとは違うように思われます。つまり、人間の一生は個人の思惑を超えており、この世界は未解決のままである、という認識の変化です。それが端的に述べられるのは、ホレイショに帰国の事情を語る五幕二場の冒頭（4-25）と、その後フェンシング試合を持ちかけられたときに語る言葉（215-220）ではないかと思います。"There is a special providence in the fall of a sparrow... The readiness is all. Since no man, of aught he leaves, knows aught, what is't to leave betimes? Let be." この言葉に、この劇の行き着く先があると、私には思われます。

第三回　『マクベス』　［二〇〇九年五月二十七日（水）十三時〜十四時三十分］

"Fair is foul, and foul is fair."「きれいは汚い、汚いはきれい」

一　『マクベス』の問題点

『マクベス』（執筆は一六〇三年から一六〇六年の間。出版は第一・二つ折り本一六二三年）は、ホリンシェッドの『年代記』（一五七七）をもとに書かれました。それによれば、スコットランドの勇猛果敢な武将マクベスが、戦勝の帰り道、荒野で出会った三人の魔女に未来を予言され、家に帰ってからは妻のレディ・マクベスにもけしかけられ、国王ダンカンを暗殺して王座につくものの、その後、全ての思惑が外れ、さらに信じた魔女の予言への期待も次々と覆され、最後に破滅していく物語です。「性格」と「運命」とのからみあいがここにも見られますが、まずは、これは「野心」の招いた悲劇と言えるでしょう。そもそもマクベスが、第三の魔女に、「将来は国王ともなるお方」（Thou shalt be King hereafter!, 1. 3. 50）と呼びかけられたとたん「ぎくり」（start,51）とし、その後「呆然自失」（rapt,57,143）となるのは、彼に国王になりたいという「野心」が隠れていた証拠です。同行の武将バンクォウはこのようなマクベスに対して、一見、忠義な臣下として登場しますが（実際、バンクォウはジェイムズ一世［在位一六〇三―二五］の祖先にあたるため、シェイクスピアは十分それを意識してこの劇を書いたようです）、それでも「王にはならぬが将来王の父となる」と予言されると、やはり心中穏やかではないことが、一幕一場冒頭、及び三幕一場冒頭の彼の言葉がよく伝えています。「王」とは、それほど大きな意味があった語だと言えます。しかも当時のスコットランドでは、「タニストリー」（tanistry）と言って、世襲ではなく最も王にふさわしい能力を持つ者が王位を継承する制度があったのですから、国家のために多大な功績をあげたマクベスが王となることも、十分可能でした。ですから、一幕四場でダンカンが長男マルカムを次期国王とすると宣言したとき、マクベスが「王殺し」(regicide) を意識したのも当然です。しかし荒野で魔女が予言した瞬間、マクベスの無意識深くに潜んでいた野心がうずき、さらに反逆者コーダーの領主の後釜に任命されたという知らせに接すると、早くも殺害を意識し始めたことが、次の独白からわかります。

「その恐ろしい姿が俺の髪の毛を逆立てさせ、いつもなら落ち着いた俺の心臓を、自然の習慣に反して肋骨にぶつからせる。眼前の恐怖など、恐ろしい想像にくらべればものの数ではない。俺の考えでは殺人はまだ空想にすぎないが、それが俺と言う一個の完全な王国を揺さぶり、そのため心身の機能は推測の中に埋め尽くされ、あるものはないものばかりだ」(1.3.135-142)

最後の「あるものはないものばかり」(Nothing is but what is not.) という言葉が、まずは『マクベス』という劇の核心だと言えます。野心に溢れたマクベスは、同時に「ないもの」即ち「想像」が、「あるもの」即ち「現実」になってしまった男だと言えるでしょう。

二　魔女の存在

「運命の三姉妹」とも呼ばれる魔女は、従来、運命や悪を象徴するもの、またはマクベスの無意識に潜む悪などと解釈されてきました。しかしまずその実在を仮定してこの劇を眺めてみましょう。何より『マクベス』は、魔女が存在しなければ成立しえない劇だからです。一六一一年出版の『欽定英訳聖書』で知られるジェイムズ一世は、『悪魔学』(*Demonologie*, 1597) の著者でもありました。それは、魔女は幻想だと述べたヴィールズ博士やレジナルド・スコットの著作に反論したものでした。この本は一六〇四年以後、ラテン語やオランダ語に翻訳されヨーロッパ中に広まったとされます。すでに一五九〇年から九二年にかけて、スコットランドのノースバーウィックで、アール・オブ・ボズウェルという伯爵が魔法を使ったかどで検挙され、それを皮切りに八十名近くの人々が裁判にかけられたという、大魔女裁判が行われていました。一六〇四年にはジェイムズ王提出の「降霊、魔女術、悪霊及び邪霊と関係するを禁じる法」が、英国国教会で承認されました。教会が神の正しさを証明するには、どうしても魔女の存在が必要でした。ドイツでは既に、二人の宗教裁判官クレーメルとシュプレンゲルの書いた『魔女に与える鉄槌』が一四八〇年代後半に出版され、これが魔女に関する標準書となっていました。ですから、『マクベス』執筆の頃は、イギリスはもちろん、ヨーロッパ中で魔女は実在すると、多くの人々が信じていたと思われます。ですからこの劇を見た当時の人々は、現代の私たちとは比較できないほどの現実感をもって、魔女の登場を眺めたことでしょう。

魔女 (witch) とは、まずは悪魔と契りを交わした女性（時に男性）とされ、その使命は悪魔に従って神の世界を覆すこと、とりわけ人間を誘惑して悪魔の仲間に引き込むか、あるいは地獄に落とすことでした。しかし魔女は悪魔と違って、人間を誘うことはできても、実際に破滅させることはできませんでした。『マクベス』の三人の魔女たちはマクベス誘惑の前に、タイガー号という船の船長に呪いをかけて、八十一週間（五六七日）、彼に十分眠らせないことがあったようですが (1.3.3-10)、その原因は、魔女が栗を食べていた船長の妻に、「わしにおくれ」と言うと、妻が「失せろ、魔女め」と怒鳴ったからだと言います。船長は妻のためにとんだ災難にあったわけです。このとき魔女は「船を沈めはできないが、嵐でたっぷりもんでやる」(24-5) と言います。ねずみに化けても「尾のないねずみ」(9) になるという不完全な術しか使えません。ただし、人間を二枚舌で誘惑する術には長けています。ですから、魔女にそそのかされる人間の方に実は問題があると、言わざるを得ません。さて、上でみた船長とその妻の話は、これから起こるマクベス夫妻の運命と重なることに注意しましょう。また魔女とは無縁のはずのダンカン王も一幕二場で、「（コーダーの領主）が失ったものを、気高きマクベスが得た」("What he hath *lost*, noble Macbeth has *won*." 69) と言って退場しますが、この言葉には、一幕一場の魔女の言葉 "When the battle's *lost* and *won*." が響いています。これは国王周辺の世界にも、魔女の影響力が及んでいることを不気味にほのめかしています。魔女の言葉は、意識するとしないとに関わらず、知らぬ間に人間の中に入り込むのだと言えるでしょう。ただし、マクベス夫人のように、「おいで、よからぬ思いに仕えるお前たち悪霊ども、私を女でなくしておくれ」(1. 5. 40-1) と、積極的に魔女の力を頼む人間もいます。そういう人間は、魔女たちが何も働きかけなくても、自ら破滅の道へと陥ることになります。以上のように、魔女に狙われやすい人間とそうでない人間がいること、しかし全ての人間が魔女の「見えない弾丸」を浴びている、ということを前提にこの劇を眺めるとよいのでは、と思います。近年、フェミニズムの観点から魔女とマクベス夫人の「女性原理」が、ダンカンやマクベスたちの「男性原理」を凌駕しているように作品を読む批評が目につきますが、まずは魔女をこのように捉えてみましょう。

三 「ある」は「ない」、「ない」は「ある」

魔女に狙われやすいタイプは、どうやら「想像力溢れる人間」のようです。ブラッドレーはマクベスの特徴は何より、その豊かな想像力にあるといいますが、それは、ダンカン殺害直前、眼前に幻の短剣を見たり (2. 1. 33-47)、その直後、血に染まった自分の手が「大海原のおびただしい水さえ朱に染めて、緑を赤一色にする」(2. 2. 60-2) と言ったりすることからも、よくわかります。これに対してマクベス夫人は、「少しの水でそんな行為などきれいに洗い流せます」(66) と言い放ちます。夫人に想像力が欠けている証拠と批評家たちは言いますが、五幕一場の夢遊病の場面で夫人は、「アラビア中の香水を使ってもこの手についた血の匂いは消せない」と言っていますので、彼女なりの想像力はあるはずです。ところで想像力が眼前にないものをあるもののように思い描く能力だとすると、それは「幻想」を「現実」と受け取る力と言うこともできるでしょう。つまりそれは眼前に「ない」ものが鋭敏に意識を捕らえて離さず、「ある」存在は希薄になる状態、とも言えます。現にマクベスは、国王の座が手に入らないとき、王位の存在を強く意識しますが、その座を現実に手に入れたときには、それを空虚に感じています。「こうしてあることは無だ」(To be thus is nothing. 3. 1. 47) というのが、国王の座についたマクベスが独白で放つ第一声です (夫人も Nought's had, all spent, 3. 2. 4 と言います)。Nothing とは not to be と言い換えられますから、これは "To be is not to be." 即ち「存在することは存在しないこと」、「ある」は「ない」ということになります。これは先の「あるものはないものばかり」という言葉と響きあいます。人間は何かが「ない」ときにこそ、その存在を強烈に感じとり、「ある」時にはその存在を忘れがちです。魔女の言葉が心に入り込むのはこのような瞬間だといえましょう。

一幕一場最後の魔女の言葉「きれいは汚い、汚いはきれい」が示すように、『マクベス』は至る所で正反対のものの境界線が消える劇です。例えば、女が男になり (1.5.40-47)、最も弱い赤ん坊が最強となり (1. 7. 21-4)、静かな大地は揺れ (2. 3. 59-60)、昼夜が逆転し (2. 4. 6-9)、ふくろうが鷹を追い (2. 4. 11-3)、馬は共食いを始めます (2. 4. 14-8)。またマクベスが魔女の予言について、「この超自然の誘いはよくもない、悪くもない」(This supernatural soliciting/ Cannot be ill, cannot be good.1.3.130-1) と言うように、善悪の境目が失せています。これらはティリヤードに言わせれば全て「位階」の秩序が壊れたことを意味しますが、生死が一体であるように、そもそも善悪も一体です。例えば「流血」は「悪い」ことですが、それが国家のためならば「よい」ことです。戦争は「悪い」と同時に、それを始めた国家にとっては「よい」ものでなければなりません。善悪を決めるのは、その社会のイデオロギーということなのでしょう。

また『マクベス』は、多くの言葉に表面の背後に別の意味、時に複数の意味が潜んでいるように、感じられます。それは魔女の言葉ばかりではありません。典型的なのが、二幕三場冒頭で酔払った門番が、地獄の門番を演じるシーンで、このとき彼が語る三つのエピソードはすべて、当時の時代状況を反映していると言われます。それを聞くと、「詭弁」(equivocation) は魔女の専売特許ではなく、この時代の社会のすみずみに行き渡っていたようです。この言葉の多重性がアイロニーを醸しだし、それがこの劇の大きな特質ともなっています。

四　現代から眺めた『マクベス』

ギリシャ悲劇は、主人公の「傲慢」(hubirs) が「判断の誤り」(harmatia) となり、それが「応報天罰」(nemesis) を招いて、運命の「逆転」(peripeteia) が生じ、最後に「真実の認識」(anagnorisis) へと至る、というように構成されています。『マクベス』もまさにこの通りに事が運びます。しかし『マクベス』はまた、眠りを奪われた人間の悲劇であると同時に、取り返しのつかない時間の悲劇、いったん坂道を滑り始めたら後戻りできない悲劇とも言えます。マクベスは「あまりに血の中に踏み込んでしまったから…後戻りすれば骨が折れるだろう」(I am in blood /Stepp’d so far that…returning were as tedious as go o’er. 3. 4. 135-7) と言い、マクベス夫人も「やってしまったことは元に戻せない」(What’s done cannot be undone. 5. 1. 64) と言います。一度倒れ始めたドミノの駒のように、マクベスは次々と連鎖的に最後の瞬間に向かって突っ走っていきます。二十一世紀になり、時間の速度がますます速まり、取り返しのつかない事件にも数多く見舞われている現在、「何がこようと、どんな大嵐の日でも時間は過ぎる」(Come what come may, /Time and the hour runs through the roughest day.1.3.147-8) というマクベスの言葉が、ますます実感されるのではないでしょうか。また有名な「明日、また明日、また明日が」(5. 5. 19-28) のせりふからは、一切の意味づけを拒否して、時間の過ぎるままに生きる「影法師」のような人間の姿が浮かびあがります。彼にとって人間の一生など、「つかの間のともし火」に過ぎません。ここに、魔女の世界に取り込まれた人間の姿があります。ハムレットの場合は、五里夢中とは言え、「生きる」か「死ぬか」という問題の解決が未決のままであれ、その中で最後には大いなるものに個人を委ねて生きる道が開けました。ところがマクベスは、行き着くところまで行かないわけに行きません。彼の最後の言葉は、マクベスと戦って言う「待て、参った、と先に言う奴が地獄に落ちろ」(Damn’d be him that first cries, ‘Hold enough!’ 5. 8. 34) です。他の悲劇の主人公の、最後の言葉と比べると、これはまったく異常な最後の言葉です。彼は一切の和解を拒否しているからです。

この姿が、目前の利益だけを追い求める現代人の姿と重なるところに、この劇の現代性があるとも言えるでしょう。なぜなら現代人は、科学技術の発達のおかげで知らぬ間に、ますます「傲慢」となり、すべて欲望のままに突っ走っているからです。それが叶わないとなると不満を爆発させ、考えられないような事件を起こしたりもします。それも普段はとても「よい人」と言われるような人が。マクベスも日ごろは「人情の乳にあふれすぎている」(too full of milk of human kindness, 1. 5. 16) と、夫人は言っていました。さらに「仮想現実」を「現実」と思い込みやすい現代人は、まさに魔女の格好のターゲットとなるでしょう。しかも現代はあらゆるところで「境界線」がぼやけてきた時代です。ですから、いまこそ『マクベス』の時代到来と言ってもいいかもしれません。

第四回　『オセロ』　［二〇〇九年六月三日（水）十三時～十四時三十分］

“one that loved not wisely, but too well;”「賢明ではないが、あまりに深く愛しすぎた男」

一　『オセロ』の問題点

『ハムレット』はアイデンティティーを喪失した青年期、『マクベス』は魔女に誘惑される中年期、『リア王』は人生の最後に最大の危機を迎えた老年期を扱った悲劇だとすると、『オセロ』（上演は一六〇四年頃：出版は四つ折り本一六二二年）はどうでしょうか。それは何より、結婚と嫉妬の問題を扱った悲劇だと言えるでしょう――それも、異人種間の、年齢差のある者同士の結婚が招く悲劇です。オセロは北西アフリカの国から雇われたムーア人の将軍。新妻デズデモーナはヴェニスの長老議員ブラバンショーの一人娘で、白い肌の若く美しい女性。父の反対を押し切って彼女が選んだ男性は、父親の年齢に近い黒人です。それはひとえに、デズデモーナがオセロの話す物語に夢中となり、その高貴な人間性に魅せられたからにほかなりません。しかし当時は、白人女性と黒人男性が結婚することはあっても、まずまれだったようです。また娘は父の意向に従うのが当然でした。しかるに娘は父を「裏切り」、自分の意志を貫きます。父はオセロが「魔法」を使って娘をかどわかしたのだと考えます。しかもこの劇の最後の場面は、シェイクスピア劇の中で唯一、夫婦の寝室で展開されます。観客はその寝室のベッドを見れば、否が応でも二人の同衾を連想せざるを得ません。実際、一八二二年、バルティモアの劇場でこの劇が上演されたとき、最後の場面で一人の劇場警備員が突然、オセロ役の俳優に発砲し、怪我を負わせるという事件が起きました（これはスタンダールの『ラシーヌとシェイクスピア』で報告されている事件です）。「黒人が白人女性を絞め殺す場面など、俺には我慢できない」という理由からでした。それには二人の肉体的交わりの連想を嫌悪する感情も込められていたようです。ただしエリザベス朝時代は、十九世紀のアメリカほど異人種間の結婚への抵抗は激しくなかったと言われます。また劇場では、白人俳優が黒人に扮して演じるのが普通でしたから、このような事件は、奴隷制度が根付いていたアメリカだからこそ生じた事件だったと言えます。それでもなお、これはこの劇が内包する人種の問題を示した事件だと言えるでしょう。

二　動機なき悪意

この劇には、もう一人の主役とも言うべきイアーゴウが登場し、オセロを操り、その嫉妬をかきたて、彼を上手に誘導して破滅へと導きます。将軍オセロの旗手を務めるイアーゴウが、なぜ彼を破滅させようとするのか、その「動機がない」(motiveless) というのが、この劇のもう一つの問題点です。表面的には自分が副官に昇進できなかった不満と、オセロが自分の妻エミリアと不倫しているというのが、彼を憎むイアーゴウの言い分ですが、彼は上司のオセロから厚い信頼を受け、「誠実なイアーゴウ」(honest Iago) と何度も呼びかけられていますから、あれほど陰湿な策略を練ってオセロを苦しめる十分な動機は確かに見当たりません。また妻の不倫については、劇中ただ一度、噂話として言及されているだけで (1. 3.3 86-7)、その真偽は不明です。エミリアも全くそのような様子を見せていません。オセロの人柄からみても、これはイアーゴウの作り話としか思えません。それゆえ、オセロにとってイアーゴウは、マクベスにとっての「魔女」のような存在とも考えられます。ただし、生身の人間であるイアーゴウの方が、魔女たちよりも何倍も現実味があります。魔女は人間が苦しむ姿を見て悦びますが、イアーゴウもオセロが苦しむ姿に快感を覚えています。時に私たちも、幸福な他人―とりわけ高い地位にある人――がその幸福を失うのを見て密かに喜ぶということがないでもありません。これはだれの心の奥にも潜む嫉妬・悪意のなせるわざと言うしかありません。イアーゴウほどの悪人でなくとも、例えばエミリアでさえ、デズデモーナがオセロから愛の証として贈られたハンカチをなくして困っているとき、自分がそれを拾って夫に渡したという事実を告げません。彼女は夫のためと思って告げなかったのですが、このとき夫の動きに不審を抱いてもいいはずです。彼女が真相を告げていさえすれば、デズデモーナは死ななくてすんだかもしれません。このように、嫉妬は人間一般の感情ですが、イアーゴウの場合はそれが激しく憎悪と結びます。デズデモーナと結婚を望んでいたロデリーゴに彼は、「俺はあのムーア人が憎い、俺の恨みは根が深いんだ」(1. 3. 366-7) と断言しています。何より彼は、ヴェニスの華といわれるデズデモーナが、年齢の離れた「唇のぶ厚い」(thick-lipped) 黒人の妻となることに、耐えられないようです。彼は忠義の仮面をつけて、オセロのために働くと思わせて、彼の嫉妬を掻き立て、徐々に彼を痛めつけていきます。また、自分に代わって副官に抜擢されたキャシオにも、その恨みの矛先が向けられます。デズデモーナがキャシオと不倫しているとオセロに思わせれば、一石二鳥というものです。シェイクスピアはイアーゴウを通して、人間には「悪意」が存在するという厳然たる事実を、改めて突きつけています。人間を動かすのは「嫉妬」(envy) と「貪欲」(greed) である、とよく言われますが、『オセロ』はそれをよく表す劇です。英語の envy はまたかつて「悪意」という意味にも使われました。イアーゴウは、クローディアスが先王ハムレットを殺害したように、人の耳に「悪意」という毒を注ぐ人物です。また英語には "green with envy" (嫉妬で青ざめた) という成句があり、そこから「嫉妬」を意味する "the green-eyed monster" という言い方がありますが、これはイアーゴウの次のせりふから生まれた成句と考えられています。

O beware, my lord, of jealousy! / It is the *green-eyed monster*, which doth mock / The meat it feeds on. (3. 3. 178-9)

これはオセロに向かって言ったせりふですが、本来ならイアーゴウ自身がかみ締めるべき言葉でしょう。ただし、イアーゴウの「嫉妬」は、抑圧されたホモセクシュアルな感情の変形であるという、精神分析を踏まえた「クィア批評」と呼ばれる見方も、近年現われております。シェイクスピア劇には確かにホモセクシュアルな人物が登場しています。代表が『ヴェニスの商人』のアントニオとバッサニオです。ただし、イアーゴウがそれにあたるかは不明です。

三　人種・社会・個人

「この劇は人種問題を内包している」と先に述べましたが、それは「白人にとって黒人は野蛮な存在であって、どんなに文明の外見で飾ろうと、いつかその野蛮性が爆発する」、という白人側の先入観があったからです。また「有色人種は白人種より単純だからだまされやすい」、という偏見もありました。イアーゴウはオセロのことを「バーバリ馬」(a Barbary horse, 1. 1. 110)、「放浪の野蛮人」(an erring Barbarian, 1. 3. 356) とののしりますが、この言葉自体に白人の偏見がこめられています。これに対して、オセロの「高貴な人間性」を指摘したのが、ブラッドレーでした。「高貴な人間」が嫉妬に狂わされ、誤った判断により最愛の妻を殺害するに至るところにこの劇の悲劇性がある、というのが彼の見方でした。長らく『オセロ』はこのように見られてきましたが、これに反対してオセロの「単純さ」(simple-mindedness) が悲劇を招いたのだと言ったのが、F・R・リーヴィスでした。この二人の対立を不毛として、異人種間の結婚、及び父の意向を無視した結婚に対するヴェニス社会全体の人種差別、性差別が、オセロを支配していることにもっと注意すべきである、というのが近年の新しい見方です。オセロは社会通念を抑圧し、ひたすらデズデモーナとの個人的信頼関係に基づいた結婚生活を送ろうとしたのですが、不安の意識はなお潜んでいました。それを噴き出させることが、イアーゴウの策略でした。つまり、オセロ自身、デズデモーナとの結婚が、普通ならありえないと十分自覚していたと言えます。それゆえ、ブラバンショーの別れ際の捨て台詞「お前に見る目があるなら、あれに気をつけろ、ムーア、父を欺いたのだからお前を欺くかもしれんからな」(1.3.293-4) という言葉が、彼の心の奥にとどまり続けたことは確かです。だから三幕三場でイアーゴウは、「奥様は父親をだましてあなたと結婚した方ですよ」(She did deceive her father, marrying you. 209) と、あの時の言葉を再現してオセロを揺さぶることができました。「女性はまず父に従い、結婚しては夫に従う」というのが、聖書の教えです(『リア王』のコーデリアも同じことを言います)。デズデモーナもこれを盾にオセロとの結婚を父に無理やり承諾させたのですが、「父を裏切る女性は夫をも裏切る」という社会通念にオセロ自ら踊らされるところに、この劇の核があります。「社会」と拮抗できるほど「個人」の絆が強ければ問題ないのですが、それはめったにありません。ほとんどの場合、そんな絆など少しの衝撃でほころびてしまいます。オセロはデズデモーナではなくイアーゴウの言うことを信じてしまいますが、それはイアーゴウこそ社会の「イデオロギー」の代表者であるからです。社会における人間の結びつきが、個人というもろい土台の上に、いかに危うく保たれているかを、この劇がよく伝えます。しかし反面、オセロのデズデモーナ殺害は、彼に唯一残された個人的な愛の行動だったとも言えるでしょう。「賢明ではないが、深く愛しすぎた男」(5.2.342) という彼の最後の言葉が、この間の事情をよく物語っています。

四　いちご模様のハンカチーフ

オセロはデズデモーナに不倫の事実が「ない」のに「ある」と信じ込まされた人物です。『冬物語』のシチリア王レオンティーズも、劇の冒頭で妻ハーマイオニとボヘミア王ポリクサニーズとの間に不倫関係があると思い込んだ人物でした。それは彼が確かではない「兆候」を勝手に解釈したからでした。しかしオセロの場合、自分がデズデモーナに与えた愛の証であるハンカチを、キャシオが汗をぬぐうのに使っているのを目撃し、それを不貞の動かぬ証拠だと考えてしまいます。無くしたハンカチについて十分な弁明をせず、喧嘩で職を解かれたキャシオの復職ばかり懇願するデズデモーナ (cf. Des-demon-a) にも責任があります。しかし一枚のハンカチがこのような大問題を招くのはばかげていると、憤慨したのがトマス・ライマー (Thomas Rymer) でした。彼は一六九三年「たった一枚のハンカチをめぐるこの大騒ぎ！」と一蹴してしまいました。しかし一九七五年、リンダ・ブース (Lynda Boose) が「オセロのハンカチーフ—愛の認識と証」という論文で、ハンカチの白い布地に赤いイチゴ模様が刺繍されているのは、「初夜の白いシーツについた処女の血」を象徴しており、それは劇の至るところに響いている、と指摘しました。例えば、四幕三場でエミリアは「おっしゃったシーツをベッドに敷いておきましたわ」(I have laid those sheets you bade me on the bed. 20) と、デズデモーナに言いますが、それは婚礼の夜のシーツを意味しています。それゆえこのハンカチが意味するものは、「結婚と正義」というこの劇の主題につらなると、ブースは主張しました。以後、このハンカチについて幾つか考察が加えられてきました。例えば、ハリー・バーガー・ジュニアは、このハンカチは、デズデモーナには愛の証拠であっても、オセロには妻の貞節の証拠であるから、二人にとって意味が異なる、言っています。『ヴェニスの商人』でもポーシャが愛のしるしとして指輪をバッサーニオに渡し、「これを失うときは私の愛を失うとき」と言いますが、バッサニオは恩人アントニオを裁判で無罪とした、ポーシャ扮する若い「法学博士」にその指輪をやってしまい、あとから大騒動となります。このような一見、取るに足らない小物が大きな意味を持つところに、シェイクスピア劇の面白さがあるとも言えるでしょう。

五　ポストコロニアル批評の観点から

近年、『オセロ』は『テンペスト』と並んで、いわゆるポストコロニアル批評の、格好の対象となってきました。ポストコロニアリズムとは、西洋中心主義に対して、植民地及びそこに住む人々の立場から作品を見直し、新たなグローバルな視点を獲得しようとする見方です。例えば一幕三場で、オセロがデズデモーナの心を捉えたという物語は、異国に対する西洋人の興味を掻き立てるものばかりです。九死に一生の脱出、巨大な洞窟、不毛な砂漠、奴隷の身分からの解放、また食人種や首が肩の下にある人種など、オセロの語る物語は、エリザベス朝時代の冒険記や旅行記を思い出させます。デズデモーナがこれらの話に心引かれ、それが結婚の決め手となったということは、冒険や異国へ寄せる西洋的関心が最初にあったからだと思われます。また、「ヴェニス人」オセロは「文明化したキリスト教徒」のオセロであり、彼本来の「イスラム教徒」の姿ではありません。このオセロは、白人が黒人に押し付けた「文明化」の結果とも言えます。しかもイアーゴウ始め、多くの白人の登場人物がオセロを見る目には、白人が黒人を見るときのステレオタイプが見え隠れしています。劇に埋もれているこのような抜きがたい人種主義を明るみに出し、改めて西洋と非西洋との関係を考えるために、近年『オセロ』は以前とは異なる見方をされています。アフリカで『オセロ』を書き換えた作品が見られるのは、その一環です。ただしこれは、文学的というより、政治的にシェイクスピアを眺めることにつながります。

第五回　『リア王』　［二〇〇九年六月十日（水）十三時～十四三十分時］
"Ripeness is all."「成熟が全てだ」

一　『リア王』の問題点

『リア王』（執筆は一六〇三年から一六〇六年の間。出版は第一・四つ折り本一六〇八年）は、まずはキリスト教の視点から眺められてきました。リアを「ヨブ記」のヨブと比較するのがその代表的な見方です。リアの苦難はヨブのそれに重ねられます。またこの劇で多用される「自然」という語から、『リア王』における Nature という問題もよく取り上げられてきました。この Nature はキリスト教の「神」のような存在です。さらに、ブラッドレーの性格論を始めとして、「『リア王』とグロテスクの喜劇」（ウィルソン・ナイト）、「『リア王』の道化」（イーニッド・ウェルズフォード）、「『リア王』のダブルプロット」（W・R・エルトン）など、よく知られた『リア王』論が発表されてきました。しかしながら、八十歳（four score）になって、人生最大の危機と直面した老人リアの物語は、高齢化社会を迎えた現代の日本において、改めて「老いをいかに生きるか」を考え直すには絶好の物語ではないかと、私は思います。今回の講座で、あえて『リア王』を最後にしたのは、このような意味からです。

二　リアの出発点

乳幼児の死亡率が高かった当時のイギリスの平均寿命から考えると、八十歳のリアは大変な高齢者だったと考えられます。しかし壮年時代のブリテン王リアの治世については、劇中、直接語られません。この劇は周知のように、リアが三人の娘、ゴネリル、リーガン、コーディリアに国土を分割し、王位を退く場面から始まりますから、それ以前のこの国の様子は、一幕一場冒頭のグロスター伯爵とケント伯爵が交わす会話から察するしかありません。まずグロスターは、リアが長女ゴネリルの夫オールバニーと次女リーガンの夫コーンウォールの、どちらを後継者にすえたいのか、王の真意がわからないと言います。続いて彼は自分の庶子エドモンドについて、それを認めるのに昔は顔を赤らめたものだが、今はすっかり慣れてしまい、「面の皮が厚くなった」(now I am braz'd to it, 1. 1. 9-10) と言います。この会話と、その後の国土分割の際にゴネリルとリーガンが父に浴びせる美辞麗句から、おおよそ彼のそれまでの治世の雰囲気が察しられます。即ち、リアは全くの独裁的な国王で、全てに自分の意志を貫いてきたということ、それにリアの宮廷には何やら堕落した雰囲気が蔓延しているということです。即ち、誰も逆らえないリアの長年に及ぶ統治の結果、国全体を停滞と倦怠の雰囲気が覆っていたと言えるでしょう。それゆえ老王リアの退位は、だれもが待ち望んでいたと思われます。リアとしても、国王権力を最後に見せつける国土分割の儀式が、引退の花道となるはずでした。それゆえこれは、彼にはなくてはならない儀式でした。

三　コーディリアの言葉が全ての始まり

リアは娘たちに「お前たちのうち誰が一番余を愛しておるか」(Which of you shall we say love us most? 50) と言います。リアがここで"royal we"を使っているのは、最後の瞬間まで国王である自分を打ち出そうとしているからです。ここにそれまでのリアの治世ぶりと、その人生が浮かんできます。権力も富も手に入れた老人にとって、最後に最も欲しいのは愛と尊敬の言葉です。リアの頭の中には引退後の青写真が敷かれていて、余生はそれに沿って生きようというのが彼の思惑でした。『お気に召すまま』でジェイクィーズが語る有名な人生の七段階 (2. 7. 139-166) では、老年期は「子供ぽさの再来」(second childishness) と言われますが、リアのこの儀式はまさに「子供ぽさ」そのものです。だからそれを承知のゴネリルもリーガンもただリアの意向に合わせたに過ぎません。しかるに末娘コーディリアのみ、その儀式に参加せず、愛情は口先ではないと考え、父が「余の喜びの末娘よ、お前は何と言う」とたずねると、「何も」(Nothing.) と答えてしまいます。それを聞き違えたかと思ったリアは、「無からは無しか生じない、もう一度言え」(Nothing will come of nothing. Speak again. 1. 1.90) と言います。するとコーディリアは「私は陛下を私の絆に応じて愛します。それ以上でも以下でもありません」(I love your Majesty/ According to my bond: no more nor less. 92-3) と答えます。英語の bond には「証文」という意味もあるので、親子関係を金銭関係に置き換えたとも言えるこの語は致命的でした。激怒したリアはコーディリアを追放処分とし、それに反対した忠臣ケントをも国外追放することになります。古来、三人の娘が登場する童話や民話では、第三の娘が最も重要な役割を果たすのが通例でした (マクベスへの最大の予言も第三の魔女が行いました)。この劇もそれに違わず三人目の娘の言葉こそ、父の運命を決めた一言でした。即ち、コーディリアは別の目でみれば「死の使者」とも言えそうです。

四　ゴネリルとリーガンの立場に立つと

シェイクスピアが描いた女性で最悪と言われるゴネリルとリーガンですが、ひとたび彼女たちの立場に立つと、二人の忘恩行為にはそれなりの理由があります。リアは引退後、百人の騎士を引き連れて交互に二人の世話になると言います。しかし、最初にゴネリルのところに滞在したリアのわがままと騎士たちの乱暴狼藉は、彼女の目にあまります。ゴネリルの目にリアの姿は「既に手離した権力をなお振り回そうとする他愛のない年寄り」(1. 3. 17-8) に映ります。さらに「老人は赤ん坊に戻ったのだから (old fools are babes again)、おだてもし叱りつけもすべきだ」(1.3.20-1) というのは、ほとほと老父の横暴に嫌気がさした娘の正直な気持ちでしょう。姉の報告を受けた妹のリーガンも、「老人は分別あるものに従うべきだ」(2. 4. 145-6) と言い放ちます。百人の騎士を五十人に減らすという姉に対してリーガンが二十五人で十分と言うと、リアはゴネリルの愛情はその二倍だから姉のところに戻ると言います。リアは国土分割を愛情表現の多少で計ったように、今度は騎士の数の多少で娘の愛情を判断しますが、これは「子供ぽさ」以外の何ものでもありません。さらにこれは権力の座に長くあった老人が、いかに「分別」(discretion) に欠けているか、即ちいかに「盲目」であったかの証拠といえます。お付きの騎士は十人、五人、いや一人で十分とゴネリルに言われ、逆上したリアは、ただ一人残された「道化」を連れて嵐の荒野へと出て行きます。

五　リアの嵐

劇中、最も有名なのが嵐の荒野をリアがさまよう三幕二場です。「風よ吹け、その頬を吹き破れ」(1)、「世界の丸い腹を平らに叩きつぶし、自然の鋳型を壊して忘恩の人間を生み出す全ての種をこぼしてしまえ」(7-9) とリアが叫ぶのは、全人類への呪詛に他なりません。この嵐はリアの「胸の中を吹き荒れている嵐」(this tempest in my mind, 3. 4. 12) であると同時に、人間に対する宇宙の力を表徴していると考えることもできます。またこの嵐は、ヤン・コットが言ったように、人間世界とは全く無関係な実存的存在だとも言えます。しかし娘たちの忘恩行為に対する反応としては、これはいささか過剰な表現とも感じられます。しかしリアにとってこの事態は、それまで彼が信じていた全世界が「さかさま」(preposterous) になった、それまで思い込んでいた世界がそうではなかった、ということを意味します。これは青年ハムレットが感じた「雑草だらけの庭」とは訳が違います。彼にはまだ「生きるべきか、死ぬべきか」という選択の余地が残されているからです。しかしリアは、八十歳になって初めて、自分と世界の本当の姿に直面したとも言えます。それは彼を完全な狂気の寸前にまで追い込みます。今のリアは道化が言ったように「リアの影法師」(Lear's shadow, 1. 4. 228) に過ぎません。リアは王位を去った瞬間、それまでの王権・父権のみならず、安楽な生活全てを奪われ、たった一人道化を連れて嵐の中を彷徨するしかありません。その落差はハムレットの比ではありません。そしてこの宇宙の中で死を迎えるまで、泣きながら裸同然でさまよう姿こそ、人間の真の姿だという、恐るべき「認識」(anagnorisis) の時を、彼はようやく迎えたのです。つまり、彼にとってそれまでの八十年間は、この「認識」の機が熟するための、必要な時間だったと言えましょう。というのもこれまでの全てが、この「認識」の瞬間へと収斂して行くからです。「人間は裸でこの世に生まれ、裸でこの世を去っていく」、「人間本来無一物」と言いますが、リアも「服も家も失えば、人間はお前のような哀れな裸の二本足の動物にすぎない」(unaccommodated man is no more but such a poor, bare, forked animal as thou art, 3. 4. 106) と乞食姿のエドガーに言います。いずれ人は長生きすれば「高齢者」と呼ばれる日が来て、やがてこの世を去る瞬間と直面します。それはすべてを剥ぎ取られ「無一物」に帰る時だとも言えます。このとき私たちは、リアのように「忍耐」をもってその現実を受け入れることができるかどうか、この劇はこういう問題を投げかけているように思います。

六　改作『リア王』

リアもコーディリアも死ぬこの劇の結末は、あまりに救いがないというわけで、一六八〇年頃、ネイハム・テイト (Nahum Tate) という劇作家がハッピーエンドで終わるようにこれを改作し、結末ではコーディリアがフランス王ではなく、エドガーと愛しあうという筋立てにしました。俳優兼座主のマクレディー (William Macready) が一八三八年に原作に戻すまで、イギリスではこの改作『リア王』が、約一五〇年以上も上演され続けたということです。著名な俳優ギャリックもジョンソン博士もそれを承認していたと、ブラッドレーは言います。一般観客には、あまりにむごいリアの運命が受け入れられなかった、ということをこの改作が意味しています。それはこの劇が上で見たように、人間の真実を描いたからだとも言えます。「太陽と真実はまともに見ることができない」という諺を、このことがよく示しています。

七　もう一つの老人問題

精神的に盲目なリアが嵐の中で再生し、人生の最後にその目を開く、というのがこの劇の主筋だとすると、もう一人の老人グロスターの、再生の物語が副筋として描かれます。グロスターの場合はリアとは違い、二人の息子が相手です。庶子エドモンドは、老父の領地を奪うため嫡子の兄エドガーが相談をもちかけてきたという偽手紙を書いて、父の怒りを掻き立てます。またエドガーには、父の怒りの前からしばらく身を隠すよう言います。父の愛人から生まれたエドモンドは、「自然こそわが女神」(1. 2. 1) と言います。そして「嫡出の生まれ」(legitimate, 16) ではなく、「俺の創意工夫」(my invention,20) で領地を一人占めしようという魂胆です。彼には、何やらあのイアーゴウ的な要素が見られます。他方エドガーは狂人を装い、乞食の「トム」となって、影になり日向になり父を見守ります。こうして、リアがコーディリアの真実を見抜けなかったように、グロスターもエドガーの真実を見抜けず、エドモンドに踊らされるばかりか、荒野のリアを保護しようとしたばかりに、リーガンの夫コーンウォールにその目を抉られ、踏み潰されてしまいます (3. 7. 66)。盲目となったグロスターは我が子と知らずに出会ったエドガーの導きで、ドーヴァーの崖から飛び降り自殺しようとしますが (4. 6. 41-80)、それはエドガーが崖と見せかけて打った芝居でした。こうしてリアと同じくグロスターも精神的に一度死に、エドガーの手により再生します。このエピソードは、もう一つの老人問題を私たちに告げています。嵐の中に飛び出したリアがそれによって再生したように、文字通りの盲目となった老人グロスターは文字通りの自殺を図って、初めて再生していくからです。二つの物語はこうして、表裏一体となって高齢者の生き方を私たちに告げています。

八　エドガーの言葉

全てを失い裸になったリアは嵐の中で初めて、その人間らしさが現われ始めます。それが三幕四場、嵐の中で見つけた掘っ立て小屋に、ずぶぬれの道化を自分より先に入れようとする場面です (In, boy; go first. You hopeless poverty. /Nay, get thee in. 3. 4. 26-7)。この時を境に、リアの言動が変わっていくように思えます。グロスターの場合は、ドーヴァーでのエドガーの言葉が新生の契機となります。それにしても作中、作者を代弁するような言葉を発するのは、このエドガーです。彼は四幕一場冒頭で、「運命のどん底にある最も落ち込んだ人間も、なお恐怖ではなく希望に生きるもの」(The lowest and most dejected thing of Fortune still stands in esperance, not lives in fear. 4. 1. 3-4) と言います。なぜなら「最悪も笑いに戻るからだ」(The worst returns to laughter, 6) です。これはこの後の「いやもっと悪くなるかもしれない。『これが最悪』と言える間は、まだ最悪ではない」(And worse I may be yet; the worst is not / So long as we can say "This is the worst." 27-8) に続きます。さらに彼は、「人間は神々にとって、いたずら小僧の蝿のようなもの」(As flies to wanton boys, are we to the Gods,4.1.36) と言います (cf. "fools of Nature")。そして劇の終盤で彼は、父に向かって全てを締めくくるかのように次のように言います。「人間はこの世に生まれることと同じように、この世から去ることに耐えねばなりません。成熟が全てです」(Men must endure / Their going hence even as coming hither:/ Ripeness is all. 5. 2. 9-11)　これはあの『ハムレット』の「覚悟が全てだ」(The readiness is all.) と並べて、その意味をかみ締めたい言葉だと思います。

ハムレットが教えてくれたこと

＊土浦日本大学高等学校出張講義　二〇一三年九月二十四日（月）十三時〜十四時十分

はじめに

Hamlet は William Shakespeare(1564-1616) のいわゆる四大悲劇の一作で、一六〇三年ごろに書かれ、上演されたとされる作品です。ハムレットという名前は世界中で知られているので、皆さんの中にもその劇を読んだり、または映画を見たり、あるいは実際に劇場でその上演を見た方もいらっしゃるかもしれません。イワン・ツルゲーネフ (Ivan Turgenev, 1818-83) というロシアの小説家が、憂鬱で行動できない人間を「ハムレット型」、陽気で行動的な人間を「ドン・キホーテ型」と名づけたこともよく知られています。というのも、ハムレットは父親を殺害したとされる現デンマーク王で叔父のクローディアス (Claudius) に対して、なかなか復讐に踏み切れず、いつまでもそれを先延ばしするゆえ、優柔不断な人間の典型のように言われるからでしょう。またハムレットのこの復讐の遅延——難しい英語を使うと、procrastination——が、この劇の最大の謎とも言われてきました。しかし、実際にこの劇を読んでみると、ハムレットはかなり行動的で、例えばエルシノア城の城壁に出現した父親の亡霊の後を、友人ホレーショ (Horatio) たちの制止を振り切って、すぐについて行ったり、たまたまやってきた旅役者たちに自分が手を入れた劇を演じさせて国王の心情を図ったり、その直後には、母親ガートルード (Gertrude) の部屋でカーテンの陰に隠れていたこの国第一の大臣ポローニアス (Polonius) を国王だと思い込んで、とっさに短剣で刺し殺したりという、きわめて行動的な面も見せます。それゆえ、現在ではハムレットを憂鬱で行動力のない人間と考える文芸批評家やシェイクスピア学者は、ほとんど見られません。そこで、今回の講義では、このようなハムレットが私たちに一体何を教えているか、ということを中心に、この劇が私たちに与えている一つの問題点を、考えてみたいと思います。

ハムレットは青年期の物語？

一般に、四大悲劇のうち『マクベス』(*Macbeth*) と『オセロ』(*Othello*) の主人公は中年期、『リア王』(*King Lear*) の主人公は老年期の話であるのに対して、ハムレットは青年期の話であると受け止められています。実際にハムレットの年齢を劇中のせりふから推定すると、三十歳ということになっていますが、それでもなお、ハムレットは私たちには二十代前半の青年に感じられます。というのも、ハムレットはドイツのウィッテンベルグ大学留学中に、父の突然の死でデンマークに呼び戻されていますから、どう見ても彼はまだ大学生という感じです。さらに、恋人オフィーリア (Ophelia) との年齢の釣り合いも、彼が二十代であることをほのめかしています。けれど、ハムレットが青年に感じられるのは、何よりも彼が青年期最大の特徴を備えているからでしょう。では、その最大の特徴とは何でしょうか？それは、青年時代は「迷いと悩みの季節」であるということでしょう。青年期は、自分の進むべき方向が定まらず、いかに生きるべきかもわからず、いわば人生最初の「五里霧中」の状態にあるからです。これは、「人間は努力する限り迷うもの」という、ゲーテ『ファウスト』の「天上の序曲」にある有名な言葉を思い出させます。

劇の冒頭のハムレットは、先にも述べたように突然の父王の死の報に接し、留学中のドイツからデンマークに呼び戻されています。オフィーリアによると、ハムレットはそれまで「気高い心」に恵まれ、「宮廷人、武人、学者」の鏡、「麗しい国の希望であり薔薇」であった (3. 1. 159-62 参照) とされていますから、亡き父王の後を継ぐのは、本来なら当然、その一人息子であるハムレットであるはずです。けれど玉座についたのは、何と父の弟、つまりハムレットの叔父クローディアス (Claudius) でした。しかもこともあろうに、母ガートルード (Gertrude) が、夫の死から「三か月」も経たないうちに、いや、ハムレットの主観では、「ひと月」もしないうちに、その叔父と再婚したのですから、これは彼にとっては全くの青天の霹靂でした。その結果、それまでの彼の全人生がひっくり返ったも同然でした。彼の大学の親友たちも、一人ホレーショを除いて、新しい王の意のままになっています。突然の父の死、叔父への疑惑、母の再婚、そこから生じた女性全般への不信、信じていた友人たちの裏切りなど、このような思いもよらぬ出来事が一挙に押し寄せれば、だれにとってもそれは、これまで信じていた世界の秩序が総崩れになったと感じられるでしょう。ハムレットはのちに、「この世のたがが外れた」"The time is out of joint."(1. 5. 189) と、それを言い表しています。

劇中、ハムレットは長い独白を四回しますが、最初の独白の冒頭で、「この固い固い肉体が溶けてひとしずくの露になればいい (O that this too too solid flesh would melt, / Thaw and resolve itself into a dew!)」(1. 2. 129-30) と言います。これは土からできた肉体が水になれ、という意味で、憂鬱質（土）が冷淡質（水）に変われればいい、という願いを意味します。続いて、この後、次のように言っています。

How weary, stale, flat and unprofitable,
Seems to me all the uses of the world! (1. 2.132-23)
（何とうんざりした、陳腐で、平坦で、不毛なものと
俺には見えることか、この世の全ての習わしが）

ハムレットがここで使っている形容詞の意味を一つ一つ吟味していくと、このときの彼の心境が伝わってきます。言い換えると、ハムレットは「いるべき場所」、「帰るべき故郷」を喪失し、自分が何を支えに生きていっていいかわからなくなった青年、生きる意味を失った青年です。このような青年なら、この時、自殺を考えることもまれではありません。そしてここでのハムレットは、まさしく自殺を心の奥で考えています。日本国内で、いじめにあって自殺する中学生や高校生のニュースが大々的に報じられることがある現代、この時のハムレットの心境は、彼ら

にはよく分かるはずです。

そして青年期のもう一つの特徴は、そのような五里霧中の中を、手探りで一歩ずつ進みはするものの、結局は自分の力を頼んで、それによりあるときは思い切った「決断と行動」に出るというもので、この点でもハムレットはやはり青年期の特徴を備えています。

策略に生きようとするハムレット？

ハムレットが最初に見せる決断と行動は、先ほども述べたようにホレーショたちの制止を振り切って、現れた父の亡霊のあとについていく、というところによく見られます。三日間、夜間警備の兵士が真夜中に先の王の姿形をした亡霊と出会い、それをホレーショが確認したあと、ハムレットに告げると、ハムレットもすぐさまその夜、彼らと城壁に行くことになります。当時、亡霊は、（一）死者の再来、（二）悪魔の化身、（三）幻覚、という3種の解釈がありました。ですから、たとえ亡き王の姿をしていても、悪魔がその形を取ったとも考えられ、そのためにホレーショたちはハムレットに亡霊の後についていかないよう、懇願するのです。けれどハムレットはその懇願に耳を貸さず、十字架に見立てた剣を体の前に掲げてその後をついていき、亡霊の話を聞きます。そこで彼は衝撃的な事実を聞かされます。すなわち、彼の父は庭での午睡中、毒蛇に噛まれて死んだとされていたのですが、実際は、叔父クローディアスが毒を父の耳の中に注いで殺したというのです。けれどハムレットは、亡霊のこの言葉をにわかに信じることができず、以後、自力でその事実を確かめようと努力することになります。そこで彼が取った第一の策略は「佯狂」、すなわち狂人を装うことでした。ハムレットは、まずオフィーリアの前に「恐怖の数々を告げるために、地獄から解き放たれた人のように (As if he had been loosed out of hell, / To speak of horrors)」(2. 183-4) 現れます。これではまるで、ハムレットが父と同じような亡霊の姿で、オフィーリアの前に現れたかのようです。

ハムレットのこの様子を娘から聞いたポローニアスは、次の場面におけるハムレットとの意味不明な会話のやりとりから、彼が完全に恋に狂ったと確信して、王にそれを告げます。その直後、ハムレットの前に現れたのは、王の密命を帯びた学友ローゼンクランツ (Rosencrantz) とギルデンスターン (Guildenstern) でした。この二人は時の体制に媚びへつらう凡俗の代表として描かれていますから、懐疑的なハムレットとは対照的です。ハムレットはこの二人に「デンマークは牢獄だ……沢山の監禁所、監房、地下牢がある立派なもの、デンマークは最悪の牢獄の一つだからね (Denmark's a prison. … A goodly one; in which there are many confines, wards, and dungeons, Denmark being one o' the worst)」(2. 2. 249) と言います。それに対して、ローゼンクランツが「私どもは、そうは考えません、殿下 (We think not so, my lord.)」(2. 2. 234) と答えると、ハムレットは次のように言います。

Why, then, 'tis none to you; for there is nothing either good or bad, but thinking makes it so. (2. 2. 255-57)
(それなら、君たちにはそうではないのだろう。というのも、この世には善も悪もない、ただ考えだけがそうするのだからね)

このハムレットの言葉は何気なく響きますが、実はこれはフランスの作家モンテーニュの『エセー』(Michel Montaigne,1533-92, *Essais*, 1580-88) でも次のように言われていて、私たちにとって記憶に値する言葉だと思えます。「人生はそれ自身では善でも悪でもない。それはお前たちのやり方次第で、善の舞台とも悪の舞台ともなる」(原一郎訳、岩波文庫、第一巻、一七二頁)

これについては、ここで十分な説明をする余裕がありませんが、これから大人になる皆さんは、時折、このハムレットとモンテーニュの言葉を思い出すと、様々な場面で有効だと思います。ちなみにモンテーニュの『エセー』

は、シェイクスピアもその英訳を読んでいて、『ハムレット』にも多大な影響を与えた作品だと言われています。

このあと、たまたま旅役者の一座がエルシノアを訪れたことを聞いたハムレットは、そこで現国王の面前で、王殺しの劇を上演させることで、果たして本当にクローディアスが父を殺害したかどうかを、確かめようと思いつきます。これが彼の第二の策略でした。実際、現代の精神分析法でも演劇を使うことがあり、ハムレットは早くもその原理を応用したとも考えられます。第二幕の末尾に置かれた第二独白の冒頭は、涙を流しながら即興の演技をする役者たちを目の前で見て、ハムレットが、自分は実際に父を殺されているのに、この役者たちほどの熱意もないと言って、自らの不甲斐なさを嘆き、それを責めるところから始まります。けれど劇を使ってクローディアスを試すことを思いついたハムレットは、第二独白の最後で「劇こそ、俺が王の良心を捕らえる絶好のものだ (The play's the thing / Wherein I'll catch the conscience of the king).」(2. 2. 635) と言います。このせりふの後半にはkの音が三回連続して、ハムレットの決意がかっちり固まった、ことを示しています。

こうしてようやく方針が決まったにも拘わらず、この直後の場面では、再びハムレットの心は揺れています。それが「生きるか、死ぬか、それが問題だ (To be, or not to be, that is the question.)」(3. 1. 55) という、劇中最も有名な第三独白です。この第三独白は、ここでその全体を熟読したいところですが、時間の関係でこれは皆さんが将来『ハムレット』を読む時のために残しておきましょう。今はその中から最後の方の一行だけを取り上げます。それは、「こうして、意識が我々全てを憶病にしてしまう (Thus conscience does make coward of us all;)」(3. 1. 83) という一行です。一体、この言葉は何を意味しているのでしょうか?「こうして」というのは、一旦、「死ぬことは、眠ること (To die, to sleep)」と、死を決意したハムレットでしたが、突然、その死後の眠りの世界でどんな夢を見るかという思いがよぎり、そのためにどうしても、この難題だらけの世にぐずぐずと、留まらざるを得なくなる、というこれまでの彼の考えの結果を表しています。つまり第三独白では、人間は「意識」がある限り「憶病」にならざるを得ない、だからあの世ではなく、この世に留まるのだ、というのが結論です。先に引用したthe conscience of the kingは「王の良心」という意味でしたが、ハムレットがここで使っているconscienceは「良心」ではなくて、「意識」という古い意味です。「生きる」とは「絶え間なく意識が働く」ことですから、「意識が人を憶病にする」とは、「生」の根底には常に「恐怖」が潜んでいることを暗示しています。何への恐怖かというと、それは何よりも「死」への恐怖でしょう。生と死は表裏一体ですから、ハムレットのこの言葉は、まさしく生の本質を捉えた言葉ではないでしょうか? この第三独白の直後に、ハムレットはオフィーリアの姿を見かけて、「尼寺へ行け」と言う有名な言葉を投げかけます。「尼寺へ行け」とは、「生涯結婚するな」という意味ですが、その他に、当時、「尼寺」には「売春宿」の意味がありましたから、「娼婦になれ」という意味も込められていました。これは「弱きもの、お前の名は女(Frailty, thy name is woman!)」(1. 2. 146)というハムレットの、女性不信の表れだと解釈されています。この場面を物陰から盗み見ていたクローディアスとポローニアスは、ハムレットの発狂を完全に確信して、彼を速やかにイングランドに送ろうと、早くもこの場で決めています。

さてハムレットが取った次の策略は、既に述べたように、たまたまエルシノアにやって来た旅役者の一座に、「ゴンザゴ殺し」という劇をクローディアスの前で上演させ、その反応を見て、亡霊の言葉の真偽を確かめるというものでした。彼は亡霊から聞いた通りの筋書きで、劇の王妃と王、それに王の甥を登場させ、その甥による王の毒殺場面を舞台上で演じさせます。すると案の上、クローディアスは顔面蒼白となって取り乱し、思わず席から立ち上がり、その場から出て行きます。これは彼の良心が彼を痛めつけたのでした。クローディアスは、根っからの悪人として登場しているのではなく、その良心も備えていたことは、彼がポローニアスの言葉「献身的な顔つきをして、敬虔な行動をとれば、悪魔でさえうまくごまかせる (with devotion's visage / And pious action we do sugar o'er / the Devil himself.)」(3. 1. 47-9) を聞いて、「その言葉がいかにずきずきと自分の良心を鞭打つことか (How smart a lash that speech doth give my conscience!)」(3. 1. 50) と、告白している通りです。この点については、志賀直哉に「クローディアスの日記」という面白い短編がありますから、いつか読んでみてはいいかがでしょう。この短編にはクローディアスの視点からみた、ハムレットが描かれていて、今読んでも興味深いものがあります。

ハムレットにとって、この後は「想定外」の連続か？

この後、ハムレットは彼の振る舞いに怒った母親に呼び出され、その私室 (closet) に向かうのですが、途中、城内の一室の隅に跪いて懺悔の祈りを捧げているクローディアスの後姿を見かけます。これぞ復讐の好機とばかりに、ハムレットはここで「今こそやってやろう。そうすればこいつは天国へ行き、俺の復讐は成し遂げられる (And now, I'll do 't. And so he goes to heaven; / And so am I revenged.)」(3. 3. 74) と、剣に手をかけます。だがその瞬間ふと思ったことは、自分の父は最期の祈りもせず全ての罪を背負ったまま命を奪われたため、煉獄の火に焼かれているが、この男は祈りを捧げているから、今殺しても本当の復讐にはならない、ということでした。これはいかにもキリスト教の国らしい考えです。ハムレットにしてみれば、この世の汚い罪にまみれたまま、クローディアスをあの世に送り出す事こそが、本当の復讐となると考えたのでしょう。これが第一の想定外の出来事でした。実際もし、ここでハムレットがクローディアスを一突きすれば、劇はここで終わってしまいます。次に彼が母の私室で、その再婚を叱責する場面があるのですが、この時に第二の想定外の事件が起こります。ガートルードは、狂気のようになった息子ハムレットを見て、「お前は何をする?私を殺すつもりではないだろうね?助けて、助けて、だれか (What wilt thou do? Thou wilt not murder me?/ Help, help, ho!)」(3. 4. 21) と叫ぶと、この時、綴れ織りのカーテンの陰に隠れていた人物が思わず声を上げてしまいます。ハムレットはそれをクローディアスだと思い込み、カーテン越しにとっさに一突きして彼を刺し殺してしまうのです。これが第二の想定外の事件でした。ハムレットにしてみれば、ここで復讐は成し遂げられたはずでした。けれどカーテンを上げると倒れていたのは、何とポローニアスでした。これにより彼は、結果的にポローニアスの息子、レイアーティーズ (Laertes) の父の仇となったわけです。しかもポローニアスは、彼の愛するオフィーリアの父でもあります。この後、ハムレットが母をなじる言葉はさらに激烈を極め、実際、この場面が舞台で演じられると、そのあまりの激しさに見ている私たちも、何もここまで責めなくてもと、言いたくなるほどです。ですからガートルードが途中で「これらの言葉が短剣のように私の耳の中に突き刺してくる。もうこれ以上やめて、ハムレット (These words, like daggers, enter into mine ears; No more, sweet Hamlet!)」(3. 4. 95-6) と叫ぶのも、当然だと感じられます。この後、城内はポローニアス殺害の知らせに、騒然となります。

身の危険を感じたクローディアスは、ギルデンスターンとローゼンクランツに命じて、ハムレットをすぐさまイングランドに送ろうとします。二人に持たせた手紙の中で、イングランドに到着したら、狂人ハムレットを即刻死刑にするよう一筆したためてありますから、クローディアスの計算通りに行けば、ハムレットはここで死を迎えることになったはずでした。ハムレットが二人に付き添われ、デンマークを後にするときに、デンマークの原野を通りすぎるノルウェーの若き王子、フォーティンブラスの軍勢を崖の上から見下ろす、これもよく知られた場面があります。フォーティンブラスはハムレットの父王に自分の父を殺され、戦いで失った土地をポーランドから取り戻そうとしています。このときハムレットは第四の独白をします。そこで彼が発する言葉にも、忘れがたい一節があります。

What is a man,/ If his chief good and market of his time/ Be but to sleep and feed?
a beast, no more.(4. 4. 34-5)

（人間とは何か、もし彼がこの世の時間を使って生み出す主たる利益と用途が、

（ただ眠ることと食べることであるだけなら？ 一匹の獣に過ぎないではないか）

すでにハムレットは、第二幕でローゼンクランツとギルデンスターンと再会した時、「人間とは何という傑作か、理性はいかに高貴で、能力と、形、動きはいかに無限で、その行動はいかに優れているか、理解力は天使のようで、神のようだ。この世界の美の極致、万物の霊長だ（What a piece of work is man, how noble in reason, how infinite in faculties, in form and moving, how express and admirable in action, how like angel in apprehension, how like a god, the beauty of the world; the paragon of animals.）」（2. 2. 315-20）と、褒め讃えていたのでしたが、ここでは、その人間がただ眠って食べるだけの存在であるのなら、獣と同じだ、と言っています。人間を人間たらしめているものは、一つの目標に進む姿であると、ハムレットはフォーティンブラスの大軍勢の行進を見て、改めて感じたのでしょう。ハムレットにとって、その目標とはもちろん、復讐の成就を意味します。

ちなみに、イギリス・ロマン派の詩人パーシー・ビッシュ・シェリー（Percy Bysshe Shelley, 1792-1822）に、「ひばりに寄せて（"To a Skylark"）」という詩があって、その中で「人間は前を見て後ろを見て、存在しないものにあこがれる（We look before and after, /And pine for what is not. 86-7）」という一節がありますが、この「前を見て、後ろを見て」はハムレットの第4独白三十七行目から取った言葉です。つまり、人間は神にせっかく理性を与えられているのに、それを使って現在に生きずに、まだ来ぬ未来を頼み、過ぎた過去を悔やんでばかりいて、いつも、ないものねだりをする、というわけです。

さて、その後、ホレーショの手元に届いたハムレットからの手紙によると、デンマークを出て二日目に、彼らの船が海賊船に襲われ、ハムレットがやむなく戦っているうちに、敵船に乗り移り、それまで自分が乗ってきた船が離れて行った結果、彼一人が捕虜となるまでの次第が短く書かれていました。しかし、海賊たちはハムレットを慈悲深く扱い、彼は図らずも帰国することになります。また後に、第五幕三場でハムレットがホレーショに語った言葉から分かることですが、彼は船の中で王の手紙をたまたま読み、その内容を書き換えて、この手紙の持参者、ギルデンスターンとローゼンクランツを死刑にするようにして、持っていた王の印をそれに押したとのこと。これはよく考えると大変な改ざんですが、二人は手紙が書き換えられたことを知らぬままイングランドに到着し、恐らくそこで最期を迎えたものと思われます。イギリスの劇作家、トム・ストッパードの『ローゼンクランツとギルデンスターンは死んだ』(Tom Stoppard, *Rosencrantz and Guidenstern Were Dead*, 1966) というよく知られた劇が書かれたのは(また映画化されたのは)、この二人があまりに、世俗的な人間の生き方を代表しているからでしょう。

エルシノアに戻ってみると、まず彼が目にしたのは、思いがけずもオフィーリアの葬儀でした。ハムレットが父ポローニアスを殺害したあと、オフィーリアは正真正銘の狂気に陥り、岸辺に咲いている花を摘もうと誤って流れに落ちて、水死したとのことでした。これもハムレットには全くの想定外でした。さらに、オフィーリアの兄、レイアーティーズがフランスから戻ってきて、父の仇であるハムレットに復讐を誓っていました。オフィーリアの墓場で、ハムレットが墓堀り人の道化役と交わす会話は、作中、最も喜劇的な場面になっていますが、ここでも彼は「人間の死」の意味を再度かみしめて、これまでの自分の生き方を振り返ることになります。特に、かつて人々を笑わせた宮廷道化師ヨリックのしゃれこうべを手に、「哀れ、ヨリック!」とハムレットがつぶやく場面は、この劇を象徴するアイコン(典型的な像)ともなっています。ハムレットはそのしゃれこうべを見て、生きていた時にどんなにはしゃぎ回っていても、今はただの骨になっているヨリックに、自分を重ねているのかもしれません。つまり彼はここで、この世は自分の意志通り、思惑通りには、決して行かないことを、骨の髄から感じ取っている、と言っていいでしょう。

このセクションで私は、「想定外」という言葉を何度も使いましたが、実は、この世には「想定外」はなく、全ては「必然」から生じたものであることは、後になってわかってきます。西田幾太郎（きたろう）という日本を代表する哲学者は、代表作『善の研究』の中で、「宇宙の現象は……決して偶然に起こり前後に全く何らの関係を持たぬものはない。必ず起こるべき理由を具して起こるのである」（西田幾太郎『善の研究』岩波文庫、七七頁）と言っていますが、私もこの考えに賛成です。ですから、ハムレットの場合も、それらは「想定外」ではなく、全ては「必然」のしからしめた結果ということになります。

雀一羽落ちるのも神の摂理か？

こうしてこの劇も、いよいよ終盤の第五幕二場を迎えることになります。ここでのハムレットは、それまでの彼と人が変わったように見えます。というのも、ハムレットはホレーショにこんなことを言っているからです。

Our indiscretion sometimes serves us well.
When our deep plots do pall: and that should teach us
There's a divinity that shapes our ends,
Rough-hew them how we will,—(5. 2. 8-11)
（我々の根深い企みが失敗するとき、我々の無思慮が時にとても役立つことがある。それが我々に教えているのは、我々の目的を形作る神の存在があるということだ、たとえ我々がその目的をどんなに粗く削ろうとね）

この言葉は、これまで全ての策略が失敗し、かつ想定外の事件続きを経験したハムレットならではの言葉です。

特に、a divinity（神の存在）という言葉に注意しましょう。というのもハムレットはそれまで、一度もこの言葉を発していないからです。「想定外」は、神のもたらした「必然」、すなわち「摂理」だと、彼はようやく気がついたようです。いわば自我の殻から抜け出たとも言えるでしょう。さらにハムレットはこのあと、人間の一生が、いかに短いかを、次のように言い表しています。And a man's life's no more than to say "One." (5. 2. 73-4)（それで、人間の一生は、「一つ」と数えるだけの長さにすぎない。）先に私は引用文中の end を「目的」と訳しましたが、この語には「終わり、最期」という意味があることも意識せざるを得ません。

この言葉は、真実を突いた言葉だと思います。過ぎてみると、本当に人の一生は「一つ」と数えている時間にしか感じられないかもしれません。自我の殻を抜け出たハムレットは、父を失ったレイアーティーズの身の上にも思いを寄せます。それまで自分だけを見つめていたハムレットは、ここでようやく他者の身の上を案じるだけの心の広がりが生まれたようです。つまり、この世界は自分を超えたもっと何か大きなものがあって、それが人間の一生をつかさどっている、と初めて気がついたのでしょう。この気づきは、策略に走っていた頃の彼の目には、入らないものでした。そして、この後、ハムレットは王の命令で、レイアーティーズと剣の練習試合をするという運びになるのですが、王はこの時、密かに策略をめぐらしていて、ハムレットを毒殺しようと、レイアーティーズの剣先に毒を塗り、さらに毒を含ませた盃も用意しておりました。何とはなしに危険を察したホレーショは、これを止めようとします。するとハムレットは、この劇で最も重要な次の言葉をホレーショに言います。引用文中にある「それ」は、「死」を意味しています。

…we defy augury: there's a special providence in the fall of a sparrow. If it be now, 'tis not to come; if it be not to come, it will come; if it be not now, yet it will come; the readiness is all: since no man of aught he leaves knows, what's to leave betimes? Let be.(5.2.230-35)

（我々は予言など、ものともしない。雀一羽落ちることにも、神の特別な摂理がある。それが今生じるなら、それはこれから生じはしない。それがこれから生じないのなら、それは今生じるだろう。それが今生じなくとも、なおそれはいずれ生じるだろう。覚悟が全てだ。自分が後に残すものがどんなものでも、だれもそれを知るわけがないから、時ならずしてこの世を後にすることが何だというのだ?·あるがままでいい。）

この言葉を発するハムレットは、劇冒頭のハムレットと完全に変わっています。つまり、個人の思惑や、策略や、計らいは、この世では何にもならず、全ての出来事には「特別な神の意志」が働いているということに、彼は気がついているからです。私たちは、短い一生の間に、お金持ちになろうとか、名を上げようとか、世間で重要人物だと思われようとか、成功しようとか、常にいろいろと工夫と策略をめぐらして生きて行きますが、そんな一生は終わってしまえば、あっと言うまでです。ただ食べて寝ているだけの一生ということにもなりかねません。しかしハムレットは、これまでの彼の経験によって気がついたのです。人間の一生は、自分の意志の支配が及ぶものではないと。そうではなく、「あるがまま（Let be.）」すなわち、個人を越えた大きな存在に気がついて、それが命じるままに生きることが第一だと。「人事を尽くして、天命を待つ」という日本の諺がありますが、ハムレットの場合は、「天命を待って、人事を尽くす」という境地の方があたっています。先に「意識は我々を憶病にする」という第三独白の言葉を取り上げましたが、ハムレットは「憶病」にならないためには、「覚悟が全てだ」と、ここで迷いから抜け出る道を見出したのだ、と言えるでしょう。そこで最後に「覚悟」readiness とは何か、ということが問題となります。英語の ready とは、研究社の『英和大辞典』によれば、prepared for a journey と言うことが元の意味です。Prepare の pre は「前もって」、pare とは、「不要なものをそぎ落とす」という意味ですから、「覚悟が全て」というハムレットは、ここで「あの世への旅」に向けて、いらないものを一つ一つ削り落として本質的なものだけを残し、いつでも出発できる用意を常にしておくことが最も大切だ、と言っていることになります。これが、ハムレットが私たちに教えてくれたことだと、私は考えます。劇ではこの後、レイアーティーズとの剣の試合でハムレットが先に一本取ったあと、それを祝ってガートルードが毒杯を知らずに飲んで死んでしまうと、ハムレットはここでクローディアスにその毒杯を無理やり飲ませ、遂に復讐を成就します。だが彼自身もレイアーティーズの毒を塗った剣先を既に受けていて、今後の全てをホレーショに託して、「あとは沈黙(The rest is silence.)」(5. 2. 369)と最後の言葉を発して息絶え、ここに悲劇の幕が下ります。

ひるがえって、現代の日本に住んでいる私たちのことを考えてみましょう。東日本大震災のような自然災害、福島原発事故のような文明災害、また、これから世界規模の経済危機や環境危機に直面することになるかもしれない私たちは、改めてハムレットが言った「雀一羽落ちることにも特別な摂理がある」という言葉と、それに続く「覚悟が全て」という、二つの言葉を常日ごろから胸に抱く必要があるのではないかと、私は思います。そして、この「覚悟が全てだ」は、やがて『リア王』の第五幕二場でエドガーが言う、「円熟が全てだ(Ripeness is all.)」へと続く言葉になりますが、これについては、また別の機会にお話したいと思います。皆さん、長時間のご清聴、ありがとうございました。

第二部

ジョージ・エリオット、ほかをめぐって

Silas Marner の「近視」と「強硬症」

Silas Marner（一八六一）といえば、「神と人」への愛の喪失と復活を扱った美しいお伽話、寓話として、十九世紀英国リアリズム小説の発達の頂点に立つ George Eliot の全作品の中では、例外的作品のように考えられてきた。確かに、人名、地名をはじめ、石、金貨、金髪、扉、虹、花など、多くの道具立てがこの作品の寓話性を固めるものとして数えたてられる。しかも主題は明らかに、小説に付けられた Wordsworth の詩 “Michael” の一部、“A child, more than all other gifts / That earth can offer to declining man, / Brings hope with it, and forward-looking thoughts.” というモットーを、この作家特有の緻密さで実践したものである。当然、寓意性が強まる。

しかしながら、かつて Barbara Hardy は、筆者に直接、この小説の主要人物の心理描写を賞賛したことがあった。また、古谷専三先生は、つとにこの作品の傍系性を指摘しつつも、このような寓意的作品にさえ、例えば副次人物 Nancy Lammeter の、主筋に関係ない心理描写の中に、リアリズム作家として大成してゆくこの作家の可能性を見極められたのであった。そして近年、Penguin Books の *Silas Marner* に Introduction と Notes を寄せた Q. D. Leavis の、

> The point that is kept to in this book is, how can Marner achieve reintegration into this community?(20)

という発言などを契機として、わが国でもこの作品の再評価の機運が高まってきたようである。つまりは、George Eliot の代表作を細かに点検してゆく時に生ずる多様な解釈の可能性を、この作もまた豊かに許容していることになる。本小論は *Silas Marner* 全体の上記のような再考察ではなく、私にとって長い間もうひとつ釈然としなかった

Marnerの「近視」と「強硬症」の扱い方をめぐって、二、三の問題を考えてみようとするにすぎない。

一　Silas Marner の「近視」

George Eliot の代表的小説の読後感は、この作家が現実人生の複雑極まりない網の目のような諸相を、精密にどこまでも正確を期して言語化してゆくことへの言い知れぬ充実感である。Barbara Hardy が、*Daniel Deronda*(1876)を評した "life's difficulies and their full complexity and toughness" (Introduction to the Penguin Edition) という言葉の内実が実感されて、「果たして言葉は現実を再現しうるか」という二〇世紀的懐疑などの生ずる余地もないほど、ひとしきりその圧倒的現実感に浸ってしまうのである。だが *Silas Marner* では、一読してそのような現実感の揺曳が感じられない。ただ暗闇から光に入った清爽感が、この作家の代表作に親しんだものには一種の歯がゆさを伴って感じられるのみである。その理由のひとつは第一部と第二部の間に横たわる十六年間の時の間隙が、十分に感じられないからである。十六章で、突然五十五歳になった Silas と十八歳になった Eppie を見て、読者ははじめかなりのとまどいを感じる筈である。しかしながら作者が歳月の流れを表出させるべくそれなりの努力をしていることは確かだし、かつこの小説の Wordsworth 的主題を小説化するにはこのような方法しかなかったのだろう、とも考えられる。だがよく考えると、この小説の真の亀裂となっているのは、その十六年間の空白ではなく、Silas の喪失された「過去」を扱った初めの二章と、それ以後の物語の「現在」の間にこそあると思い当る。初めの二章とそれ以降とでは、何やら文体までも微妙な変化を見せ、作品の雰囲気も一変する。第三章以降は Marner の 'reintegration into this community' に小説の力点が移るのであれば、これは当然であろう。そして近年のこの部分の再点検による成果は、この作品が想像以上に精緻に書かれたことを改めてつきつけてくる。

とはいえ、第二章までの Marner の、人間と神への根深い不信に陥った姿は、全編を読み終えたあとでさえ、容易に私たちの意識の底から消えない。人間的存在でなくなるとは、その人の過去と未来が切断され喪失された状況に他ならぬことを、第二章までに私たちはまざまざと教えられるのである。「あなたがこの部分の原稿を読んで 'rather sombre' だと思うのも無理はありません。」と Eliot 自身が一八六一年二月二十四日付の、書肆 Blackwood あての手紙に書いている (Haight: *Letters*, vol. III, p.382)。そしてその 'sombre' な雰囲気を盛り上げ、私たちの記憶に意外と鮮明に残るのが、そこでの Silas の「近視の目」と「強硬症」への言及である。

「近視」と「強硬症」は小説のプロット上、いずれも相応の役目を担わされている。即ち、第十二章で開けたままの「扉」から Eppie を部屋に招き入れ、その「金髪」を盗まれた「金貨」と見誤らせ、小説の turning-point をなすためには、この二つの道具立ては不可欠であった。しかし全編に渡って何度か言及される「近視」と「強硬症」の扱い方には、微妙な相違が見られるのである。まず「近視」の方から見てゆこう。

Lantern Yard を出た Silas が十五年間孤独な機織り生活を過ごした Raveloe の村自体が、まずは文明社会から取り残されて目隠しをされた「近視的」地域である。それだけ一層村人たちの連帯意識も密であるが、神と人に疎外された Marner にとって願ってもない 'Lethean influence of exile' を与えてくれる場所でもある。この中に一歩踏み込むと「過去」は消え失せ、ついで「現在」も「過去」を喪失するがゆえに 'dreamy' となる (63)。時間意識をゼロにまで希薄にされた Marner は、この忘却の地で深い草木と生垣に閉じこめられて天を仰ぐこともなくひたすら機織りに全身を集中させる毎日を送っている。彼は織物から得た金貨にしか存在感を感じない。その未来は、無数の機織りの日々が前方に続くだけで、いかなる 'vista' もない。近視である Marner の居場所がこのように外界から完全に遮断されているため、Marner の周りには、幾重もの暗いヴェールが覆っている感じを与える。その Raveloe について作者はまた第三章の始めの方で次のようにも言っている。Cass 一家の紹介の後である。

> I am speaking now in relation to Raveloe and the parishes that resembled it; for our old-fashoined country life had many different aspects, as all life must have when it is spread over a various surface, and breathed on variously by multitudinous currents from the winds of heaven to the thoughts of men, which are for ever moving and crossing each other with incalculable results. Raveloe lay low among the bushy trees and the rutted lanes, aloof from the currents of industrial energy and Puritan earnestness: (71).

この一節は一読して、作者がRaveloeを後のMiddlemarchのミニチュアとして想定していたことを伝える。だがここに述べられた非常に躍動流動するcommunityの姿は、引用後半の‘Ravelowe lay low’以下の一行と妙にそぐわない。それまでに描かれたRaveloeは、どちらかといえば静的な隠遁的なイメージで描かれ、世間の波風を受けないエアポケットのような土地として登場しているからである。Raveloeはもちろん Middlemarchではない。だが作者は文脈からやや離れてさえ、自分は後のMiddlemarch的意識を早くも抱いてこの小説を書いているのだと、いいたげである。事実、これを機会にRaveloeはそれまで予想された陰鬱な隠遁地のイメージをかなぐり捨てて、‘The Rainbow’亭の場面に象徴される、それなりの道徳と‘reason’をあわせ持つ自律社会としてたち現われるのである。

前置きが長くなったが、以上のようないわば目隠しをされた環境の中で描かれるMarnerの「近視」及びその他の「目」の力について、主要な言及を以下第一章より順に点検してゆきたい。

第一章

(1) *those large brown protuberant eyes* in Silas Marner's pale face really saw nothing very distinctly that was not close to them. (52)

(2)　a pallid young man, with *prominent, short-sighted brown eyes.* (54)
(3)　his pale face and *unexampled eyes.* (54)
(4)　that defenceless, *deer-like gaze* which belongs to *large prominent eyes.* (57)（引用中のイタリックは筆者による。以下同じ。）

「近視」に関する直接の言及が第一章でこれだけ繰り返されていることは、読者に重ねて Marner の「視力」を印象づけようとする作者の意図が感じられる。さすがリアリズムの作家であるだけに、Eliot は、近視の目がはた目には大きなくっきりした目であることを見逃さない。この「近視」は文字通りの 'shortsight' であると同時に、もちろん Lantern Yard の本当の姿の映らないメタフォリックな目でもある。(4)は、Lantern Yard のかつての友、William Dane の 'the narrow slanting eyes' と対照された目で、その無防備な 'deer-like gaze' は Marner が本質的に 'sane and honest'(57) である事を告げると同時に、親友と信仰に裏切られて、深い不信感の底にいる現在の Marner の傷の深さをも暗示する。目に関する用語、縁語が非常に多用されるのがこの小説の特質の一つとなる。

第二章
(1)　*his eye satisfied itself* with seeing the little squares in the cloth complete themselves under his effort. (64)
(2)　*his eyes bent close* down on the slow growth of sameness in the brownish web. (69)

Marner の近視は性来のものと考えられるが、その職業柄、一層近視が進行する要素のあることを上の二例が伝えている。また、いまや Marner の存在は機織り虫よろしく 'insect-like existence'(66) にまで 'shrink' していることも、その目が伝えている。

第五章

(1) to *his short-sighted eyes* everything remained as he had left〔the door.〕(91)

(2) the red light shone upon his pale face, *strange straining eyes,* (92)

(3) Then he looked all round his dwelling, seeming to strain *his brown eyes,* (93)

第三、四章は Godfrey と Dunstan の double-plot にさかれるため、Marner の再登場は、例の金貨の盗まれる霧深い夜の第五章である。作者はここでも繰り返し Marner の「近視」を読者に意識させる。その ‘truthful simple soul’(92) は、今や全く「金貨」と「労働」にのみそそがれて、Marner の「近視」はさらに ‘pity, dread, suspicion’ を村人に与える。その金貨を探す Marner の目の描写が効果的である。

第七章

(1) Marner was suddenly seen standing in the warm light, uttering no word, but looking round at the company with *his strange unearthly eyes.*(106)

(2) ‘…why, *your eyes are pretty much like a insect's*, Master Marner; they're oblighed to look so close, you can't see much at a time.’ (110)

金貨を盗まれた Marner が亡霊のように、かの Rainbow 亭にとび込んできた場面である。Marner は第十三章でも The Red House の New Year Eve のダンスパーティーに、Eppie を抱いてとびこんでくるが、この時も 'an apparition from the dead' (171) と形容され、第七章での 'an apparition,' 'the ghost' (106) とパラレルになっている。どちらも「死人の生き返り」の意味をもたされる。第六章と第十一章の村人の community がパラレルになっているのと同様である。(2)は、そういう Marner に村人の一人が投げた言葉である。第八章でも Marner は 'blind creatur' (115) と村人に呼ばれ、Marner のかもす mysterious な印象が次第に村人の間で薄れてゆく様が示される。

第十章

(1) '…you were *allays a staring*, white-faced creature, partly like a baldfaced calf, as I may say.' (131)

(2) the possibility *that the big-eyed weaver* might do 〔Aaron〕 some bodily injury. (134)

(3) 〔Silas〕 *looked very close* at the cakes, *absently*, being accustomed to look so at everything he took into his hand — *eyed all the while by the wondering bright orbs of the small Aaron.* (135)

Dolly が息子の Aaron を連れて Marner の小屋を訪れたさいの描写である。Dolly はすぐに Marner の 'staring eye' に言及し、青ざめた顔を額に白い斑点のある小牛にたとえている。小さな Aaron もまず Marner の大きな目におびえるが、(3)ではぼんやりした Marner の視線に、Aaron の 'bright orbs' の視線が重ねあわされる。ここにははやくも Marner の視力回復の兆しが見える。Eppie の目の登場の伏線でもある。子供の輝く純心な視線と、ひからびた近視の中年男の濁った視線の混交というアイディアがすばらしい。

第十二章

(1) *the blue eyes* were veiled by their delicate half-transparent lids. (166)

(2) he ...stood like a graven image, with wide but *sightless eyes*. (167)

(3) to *his blurred vision*, it seemed as if there were gold on the floor in front of the hearth. (167)

(4) The heap of gold seemed to glow and get larger beneath *his agitated gaze*. (167)

(5) 〔The porridge〕made her lift *her blue eyes with a wide quiet gaze at Silas*. (169)

雪の夜、金髪の青い目をした幼児が Marner の小屋に入った時の描写である。(1)は Marner の近視への言及ではないが、Eppie の目のもつ治癒力を暗示する。(2)は強硬症にかかっている最中の Marner の目、(3)、(4)はわれに帰った Marner のぼやけた目に、Eppie の金髪が金貨と映った瞬間である。(5)は先の Aaron の視線に続いて幼児 Eppie の目が、治癒力を伴って Marner にふりそそいだ最初の描写である。

第十三章

〔Eppie〕was perfectly quiet now, but not asleep —— only soothed by sweet porridge and warmth into *that wide-gazing calm* which makes us older human beings, with our inward turmoil, feel a certain awe in the presence of a little child. (175)

これも幼児の純な目のもつ力を描いた、この小説の主題に連なる描写である。幼児の視線を浴びる大人は、それによって日常世界にはない畏怖を味わうのである。

第十四章

'Yes,' said Marner, docilely, *bringing his eyes very close*, that they might be *initiated* in the mysteries.

この章は全章をあげて Eppie による Silas の回復が描かれる。Silas の目はようやく 'initiate' され始める。この章では、full consciousness, articulate, distinct, clearer, watchfulness and penetration などの用語が多く用いられ、かつての 'the blank limit' にしか向かなかった Silas の目が、ようやく 'the new things' に向け始められるさまが描かれる (184)。Marner の眼差しに突然奥行きが生ずるのである。この章全体が Wordsworth 的テーマを歌っているが、その中心に常に「目」が存在し続けているのを見落としてはならない。

第十五章

He saw himself with all his happiness centred on his own hearth. (192)

第一部をしめくくる短かい章の最後の部分にくるのがこの一行である。自分の位置を全体として見透す目を持った Silas は、あの 'insect' のような目をした Silas といかにちがっているだろうか。

第十六章

(1)　But it is impossible to mistake Silas Marner. *His large brown eyes* seem to have gathered *a longer vision*, as is the way with eyes that have been short-sighted in early life, and they have *a less vague*, *a more answering gaze*. (196)

これは十六年後のMarnerの外見を述べた一節である。彼の近視の目は‘a longer vision’を得て今や普通の目以上に見透せる力が具わっているかのようである。「若い頃近視だった目によくあるように」と、作者はここでもリアリスティックな補足説明をしているが、‘less vague,’ ‘more answering’なその凝視は、Marnerが完全にRaveloe社会へintegrateしたという、メタファーとしての意味の方により比重が置かれている。十六章ではDollyが‘it come to me as clear as daylight’と二度も繰り返すのをはじめ、‘Eppie came out with Silas *into the sunshine*.’ (206)のように、至る所で陽光のイメージが用いられている。MarnerはEppieによって未来を回復したのみならず、かつて一度も振り返ろうとしなかったその「過去」を、今はじめて確認しようとする。

(2) …with reawaking sensibilities, memory also reawakened, he had begun to ponder over the elements of his old faith, and blend them with his new impressions, till he recovered a consciousness of unity between his past and present. (202)

Lantern Yardへの旅は、Silasが真の人間的存在となるには必然的になされねばならない旅であった。産業革命によって醜悪にされ、三十年前の面影をひとつとしてとどめないかつてのLantern Yardを確認することによって、Marnerは遂に全きRaveloeのコミュニティーの一員となりえたのである。しかし冒頭で提示された過去現在を‘dreamy’にし、‘Lethean influence’を与えたRaveloeとの間には、やはり描写に間隙が感じられるのは否めない。たち込める霧やそぼふる雨に曇った埋もれた地であったRaveloeが、あまりにスムーズに「虹」を通って陽光の中に浮かび上りすぎるのである。第十七章では、Dunstanの死体が十六年ぶりに発見され、Godfreyの述懐‘Everything comes to light, Nancy, sooner or later’ (223)を始めとして、小説全体が「光」へ「光」へ一斉に移動してゆく。

第十九章

> Any one who has watched such moments in other men remembers *the brightness of the eyes* from that transient influence. It is as if a new fineness of ear for all spiritual voices had sent wonder-working vibrations through the heavy mortal frame as if 'beauty born of murmuring sound' had passed into the face of the listener. Silas's face showed *that sort of transfiguration.* (225-6)

Dunstan の死骸発見によって、Silas の意識、感覚は一層鋭敏になり、その内側にも'an intensity of inward life'が生ずる。この時 Silas は十分な生命力を抱いた人間へと'transfiguration'を遂げ、ここに Wordsworth 的主題が完成される。第二十一章の Marner は最後に'I've had light enough to trusten by.' (241) と Eppie に告げて、Lantern Yard の旅を終えて新生を得る。Conclusion で行われる Eppie の結婚式は、ライラックやキングサリの咲き乱れる the stone pits でクライマックスを迎かえ、さんさんとふりそそぐ陽光の中の Eppie の姿で終わる。かつての「霧」、「雨」、「闇」の名残りなどいささかも感じられない。この小説が fable だと目されるゆえんである。

　以上眺めたように、この小説は終始 Silas の「視力」の回復、「光」の獲得という一貫した方向で構想されている。たしかに Marner の「近視」にリアリスティックな描写を与えようとする作者の意図は感じられるのだが、それ以上に Wordsworth 的主題が彼の「近視」の寓意性を高める結果に終わっている。

二　catalepsy という着想

　一方、Silas の「強硬症」はどうだろうか。そもそも George Eliot に「強硬症」のアイディアを与えたのは何であったのか。Penguin 版の Introduction で Q. D. Leavis はこの件についてまず *Pilgrim's Progress* の影響を考えている

(Introduction, p.13)。つまり Lantern Yard という'the City of Destruction'を出て「救い」を求めて他国に入る Marner は、本来「重荷を背負う人物」から思いつかれたとされていて、この点で様々な細部で *Pilgrim's Progress* との照応が見られるからだという。そして Marner の catalepsy を George Eliot に思いつかせたのは、The Doubting Castle の主人、A Giant of Despair であるという。事実、George Eliot の一八六〇年一月二十八日付けの Blackwood への手紙の中で、'I have been invalided for the last week, and of course am a prisoner *in the Castle of Giant Despair*'ということばが見られ (*Letters*, 254)、たしかに Marner も Giant も Eliot も、全て'Despair'という点で一致しうるのである。しかしながら Giant の'Fits'は Christian 一行が Castle から逃げる時に都合よく生ずるのである。しかも、'he fell into one of Fits (for he sometimes in Sunshiny weather fell into Fits) and lost for a time the use of his hand.' (Everyman, 115) とあって、Marner の catalepsy とはややニュアンスが異なる。強いて関連させるなら、どちらも Despair の一時中断ということになろうか。Giant の場合は暗い絶望に陽がさすと fits が一時的に生ずる。しかし Marner の fits に果たしてそんな意味があるのだろうか。

Q. D. Leavis が catalepsy の出所としてあげているもう一つの作品が、一八五九年出版の *A Tale of Two Cities* である (25-6)。主要人物の一人、Dr. Mannet は十八年間バスティーユ監獄に幽閉されており、これが Raveloe で、十五年間孤独に閉ざされた Marner に相似しているというのである。その上 Dr. Mannet は一種の記憶喪失に陥っていて「過去」を切断されている。これが Marner の catalepsy の着想を与えたという。さらに Dr. Marnnet がまだ見ぬ実の娘 Lucile と初めて会った時、その「金髪」が彼に亡き妻を思い起こさせ、それが失われた過去を甦らせることになる。この筋書きは確かに Eppie の金髪を見て死んだ妹を思い出した Marner と酷似している。Marner も Dr. Mannet も「父」となることによって「生」を回復する点も同じである。しかしながら Leavis も述べているように、Dickens の手法はあまりに'theatrical'でありすぎて George Eliot の体質にあわない。Dickens の方は'abnormality'の分析に乗り出すが、

Silas Marner は根本的に 'both sane and honest'(57) であって、彼の回復の芽は実は Marner 自身の中にはじめから隠されているのである。

上記二作が Marner の catalepsy の着想を与えた出所であるととを、それなりに認めた上で、次に私はそれが *Silas Marner* 執筆（一八六〇年九月三十日より翌三月十日まで）におよそ一年あまり先行して発表された中編 "The Lifted Veil"（一八五九年七月一日発表）から引き継いだもの、という仮説を提出したい。*Silas Marner* の「光」の世界とは全く異なった雰囲気をもつこの中編は、George Eliot のリアリズム発達史の中で重要な意味をもつ作品である。一見、両者はあまりに違いすぎるので、その関連性など考えられないかもしれない。しかし *Silas Marner* の始めの二章の 'sombre' な雰囲気は確かに "The Lifted Veil" から受け継いだものである。この作では clairvoyant と呼ばれる超能力者 Latimer が主人公である。'prevision,' と 'insight' という異常能力は、幼ない頃の 'a complaint of eye' を契機として、性来非常に感覚の鋭敏な Latimer に具わったものと考えられる。初めて Latimer が 'prevision' を見たのは、Marner の catalepsy と同じく青年時代の始まりの頃である。Latimer はある日突然、日常意識を失い、周囲が突然 'vanish' し、眼前に見たこともない光景が繰り広げられてくる—— the gradual breaking-in of the vision upon me (264) ——のを見る。ふだんは 'my world remained as *dim* as ever'(265) であるが、一度 'prevision' の瞬間が生ずると、ちょうど太陽が朝霧のヴェールをかかげるように、ものみな全てが突如くっきりと細部に至るまで実相を現わす。また 'insight' の働く場合は、

> …the vagrant, frivolous ideas and emotions of some uniteresting acquaintance…would force themselves on my consciousness like an importunate, ill-played musical instrument, or *the loud activity of an imprisoned insect.*(269)

と描写され、Marner の 'insect-like existence' と奇妙な符合をなす。'prevision' の状態を Latimer は 'rapt passivity'(265) と呼ぶ。その時、Latimer は外的意識を遮断され、人が見れば一種の catalepsy にあるように見えただろう。Marner の catalepsy は何も見えない。Marner は人間不信ゆえの絶望状態の中で、一切の感覚を麻痺させて何も見ようとしない。近視の彼にまた何も見える筈がない。一方、見えすぎるために人間不信に陥った Latimer は、必死に 'dim world' を求める。しかし未来はカーテンを上げているゆえに、彼は未来を喪失している。Latimer も Marner も「過去」と「未来」を喪失している点では共通している。両者はまさに裏返しに構想、造形された人物である。Latimer は強すぎる「光」の世界から「闇」の世界、即ち死へとずりおちていく。

> I am passing on and on through the darkness: my thought stays in the darkness, but always with a sense of moving onward… (254)

すべてが 'distinct' になりすぎ、世界を覆う 'curtain' が 'a microscopic vision' によってひき裂かれて背後の 'all the suppressed egoism, all the struggling chaos of puerilities'(270) を白日の下にさらし出す Latimer の世界は、次のような Marner の住む世界とは好対照をなす。

> *The little light* he possessed spread its beams *so narrowly* that frustrated belief was *a curtain broad enough to create for him a blackness of night.* (164)
>
> …the snow began to fall, and *curtained* from him even that drearly look, *shutting him close up with his narrow grief.* (140)
>
> … this strange world, made *a hopeless riddle* to him. (68)

即ち *Silas Marner* の世界は、その細部において "The Liftred Veil" の裏返された世界である。両作品は全く正反対の主人公を置いて、そのじつともに 'human fellowship' のあり方を探究した作品である。Marner の 'ighl' は、Latimer の 'that flash of strange light' (265) とは違って、"The Lifted Veil" の扉に付けられた次のモットーの中で希われる 'light' である。

Give me no light, great Heaven, but such as turns
To energy of human fellowship;
No powers beyond the growing heritage
That makes completer manhood.

Silas Marner の細部を点検すればするほど、これは "The Lifted Veil" の裏返された作品ではないかという思いが私におしよせる。両者は twin-novels とも見なされうると私は考える。さらにこの二作に、一八六〇年八月に執筆された短編 "Brother Jacob" をかさねる時、そこに、ある関連性が生ずるのを見る。この戯画化の勝った余興的作品の主人公は、詐欺師 David と呼ばれる「緑の目」(326) をした 'a young man of much mental activity'(268) である。常に策略を働かせるこの青年は 'above all gifted with a spirit of contrivance'(273) である。物語は、七人兄弟のため遺産のあてもない David が母や兄を騙して母のためた小銭を盗み、六年後、名前を変えてまんまとある町で菓子製造業を始めるが、そこに現われた白痴の兄―これがひどく体格がよく手に常に pitch-fork を持つ、Brother Jacob である―その兄のために正体を暴露されるという内容である。この短編の主題は、第一章に語られる 'It's no use to have *foresight* when you are dealing with an idiot'(276) ということであり、'the *short-sightedness* of human contrivance'(278) が終始笑いのまとにされているのである。これら三作の以上のような「視力」を中心にした関連性を思うにつけ、思い

出されてくるのは、一八六一年二月二十四日付けで Lewes にあてた George Eliot の次の手紙である。

> My chief reason for wishing to publish the story (i. e. *Silas Marner*) now is, that I like my writings to appear in the order in which they are written, because they belong to successive mental phases, and when they are a year behind me, I can no longer feel that thorough identification with them which gives zest to the sense of authorship. I generally like them better at that distance, but then, I feel as if they might just as well have been written by somebody else. (Letters, 383)

ひとつの作品の構想には、無数の動機が背後に隠されている。「ある日、インスピレーションのように浮かんできた」という *Silas Marner* の着想にも、*Pilgrim's Progress* や Dickens からの反映もあるだろうが、実際に執筆中の George Eliot の頭の中には、生まれ育った英国の Midland の美しい田園風景と同時に、先行した "The Lifted Veil" の描写のあれこれが思い浮かばれていたのではないかと、私には思えてならない。

三　**Silas Marner** の「強硬症」

紙数も尽きかけてきたので、最後に急いで小説中の ‘catalepsy’ の扱われ方を眺めることにしよう。そもそも、‘catalepsy’ とは精神医学事典によれば次のように説明される現象である。

> **カタレプシー（英）** catalepsy
> 緊張病症候群のうちの緊張性昏迷の一症状で、強硬症という訳語がある。動きの少ない患者で受動的に与えられたきゅうくつな姿勢を正常では耐えられぬ時間をつづけ、能動的にもとにもどそうとせず疲労も感じない状態で、他動的に動

かしてみると、ろう細工のような抵抗感があるが、しばしばこれを欠くこともある。昏迷(stupor)による精神運動低下のため外部から与えられた姿勢を変えることができない（中略）精神分裂病の緊張型に最も典型的に見られるが、そのほか外因性反応型として緊張性精神障害や症状精神病などに、またヒステリーなどの心因性精神障害にもみられる。

（『精神医学事典』弘文堂、p.82）

緊張病症候群（英）catatonic syndrome（前略）

またこの興奮状態では、しばしば一切の自発行動の停止を伴う昏迷状態と交替して現われることが多い。患者は彫像のように硬直しどんな質問にも答えず、どんな指示にも従わない。極端な場合は外部からの一切の刺激にもまったく反応しなくなる。（中略）このような分裂病性昏迷は、途絶の結果生ずるとされる。途絶とは一つの動機に対してそれと対立する動機が生ずるために意志の発現が見られないと考えられる現象である。（後略）

（同、p.138）

この解説は、はなはだ有益である。第一章でまず私たちの前にあらわれる Marner の 'cataleptic fit' は、もぐら取りの Jem Rodney に目撃されるが、そのさまは上記の説明と寸分違わない。Silas が最初にこの病いに陥ったのは、Lantern Yard の祈祷集会の最中であった。それは 'a mysterious rigidity and suspension of consciousness' (56) と人々から目されるが、親友 William Dane のみが、これは神の 'assurance' ではなくて、'trance…like a visitation of Satan' だと言う。つまり Marner の catalepsy は偏狭なカルビン主義の信奉者たちから election の証拠と見做されていたのだが、William はそれに嫉妬し、親友の仮面をつけて Silas を裏切るのである。

以上の catalepsy の扱われ方は、作者がかなりの程度この状態の知識を知っていたことを予想させる。先の事典の解説の中で最も魅力的に思われたのが「途絶」という概念である。即ち作者は、Silas の内にひそむ無意識の動機の対立を想定して、catalepsy を引き起こしているように思われたからである。第一章では婚約者 Sarah をめぐって Silas は無意識の内に William を憎悪し、かつ Sarah を憎悪し、それが高じて最初の発作が生じたのではないか、とあらぬ憶測を張りめぐらせてみた。次に第十二章、Silas が小屋の扉に手をかけたまま、突然 catalepsy に陥いる場面、

> ...he was arrested, as he had been already since his loss, by *the invisible wand of catalepsy*, and stood like a graven image, with wide but sightless eyes, holding open his door, powerless to resist either the good or evil that might enter there. (167)

この場面では、金貨を盗まれたという激しい苦痛が「途絶」を生み、もしかしたら金貨が「扉」から戻ってくるかもしれないと、閉めかけた「扉」を無意識のうちに開けたままにしようとしたとたん、catalepsy が生じたとも解釈可能である。引用中の 'like a graven image' は、事典の「彫像のように」という説明と一致している。「近視」と比較すると「強硬症」そのものの描写は、第七章の村人たちのそれへの言及をあわせて、計四章でなされるにすぎないが、そのいずれにも「途絶」という概念があてはめられるのである。俄然私は色めきたってしまった。George Eliot には現代人なみの精神医学の知識があったのではなかろうか、*Silas Marner* の 'catalepsy' はそこに無意識の絡みあいを予想してよいのではなかろうか、と思ったのである。だが、私は第十六章で久しぶりに言及された「強硬症」の次の説明を読んで、見事期待をそがれた。

> Silas had taken to smoking a pipe daily during the last two years, having been strongly urged to it by the sages of Raveloe, as a practice 'good for the fits': and this advice was sanctioned by Dr. Kimble...(201)

十六年後の Silas が、つい二年前から「強くすすめられて、強硬症の対症療法としてパイプをくゆらせ始めた」というこの説明は、この十六年間、Silas の強硬症に大して好転の兆しがなかったという事実を意味する。パイプは精神の緊張をほぐすのに効果があるのだろうが、私たちは既に Eppie を得た Silas が精神的不安、緊張に陥る理由はないことを知っているのである。この辺りまで catalepsy は治癒していてもよさそうだ。しかるに十六章で Silas は、'always ready to talk when he had his pipe in his hand'(207)、'Silas puffed again *dutifully* at the pipe'(208) と描かれ続ける。Silas の強硬症は発病から三十年以上すぎても、いまだに快癒されていない。もっとも同じ章に '(Silas) laying down his pipe as if it were useless to pretend to smoke any longer'(204) とあって、かなり快方にむかっているらしい。しかし Eppie はいつも気をつけて Silas にパイプを吸わせようとする (210)。百歩ゆずって、Silas は、Eppie の出生の秘密に対して不安を抱き、いつか Eppie が去っていくのだと無意識に恐怖しているのだと想定してみよう。これは十分「途絶」を生みそうである。しかし、Eppie をめぐって Godfrey との全ての決着がついて、完全に Eppie が自分の娘となった今、Lantern Yard を旅して昔の通りに入った Silas は次のように同行の Eppie にいたわられているのである。

> 'Come into that little brush-shop and sit down, father...they'll let you sit down,' said Eppie, *always on the watch lest one of her father's strange attacks should come on.* (340)

つまり Silas の「強硬症」は純然たる性来の肉体的現象としての強硬症であって、娘 Eppie はこの日まで父の catalepsy の現場を何度か見てきたのである。それでなければ、'always on the watch' などとは言えない。即ち Silas の「強硬症」は「近視」の場合と異なって、はじめからメタファーではないのである。第一 fits のさなかに、Silas は何も見ない、聞こえない。これは純然たる「強硬症」そのものであって、これにより「近視」の場合に強められた作品の寓意性が、幾分相殺される感をうける。現実を現実とするこの作家の、安易なメタファー使用の拒否に、リアリズムの本道を歩むこの作家の面目が感じられるのである。

（一九八〇年九月二十一日）

＊ テキストは、*Silas Marner* ed. by Q. D. Leavis(Pengun, 1967)"The Lifted Veil," "Brother Jacob"（AMS, The Writings of George Eliot）によった。引用の末尾の（ ）はそのページを示す。

解釈という病い――*Silas Marner* の一局面

Silas Marner（一八六一）といえば、人と神への信頼を失い金貨だけを愛するようになった一人の機織り職人が、十五年に亘って貯めてきたその金貨を盗まれた時、代わりに迷い込んできた金髪の幼な子の出現により失われた人間性と信頼を回復し、再び共同体の一員として社会に復帰するという極めてわかりやすい、程良い長さの物語として長らく親しまれてきた。エリオット自身この作品では「純粋で自然な人間関係がもたらす治癒の力（the remedial influences of pure, natural human relations）[1]」に光をあてたと述べているし、*Romola* 構想中に突然割り込んできた“inspiration”によってほんの半年足らずで書き上げられた異例の執筆経過からみても、これは確かに、F. R. Leavis のいう「道徳的寓話」[2]という評にあてはまる小説であろう。その後、N. Frye に代表される神話批評の隆盛もあって、グリム童話を初め、旧約聖書の「ヨブ記」、ポーランドの作家 Kraszewski の“Jermola the Potter”（これは捨て子を育てることで主人公が人間性を回復するという点で *Silas Marner* に酷似する民話[3]）また、Shakespeare のロマンス劇 *The Winter's Tale*, Bunyan の寓話 *The Pilgrim's Progress*, W. Scott の歴史ロマンス“The Black Dwarf”[4]、Midas 神話を語り直した Hawthorne の童話“The Golden Touch”などとの類似が指摘される機会が増え、その寓話的・童話的・民話的要素がさらに強調されるようになった。要するに（Hanson 夫妻の言葉を使えば）「大人のためのおとぎ話（a fariy tale for grown-ups)」[5]として、また、この作者の過去と故郷イギリス中部地方の思い出を素材にした、作者最後のノスタルジックな「田園小説」[6]として Eliot の全作品中例外的に扱われることが多い小説だったと言えよう。同時に、初めてこの作家に親しもうとする人には「最善の小説」という折り紙もついて長らく“a school classic”として教室で読まれることが多かったため、今なお英米では（そして日本でも）、*Silas Marner* には「学校教科書」としての連想が強くまつわりついているのも不思議ではない。

しかしながら今日に至るまでのこの小説の批評は、以上のような"a story of the utmost simplicity"(W. Allen)[7]という見方が覆えされ続けた歴史であった。例えば、この小説には作者が当時置かれていた状況が反映されているとして Eliot 自身の伝記的事実と結びつける読み方がある。内縁関係の夫 G. H. Lewes との同棲生活を続け、その連れ子 Charles と同居することでこの頃突然「母」となった、男性のペンネームをもつ女性作家 Marian の心理的ジレンマが、Silas のみならず Godfrey にも Nancy にも Eppie にも、さらには Molly にさえも投影されているという読み方である。これは、*Silas Marner* という綴りが Less(e)r Marian というアナグラムであることを考えると十分魅力的な読み方であるが、作品と伝記をあまりに直接的に結びつけるのは、やはり作品の本質を見逃す恐れもあろう。しかし、この小説を書き終えた一八六一年三月十日付けの日記には"Magnificat anima mea!"(Let my soul enlarge!)[8]という記述がみられ、これが Eliot 会心の作で、あったことを告げている。

次に、この小説は *Romola* と同じく十九世紀社会に至る時代思想の変遷が扱われているとする出版当時の R. H. Hutton の書評の展開がある[9]すなわち神話・哲学・科学という三段階を経て社会は進歩するという Comte の考え方、また Darwin の進化論を応用し、個人や社会の進化にも生物進化と同一の原理があてはまるという a unification theory を説いた Herbert Spencer や Lewes の考えを Silas の「変身 (metamophosis) の物語」が具現化しているという、Sally Shuttleworth に代表される解釈である[10]。Lantern Yard で見た狭量なキリスト教から、Feuerbach 的な the religion of humanity への移行というのが、この批評の大方の見方でもある。これを Thomas Carlyle の言う"The New Mythus"、即ち"Everlasting Nay"から、"Everlasting Yea"の移行に結びつけて、新たな「変身神話」として捉えようとしたのが、Brian Swann である[11]。他方 Q.D.Leavis は、この小説を個人と地方の共同体の関係として捉え、Silas がいかに Raveloe の一員として復帰するか (rehabilitate) が小説の主題であるとしている[12]。

また、従来、この小説は myth と novel、pastoral と realism などの二要素に分けて考えられ、それは、Silas 中心の

a myth of spiritual rebirth という主筋と、Godfrey 中心の a novel of redemption という副筋に分けて扱われることが多かったのだが、Silas も Godfrey も本質的に同じ道筋をたどっていて（しかも両者ともに女性的であることも共通していて）、最終的にどちらも "God is Love." という宗教的メッセージが、"Love is God." という人間的メッセージへと逆転している、という David Carroll の行き届いたプロット研究もある[13]。このように、これ以外にも主題と構造の研究が多数行われてきた。

さらに、この作品に Hawthorne の言う romance と novel の二要素を見い出したのは R.T. Jones だったが[14]、その後 John Preston はこれを Walter Benjamin の区分に従って "story"（人生の wisdom を伝える部分）と "novel（人生の meaning を描く部分）として捉え直した[15]。前述 Carroll も同様に Benjamin を引用しつつ、'the 'meaning of life' と the 'moral of the story' の二つの要素が Eliot の小説に見られることを指摘している[16]。それは Susan Cohen によれば、Marner の "history" と "metamorphosis" を扱った物語に分かれ、前者が主人公の continuity, 後者が discontinuity を語る、ということになる[17]。この他にも、この小説を Wordsworth の長編詩や Hawthorne の *The Scarlet Letter* など、他の作家・作品と比較しつつ、両者の相互関係を考える間テキスト的研究[18]があり、さらに、エリオット自身の "The Lifted Veil" や "Brother Jacob" など、この小説出版前後の作品との関連性を考える研究がある[19]。加えて、近年では Sandra Gilbert や Kristin Brady, Jennifer Uglow に代表されるように、父権性社会の中に働く女性原理を読み込もうとするフェミニズム的な研究もある[20]。また、家族や親子の関係に基づく Freud, Jung の理論を用いて精神分析的な読みを試みる批評も目につく。とりわけ Jung 心理学を用いて父と娘の関係を分析・洞察し、この小説で作者個人の問題をもっとも体現しているのは Silas ではなく Nancy Lammeter であり、その意味で Nancy こそ *Silas Marner* の真の主人公であるとする Terence Dawson の研究[21]は、精神分析理論の適応と精緻な読みに思わず説得されそうになる。

以上のように、この小説は「単純」どころではなく、「幾つかの異質な要素を統合する複雑な文学芸術」（L.

Haddakin)[22]であるという見方が、現在の *Silas Marner* 研究に行き渡っているのが現状だと言えよう。同時にその「諸相」はすでに研究し尽くされてきたかのような様相を呈しているが、「多面体」としてのこの小説には今もなお *Oxford Reader's Companion* の編者 John Rignall が言うように、「謎と不可解が残存し続けている (A residue of the mysterious and enigmatic remains.)[23]」ことも確かである。

　例えば終結部を例にとると、そこではさんさんと太陽の光がそそがれる Eppie と Aaron の結婚式の模様が伝えられ、いかにもおとぎ話の結末にふさわしい情景で小説の幕が下りるが、しかし、一見すると幸福そうなこの場所に、Eppie の実の父 Godfrey も、その妻 Nancy も不在であることに気がつく。その上、Eppie, Aaron, Silas, Dolly という "the four united people" の中から、Dolly の夫 Winthrop だけは締め出されている。しかも Eppie は夫 Aaron より、父 Silas の手を強く握りしめているかのようだ (Uglow は、この Aaron は次の作品 *Romola* の Tito のような夫になりうる、とさえ言っている)。同じ光を浴びる庭には、Eppie の母、Molly が行き倒れて死んだときに寄りかかったハリエニシダ (furze はその香りから死を連想させる植物) が植えられ、この小説のもう一つの暗部をほのめかしている。何より、Mamer を絶望に追い込んだかつての場所 Lantem Yard を三十数年ぶりに彼が訪れてみれば、そこは跡形もなく消え失せ、罪人の咎を着せられた Mamer の名誉が回復されることは遂にない。それは彼が "It's dark to me ...I doubt it'll be dark to the last." (179) と Dolly に言う通りである。さらに結末部では、共同体として理想郷のような姿を呈す Raveloe の村が描かれるが、しかしながら村人たちと地主との階級の差は依然として縮まっていないことも、ここかしこで窺われる。

　またこの小説の扉には、Eppie と Silas の関係をよく表す Wordswroth, "Michael" からの引用がモットーとして付けられているが、その三行 "A child, more than all other gifts / That earth can offer to declining man, / Brings hope with it, and forward-looking thoughts, " に続く次の二行、"And stirrings of inquietude, when they / By tendency of nature needs must fail" を、Eliot が故意に省略していることにも気がつく。長編詩 "Michael" には、老齢になってようやくもうけた息子 Luke が悪行にふけったあげく国外に逃げ、その失意のあまりに孤独に死んでいく老人 Michael の姿が結末に歌われているが、これは小説 *Silas Marner* とはあまりにも異なる悲劇的結末である。それゆえ Eliot は、子供は確かに未来への希望をもたらすが、「同時に必ずその希望はついえ、そこに不安の動揺がもたらされる」という部分に目をつぶっていることになる。このように、Eliot はこの小説で、多くを抑圧して書いているということに着目した批評家たちが、近年、続々と *Silas Marner* の再評価に乗り出したのも当然だと言えよう。

そのような目で改めて小説を見直すとここには従来言われてきた霧・雨・虹・陽光・扉・金・眼差しなど、おとぎ話的な道具立てのほかに、mystery, mysterious, riddle, chasm, strange, blank, empty, void, vague など謎、空虚、不可解を表す語が、繰り返し使われていることに気がつく。人間は謎や不可解、空虚なものを前にするとそれらを「解釈」で埋めることで不安から脱しようとする。*Silas Marner* には、この種の謎とその解釈が充満している。同時に読者にはあらかじめ作者の説明により、その実際の状況を見通せる優位な立場が与えられていて作中人物たちが繰り広げる「解釈」の真相を客観的に眺めることができるようになっている。これは Northrop Frye がかつて小説を satire, irony と定義したことを思い起こさせる(24)。小説の読者は事件の全貌を見通す者として、作中人物の犯す見当違いな解釈を見抜くことができ、そこに irony, satire が生じる、という Frye の説明がここによくあてはまるからだ。"the conflict of interpretations" とは David Carroll による Eliot 論の書名(25)であるが、*Silas Marner* に見られる「解釈の衝突」を眺めていくと、そこに作者が込めた最終的なメッセージが浮かび上がってくるように私には思われる。つまり、それが「病いとしての解釈」とそこからの「回復」ということである。それは「言葉」だけが構築する世界から「実感」の世界への跳躍と言い換えてもいいだろう。このような観点から、小説全体を読み直してみたいというのが、本論の眼目である。以下、この小説にみられる「解釈の病い」のあり方とその「回復」を、Silas 中心に眺めてみたい。

まず小説冒頭で、「機織り」という異様な職業を持つ、北の国からやってきた「よそもの」を理解できない村人は、「迷信」によって彼を「悪魔(the Evil One)」と同類だと「解釈」する。しかし冒頭もっとも目につくのはSilasの奇病「強硬症(catalepsy)」に対する解釈である。Silasが以前住んだLantern Yardの教会(chapel)に集う人々は、礼拝中にSilasが陥ったこの病いを初め、Calvin的な聖書解釈から「神に選ばれたもの」だと「解釈」するが、Silas自身はこの病気にかかっている間、何の“spiritual vision”も見ていないことを正直に認めている(10)。旧約聖書の“David and Jonathan”になぞらえられるSilasの「親友」William Daneは、実際は嫉妬と憎悪からSilasを裏切る悪魔的な人間である。それはEliotが当初この人物にWaifという不気味な名前を与えたことからも十分見てとれる[26]。同時に、Lantern Yardでもっとも重要な能力は“gifts of speech”(9)であり、Daneがその能力をもっとも有する人物であると語り手は伝える。その「言葉の達人」Daneが、この病気を「悪魔の訪れ」と結びつけて「解釈」したのだ。するとSilas自身、信頼するこの親友の「巧みな言葉」に従って自分の病気を“visitation”と呼んでしまう。他方、Silasが移り住んだRaveloeでも村人たちはこの病気を恐れ、同じく悪魔的だと解釈する。しかし、教区の書記で呉服業を営むOld Macyだけは、これは「発作ではなく魂が身体から抜け出ること」だと解釈する(8)。その後、Marnerが母親譲りの薬草の知識により村の女性Sally Oatesの病気を治したとき、村人たちはますます彼を「魔女(the Wise Woman)」と同類だと思いこむ。この薬草の知識はかつてLantern YardでMarner自身「祈りの言葉」が伴わなければ効果がないと、これまた「宗教的解釈」を施し、それ以来まったく放棄していたものであった。

さて以上のような強硬症への様々な解釈に、私はSusan Sontagの*Illness as Metaphor*(1978)と*Aids and Its Metaphors*(1989)を思い出さないわけにはいかない[27]。病気に意味を付加することで、現実の病いを単なる「病気」として受け止められなくなる「解釈の病い」が隠喩となって現れるさまを、Sontagは古今の文学作品から例証しているが、

Silas の強硬症への解釈のどれもが「隠喩」であったことに改めて気がつく。しかしながら、テキストの後半部、Eppie が出現してからというもの、村人たちのこの病気に対するこのような解釈は影をひそめていく。とりわけ小説が第二部に入ると完全にこのような解釈は消えてしまい、代わって、村の医師 Dr. Kimble が強硬症の対症療法としてパイプによるストレス緩和を勧めるさまが伝えられる (142)。十八歳になった Eppie 自身、旅行中 Silas をいつも見張ってはパイプを勧めている (179)。Eppie は父 Silas の病いを一度も意味づけしておらず、作品後半の強硬症は純然たる病気として提示されている。David Carroll は、「Silas の強硬症は人間の弱さの象徴である」[28]と言っているし、Eppie 発見という小説の転換点で Silas が陥っていた強硬症を作者は "the invisible wand of catalepsy"(110) と呼んではいるが、小説の初めと終わりでこの病気の扱い方が一変していることに注意しないわけにいかない。何より、金貨の盗難と Eppie 出現を契機として、村人の Silas に対するそれまでの態度が変化し始め、それに伴いこれまで村人たちを支配していた「病気の隠喩」が聞かれなくなっていく点に、まず留意したい。

次に見られる「解釈の衝突」は、その Silas の金貨が Cass 家の次男 Dunstan に盗まれた謎についての解釈を巡って生じる。Silas 自身、この金を盗んだのはもぐら取りの Jem Rodney だと直感的に「解釈」してしまう。しかし Rainbow 亭で、Rodney のアリバイが証明され、Silas はかつて自分が受けたのと同類の、あらぬ嫌疑を無実な人間に浴びせてしまった非を認めざるをえない。この時、Silas の内部で最初の変化が生じたように思われる。そこで村人たちのある者は盗みの容疑者として、ジプシーの行商人 (pedlar) を名指しする。それは Silas の家の扉の前に残した「火打ち道具 (tinder-box)」という「動かぬ証拠」をもとにした「理性的説明 (rational explanation, 76)」に基づくものだと主張されたが、実際にはこれは、よそ者への偏見と差別がもたらした病んだ解釈に他ならない。村人たちがこのジプシーが耳飾りをつけていたかどうかを大問題とする場面は、喜劇仕立てで描かれている。これに対してこの盗みは「解きがたい謎 (the impenetrable mystery, 76)」であり、真相は闇の中とする「神秘」に組みする側が対抗する。その代表者が先の Old Macy である。Dunstan の兄 Godfrey も行商人説を一蹴するバランス感覚を備えている。しかしだれも、兄の Godfrey でさえ、この事件と Dunstan の「不在」とを結びつけることなど思いもよらない。ここでは「理性的」と思われる説明が、実は勝手に作り上げた非理性的な虚偽の言説であり、他方、真相は謎として逃避する、一見非理性的な解釈が実は理性的である、という逆転現象が見られる。結局この「謎」は十六年間封印され、Godfrey が石切場の「ため池」を灌漑して、金貨を持った Dunstan の死骸が池の底に発見されるまで、Raveloe の全ての人にとってずっと「謎」のままであり続けた。この事件は「証拠」や「推理」という一見「理性的な解釈」が、実際はいかにあやふやで頼りないものであるかを、よく物語っている。

ところで、Silas の金貨を盗んだ Dunstan、また、その兄 Godfrey の Cass 家の兄弟二人は、全ての重大事項を"Favourable Chance"にゆだねてしまう、という点に特色がある。この二人は、決定的な時を迎えると決まって、自分に都合のよい「偶然」に運命をまかせて、現実から逃避してしまう。これは次作 *Romola* の Tito と同じく、Meredith の言う sentimentalist の典型でもある(29)。これはまた「解釈の放棄」、もしくは「解釈の自動化」でもあるが、考えてみれば Lantern Yard で Marner の運命を決めた「くじびき」も、Chance に依存する点ではこれと同じであることに気がつく。かくて、テキストの中で両者が結ばれ、小説 *Silas Marner* の一つの主題が浮かび上ってくる。「*Silas Marner* における偶然」という Donald Hawes の論文がこの問題を扱っている(30)。

これと同様に「解釈」を停止、又は自動化させるものに「習慣の論理 (the logic of habit)」があるが、これについては近年出版された Kathleen McCormack, *George Eliot and Intoxication* の第五章などに言及されている(31)。また、ほかには Nancy Lammeter に代表される"[an] unalterable little code"(156) による解釈、つまり二十三歳にしてあらゆる出来事を自分の揺るがぬ「規範 (code)」と厳密に重ね合わせてしか、すべてのものごとを「解釈」できない Nancy も、一種の「解釈の病い」に陥っていると言えよう。"[H] er opinions were always principles to be unwaveringly acted on."(ibid.)

という作者の言葉には、暗黙の内に Nancy への批判が込められている。これは父 Mr. Lammeter 譲りの性癖とも考えられる。"〔B〕reed is stronger than pasture."(98) すなわち「育ちより氏（うじ）」というのが Mr. Lammeter の好きな言葉であるが、この言葉の逆転を十九章の Eppie との対決の場面で Nancy は見ることになる。このとき、Nancy が従来依存してきた「code への信奉」も変更を余儀なくされることになる。十九章で Eppie を引き取りにきた Godfrey と Nancy が振りかざす "nature, law" という原理と、Silas, Eppie の十六年間の生活が生んだ "genuine feelings" との対決もまた、第二部最大の「解釈の衝突」の場面を作りあげているが、ここでは紙幅の都合上、最後に、この小説中もう一つの大きな「謎」、Eppie 出現についての Silas の反応を見ておこう。

この小説第六章、Rainbow 亭で行われる村人たちの論議が、単なるゴシップではなく、この小説の様々な主題と結ばれる本質的な問題を呈していることは、Q. D. Leavis 始め、すでに多くの人々が指摘してきた[32]。しかしここでは「解釈の病い」という点から、例えば次のような Mr. Macy の言葉に注目しないわけにはいかない。

> …there's reasons in things as nobody knows on — that's pretty much what I've made out; yet some folks are so wise, they'll find you fifty reasons straight off, and all the while the real reason's winking at'em in the corner (50)
>
> （物事にはだれにもわからない道理がある。それこそが私がかなりわかってきたことだ。だが、とても頭の賢い人たちがいて、かれらはたちどころに五十もの理由を見つけだすが、その間、本当の理由はすみっこでかれらに目配せしているんだ。）

これは先にみた pedlar についての議論によく当てはまる。「賢い」人々が次々といろいろな「理屈」を述べ「解釈」にふけっていても、"the real reason" は少しも彼らには見えないままだというのである。ほとんど同じことを Dolly

Winthrop も次のように言っている。

There's wise folks, happen, as know how it all is; ...but it takes big words to tell them things, and such as poor folks can't make much out on. I can never rightly know the meaning o' what I hear at church, only a bit here and there, but I know it's good words. (143)

（多分、それが全体どういうことかよくわかっている賢い人たちがいるんでしょう。でもそういうものごと、それに貧しいものがよくわからないようなものを告げるには、大げさな言葉が必要なんでしょうね。わたしは教会で聞くお話の半分もよくは分からないんです、ほんのちょっぴり、ここかしこしか。でもそれがよいお言葉だとはわかります。）

Dolly はケーキにつける IHS という文字装飾の意味が分からず Marner に聞いている。しかし、それが大切な良いものであることは直感的に理解している。Dolly にとって重要なことはこの引用にあるように、"big words" ではなく、実際の feelings である。これは Lantern Yard を支配していた "gifts of speech" の正反対の態度でもある。Macy と Dolly の二人は Raveloe で、解釈の病に陥っていない sane people の代表者だと言える。第六章ではまた、Lammeter 夫妻の結婚式を司った Mr. Drumlow が、挙式の「言葉」を言い間違えた思い出を Mr. Macy が語る場面があるが、ここでも、結婚を実現したのは二人の「意志」であり「実感」であって牧師の「言葉」ではないことが再確認される。Mr. Drumlow 自身、それは "regester"(51) だと言ったということだが、この register という語は「登録」の意味の他に、「心にしっかりと刻む」という意味があることを思い起こせば、この発言は Mr. Drumlow の意図を越えたかなり重大な意味を含むものだと言えよう。つまり、この世界の実像を受け止めるには「言葉」だけでは足りない、ということをよく意味しているからだ。Silas 自身 Raveloe の宗教を理解するためには、“a comparison of phrases and ideas” ではなく、“a strong feeling, ready to vibrate with sympathy” によるだろうと、感じている (125)。これについてはまた、作者自身の次のような意味深い発言を見落とすわけにはいかない。

I suppose one reason why we are seldom able to comfort our neighbors with our words is that our goodwill gets adulterated, in spite of ourselves, before it can pass our lips. We can send black puddings and pettitoes without giving them a flavour of our own egoism, but language is a stream that is almost sure to smack of a mingled soil.(78)
（思うに、言葉で隣人を慰めることがめったにできない一つの理由は、言葉が唇を出る前に、我知らず、私たちの善意が混ぜものにされてしまうからだ。ブラックプディングや豚足なら、私たち自身のエゴイズムの風味を与えずに、贈り物にできるが、言葉はほとんど必ず入りまじった泥土の臭いのする流れとなってしまう。）

口から発せられる言葉にはどうしても egoism という風味がつきまとい、「ほとんど必ず泥の混じった臭いのする流れだ」という発言に、この小説で Eliot が伝えようとする一つのメッセージが聞かれる。すなわち、“the progress of intellect” を標榜する十九世紀に、人々の用いる言葉は一見するとますます「理性的・科学的」になっていったのだが、反面、かつて世界と自然に相対した時の純粋な人間らしい感情は失われていく、というメッセージである。これについては Janet Burnstein, James McLarverty, Nancy Paxton などの、優れた論文が参考になる(33)。例えば、McLarverty の論文によれば、Comte は社会進歩の最終段階の「科学の時代」には、それと同時に失われた感情をとりもどすため、必然的に「神話段階」の fetishism もよみがえってくると言っているが、事実、小説 *Silas Marner* は、このことを裏付けるかのように、作中至るところで fetishism 的な描写が行われていたことに気がつく。その代表的な例を次に二つ挙げよう。

> In the early ages of the world, we know, it was believed that each territory was inhabited and ruled by its own divinities, so that a man could cross the bordering heights and be out of the reach of his native gods, . . .(16)
> （知つてのとおり、この世界の早い時代には、それぞれの土地はそれ独自の神々に住まわれ、支配されていた。だから、人は境界となる丘を越えて、生まれ故郷の神々の手の届くところから逃れられたのだ。）

> [Silas] loved the old brick hearth as he had loved his brown pot — and was it not there, when he had found Eppie? The gods of the hearth exist for us all; and let all and let all new faith be tolerant of that fetishism, lest it bruise its own roots. (142)
> （サイラスはかつて茶色のつぼを愛したように、古いレンガの暖炉を愛した。そもそも彼がエピーを見つけたのは、そこではなかったか？暖炉の神々はいまも我々全てにとって存在している。全ての新しい信仰は、そのようなフェティシズムに寛大であれ。自分自身の根を傷つけてしまわぬように。）

それゆえ、Silas は決して暖炉を作り替えようとはしない。右の二つの引用では、いずれも古い時代の人々がかつて信仰していた「土地の神々」「物に宿る神々」がここに言及され、それが「くじ引き」で Silas を有罪にした Lantern Yard の「神」と対照されている。Lantern Yard の神は感情に色づけられていない無機質な存在に感じられるが、Marner の暖炉に宿る「神々」は、Marner の Eppie への思いとしっかり結ばれ、人間の奥深い、暖かい感情と溶けあっている。現に、十六年前、その暖炉の脇に Silas が Eppie を見つけた瞬間は、次のように描かれていた。

…he had a dreamy feeling that this child was somehow a message come to him from that far-off life: it stirred fibres that had never been moved in Raveloe — old quiverings of tenderness — old impressions of awe at the presentiment of some Power presiding over his life, for his imagination had not yet extricated itself from the sense of mystery in the child's sudden presence, and had formed no conjectures of ordinary natural means by which the event could have been brought about. (111)

（この子供はその彼方の生活から自分のところに来た、何かのメッセージだという夢のような感覚をサイラスは味わった。それはラビロウでこれまで震えたことがないような心の襞をかき立てた。やさしさが昔のように震えている自分の人生には何か神の力のようなものが支配しているという予感に対する畏敬の念の昔ながらの印象だ。というのも彼の想像力はいまだ、この子供の突然の出現に感じた神秘の観念からときほぐれないからだ。それで、この出来事がもたらされたであろう普通の自然な手段について、すこしも推測の思いが至らなかったからだ。）

これが、小説中最大のターニングポイントとなる場面である。ここでの Silas は、「通常の手段」による「解釈(conjecures)」を一切停止して、ただただこの世の神秘の前にひれ伏し、自分の人生を司る Power の存在を感じとっている。このとき、Marner の "fibres" が振動していると作者は書いているが、Eliot の他の小説でも、作中人物がもっとも感情が揺すぶられる場面に、たいていこの "fibres" という語が使われていることに改めて思い当たる。一体、この語はどこから来たのだろうか、と考えるとき、例えば、George Henry Lewes の *Success in Literature* に収められた

エッセイ "The Inner Life of Art" に見られる文学の目的を定義した次の一節などが参考になると思われる。

Its appointed aim is — to awake and give vitality to all slumbering feelings, affections, and passions; to fill and expand the heart, and to make man, whether developed or undeveloped, feel in every fibre of his being all that human nature can endure, experience, and bring forth in her innermost and most secret recesses;...[34]

（文学の定められた目的とは、全ての眠れる感情、愛情、熱情を目覚めさせ、それらに活力を与えること、心を満たし拡大させる (expand) ことだ。発達しているものであれ、未発達のものであれ、そのもっとも内奥の、もっとも秘密の奥まりの中で、人間性が耐え、経験し、かくて生み出すことのできるすべてのことを、その存在のあらゆる「心のひだ (fibre)」の中で感じさせることだ。）

これは、実は、Lewes が Hegel の *Aesthetics* の Introduction を翻訳した一部である。これに対して、現在一般に手に入る Hegel の英訳版ではこの部分は次のように翻訳されている。

Its aim therefore is supposed to consist in awakening and vivifying our slumbering feelings, inclinations, and passions of every kind, in filling the heart, in forcing the human being, educated or not, to go through the whole gamut of feelings which the human heart in its inmost and secret recesses can bear, experience, and produce...[35]

二つの翻訳を比べて見て、もっとも気がつくことは、Hegel の翻訳には見られない "expand" と "fibre" という、Eliot 文学のキーワードとも言うべき語が Lewes の翻訳に使用されていることである。Lewes が Hegel の『美学』をもとにこの論文を最初に発表したのは一八四二年である。若き Marian Evans がこれを読まないはずはないと思うと、文学の根本的な働きとして、精神を「拡大」させ、心の「内奥のひだ」に訴えかけるという、Hegel から得た Lewes の文学観に、Eliot が全面的に共感し、それを自分の小説の中で実現しようとしたことは、十分考えられる。*Silas Marner* もまた、このような考えがもとになって書かれた小説であることを Silas の Eppie 発見の場面が伝えていると、私には思われる。

さらに、Marner が Eppie を発見したこの場面は、Wordsworth, "Expostulation and Reply" の、人口に膾炙した次の一節をも思い起こさせる。

Nor less I deem that there are Powers
Which of themselves our minds impress;
That we can feed this mind of ours
In a wise passiveness. (21-4)
(同様に、この世にはいろいろな力が存在していると私は思う
それらは自ら進んで私たちの精神に刻印を押す。
だから私たちは賢明なる受け身の姿勢で
この私たちの精神を養うことができるのだ。)

Wordsworth の言う "Powers" とは、先に見たこの世の大自然に宿る「神々」と考えてもよい。Wordsworth もまた、ここで fetishism 的に発想しているように思われる。そして、その神々の存在を感じ取るための「賢明なる受動の姿勢」

とは、言葉による「知的解釈」(Wordsworth はこれを "The Tables Turned" の中で "our meddling intellect" と名付けている)ではなく、心の内奥の fibres の振動とともに、世界を十全に受け入れることであるだろう。すると、Silas は今初めて、ここで Wordsworth の言う "wise passiveness" の状態になったと言えよう。この時の Silas の感情を作者はさらにこの後で、次のように描写している。

> Thought and feeling were so confused within him, that if he had tried to give them utterance, he could only have said that the child was come instead of the gold — that the gold had turned into the child. (122)
> （考えと感情が彼の心の中であまりに錯綜してしまい、それらに言葉を与えようとしたら、ただ「金の代わりに子供が来た、黄金が子供に変じた」としか言えなかっただろう。）

Silas の中で思考と感情がからまりあって、言葉が発せられないさまがここに伝えられる。即ち、それは Silas が「言葉による解釈」が不可能の状態に陥ったことを意味している。代わって「金貨が幼子に変わった」という Silas の感じ方は、先に見た fetishism 的な受け止め方に他ならない。これに対して、村人たちは Eppie 出現を「通常の手段」で解釈し、Eppie を教区の workhouse に入れることを勧める。しかし、Silas は断じてこれを拒否し、以後 Eppie の父とも母ともなっていく様子が小説の中心となっていく。これは言い換えると、Eppie の出現を契機として Silas は、「言葉」が蜘蛛の巣のように織りなしてきた「解釈」の迷路から、「真の感情」の源泉となる「輝く世界」へと Eppie の手に引かれて連れ出されたことにもなるだろう。先に触れた smoking による強硬症の治療に Silas が黙って従うとき、作者は次のようにそれを説明する。

Silas did not highly enjoy smoking… but a humble sort of acquiescence in what was held to be good, had become a strong habit of that new self which had been developed in him since he had found Eppie on his hearth: it had been the only clue his bewildered mind could hold by in cherishing this young life that had been sent to him out of the darkness into which his gold had departed. (142)

（サイラスは煙草を非常に楽しんでいるというわけではなかったが、良いとされたものに黙って謙虚に従うやりかたが、暖炉のそばでエピーを発見して以来、彼の中で生まれ出た新たな自分の強い習慣となっていた。自分の金貨が消え失せた暗闇の中から、自分のところに送り届けられたこの若い命をはぐくむとき、それは彼の混乱した精神がよりどころとなることができた唯一の「手がかり」でもあった。）

ここでいう“a humble sort of acquiescence”とは“wise passiveness”のパラフレーズに他ならない。実際、Eppie こそ、この世の神秘をあるがままに受け止められる“wise passiveness”のシンボルとして描かれ続ける。また、ここで“clue”と綴られた語は、Cabinet Edition では“clew”でありここに Eliot が、迷宮から「糸玉 (clew)」によって Theseus を導き出した Ariadne の神話を重ねていたことが窺われる。Eppie 出現以後、Silas はもう以前のように機織りに精を出さなくなる。多くの批評家が言うように、「機織り (weaving)」が言葉を紡ぐ比喩だとすれば、これは Silas 自身 Eppie によって、言葉が紡ぐ「解釈の病い」から徐々に癒えていくことを暗示してもいる。まことに“The Child is father of the Man.”というわけである。こうして「変身した」Silas には、Eppie を引き取りに来た Godfrey が、“I think you might look at the thing more reasonably.”(170) と言っても、もう動じることはない。Silas は“reason”よりもっと大切なものが存在することを知っているからである。Eppie を育てて十六年後、第十九章では「新たな自己」として誕生した Silas の表情を、作者は Wordsworth を引用しつつまた、次のように描写している。

Anyone who has watched such moments in other men remembers the brightness of the eyes and the strange definiteness that comes over coarse features from that transient influence. It is as if a new fineness of ear for all spiritual voices had sent wonder-working vibrations through the heavy mortal frame — as if "beatuy born of murmuring sound" had passed into the face of the listener. (165)

（他の人々の中にこのような瞬間を目撃した人であれば、目の輝きと、粗野な表情の上全体にそのつかの間の影響力から生じる奇妙な明確さを覚えているだろう。それはあたかも全ての霊的な声を聞き分ける新たな耳の繊細さが、重い肉体の至るところに、驚異を生み出す振動を送りとどけたかのようだ。つまり、「つぶやく音から生まれた美」が、聞く人の顔の中に入り込んだかのようだ。）

上の引用中、引用符の部分は Wordsworth の "Three Years She Grew in Sun and Shower" からだが、もとの詩で歌われた少女 Lucy は、Eppie とは違って、このあとすぐにこの世を去ってしまう。つまり、ここでもまた、前述の "Michael" 詩と同様、Eliot は Wordsworth のテキストを書き換えていることになる。それはともかくとして、この部分を読む Eliot の読者は、恐らく *Middlemarch* 第二十章のあの有名な一節を想起しないわけには行かないだろう。

If we had a keen vision and feeling of all ordinary human life. it would be like hearing the grass grow and the squirrel's heart beat, and we should die of that roar which lies on the other side of silence. As it is, the quickest of us walk about well wadded with stupidity. (*Middlemarch*, 194)

（もし私たちが全ての普通の人間生活について鋭敏なヴィジョンと感覚をそなえていたら、それはあたかも草の伸びる音やリスの心臓の鼓動を聞くようなものとなろう。そして沈黙の向こう側にあるその騒がしい音のために死んでしまうに違いない。しかるに実際は、どんなに鋭い人でさえ、愚鈍をたっぷりつめこまされたまま歩き回っているにすぎない。）

ここに *Silas Marner* と *Middlemarch* で扱われた問題の同質性がある。すなわち、「知性の進歩（The Progress of Intellect）」に伴って生じた理性的・科学的言語表現への根本的な懐疑が、二つの小説の根底に潜んでいる、ということである。それを突き抜ける唯一の道が、Wordsworth 的な "wise passiveness" あるいは、Keats の言った、神秘は神秘のままでいられる能力、すなわち "Negative Capability" であると、Eliot は考えているようである。*Middlemarch* でも女主人公 Dorothea が果てしなく広がる「解釈」の網の目を突き破って、最後に a new vision に至るまでの "metamorphosis"(ch.50, p.490) が扱われている。第八十章では、朝明けの窓のカーテンをあけた Dorothea が、労働に出る「荷物を背負った男性と赤ん坊を抱えた女性」が通り過ぎるのを見たとき「世界の広さ」(788) を感じるというエピファニーの瞬間が描かれる。ここで一切の解釈を超越した世界を見る目を獲得した Dorothea の描写は、以上見てきた Silas の「変身」と根底で一つに深くつながった、Eliot の問題意識が凝縮した場面だと思う。John Preston が、「Eliot は小説を Benjamin のいう novel から story へと回復させようとした」[36] というときそれは作者の問題意識が当然しからしめたものだと、私は考える。この意味で *Oxford Reader's Companion* の John Rignall が *Silas Marner* に最終的に与えた評価、"less a nostalgic farewell than a new departure which anticipates the novels to come"[37] という言葉に、私は全面的に賛成したい。

（本稿は、二〇〇一年十二月一日東海大学で開催された第五回日本ジョージ・エリオット協会大会で行われたシンポジウム「『サイラスマーナー』の諸相」において発表したものを加筆・訂正したものである。）

注

＊ George Eliot のテキストは *Silas Marner* ed. by David Carroll (Penguin, 1996), 及び *Middlemarch* ed. by Rosemary Ashton (Penguin, 1994) を使用した。また Wordsworth のテキストは *William Wordsworth The Poems Volume One* (Penguin English Poets, 1977) を使用した。

(1) *The George Eliot Letters*, Vol. III ed. by G.S. Haight (Oxford UP 1954) 382.

(2) F.R. Leavis, *The Great Tradition* (Pelican, 1970) 61.

(3) C.S. Olcott, *George Eliot: Scenes and People in Her Novels* (1910) にこの物語のくわしい梗概が出ている。

(4) cf. Angus Easson, "Statesman, Dawrf and Weaver"(*The 19th-Century British Novel*, 1986)

(5) Lawrence and Elizabeth Hanson, *George Eliot* (Oxford UP, 1952) 239.

(6) 田園小説 (Pastoral Novel) については、Eliot が George Sand, *La Petite Fadette* などを愛読していたことが、G.S.Haight, A Biography (Oxford UP, 1968) 59-60 に出ている。なお、Michael, Squires, *The Pastoral Novel* (UP of Virginia, 1974) も参照。

(7) Walter Allen, *George Eliot* (Widemefeld & Nicholson, 1965) 118.

(8) *The Journals of George Eliot* ed. by M. Harris and J.Johnson (Cambridge UP, 1998) 89.

(9) D. Carroll(ed.)*George Eliot, The Critical Heritage* (RKP, 1971)175-8.

(10) cf. Sally Shuttleworth, "*George Eliot and Nineleenth – Century Science* (Cambridge UP, 1984), 及び "Fairy Tale or Science?"(*Language of Nature*, Free Association, 1986)

(11) cf. Brian Swann, "*Silas Marner* and the New Mythus" (Criticism 18, 1976)

(12) cf. Q.D.Leavis, "Introduclion" to *Silas Marner* (Penguin, 1967)

(13) cf. David Carroll, "*Silas Marner*: Reversing the Oracles of Religion"(*Literary Monographs* I, 1967)

(14) R.T.Jones, *George Eliot* (Cambridge UP, 1970)32.

(15) John Preston, "The Community of the Novel: *Silas Marner*"(*Comparative Criticism* 2, 1980)110-1.

(16) David Carroll, *The Conflict of Interpretation* (Cambridge UP 1992) 141.

(17) cf. Susan Cohen, "A History and a Metamorphosis" (*Texas Studies in Literature and Language* 25, 1983)

(18) Hawthorne との比較は Jonathan Quick, "*Silas Marner* as Romance: The Example of Hawthorne (*Nineteenth-Century Fiction* 29, 1975) を、Wordsworth との比較は Robert Dunham "*Silas Marner* and the Wordswrothian Child" (*Studies in English Literature* 16, 1976) などを参照。

(19) "The Lifted Veil", "Brothr Jacob" との比較は Gillian Beer, *George Eliot* (Harvester, 1986) を初め、多くの批評家が扱っている。

(20) フェミニズム的観点からの研究は右の Beer とともに、次のものが代表的である.

Kristin Brady, *George Eliot* (Macmillan, 1992)

Sandra Gilbert, "Life's" Empty Pack" (*Critical Inquiy*11, 1985)

Jennifer Uglow, *George Eliot* (Virago Press. 1987)

(21) cf. Terence Dawson, "Light Enough to Trusten By" (*Modern Language Review* 38, 1993)

(22) Lilian Haddakin, "*Silas Marner*" in *Critical Essays on George Eliot* (RKP 1970) 60.

(23) John Rignall (ed.), *Oxford Reader's Companion to George Eliot* (Oxford UP, 2000)388.

(24) cf. Northrop Frye, *The Anatomy of Criticism* (Princeton UP 1957) 223ff.

(25) cf. David Carroll, *op. cit*.

(26) *Silas Marner* (Penguin, 1996) 185.

(27) cf. Susan Sontag, *Illness as Metaphor* (Doubleday, 1978); *Aids and Its Metaphors* (Farrar, Strauss, 1989)

(28) David Carroll, "*SM:* Reversing the Oracles of Religion," 168.

(29) George Meredith の *The Ordeal of Richard Feverel* 二十四章、*The Egoist* 十四章の sentimentalism の定義を参照。Meredith によれば、センティメンタリストとは自分では何の努力もせず、一方的に利益を享受することに喜びを感じる人間である。

(30) cf. Donald Hawes, "Chance in *Silas Marner*" (English 31, 1982)

(31) cf. Kathleen McCormick, *George Eliot and Intoxication* (Macmillan, 2000) ch.5.

(32) Q.D. Leavis, *op. cit.* がこの観点から扱っている。また、日本では荻野昌利「『サイラスマーナー』第六章、その構造的機能」(『英国小説研究』第十二冊、篠崎書林、一九七七年)がある。

(33) すでにあげた Sally Shuttleworth のほか、次の批評が時代思想との関連で扱っている。Janet Burnstein, "Victorian Mythography and the Progress of the Intellect" (*Victorian Studies* 18, 1974-5); James McLaverty, "Comtean Fetishism in Silas Marner" (*Ninetheenth – Century Fiction* 36, 1981) Nancy Paxton, *George Eliot and Herbert Spencer* (Princeton UP 1991)

(34) George Henry Lewes, *Success in Literature* (The Walter Scott Publishing Co., 1898) 206.

(35) Hegel's *Aesthetics* I (Oxford UP, 1975) 48.

(36) John Preston, *op. cit.* 111. "She was committed to restoring the novel to its condition as story."

(37) John Rignall, *op. cit.*, 389.

『ロモラ』――混在の時空

ジョージ・エリオット唯一の歴史小説『ロモラ』（一八六三）は、イタリアのフィレンツェを舞台に、メディチ家のロレンツォ豪華王が死去した一四九四年四月から、ドミニコ会修道士でサン・マルコ修道院長ジロラモ・サヴォナローラが火刑に処せられた一四九八年五月までのおよそ四年間の「史実」を背景としている。しかしその「緒言」がまず試みるのは、「飢えと労働、種蒔きと収穫、愛と死」という「人間の運命のおおよその同一性」(43)に読者の目を向けることであり、そのために語り手はここで十五世紀のフィレンツェ人の「霊」をよみがえらせて、その視線を十九世紀の現代人のそれと二重にさせている。そこに浮き上がるのは「快く多くのものを迎え入れて、衝突しあう感情も矛盾する意見も分け隔てなく抱く」(47)人間の魂の存在である。この十五世紀の「霊」自身、「信と不信、快楽主義的な軽率と呪物崇拝的な恐怖、暗唱されるだけの衒学的でありえない倫理と子供ぽい衝動で演じられる粗野な情熱」(48)などの「奇妙な網の目」を受け継いでいる。それはまたヴィクトリア朝社会に引き継がれた「網の目」でもある。「サヴォナローラのフェレンツェはまたニューマンのイングランドでもある」[1]からだ。歴史小説『ロモラ』はこうして一挙に「不可思議な混合体」（『ミドルマーチ』序曲）である「人間」を描く現代的テクストに変貌する。それればかりではない。この小説執筆当時、第二のルネサンスといわれたリソルジメント（十九世紀半ばのイタリア統一運動で「再生」を意味する）がいまだに進行中であったが、エリオットは『ロモラ』の中にこのリソルジメントを巧妙に埋め込んでいるのである[2]。サヴォナローラの「イタリアよ、お前は選ばれた国だ」(24: 292)という叫び、また「エピローグ」で使われるペトラルカの詩「穏やかな精神」(674)はいずれもリソルジメントのメッセージと考えられているし、なにより統一運動の指導者マッツィーニはサヴォナローラをイタリア統一の先駆者と位置づけていた。さらにイギリス史の読者なら、サヴォナローラを支持して一切の華美・虚飾を排除しようとする

「泣き虫派《ピアニョーニ》」に、ピューリタン革命期の「円頂派《ラウンドヘッド》」を重ね合わせても不思議はないし、サヴォナローラの激しい説教に「大きな啜り泣きが生じた」(294) という記述を読めば、「大いなる覚醒」運動の指導者ジョナサン・エドワーズを思わず連想するアメリカ文学の読者もいるかもしれない。『ロモラ』の中に流れる時間は、たしかに十五世紀末のルネサンスの時間であるが、同時に十九世紀イングランドとイタリアの時間、そして普遍的な「人間的時間」が混在している。

人間と社会を直視して、それを心の鏡に映じたままに偽りなく描きだすことをエリオットが小説家の任務だと心得ていたことは、『アダム・ビード』十七章の「リアリズム宣言」によってよく知られているが、そのとき、彼女の視線の行き場が単純化・要約化された対象ではなく、好んで現実の複雑な位相、つまりさまざまに相反するものが「不可思議に」混淆・混合・混在している「現実」に向かっていこうとすることに気づかないわけにはいかない(3)。これはたとえばエリオットがドイツ人作家リールの作品を解説したエッセイ「ドイツ民族の自然史」(一八五六)からも明らかである。この中でエリオットは「人々」「集団」「プロレタリアート」「小作人階級」などの集合名詞の中に要約されている「複雑な諸事実」(108) を小説家が表徴することの重要性を述べている。また「社会が過去から受け継いだ外的状況は、それを構成する人間の受け継がれてきた内的状況の現われ」であり、「その外的状況と内的状況は、有機体とその媒介として互いに関連しあい、双方が少しづつ同時に噛みあって発達することによってのみ発達は生じる」(127) ともいう。「文明世界の多くの部分は、ようやく(それも長期の研究によってのみ)おおよそ互いに理解可能となるにすぎない。一語が多くを表わし、多くの語が一つのこと表わす。意味の微妙なニュアンス、そして連想から生じるさらに微妙な反響、それゆえ言葉はほとんど天才にしか明確に操れない道具となるのだ。」(128) エリオットのまなざしは、異質なものが「融合」するというより、同時に互いに働きあう「混在」の時空に向かったといえよう。そしてエリオットにとって『ロモラ』執筆はまさしくこのような小説観の実践であった。

しかし複雑な現実をただ混在するがままに提示するだけでは芸術にはならない。それをまとまりある「全体」として統一する「形式」がなければならない。エリオットは「芸術の形式についての覚え書き」（一八六八）というエッセイの中で、芸術は一個の「有機体」として、各部分が互いに内的に関連するとき、まとまりある「形式」として感じられてくると言っている。エリオットが関連しあうイメージやシンボル、そして寓話や神話などの枠組みを用いることで、小説の「全体的まとまり（wholeness）」を達成しようとしたことは、これまでのいくつかの研究が示している[4]。先に「同時に噛みあって」と訳したのは consentaneous（一致した）という英語だが、ここでも人間という「複雑な有機体」の各部が、その内部で互いに連動して「一致して、または絶えまなく、働きを相互交換しあうさま」(234)を consensus という語で表わしている。この言葉はわたしたちに、エリオットがハットンの『ロモラ』書評（1863.7）に答えたよく知られた手紙の中の言葉、「どの一句も事件も引喩も、わたしの主要な芸術上の目的に従っていると考えられ、そこからわたしにその価値をもたらさないものはないと信じます」(IV.97)を思い起こさせる。十年後にこの小説を再読したエリオットはまた、「どの一行もわたしが最善の血をこめて書いたと断言できると感じられる本はほかにありません」(VI. 335-6)と言い切っている。つまり『ロモラ』はエリオットにとってその芸術観と小説家としての力量を十全に体現した会心の作であった[5]。

エリオットにとって十五世紀末のフィレンツェほど、そしてその中心人物サヴォナローラほど、作家としての食指を動かされた対象はなかったであろう。エリオットがフェレンツェ滞在中、夫ルイスの言葉からこの小説執筆を思い立ったのが一八六〇年五月、この間に『サイラス・マーナー』の出版をはさんで、実際に『ロモラ』に着手したのは一八六二年一月一日、完成は一八六三年六月九日であった。その間に、この小説執筆のために彼女が打ち込んだ（一説に五〇〇冊にのぼるという）驚くべき厖大な読書[6]の痕跡は、そこから生まれた詳細なメモとして「ロモラ資料集」や「ノートブック」などに残されている。服装・装身具・髪型に至るどんな細部も精確に描出しようとする熱意をこれらの資料が伝えている。このメモが小説に結実していく過程を明らかにする作業は、フェリシア・ボナパルト『三面画像と十字架』(一九七九)を始めとする近年の『ロモラ』研究にとって、有益かつスリリングな分野となっている。なかでもエリオットが一八六一年夏から秋にかけて読み、『ロモラ』執筆に多くの痕跡を残しているパスクァーレ・ヴィラーリ『サヴォナローラの生涯とその時代』(一八五九〜六二)では「生涯」よりも「時代」の記述に重点があると思われるほど、同時代の社会と歴史的背景が詳細に語られている。ヴィラーリがここで冷静に記述していくのは、十五世紀末人文主義的ルネサンスの「自由」と「堕落」の混在、優れた学問・芸術を生み出す人間の素晴らしさと悪意・欲望・嫉妬などに支配される人間の醜さの混在、激しく神に向かう宗教性と現世利益と権力拡大しか眼中にない世俗性の混在、またダンテよりロレンツォの詩を高く評価しようとする価値観の転倒、旧来の世界とコロンブスに代表される新しい世界の混在、そしてなによりサヴォナローラの中の宗教と政治の混在などである。ヴィラーリは「奇妙に混在した」(strangely jumbled)という表現を何度か使っているが[(7)]、サヴォナローラ自身については「知性と迷信、高い推論と下劣な奇弁、崇高なヒロイズムと時に思いがけない弱さがその中ですべて合わさり(combined)、その根底にこの上なく気高く強く度量の大きな人格がある(II.380)」と記述している。ヴィラーリによれば、元来宗教人として預言者たらんとしたサヴォナローラが、時代の激流のなかで否応なく政治人間とならざるをえなかったところに、その挫折と悲劇の原因があった[(8)]。そしてエリオットがこのような記述を見逃すはずがない。それどころかヴィラーリ以上に精密に「混在する」フィレンツェとその時代を観察して、それら外的な状況と「個人の運命」との関わりを、史実とフィクション、実在人物と虚構人物とを境目なく織り混ぜながら『ロモラ』の中に書きこんでいく。そしてこのとき、もっとも「不可思議な」混在が認められるのが普遍的な「人間」の内部であることを、エリオットは決して見逃してはいなかった。

前述のボナパルトによれば、ちょうど生物の固体発生に進化の全過程が繰り返されるように、ロモラという一女性のたどる運命は、ギリシャローマの思想からキリスト教を経て、科学的近代思想に至る全西洋文明がたどった「弧形」を描き、その軌跡を小説化することがエリオットの「野心的企て[9]」であったという。たしかに始めのロモラは盲目の父で古典学者バルドーを敬愛し、その古典学の集大成の仕事を助ける十七、八歳の娘として登場する。ロモラには家族の意向に逆らってサヴォナローラのドミニコ会修道士となった兄ディーノがいるが、この兄の死の直前の警告を無視して、ロモラは二十三歳のイタリア育ちのギリシャ人美青年ティートと結婚する。このときティートはロモラが兄から渡されていた十字架を、画家ピエロディ・コジモに作らせたバッコスとアリアドネの三面画像の小箱の中に隠させる。（ボナパルトはこの行為を異教がキリスト教を封じこめた象徴的行為であるとして、この小説解釈の中心にすえている。）しかしバルドーの死後、夫は亡き父が終生かけて集めた貴重な写本などの蔵書を売り飛ばし、その上テッサという十六歳の田舎娘と偽装結婚して子供までなしていたことが判明する。しかもティートは七歳の孤児だった彼を拾い育ててくれた恩人で養父のバルダッサーレが、トルコ人の捕虜になっていると知りつつ、その身請けの金となるべき養父の宝石類を売り飛ばすという裏切りを行っていた。そしてそのティートが、シャルル八世のフランス軍のフィレンツェ入城とともに現われたバルダッサーレの復讐におびえていることもわかってきた。全てに絶望してフィレンツェを出奔しかけたロモラをおしとどめたのが、神の道を説くサヴォナローラの「声」であった。こうして一時はキリスト教に帰依しかけたロモラであったが、次第に、生きた人間より神と教会の権力を優先するサヴォナローラに失望する。決定的事件は、メディチ派の陰謀を計ったとして処刑がきまったロモラの名付け親ベルナルド・デル・ネロの助命嘆願に、サヴォナローラが一切耳を貸さなかったことだった[10]。再びフィレンツェを出て小舟で漂流するロモラが行き着いたのは貧困と疫病に苦しむ小村であった[11]。「目覚めた」ロモラは苦しむ人々を看護することで、村人たちから「聖母」とたたえられる。反フランスの神聖同盟国に包囲され飢饉に怯えるフェレンツェにロモラが戻ったときには、暴徒に追われアルノ川に落ちた夫が、流れ着いた岸辺に居合わせた養父に絞め殺された後であった。サヴォナローラも未遂に終わった「火の試練」のあと、異端の罪で火刑に処せられる。終章では、ロモラが夫の愛人テッサとその二人の子を引き取って暮らす（当時の小説の結末としては異例な）姿が伝えられる。

以上のロモラの道程を作中使われるイメージを用いて言い換えれば、それは盲目のオイテプスの手を引く「アンティゴネ」から、勝利者バッコスと結婚する「アリアドネ」、そして最後に「目に見えるマドンナ」へと変貌していく過程だったと言える。アンドリュー・サンダーズも「半異教からポスト・キリスト教に至る西洋文明の三段階」を女主人公が歩むこの小説は、最終的に人類の未来を予言していると言っている。「ルネサンスの一女性がフォイエルバッハ的、実証主義的な精神的旅路をたどる点に『ロモラ』のアナクロニズムの要素がある[12]。」たしかにロモラが行き着いたのは「共感」の上に成り立つ「人間の宗教」だった。それはコントやフォイエルバッハの思想に学んだエリオット自身のたどった道でもあっただろう。しかもエリオットの全小説で唯一女主人公の名をもつ『ロモラ』は、ローマの建国者「ロムルス」からその名を取られたと考えられ、ここに「史実」と「虚構」と同時に「叙事詩」と「小説」の融合が感じられる。このような見方に立てば、この小説を「教養小説」（サンダーズ）や「寓話」（レヴィン）・「神話」（ゲザーリ）として見る見方が生じるのも当然であろう[13]。

しかしこのような図式化は『ロモラ』をあまりに単純化してしまう恐れがある。「百科事典的ロマンス[14]」とも目されるこの小説は、ルネサンス・フィレンツェの多彩・多様にしてかつ互いに衝突・矛盾しあう混在世界を描出することに多くの力が割かれるからだ。ここに登場するのは有名無名の画家・詩人・思想家・歴史家・印刷業者・職人・政治家・宗教家たちで、まるでルネサンス主要人名の一覧とさえ思われてくるほどだ。それに市場の庶民や無垢な田舎娘たちなど小説的人物が加わる。彼らが集うのはカーニヴァルで賑わう広場、「地球のへそ」(29:325)と呼ばれるネッロの床屋、それに「ドゥオモ」と呼ばれる大聖堂などで、これらの空間がいずれもフィレンツェの混在ぶりをよく表わしている。登場する学者たちも「犬儒派・快楽主義者・ストア派・アリストテレス的経験論者・新プラトン主義者(15)」などに分かれ、それが三十九章ではルッチェライの庭に一堂に会する。彼らはまた多かれ少なかれキリスト教をも信奉している。そのキリスト教者自体、灰色の僧服のフランシスコ会派と黒と白の僧服のドミニコ会派に分かれ、さらにそこに黄色の布地をつけたユダヤ人と売春婦もまじっている。政治的にはサヴォナローラ支持の「泣き虫派《ピアニョニ》」、人民政府支持の「共和派」と「平民派《ポーポロ》」、ロレンツォ豪華王の息子ピエロの返り咲きを企む「メディチ派」、反サヴォナローラを標傍する過激な「憤怒派《アラビアッティ》」、そのいずれにも属さない「悪仲間派《コンパニャチ》」などがいて、彼らは一斉にドォオモの大伽藍の中でサヴォナローラの説教をさまざまな思いで聞いている。この伽藍内部は混在の集約と言えよう。

エリオットはこのような混在空間をいろいろな仕方で伝えようとする。現在フィレンツェの守護聖人は洗礼者ヨハネであるが、以前は軍神マルスで、その像が依然として橋のたもとから町を見下ろしている。キリスト教の祭礼は異教の祭典日の夏至の日と一致して、人々はそれをカーニヴァルとして祝っている。ヨハネ像はフローリン金貨にも刻まれ、宗教と商業がここに共存していることを伝えている。何より、ロレンツォの死という厳粛な服喪のときであるべきなのに、冒頭のフェレンツェ人たちは、奇妙に明るく軽妙なジョークをとばしあい、ときには露骨な「フィレンツェふう冗談」（十六章）にうち興じている。これはエリオットが言うように「旧共和国のウィットとユウモアを意味する子供っぽさと、深刻なことがらにおけるその表向きの荘厳さの間の対照」(*Letters* V.174) を描くのに不可欠で、「これなしではフィレンツェ人像は歴史的なものとならない」からだ。サヴォナローラのフィレンツェはまた「肉欲と猥褻、虚偽と裏切り、弾圧と殺人が楽しく有益で、きちんと行われるなら危険ではない」(21: 271) という撞着語法的空間でもあった。以上のような混在空間はまた、バルドーの書斎、ピエロ・ディ・コジモのアトリエ、とりわけ彼の画く絵、ルッチェライの庭、市場にそそぐ「虹色の光」(22: 280) などにも象徴される。ロモラとティートの結婚式の上にも「苦さ」の交じった「虹色の菓子」(27: 308)が降り注ぎ、二人の未来を暗示する。またサヴォナローラの予言によれば「神の使者」として入城してきたはずのフランス王は外見も性格もそれを裏切っており、同行のフランス軍の横暴ぶりも目にあまる。まことにフィレンツェは「事物の混在した状況」(57: 560)から成る「矛盾の織物」(69: 652)である。それゆえ、「混在(mixture)」「混在した(mixed)」「混合した(mingled)」「入り交じり(tangle)」「共存する(coexist)」などの語が、この小説を読み解く上の鍵語に思えてくる。

しかしこの小説で最大の謎の混在空間は、何といっても人間の内面、そして彼らの織り成す相互関係の中に内在している。なぜなら「われわれと同胞との関係は、もっともしばしば同時発生的流れによって決定される」(59: 572)からだ。「同時発生的」と訳した英語はcoincidentで、この小説のもう一つの重要語がこれとその名詞形coincidenceである。十九世紀小説でお馴染みの「偶然の一致」を意味するこの語は、ここでは文字通り「同時に発生する」と解釈する方が実状をよく伝える。つまり、矛盾しあうさまざまな要素が、なんの理由もなく「同時発生する」のが個人の内面であり、人間と人間の関係においてもまたそうであるからだ。もちろんエリオットは事件の「因果関係」をしっかりたどる作家であって、決して物語に都合よく「偶然の一致」を使うような作家ではない。しかしその人間と人間同士の関係の根本に潜む「不可思議な混在」を直視することが、この作家最大の特質であることを再び思いおこす必要がある。

一般に悪の権化とも目される快楽主義者ティートにしても、なるほど、幸運を盲目的に信じつつ、一切の苦痛と責任を回避するメレディス的センティメンタリスト(16)の要素が多分にあるにせよ、決して一面的には扱われていない。彼の性格を次第に決定づけるのは、「繰り返される善悪の自由選択」(23: 287)であって、とっさの行為が彼の運命を決めてしまうのだ。人に手柄を譲り、田舎娘の膝に安らぎを感じる知的な青年ティートは、ただわけもなく「隠し事をする才」(11: 166)がその根底にあるため、その美しい外見の背後に「裏切り」の要素が存在していることを、早くも画家ピエロやベルナルドに見抜かれてしまう。他方、「荘厳」と「素朴」という両方の印象を与えるロモラは、いまだ「その本性のより大きな可能性をかきたてる精神と接触したことがなく、そのため未発達な翼のようにその可能性が折り畳まれ押し込まれている」(27: 311)。幾多の試練を経て、「もつれた織り布」(36: 396) に巻き込まれつつも、すべての父的な存在（バルドー、ティート、ベルナルド、サヴォナローラ）から独立を遂げるこの女主人公はフェミニズム批評家たちの関心を引くのに十分である[17]。そして「対立しあう諸傾向がほとんど同等の強さで共存している」(64: 612) サヴォナローラの内面こそ、「人間の性格の秘密」(25: 300) を伝える最たるものである。神の道を説いて「人間の本性のもっとも洗練された感受性に訴える」その説教は、同時にまた「下劣なエゴイズムを満足させ、ゴシップに興ずる好奇心をくすぐる要素」をも兼ね備えている (25: 300)。彼の精神は「純粋さと素朴さを求める沈黙することのない渇望にとりつかれている」と同時に、「利己的な要求、偽りの観念、そして困難な外的状況などのもつれあいに巻き込まれている」(59: 576)。このような混在する空間を内にもつ人間たちが、外面的な混在空間と同時発生的に出会い、その両者が互いに関わっていく様を精密に言語化していくところに、まさしくジョージ・エリオット的「小説空間」が現出している。

従来「失敗作[18]」と目されてきた『ロモラ』の評価が劇的に転回したのは、やはりボナパルトの研究が契機となったと言える。また父の世話をする「メアリ・アン」としての若きエリオットの姿をロモラとバルドーに重ねて、これを父との葛藤から生じた「トラウマ」解消の小説とする精神分析的批評[19]、またこの小説とホーソーン、ペーター、ウルフ、アイスキュロスなどの作品との関連性を考えたインターテクスト的批評[20]、さらにミルトンとその娘の姿を十九世紀的に書き替えたとする文化史的批評[21]などもこの小説の見直しに貢献してきた。しかし近年もっとも注目すべきは、一九九五年からロンドン大学を中心に行われてきた『『ロモラ』をよみがえらせる』と題する熱烈な『ロモラ』愛好者たちによる企画であろう。その成果は『著者からテクストへ――「ロモラ」再読』（一九九八）に結実した[22]。この新らしい研究者たちはロラン・バルトのテクスト観に立って、「『ロモラ』は何を意味するか」ではなく「テクストがいかに意味を産出するか」に焦点をあてて、従来見逃されてきたテクストの諸問題を新たに解明しようとしている。こうして現在『ロモラ』はエリオット芸術の「核」として、また限りなく開かれた現代的テクストとして私たちの前に現前している。

註

使用テクストは A Sanders, ed., Romola (Penguin Classics); A. S. Bayatt, ed., *Selected Essays, Poems and Other Writings* (penguin Classics)で、引用の末尾の( )内の数字は章とページを表わす。手紙は G. S. Haight, ed., *The George Eliot Letters* (Yale) からの引用で( )内の数字は巻数とページを表わす。以下、George Eliot は GE と表記。

(1) Joan Bennett, *GE, Her Mind and Her Art*(Cambridge, 1948), p. 148.

(2) Andrew Tnompson, *GE and Italy* (Macmillan, 1998), pp. 68-83. リソルジメントはまたブラウニング、メレディス始め当時の多くの文学者の注意を集めた。

(3) 単純化・要約化・直線化が男性的思考の特徴だとすれば、複雑化・多様化・複線化は女性的視点ということになる。その意味でエリオットはきわめて女性的だとも言える。

(4) その代表が B. Hardy, *The Novels of GE* (Athlone, 1959)、および Felicia Bonaparte, *Will and Destiny* (New York UP, 1975) であろう。

(5) 「書き始めたときは若い女だったが、書き終えたときは老いた女になっていた」というクロスの伝える有名な言葉 (*Life GE*, 434) は、従来作者の「疲労困憊」を伝えるものと解釈されてきたが、「成熟」を意味すると考える研究者もいる。F. Karl は「死への移行と成熟」の両面を表わすと言っていて興味深い。Cf. F. Karl, *GE*(Norton, 1995), p. 372. また上の言葉に先立つ 'well-defined

transition’という言葉にも注意したい。

(6) Andrew Brown, ed., *Romola* (Oxford, 1993) の Appendix B には、GE が執筆のために参照したと明らかに認められる一三〇項目が挙げられている。もちろんこれが全てではない。

(7) Cf. Villari, *Life and Time of Savonarola* (Haskell House, 1888), vol. I. 96, 101, 274, 288; vol. II. 80, 278. 前者は jumbled, 後者は strangely jumbled とある。

(8) サヴォナローラの「三つの結論（教会は天罰を受ける、教会は浄化される、それは速やかに生じる）」(Villari, I. 311) は、作中「三つの教義」として、プリジダ夫人の口からフィレンツェと教会が混同されて伝えられる (12: 176)。この予言はシャルル八世の到来と結びつけられたために (21: 270)、政治的な意味を帯び、サヴォナローラ破滅のもととなる。

(9) Bonaparte, *The Triptych and the Cross* (New York UP, 1979), p. 6, p.13.

(10) 実際には「控訴のための尽力を惜しまなかった」（グアラッツィ『サヴォナローラ』中央公論社、二十四頁）しかしヴィラーリは、ベルナルドらの処刑に「サヴォナローラは沈黙した」と言っている (II. 219-20)。エリオットはこれを利用したようだ。

(11) ボッカチオ『デカメロン』小説二の第五日「ゴスタンサの物語」の小舟漂流が『ロモラ』の最初の着想、と考えられている。*Letters*, IV. 103-04, また Haight, GE, p. 352 参照。

(12) Andrew Sanders, *The Victorian Historical Novel 1840-1880* (Macmillan, 1978), p. 177.

(13) Sanders, p. 190; George Levine, “*Romola* as Fable,” B. Hardy, ed., *Critical Essays on* GE (Routledge & Kegan Paul, 1970); J. Gezari, “*Romola* and the Myth of Apocalipse,” A. Smith, ed., *Centenary Essays* (Barns & Noble, 1980)

(14) Cf. *Letters*, III. 474; Ruby Redinger, *The Emergent Self* (Bodley Head, 1975), p. 443; Allison Booth, *Greatness Engendered* (Cornell UP, 1992), p. 169.

(15) William Sullivan, “Piero di Cosimo and the Higher Primitivism in *Romola*” (*Nineteenth Century Fiction*, 26: 4, 1972), p. 397.

(16) George Meredith, *The Ordeal of Richard Feverel* (1859) XXIV章、*The Egoist* (1879) XIV章、の「センティメンタリスト」の定義を参照。

(17) たとえば Gillian Beer, *GE* (Harvester, 1986), pp. 113-25。またすべての「父的存在」が作中、死を遂げることにも注意したい。

(18) Bennett, p. 140. また J. Thale も "colossal failure"(*The Novels GE*, Columbia UP, 1959, p. 71), Harold Bloom も、「『ロモラ』は忘れられても仕方がない」言っている。(H. Bloom, ed., *GE: Modern Critical Views*, Chelsea House, 1986, p. 4)

(19) Laura Emery, *GE's Creative Conflict* (U of California P, 1976), pp. 78-104; Dianne Sadoff, "*Romola*: Trauma, Memory and Repression," K. M. Newton, ed., *George Eliot* (Longman, 1991), pp. 131-43, および Julian Corner, "Telling the Whole: Trauma, Drifting and Reconciliation in *Romla,*" *Rereading GE's* Romola (Ashgate, 1998).

(20) Curtis Dahl, "When the Deity Returns: *The Marble Faun and Romola*"(*Papers on Language and Literature*, 1966); Niclaus Mills, "Hawthorne's influence on *Romola*" (*American and English fiction in the ninteenth century*, Indiana UP, 1973); David J. Delaura, *Romola* and the Origin of the Paterian View of Life (*NCF*, 21: 3, Dec. 1966); Allison Booth, "Tresspassing in Cultural History: The Heroines of *Romola* and *Orlando,*" *Greatness Engendered*. また早くに Leslie Stephen はロモラとリチャードソンのクラリッサを比べている。(*GE*, Macmillan, 1926) pp. 141-42.

(21) Anna K. Nardo, "*Romola* and Milton: A Cultural History of Rewriting," *Nineteenth-Century Literature* (Dec. 1998, 53: 3), pp. 328-63.

(22) G. Levine and M. Turner, ed., *From Author to Text: Rereading GE's Romola* (Ashgate, 1998). 十編の論文が収められている。

『ミドルマーチ』における「心筋縮小《シストーリ》」と「心筋拡張《ダイアストーリ》」

はじめに

これまで多くの研究者たちが、ジョージ・エリオットの代表作『ミドルマーチ』（一八七一―七二）の中に、この作品を統一するイメージ（unifying or organizing images）、もしくは支配するイメージ（governing images）を探り当ててきた。たとえば、小説中に使われる「織り布」、「網の目」、「蜘蛛の巣」、「迷宮」、「姿見」、「合わせ鏡」、「レンズ」、「顕微鏡」、「窓」などがよく知られている。特に「網の目」もしくは「蜘蛛の巣」のイメージが、ミドルマーチという有機体としての社会を表徴すると同時に、この小説内の人間関係、及び小説そのものの構造上の有機的統一をも伝える点で、この小説の代表的イメージとなっていることは、すでにJ・H・ミラーやR・アシュトン始め、多くの人たちが指摘している通りである(1)。さらにG・ビアは、網の目状につながる人間関係に、小説中の「ゴシップ」の連鎖を重ね、ゴシップが「流布する方式（circulatory systems）」が、この小説の重要なメタファーとなっていると論じた(2)。一方、F・ボナパルトは、小説の人名や地名に神話的な象徴が施されていることに注目し、この小説は、後のジョイスと同様に現代の多様な問題を「神話」のメタファーで表現し、「神話」の形式で全体を統一しようとしていると述べている(3)。また、「動き（movement）」という語がこの作品の全体的意味を成すと見たのはR・スタンプであるし、さらにS・シャトルワースやG・レヴィンは、小説中の十九世紀諸科学―とりわけ生物学、地質学、医学、生理学など―から取られたイメージを取り上げて、この小説の言語が「科学的テクスチャー」から織り成されていることを一般に知らしめた(4)。

以上のように、発表直後から現在に至るまで、この小説を特徴づけ、全体を統一する多くのイメージ、メタファーが指摘されてきた。そこで私も、これまであまり取り上げられてこなかったもう一つの支配的イメージ、すなわち作中繰り返される「心臓」の筋肉の動きのメタファーに着目し、それを意識しつつ小説全体を読むことで、この作品の新たな読みの可能性を探ってみようと思う。もちろん、このような作業は安易に行うと、読み手が作品に一方的な解釈を押しつける牽強付会のそしりを招きかねない。しかし、「細部の宝庫」（H・ジェイムズ）と呼ばれる『ミドルマーチ』のような作品の場合、小説の細部―例えば「難破船」のイメージや「コレラ」への言及など―に目を凝らせば凝らすほど、豊かな意味と多彩な技巧がますます浮き上がるということも事実である。私には「心臓」のイメージは、そのような細部の一つであると思われる。

（一）

この小説で頻繁に用いられる「心臓 (the heart)」という語、及びその関連語「鼓動 (throbbing)」、「動悸 (palpitation)」などは、文字通りの「心臓」を意味する場合があると同時に、もちろん他の多くの小説と同様、メタファーとしても用いられている。第一、小説の「序曲」の冒頭には早くも、スペインの聖女テレサの「国家的観念に脈打つ人間の心臓 (human hearts, already beating to a national idea)」(3) が言及され、それは「序曲」の最後の一行で「障害物の中に拡散してしまう (disperse among hindrances)」現代の新しい聖テレサの「愛に満ちた心臓の鼓動 (loving heart-beats)」と対比されている。つまり「序曲」全体に、「聖テレサ」の「心臓」の鼓動が行き渡っていると言える。だが作中、もっとも明白に心臓の筋肉の働きがメタファーとして語られるのは、ターシャス・リドゲイト (Tertius Lydgate) の次の言葉においてである。彼はミドルマーチにやってきた新来の医師である。

リドゲイトはフェアブラザー (Farebrother) と二人、彼の仕事部屋にいる時は、いつも執拗に語り続けた。このような時彼は、ある幾つかの生物学的な観点に対して、賛成・反対の論陣を張ったものだった。だが彼には、忍耐強く一貫して医学を追究するさいの道しるべとなるような、断固とした意見を言ったり示したりすることはなかった。ただ彼が言うには「すべての研究には心筋縮小 (systole) と心筋拡張 (diastole) があるに違いない」、また、「人の精神も、全人間界の地平と対物レンズの地平との間で、ひっきりなしに拡大 (expanding) と縮小 (shrinking) を続けているに違いない」ということだった。(LXIII, 602)

医学を始めとするすべての研究も、人間の精神もいずれも、心臓の動きと同様の縮小期と拡大期がある。ある時は目前の狭い範囲にとどまり、自分の中に内向するかと思うと、次には全世界に広がって行く。そのリズミカルな動きの繰り返しにより、研究も人間精神も発達していくのだという。生命とはこのようなリズムの現れである。この時のリドゲイトの発言は、具体的な医学研究のメルクマールとなるような提言ではないが、彼がかねてから感じている生命活動の大きなリズムを、「心筋」の動きのイメージを使って言い表している点に、リドゲイトらしさが見られる。そもそもリドゲイトが医学に志したのは、彼が「心臓」の働きに人体の神秘を感じたからである。学生時代の休暇中、リドゲイトが家の書庫の最上段から取り出した本を開いた場面が次の引用である。

彼が開いたページは、「解剖」の見出しだった。彼の目を引いた最初の一節が心臓の弁に関する部分だった。彼はいかなる種類の弁にもあまりなじみはなかったが、「弁」とは「折り戸」であることぐらいはわかっていた。そして、この隙間から突然の光が差し込み、人体の精妙に調整されたメカニズム (finely-adjusted mechanism in the human frame) という生き生きした最初の概念が彼の胸に浮かび、彼ははっとなった。……

天職 (vocation) と出会う瞬間が彼に訪れていた。……世界は新たになった。……この時から彼は知的情熱の成長を感じた。(XV, 135)

後年リドゲイトは「痛風」の研究論文を書いたことが「フィナーレ」で伝えられるが (781)、彼を最初に人体の神秘に目覚めさせ、医師の道へと志ざさせたものが、上で見たように心臓弁膜の働きの不思議さであった。「通風」は富裕階級の病気のゆえ、その研究論文を書いたこと自体、リドゲイトが医師としての問題意識を後退させたことを意味している。それゆえ作中、リドゲイトが医師としてもっとも能力を発揮するのは、心臓疾患の患者に対してである。リドゲイトが診断したカソーボン (Casaubon) も、ミセス・ゴウビー (Mrs Goby) もいずれも死因は心臓病である。恐らくカソーボンは、長年の著作活動から来るストレスによる心臓肥大が高じて、急性心不全を起こしたことが直接の死因と思われるが、「心臓の脂肪質変性 (fatty degeneration of the heart)」(397) というのがリドゲイトのそれまでの診断で、この病気について彼はフランス人医師リーネック (Laennec) が一八一九年に出した著作から学んでいる[5]。また、その心臓の症状がはっきりとしないまま死去したミセス・ゴウビーの場合、リドゲイトは亡骸を解剖したいと遺族に申し出て、他の医師たちから激しい反感さえ買っている (427)。それに、当時発明されたばかりの聴診器を患者に使うことも、リドゲイトが他のミドルマーチの医師と異なる点である[6]。このように心臓への関心から医師を志したリドゲイトが、ここで「心筋縮小《シストーリ》」、「心筋拡張《ダイアストーリ》」という専門用語を使うことは、極めて当然とも言える。

だが、ここで突然登場する二つの医学専門用語は、ジョージ・エリオットを読むものの記憶に奇妙に残る。というのもこの言葉は、エリオットが一八五四年に出版したフォイエルバッハ『キリスト教の本質』の翻訳から得た用語であると考えられるからだ。

> 動脈の働きが血液を末端にまで送り込み、静脈の働きがそれを元に戻す。それは生命一般が、絶えざる「心筋縮小《シストーリ》」と「心筋拡張《ダイアストーリ》」に存在しているからだ。事は宗教においても同様である。宗教における心筋縮小時には、人はその本性を自分自身から噴出させ、人は自分を外側に投げかける。宗教における心筋拡大時には、人は退けた本性を再度、自分の心の中に受け止める。神のみが自ら一人で行動される存在である。これこそ宗教における推進の力である。神は、私の中で、私と共に、私を通して、私の上に、私のために行動される存在、私の救済、私の良き気質と行動の原理、従って、私の良き原理であり本性なのだ。
>
> (L.Feuerbach, *The Essence of Christianity*, Prometheus Books, 1989) 31.

エリオットがこの部分を翻訳した際、生命一般の根本原理として「心筋縮小」と「心筋拡大」という語が記憶に残り、それが一八年後に執筆された『ミドルマーチ』で、精神現象（および社会現象一般）のメタファーとして、先に引用したリドゲイトの言葉の中に復活したとは考えられないだろうか。それどころか、『ミドルマーチ』には全編にわたって、「縮小する (shrink)」と「拡大する (expand)」という語、またはその類語が、頻出していることに気づかされる。フォイエルバッハの説明にあるように、心筋が収縮する時は心臓から血液が外に送り出され、心筋が拡張する時、血液は内に注ぎ入れられる。だが作中見られる「縮小」と「拡大」には、同時に「内向」と「外向」という意味合いも併せ持つから、縮小期は「自分中心」、拡張期は「他者中心」というニュアンスもまつわりつく。そのため作中の「縮小」と「拡大」という語には曖昧な意味が生じることもある。重要なことは、二つの働きが交互に行われて初めて生命活動が生じるという事実であるから、両者は互いに補完し合う存在であることに注意して読んでいけばよい。ただどちらか一方のみに終始する時、そこで生命活動は途絶えるということになる[7]。

（二）

まずは、世間の空気を「呼吸する」というイメージが使われた箇所を見てみよう。先に引用したリドゲイトが「天職」に目覚める場面の少し後には、初めは世界を変えようと高い志で出発した者たちの「熱意 (ardour)」が、その後、気がつかぬ間に冷え始め、徐々に世間の平均へと馴化されていく様子が、一般論として次のように説明される。

彼らが少しずつ変化していく過程ほど、この世で微妙なものはない！初め、彼らは知らぬ間に変化を吸い込む (inhale)。あなたや私が、彼らを世間に順応させようと虚偽を口にしたり、愚かな結論を引き出す時、私たちはその息の幾分かを吐き出し (send)、彼らを汚染しているのかもしれない。（XV, 135-6）

これはリドゲイトを念頭に置いた発言だが、実はヒロイン、ドロシーア・ブルック (Dorothea Brook) にもあてはまる一般論である。そもそも『ミドルマーチ』は、十六世紀のスペインの修道女、聖テレサとは違い、その使命を達成できるだけの社会的環境に恵まれない現代の「新しいテレサ」（785）の苦悩と運命を主題としており、その代表であるドロシーアの「変身 (metamorphosis)」（461）が中心に扱われている[8]。ドロシーアもリドゲイトも、このような「変身」を繰り返し、結局は一般社会に馴化していくという点では同類である。右の引用では作者はこの変身の過程を、世間の空気を一方が「吸い込み」、他方が「吐き出す」という呼吸のイメージで表現している。しかしリドゲイトと違ってドロシーアの社会への順応は、「終曲」の最後の一行で作者が語る「だが彼女の存在が周囲の者に与える影響力は、予想できない仕方で拡散して行く (incalculably diffusive)。というのもこの世がますます良くなっていくことは、一つには歴史に残ることもない目立たない行為にかかっているからだ……」（785）という結論の言葉により、新たな評価が与えられていることは言うまでもない。ここで使われた「拡散する」という語も、「拡大する」の縁語としてとらえると、ドロシーアの「変身」も、後述するように「拡大」と「縮小」を繰り返した結果であることが窺われるだろう。「序曲」の最後の一行で使われた「散らばる (disperse)」という否定的意味合いの語が、「終曲」の最後の一行では「拡散的な (diffusive)」という積極的、肯定的意味合いに変じたところに、この小説の一つのポイントがある。

ところで「拡散 (diffusion)」と「拡大 (expansion)」という語は、かつて一八四八年三月に、二十九歳のエリオットがコヴェントリーの独立教会派の牧師、ジョン・サイブリーあての手紙の中で次のように、ほとんど同義語として使った語であった。

> 真の命をもつどのような精神も、単なる他の精神の反復ではありません。もし、音楽のように完璧な同音《ユニゾン》が生じるなら、それは和音を高めます。その「振動 (vibrations)」が他者の中で繰り返されると確信することは、自分自身の命の「拡散 (diffusion)」または「拡大 (expansion)」さながらとなります。そして言葉こそ振動の媒介です。(G.S.Haight, *The George Eliot Letters*, Vol.I, Oxford U.P.) 255.

この部分は先に言及した『ミドルマーチ』の最後の一節の意味を図らずも解説している。ドロシーアの精神が、その周囲の中へと「計り知れない仕方で拡散していく」のは、彼女の「言葉」が精神となって彼女と接する人々を「振動」させる結果である。「振動」、「拡散」、「拡大」という語は、こうしてエリオットの中で、「心の襞 (fibre)」、「変身」などと共に、その小説のための鍵語を形成することになる。

さて話を再度「呼吸」に戻せば、「呼吸」によって成長するのは、人間ばかりではない。植物の生育も呼吸のリズムによる。両者は「生命体」という点では全く一致するからだ。これがもっともよくわかるのは、ジョージ・ヘンリー・ルイスの『ゲーテ伝』（一八五五）に見られる次の一節である。

「発芽」を「連続する繁殖」と定義し、「開花」と「結実」を「同時進行の繁殖」と定義すると、我々はそれぞれが現出する様態を提示することになる。とすれば、かくて植物が芽吹き、開花し、または実を結ぶ際、そのいずれも、常に同じ器官という手段によることになるが、ただしその形式と目的が変化している。茎の上で葉へと拡大し (expands)、このような多様な形を提示し、萼を作るために縮小する (contracts) 同じ器官が、再び花弁をつくるために拡大し、さらにもう一度生殖器官へと縮小し、最後にもう一度拡大して、結実する。（*The Life of Goethe*, Everyman's Library, 1908）365.

ルイスは一八五四年八月、それまで十年近く資料を集め続けてきた『ゲーテ伝』完成のためにドイツのワイマールに渡ったが、この時エリオットも同行したことが、後のスキャンダルの火種となったことはよく知られている。ドイツ滞在中、エリオットはドイツ語の散文を英訳などして、『ゲーテ伝』執筆に助力した。それどころか、頭痛に悩まされるルイスのために、エリオットが『リーダー』誌に送る書評の口述筆記を担当したことも伝えられている(9)。エリオット自身、アシュトンが言うように「ゲーテの著作への愛はルイスへの愛と結ばれていた」(10)。それゆえ『ゲーテ伝』はエリオットには、とりわけ思い出深い作品であっただろう。エリオットがゲーテから学んだことは、その道徳性に加えて、有機体 (organism) としての生命のありかたを洞察する「科学者」としての観点であった。ところで、上の植物の生長を解説した引用部は、「科学者としての詩人」と題した、第五巻、第九章にある一節で、ゲーテ自身の説明をルイスが引用の形で英訳した箇所である。これによると、「拡大」と「縮小」をリズミカルに繰り返す植物の「器官 (the organs)」とは、まさしく人間の場合の「心臓」に当たるだろう。ここに説明された植物の「結実」までの「拡大」と「縮小」の反復は、先に述べたドロシーアの「変身」の過程を縮約しているとも読める。ドロシーアはさまざまな「拡大」と「縮小」を繰り返し、最後にその存在が拡散し、「世界がますます良くなること (the growing good of the world)」に貢献するからだ。いや、それはドロシーアばかりではない。ミドルマーチという都市自体、さらには、この小説の背景となる一八二九年から一八三二年という時代自体、大きな「拡大」と「縮小」のリズムを繰り返しつつ、植物の成長のように、徐々に結実へと進行していくことが、小説中至るところに埋め込まれた「拡大」と「縮小」のメタファーを通して読みとれるのである。

右に見たように「拡大」と「縮小」を繰り返すのは、何よりもまず、人間の性格 (character) である。「性格もまた一つの過程 (a process) であり、展開 (an unfolding) である」(140) というのが、語り手の性格観であるが、この発言の直後にリドゲイトの性格について、語り手はまた次のように述べている。

> リドゲイトの性格は今なお形成中である。それは彼がミドルマーチの医師として、不滅の発見者として、性格形成中であるのと同じだ。そこには拡大 (expanding)、または縮小 (shrinking) 可能な、長所と短所 (virtues and faults) が共にあった。(XV, 140)

リドゲイトがドロシーアと違って、その性格を結実できないのは、彼の中の「凡俗のしみ (the spots of commonness)」(140) のためであることは、多くの研究者が指摘してきた。医師として高い志に燃えるリドゲイトが「凡俗」と呼ばれるのは、結局は彼が「個人的プライド」と「無反省なエゴイズム」に従って生きてしまう故であり、さらにそれに生来の「純朴さ」とあいまった「遺伝的習慣」に彼が屈したからだと語り手は言う (36,327)。それは彼が妻としてロザモンド・ヴィンシー（Rosamond Vincy）のような世間体に生きる女性を迎えたことにも端的に現れている。最終章でリドゲイトは、世間的には「成功者」と目されたにも拘わらず、彼自身、終生自分を「失敗者」と見なし続け、ジフテリアのため五十歳の若さで急逝したことが伝えられる。彼の結婚生活での役割は、美しい妻ロザモンドという「メボウキ（basil plant）」（782）を繁茂させる鉢植え役にほかならなかった[11]。それは彼の長所が「縮小」し、短所ばかりが「拡大」した結果とも言える。結局は「縮小」と「拡大」のリズムによる精神的な成長を、リドゲイトは遂げることができなかったことになる。

これに対してドロシーアの「性格形成」は、まずその周囲にある様々な記号（signs）の解釈拡大から始まる。作者によれば、「予言者であれ詩人であれ、テクストは我々がその中に読み込むものに応じて拡大する（expands）」（46）。というのも「記号は測定可能な小さなものだが、解釈は無際限（illimitable）である」からだ（23）。ドロシーアがカソーボンを夫に選んだのは、カソーボンが見せる「高貴な一生」を意味すると思われる「記号」を拡大解釈した結果であった。自分の解釈により「空白を埋める」（66）ことも、ドロシーアの精神の働きである。冒頭部のドロシーアのこのような解釈の拡大は、未来に続くヴィジョンとなって、どこまでも眼前に広がっていく。

彼女の眼前には自分にとっての可能な未来についての、若い女性らしいヴィジョンがわき上がっていた。彼女はそのヴィジョンに彩られた未来を、妨げられることなく、さまよい歩き続けたかった。（III, 25）

ここにはパスカルのような大学者と結婚できるという、高揚感にあふれるドロシーアの精神が反映されている。その「情熱」はカソーボンやリドゲイトから「ドン・キホーテ的」と見なされる程だ（385, 718）。ここで限りなく広がる未来への見通しに胸を躍らせるドロシーアの内面は、外界の風景とマッチしている。それは一種の「交響曲」（66）

のように、彼女の中に響いてさえいる。この時、彼女の「宗教的気質」が「強制力(coercion)」(26)となって彼女の人生を支配しているが、彼女に解釈拡大をさせるこの「強制力」が、この時点でのドロシーアの精神の「収縮」と「拡大」のリズムを生み出す源となっている。ただし、妹のシーリア(Celia)に「お姉さまはものが見えない」(34, 52)、「お姉さまは他の人のやることをなさろうとしない」(267)などと、再三批判されるように、ドロシーアは実際にも精神的にも、「近視的」(28, 444, 720)であることから、いずれドロシーアの「変身」が読者に予想される。

果たせるかな、新婚旅行で滞在したローマでドロシーアは、この都市が見せる過剰な歴史的「記号」に圧倒され、同時に夫カソーボンの妻への冷淡な対応とその「学問」の不毛さを垣間見て、未来への期待も裏切られる。傷心の帰国をしたドロシーアの目に映じる同じ風景は次のように描写される。

かなたの平地は一面の白さと低くたれ込めた一様な雲に包まれて縮んでいた。部屋の中の家具さえも縮んでしまったかのように見えた。……彼女の結婚生活の義務も、以前はとても偉大に思われたのだが、今や家具と風景とともに縮みつつあるように見えた。(XXVIII, 256-7)

ここで「縮む(shrink)」という語が三度繰り返される。「縮みつつある」のは周囲の家具や風景ではなく、もちろん彼女の内面である。カソーボンの住むローウィックの屋敷の部屋に入った時、三か月前にはあれほど希望に溢れるように見えた同じ部屋が、ドロシーアには次のように感じられる。

全存在が自分自身の脈よりも低い脈を打っている(beat with a lower pulse than her own)ように思われた。彼女の宗教的信仰は孤独な叫び声となり、その中で全てのものが萎え縮んで(withering and shrinking)自分から遠

ざかっていく悪夢から脱出しようとする苦闘となった。（XXVIII, 258）

ここで使われる「萎え縮む」という言い方は、後に言及する町の銀行家ブルストロード（Bulstrode）についても、「彼は萎え縮んだように見えた（he seemed so withered and shrunken）」（707）という言い方で用いられ、作中、生命力低下を表す特有の表現ともなっている。右の引用は、万物の背後に脈打つ「心臓」の存在を前提とした表現であることに注意したい。

カソーボンとの息苦しい生活に耐え続けるドロシーアにとって、次第に心の支えとなっていくのが、カソーボンの「またいとこ」であるウィル・ラディスロー（Will Ladislaw）の存在である。二人の間には出会いの瞬間からゲーテ的な「親和力（elective affinities）」が働き[12]、それが二人の間で新たな拡大と縮小のリズムを奏で始める。しかもラディスローが当然受けるべき遺産を、カソーボンが一人占めしていたことがわかった時、彼女の心はさらにラディスローへと向かう。そしてカソーボンの死後、ドロシーアの心は決定的にラディスローに引き寄せられる。例えば、彼女がラディスローと会って別れる場面では「親和力」の働きが、次のように描かれる。

ドロシーアは深い息を吸い込むと力がよみがえるのを感じた。何の制約もなく彼の事を考えられた。その瞬間、別れは耐えやすくなり、愛し愛されているという最初の感覚が悲しみを締め出した。まるで何か堅い氷のような圧力が溶けたかのようだった。彼女の意識は拡大する余裕（room to expand）を与えられ、その過去はより大きな解釈（larger interpretation）とともに、よみがえってきた。（LXII, 596）

ここでの「大きな解釈」はカソーボンへの拡大解釈とは違って、彼女に生命力をよみがえらせてくれる。それは彼女の中で「心筋収縮」と「心筋拡張」が生じていることを暗示する。というのも、この引用部は、呼吸によって彼女の心臓が生き生きと鼓動していることをよく伝えるからである。既にラディスローの出現によって、「彼女の世界はけいれん的な変化(convulsive change)の状態」(461)に陥っていた。この「けいれん的な」という医学用語にも、やはり心筋の動きが感じられる。こうして、ラディスローへとその心が引きつけられざるをえないドロシーアが、同時に、貧しい人々のために新たな病院をミドルマーチに建設しようとするリドゲイトの意欲にも共感するのは、彼女がなお「現代のテレサ」の性質を失っていないからだ。しかしラディスローと再婚すれば一切の遺産を譲らないという夫の遺言が世間に知られ、彼女は世間の好奇の目にさらされる。他方、妻の贅沢志向のために困窮したリドゲイトが銀行家ブルストロードから金を貰って、彼の過去の秘密を知るラッフルズの急死を黙認したというあらぬ嫌疑を受けると、ドロシーアはリドゲイトの潔白を晴らすために奔走する。だが彼女がロザモンドを勇気づけるためにリドゲイトの家を訪れた時、たまたまラディスローがロザモンドの手を握っている場面を目撃し、再び精神の深刻な揺れと心の閉塞を経験する。しかし彼女が最終的に行き着いたのは、精神と世界の広がりであった。

> 朝の薄暗がりの冷え冷えした時間の中、周囲の全てがぼんやりしているときに彼女は目覚めた―今自分がどこにいて、何が生じていたのか、呆然といぶかるのではなく、悲しみの目の中をのぞき込んだという、最も明晰な意識とともに。……彼女は新たな状況に目覚めていた。魂が恐ろしい葛藤から解放されたかのように感じていた。(LXXX, 740)

一晩、ロザモンドへの嫉妬とラディスローへの絶望に陥ったドロシーアは、夜明けとともにここで一種のエピファニーを経験している。ドロシーアの中で「正義感」が「嫉妬」に打ち勝ち、かつ苦しむ人々への「共感の力」がよみがえってきたからだ。この時、「窓」の外に広がる真珠色の光の中に「世界の広さ」を感じ、労働に勤しむ人の尊さに目覚めたドロシーアは、次のように心臓の鼓動のイメージとともに描かれている。

道には荷を背負った男と赤ん坊を抱えた女がいた。野には影が動いているのが見えた。多分、犬をつれた羊飼いなのだろう。遙か彼方で湾曲している空には、真珠色の光が差し込んでいた。彼女は世界の大きさと、労働と忍耐に目覚める人々の様々な目覚めを感じた。彼女はあの不随意の、鼓動する生命の一部となっていた。彼女は単なる傍観者として贅沢な避難所からそれを眺めることも、利己的な不平から自分の目を隠すこともできなかった。(LXXX, 741)

これは多くの研究者が引用するよく知られた場面である。だが、作中のターニング・ポイントとなる瞬間に、「世界の大きさ (the largeness of the world)」と「あの不随意の、鼓動する生命 (that involuntary, palpitating life)」という表現が使われていることからもわかるように、作者のねらいはドロシーアを宇宙の大きな生命の鼓動と一体化させることにあった[13]。ここでも先の引用と同じく、世界は大きな心臓の鼓動によって前進していくというイメージが背後に一貫している。それはこの部分を収めた第八巻が「日没と日の出」と題されていることにも象徴されている。この時、夜明けとともに大地の鼓動の一部と化したドロシーアの外見は、家事使用人タントリップ (Tantripp) の目に「嘆きの母 (a mater dolorosa)」(742) と映るが、これは「聖母マリア」の別名である。既にリドゲイト自身、「この若い女性には聖母マリアともなれるほどの大きな心 (a large heart) がある」(723) と感じていたが、小説の最後で「聖母マリア」にたとえられるドロシーアは、明らかにエリオットの第四作『ロモラ』(一八六三) のヒロイン、ロモラの後継者として登場していることがわかる。また『ミドルマーチ』と『ロモラ』が、「小説」から始まり「物語」

で終わるという同質性も、ここから浮かび上がってくる[14]。

こうしてドロシーアがいかに大きな「変身」を遂げたかは、例えば次のような小さなエピソードからも窺い知れる。第四章で、姉のカソーボンとの婚約を知った妹シーリアが、「夫として受け入れる男性を好きになる(be fond of a man whom you accepted for a husband)のは当然だと思うわ」(34)と言うと、ドロシーアは「その fond という語は夫として受け入れる男性に対して使うべき語ではない」と、いきり立って言う。結婚とはもっと「崇高」なものだと言うのである。しかし、第八十四章で、ラディスローとの結婚の決意をシーリアに告げるドロシーアは、同じ「好き(be fond of)」という言葉を、次のようにごく自然に使っている。

［シーリア］は少しの間黙ったままだった。それから全て言い争いを退けるかのように「ドードー、彼って本当にあなたが好き(very fond)なのね」と言った。
「そうだといいわね。私も本当にあの人が好き(very fond)なのよ。」(LXXXIV, 771)

この何気ない日常の会話は、ドロシーアの人間的成長をよく表す場面である。

以上見てきたように、作中最も「拡大」と「縮小」のリズムを繰り返して「結実」へと成長していくのはドロシーアであるが、他の人物たちも様々な仕方で同じようなリズムを繰り返していく。ただしドロシーアと違って、リドゲイトやブルストロードのように「萎縮(withering)」へと向かう場合が目立つ。ドロシーアの最初の夫カソーボンは『神話を開く鍵』という著作に生涯の野心をかけてきた聖職者兼学者だが、宇宙大に広がるその構想も、彼の最新のドイツ学への無知故に急速に萎えてしまう。その上、カソーボンの中で「かつて人間全般が彼を活気づけた思考と感情の能力が長い間縮小して(had long shrunk)、一種の乾いた調剤、防腐処理された生命のない知識となってしまっていた」(20,184)。何よりカソーボンの最大の特徴は感情の流れが浅いことと、「人の同情から尻込みする最悪の孤独 (that worst loneliness which would shrink from sympathy)」(79) に常にあることで、これはドロシーアたりとも救うことができない。「カソーボンは同情から尻込みした」という言い方は、作中、この他に三回繰り返される (262, 391, 399)。彼の「心臓」が病に冒されるのも当然であろう。ドロシーアは医師のリドゲイトと違って、夫の心臓の異変に気づかない。彼女は「まだ辛抱強く夫の心臓の鼓動に耳を傾けたことはなかった。ただ、自分自身の心臓が激しく鼓動するのを感じていただけだった」(XX, 188) からだ。互いに異なる心臓の鼓動のリズムは、ここでも二人の関係を言い当てている。「何年もの知識の蓄積が関心と共感の欠如となる」(XX, 185) ような関係は、若い情熱的な女性には致命的である。

他方、ミドルマーチの銀行家ブルストロードも、その心臓が「萎縮」へと向かう、もう一人の人物である。彼の最初の結婚相手は、実は、ウィル・ラディスローの母サラであった。彼女にはユダヤ人であった先夫の残した遺産があったが、ブルストロードは妻の死後、それを独り占めして銀行家として財産を築きあげたのだ。現在ブルストロードはこの秘密を隠したまま、金満家としてまた、信仰心厚い「メソジスト」として、市長ヴィンシーの妹ハリエットと再婚している。ところが、突然アメリカから帰ってきたかつての仲間ラッフルズが彼の存在をかぎつけ、彼を脅迫し始める。苦悩に陥るブルストロードは、妻の目に「萎え縮んだように見えた」(707) ことは先に引用した通りである。リドゲイトも彼の「土色の顔に縮んだみじめさ (shrunken misery)」(683) を認める。ブルストロードは今や「神意 (Providence)」にしか頼るものがない。作中「神意」という語が用いられるのは、ブルストロードが苦悩する場面が主である。同時に語り手は彼の「心臓が動揺する (his heart fluttered)」(635) 様子も何度か伝えている。しかし、彼もまたカソーボンやリドゲイトと同じく、実りある結果を生むことなく、妻と二人ひっそりとミドルマーチを去って行く。

（三）

「拡大」と「縮小」のリズムが繰り返されるのは、以上のように人間の内面ばかりではない。ミドルマーチの社会全体と時代全体にわたっても、このリズムが見られるのである。周知のように、一八二九年から三二年は「選挙法改正法案」や「カトリック解放条例」などの賛否が渦巻いて、国中が大きく揺れた時代であった。また、この時代は鉄道建設の時代とも重なり、ミドルマーチには鉄道を「拡大」しようとする勢力と、それを「縮小」しようとする勢力の対立があることが第五十六章で描かれている。このような時代背景を伝える箇所が『ミドルマーチ』にはしばしば見られるが、例えば第三十七章冒頭部には、一八三〇年六月のジョージ四世の死、議会の解散、改革に反対したウェリントンとピールの名声の下落、自由党の政策を国会で通過させる保守党の混乱、カトリック問題など、様々な時代背景が短く説明されている。そしてこの後に続く次の段落は、このような「拡大」と「縮小」を繰り返す人間の社会的性癖を最もよく言い表している。

> 『パイオニア』誌に出たある注目すべき記事によれば、今は国中の欲求の叫び声が、人々の公共活動への気乗りなさをうち消すことが当然と考えられる時代であった。人々の精神は長い経験から、集中 (concentration) と同時に広がり (breadth) を、寛容 (tolerance) と同時に決断 (decision of judgment) を、精力 (energy) と同時に冷静さ (dispassionateness) を獲得してきた。それどころか、これまでの人類の憂鬱な経験の中で、もっとも共存しそうにない全ての特質を獲得してきたのだ。（XXXVII, 336）

新たな選挙を控えて騒然としているミドルマーチで、ドロシーアの伯父ブルック氏が立候補を念頭において、自分の政治宣伝のために『パイオニア』誌を買い取ったことが、既に知れ渡っている。それゆえこの「注目すべき記事」を書いたのは、彼が雇ったラディスローの筆になるものと考えられる。しかし注意すべきことは、社会の進化もまた、「広がり」と「集中」、「寛容」と「決断」といった、「拡大」と「縮小」のリズムに従っていることが、ここで再び暗示されていることである。H・スペンサーの社会進化論に代表される「有機体」としての社会観は、エリオットが十分小説制作に生かした見方であることが、ここからもよくうかがわれる。同時に、このような異質なものが人間精神の中で、また社会の中で、互いに共存しあう様は、既にエリオットが『ロモラ』で十分追求した問題でもあった(15)。『ミドルマーチ』では、それが単なる混在としてではなく、拡大と縮小を繰り返す推進力として描かれていることが、『ロモラ』との最大の違いである。そしてここで作者は、人間のみならず、社会と時代についても「心臓」の働きをイメージして書いていることを、この引用文が伝えているのではないだろうか。ところでエリオットの愛読したスコットの小説の一つは『ミドロジアンの心臓』であった。この小説は、もちろんその内容も主題も『ミドルマーチ』とは全く異なるが、ただ一つ、この小説の題名の「心臓」は、先のフォイエルバッハを英訳した一節とともに、小説『ミドルマーチ』の構想に一つの示唆を与えたのではないかと、私は想像する。というのも小説『ミドルマーチ』自体、その有機体としてのまとまりの内で、大きな心臓の動きさながらに、常に脈打ち、鼓動しつつ、「心筋縮小《シストーリ》」と「心筋拡大《ダイアストーリ》」を繰り返しているからである。

＊使用テキスト

Eliot, George, *Middlemarch* (ed. by D. Carroll. Oxford World's Classics, 1998)

注

(1) Miller, J.H., "Optic and Semiotic in Middlemarch" (H. Bloom ed. *George Eliot*, Chelsea House, 1986), Ashton, R.,"The Intellectual 'Medium' of Middlemarch" (*Review of English Studies*, 30, 1979) ほか、多くの研究者が言及している。

(2) Beer, G., "Circulatory Systems: Money and Gossip in *Middlemarch* (Cahiers Vitoriens et Edouardiens, 26, 1987). これは Bodenheimer, R., *The Real Life of Mary Ann Evans* (Cornel U.P., 1994)151 で言及されている論文である。

(3) Bonaparte, F., "Introduction" to *Middlemarch* (Oxford World's Classics) xxxvii

(4) Stump, R., *Movement and Vision in George Eliot's Novels* (Washington U.P., 1959)
Shuttleworth, S., *George Eliot and Nineteenth-Century Science* (Cambridge U.P., 1984)
Levine, G., "The Scientific Texture of *Middlemarch*" (H.Bloom ed. op, cit)

(5) Oxford World's Classics 版に付けた D.Carroll の Notes(p.801) による。また、同じくフランス人の解剖学者・生理学者である Marie Francois Xavier Bichat からもリドゲイトは医学を学んでいる (138-9)。

(6) 第三十章、二六八ページ、及び第四十二章、三九七ページで、リドゲイトが聴診器を使う場面がある。これは一八一九年に導入されたばかりの医療器具であった。リドゲイトは最新医学をフランスで学んできたことになっている。

(7) ちなみに、G.H.Lewes,*Problems of Life and Mind* (Trubner & Co, 1883) Vol.II にも次の一節がある。The material of the Medium passes into the Organism, and after a while is again restored to the Medium. *The systole and diastole of Life* is this interchange, this incorporation and discharge of molecules and molecular motions. (461) イタリックスは筆者。エリオットはもちろん、この部分も念頭に置いていたと思われる。

(8) 「ドロシーアはこの時、変身 (a metamorphosis) を経験していた。そこでは記憶は新しい器官 (new organs) の動揺 (stirring) に適合しようとしなかった」(50, 461)。この metamorphosis は『サイラス・マーナー』第一章でも、「歴史と変身 (a history

and a metamorphosis) という言い方で出てくる。なお、『サイラス・マーナー』で使われる vibrations, fibres, shrink などの用語は『ミドルマーチ』でも多用される。中でも fibre については、拙論「解釈の病——『サイラス・マーナー』の一局面」参照。ちなみに、『ミドルマーチ』に頻出する語は、およそ shrink が四十八回、sign が四十五回 clever,cleverness が三十七回、expand が十五回などである（回数は厳密ではない。）

(9) Ashton, R., *George Henry Lewes* (Pimlico, 2000) 161.

(10) Ashton,R., *George Eliot* (Allen Lane, The Penguin Press, 1996) 151.

(11) Keats, "Isabella" から取ったイメージであることは言うまでもない。

(12) Goethe, *Elective Affinities* の第四章で、エドアルトとシャルロッテが、化学用語を使って、人と人との結びつきを説明する。この小説に登場するエドアルトとオッティリエ、大尉とシャルロッテの四人の関係は、『ミドルマーチ』の主要な人物、ドロシーアとラディスロー、ロザモンドとリドゲイトの四人の関係に影響を与えたとも考えられる。

(13) すでに『フロス河の水車小屋』第四巻、第一章で、エリオットは次のように書いていた。
You are irritated with these dull men and women, as a kind of population out of keeping with the earth on which they live — with this rich plain where the great rivers flows for ever onward, and links the small pulse of the old English town with the beatings of the world's mighty heart. (Norton 版) 222.

(14) 『ロモラ』では、ヒロインのロモラが、アンティゴネ、アリアドネ、そして最後に聖母マリアに変身する道程がたどられる。またここで言う「小説」と「物語」の違いについては、ベンヤミンの定義に従う。拙論「『ロモラ』——混在の時空」参照。

(15) 拙論「『ロモラ』——混在の時空」参照。

〔付記〕この論文は二〇〇四年八月九日、イギリスのウォリック大学で行われた「国際ジョージ・エリオット会議」の二日目に私が口頭発表したものの日本語版である。

Daniel Deronda 論
—— Gwendolen Harleth の結婚をめぐって ——

George Eliot's intentions are extremely complex. The mass is for each detail and each detail is for the mass.

(H. James: *Daniel Deronda: A Conversation*)

As regards the contrivance of the plot and the invention of a patten of events in which the main characters affect one another, everything in the novel is successfully related to everything else. (J. Bennet: *George Eliot*) 183.

Middlemarch and *Daniel Deronda* depend for their full effect on the kind of slow and repeated attentiveness to detail which we are more willing to give to the medium of poetry than to the medium of the prose narrative. The pattern of events and character is inseparable from a pattern of images as elaborate, if much less conspicuous, as the patterns in the novels of Henry James. (B. Hardy: *The Novels of George Eliot*) 232.

一　虹状の性格

Daniel Deronda（一八七六）の女主人公 Gwendolen Harleth は、複雑に入り組んだ性格を持つ女性として終始描写されている。その内面を作者は "the iridescence of her nature" (ch. 4) ということばで表現する。作者によれば、「虹状」とは "the play of various, nay, contrary tendencies" である。これは一度に幾通りもの心情を受け入れる余地のあるわれわれ人間の心の性状を形容して妙である。この明暗さまざまな光の複雑な屈折・反射は、ともすれば読者の目を眩

惑しがちである。本小論は、Gwendolen の結婚をめぐって、labyrinth のような彼女の性格の中から、同系統の色をたどってゆく試みである。くり返される行動パタンのイメージを整理し、それらの細部が小説全体にどのように関連しているかを眺めること――これが本論の意図である。

Gwendolen Harleth ―― 一度その姿に接すると、もう一度気がかりにならずにはいられない妖しい魅力を放つ二十一歳の女主人公。不幸な弱い母親の手で“a spoilt child”として育てられ、それが性来の美しさと相俟って、あたかも“a princess in exile”といった雰囲気を周囲の人々に与える。Gwendolen にとっては、自分の人並はずれた美しい外見はそのまま彼女の非凡な才能と運命を保証するのであり、かくてつねに彼女には“exceptional”というヒロイズムの意識がつきまとっている。作者によれば、たとえ彼女が容貌に恵まれておらず、母親に甘やかされておらずとも“the inborn energy of egoistic desire”の持主として、やはり自分を“exceptional”と意識したであろうと言っている。そこでまず、Gwendolen のこの特異意識という顕著な一面からとりあげていこう。

(1) Gwendolen on her spirited little chestnut was up with the best, and felt as secure as an immortal goddess, having, if she had thought of risk, a core of confidence that no ill luck would happen to her. (ch. 7, p.103) ―― ページ数はペンギン版（一九六七）による。

これは馬上のわが姿を「不滅の女神」とも比す Gwendolen の自意識である。彼女に見られるこの絶対優位の信念が、次第に崩れてゆく経過、しかも内部から崩れてゆく過程に、この小説のひとつの焦点が置かれている。Gwendolen がこのような“a core of confidence”にみなぎる場面は、小説中いずれも彼女が馬上姿になったとたんであり、その意味で、小説前半の彼女の馬上の姿は、その強いヒロイン意識の象徴である。

(2) "……I am not fond of what is likely; it is always dull. I do what is unlikely."

"Ah, there you tell me a secret. When once I knew what people in general would be likely to do, I should know you would do the opposite. So you would come round to a likelihood of your own sort. I shall be able to calculate on you. You couldn't surprise me."

"Yes, I could, I should turn round and do what was likely for people in general," said Gwendolen, with a musical laugh. (7, 100)

これは Gwendolen に片思いするいとこの Rex と馬を並べての会話の一部である。Gwendolen の会話の調子には、彼女の濃厚な特異意識が流れている。最後の鈴のような笑い声は、結果的に Rex を翻弄する絶対優位な女神の馬上姿さえほのめかしている。

この時からおよそ一年後、同じような馬上の会話が、今度は三十六歳の貴族、婚約者 Grandcourt を相手に再現される。

(3) "But I am very unreasonable in my wishes," said Gwendolen, smiling.

"Yes, I expect that. Women always are."

"Then I will not be unreasonable," said Gwendolen, taking away her hand and tossing her head saucily. "I will not be told that I am what women always are."

"I did not say that," said Grandcourt, looking at her with his usual gravity. "You are what no other woman is."

"And what is that, pray?" said Gwendolen, moving to a distance with a little air of menace.

Grandcourt made his pause before he answered. "You are the woman I love." (28, 360) 下線は筆者以下同じ。

Gwendolen には、Rex の時と似たような特異意識が流れている。だが二人の会話は微妙に変調しており、Gwendolen の置かれた困難な状況が示されている。下線部には、Rex とは比べものにならない Grandcourt の unmanageable な姿がうかがわれる。とりわけ彼の答、"You are the woman I love" には、何やら運命的な響がこもっており決して一筋縄ではゆかないこの人物の姿が際立っている。Gwendolen は、Grandcourt の愛人 Mrs. Glasher の出現により一度は婚約を断念してドイツに去ったのだが、そこで一家破産の急報に会い、まさに一家急落の瀬戸際に再び申し込まれた結婚を、ついに承諾したのである。そうでなければ残された道は忌むべき家庭教師になるしかない。Gwendolen は激しい岐路に立たされた。だが、結局、家庭教師への嫌悪が、Mrs. Glasher の恐怖に打ち克ち、さまざまな正当化のすえにこの結婚を承諾した——このようないきさつが、上の会話の背景をなしている。だが、この結婚への自分の思惑の微妙なズレに気ずかないかのように、Gwendolen は久しぶりの馬上姿に、ますます意気軒高になってゆくのである。

自信にみなぎる Gwendolen の胸中に浮かぶひとつのイメジは、未来の夫を横にのせて疾走する chariot のイメージである。手綱を操るのはもちろん Gwendolen である。その leading の意識は先の exceptional の意識の延長である。だがその chariot は婚約決心の日から、突然、彼女の手を離れてひとりでに疾走しはじめてしまうことが次のように描かれる。

(4)　……the horses in the chariot she had mounted were going at full speed. (29, 381)

全速力で疾走するこの chariot の中に、この作者の小説の特徴である "What's done cannot be undone" が読者に感じられはじめる。

二　自我への恐怖

馬上の Gwendolen は虹状の性格の中でもっとも目につく部分である。だがその輝く表面の背後には、暗く深い色がひそんでおり、そこに彼女の心のくすんだ深淵部が現われる。幼ない頃よりその内奥に巣喰っているものは、自己の本体への不安、自分の中の未知の自我への恐怖である。そしてこれは小説全体に関わる重要な motive となる。小説中、この深淵への最初の糸口となるのは、第三章に語られる Gwendolen の幼ない頃の二つの挿話である。まず、病床の母親が真夜中に苦痛のあまり娘に薬を取ってほしいと頼む場面がある。だが、ベッドの中の Gwendolen は、その嘆願に不平の拒否の声で応じてしまったのである。翌朝、一晩中苦しみ続けた無言の母親の姿に、さすがに Gwendolen の良心は痛むのであり、以後この母親は彼女の唯一の良心の象徴となってゆく。もっとも、母親を苦しめることは自分を苦しめることになるという自己中心の発想からであったけれど。もうひとつは、妹のカナリヤをしめ殺した事件である。Gwendolen の歌声がその小鳥の軋り声に何度も中断され、発作的にそれをしめ殺したのである。これは彼女に自分の中の手に負えない恐ろしい部分をのぞかせる事件となった。これは Gwendolen のあからさまに触れたくない忌むべき記憶となり、以後意識の底に沈められる。小説中に散在する terror, dread の語は、こうして何よりもまず彼女自身に向けられてゆく。次の引用には上の記憶が次第に風化されてゆく過程が描かれている。

(5) Gwendolen's nature was not remorseless, but she liked to make her penances easy, and now that she was twenty and more, some of her native force had turned into a self-control by which she guarded herself from penitential

humiliation. There was more show of fire and will in her than ever, but there was more calculation underneath it. (3, 53-54)

自己の本体を警戒しはじめたGwendolenが、今度は傷つかぬようegoismの防備で巧妙に身を固めてゆくさまがここにうかがわれる。先の二つの挿話中、Gwendolenは母親と妹に、自己流の償いを試みている（母親にはcaress、妹にはmouseを与えた）。それは早くも、この巧妙なegoismの防備を予測している。この自己流の償いは、のちにMrs. Glasherの出現を考え合わせる時、意外な重要性を帯びてくる。自分を傷つけないようにとする彼女の中では、また、自分の領分を侵害するものには容赦せぬが、みずから進んでは決して他人を傷つけない、という彼女の暗黙のモラルが形成されてゆく。この「隠されたモラル」も後に重要なmotiveとなって展開してゆく。

Mrs. Glasherの出現する前から、すでにGwendolenはGrandcourtとの結婚をためらっておりそれは彼女のこの自我への恐怖がもとである。（後述するように、それは彼女の異性への性的恐怖もまざっている。）彼女のおし隠されている恐怖が暴露されるのは、いずれも偶発的事件によってである。まず一家がOffendeneに移ってきた日、その家の壁にはめ込まれていた画が突然覆いを開いて、Gwendolenを戦慄させる。その只事でないおびえようは、はじめて読者に彼女の深淵への糸口をつかませる。その絵、"the picture of an upturned white face, from which an obscure figure seemed to be fleeing with outstretched hands"は、以後彼女の意識に事あるごとに出没し、第五十五章では、ついにその白い顔は溺死する夫Grandcourtの白い顔と重なりあう。

第七章では、自分に言い寄るRexに、突然、非常な肉体的嫌悪を感じて恐怖する場面がある。

(6) He tried to take her hand, but she hastily eluded his grasp and moved to the other end of the hearth, facing him.

"Pray, don't make love to me! I hate it." She looked at him fiercely.

……Gwendolen herself could not have foreseen that she should feel in this way. It was all a sudden, new experience to her. (7, 115)

これはたしかに "a certain fierceness of maidenhood" の発作とも考えられようが、下線部には明らかに未知の自己のなせる業への恐怖がうかがわれる。原因不明のこの恐怖を Gwendolen は母親に次のように訴える。

(7) "I shall never love anybody. I can't love people. I hate them. …… I can't bear any one to be very near me but you." (7, 115)

性的な嫌悪のまじった自我への恐怖感を、作者は *spiritual* dread と呼ぶ。上の場面から一年後、婚礼の日取りも決まり、Grandcourt と快適な婚約期間を過ごす Gwendolen に、突然 physical antipathy が襲いかかったことがあった。

(8) One day, indeed, he had kissed not her cheek but her neck a little below her ear; and Gwendolen, taken by surprise, had started up with a marked agitation which made him rise too and say, "I beg your pardon.….did I annoy you ?" "Oh, it was nothing," said Gwendolen, rather afraid of herself, "only I cannot bear.….to be kissed under my ear." She sat down again with a little playful laugh, but all the while she felt her heart beating with a vague fear. She was no longer at liberty to flout him as she had flouted poor Rex. Her agitation seemed not uncomplimentary, and he had been contented not to transgress again. (29, 371-372)

ここには再び、Rex の時とは比べものにならない困難な状況が描かれている。ぬきさしならぬ泥沼に深入りしてゆくGwendolen の姿がここにうかがわれる。下線部分は、彼女の肉体的嫌悪感が、自己の内奥の漠然とした恐怖と関連していることをも伝えている。Gwendolen は Grandcourt の前では懸命な self-control によって冷静を装わざるをえない。

性的に異性を受け入れられない Gwendolen に、もちろん愛の感情はわからない。彼女の結婚が功利的に走ったのも無理のないところである。さて、先に Gwendolen から最も手ひどい repulsion を被むるのは、Mr. Lush という Grandcourt の積年の腰巾着である。これに対し Mr. Lush は Mrs. Glasher を出現させて Gwendolen に報いる。この夫人と Grandcourt の間には三人の子供も生まれていたが、美しく誇り高い Gwendolen を支配するという残忍な喜びのために、Grandcourt は昔の愛人との関係を清算しようとする。これに対して夫人は Mr. Lush の差し金で Gwendolen と会い、その結婚の不当性を強く訴えるのである。この時、それまでの Gwendolen の内部のためらい・不安・恐怖がすべて Mrs. Glasher の中に "merge" され、かくてこの薄倖な夫人が Gwendolen の全ての恐怖の体現者となるだろうことは、次の引用からも十分想像される。

(9) Gwendolen, watching Mrs. Glasher's face while she spoke, felt a sort of terror; it was as if some ghastly vision had come to her in a dream and said, "I am a woman's life." (14, 189-190)

つまり漠然とした内奥の恐怖が、Mrs. Glasher という否定すべからざる現実の恐怖に集合したのである。ショックのあまり Gwendolen が結婚を断念してドイツに単身渡ったことは前述のとおりである。その後、Gwendolen はさまざまな self-justification によってこの結婚を正当化するのだが、婚約を受け入れるとき、最後まで彼女を苦しめたものは自己の内奥と直結する恐怖の象徴 Mrs. Glasher の存在であった。Gwendolen はこうしてドイツに渡った時のあの衝動をふりかえらざるをえない。

⑽ The impulse had come — not only from her maidenly pride and jealousy, not only from the shock of another woman's calamity thrust close on her vision, but — from her dread of wrong-doing, which was vague, it is true, and aloof from the daily details of her life, but not the less strong. Whatever was accepted as consistent with being a lady she had no scruples about; but from the dim region of what was called disgracefull, wrong, guilty, she shrank with mingled pride and terror; and even apart from shame, her feeling would have made her place any deliberate injury of another in the region of guilt. (27, 342)

ここでは⑸で眺めた Gwendolen の防備を突きぬけて、ためらいがちに内部の漠然とした恐怖を意識上にのせざるをえない Gwendolen の心理が but 以下によく描かれている。disgraceful、wrong, guilty などの語は、これまでの恐怖の風化体験の底に存在し続けた語である。さらにそれが vague、the dim region と表現されていることから、この引用はまさに⑸からの必然的結果であることが想像されよう。幼ない頃からの自己の最奥に対する漠然とした恐怖がここに顕在化しており、その触媒となったのが、Mrs. Glasher である。さらに、引用の最後の部分には、彼女の幼時体験に密接し、以後彼女の未知の部分に抵触しないための唯一の犯すべからざる掟が語られている。即ち、"any deliberale injury of another" さえなければ、彼女の本体は安全圏にいられるのである。こうしてこの結婚はこの隠されたモラルに触れる、つまり Gwendolen の最奥部に関わってゆく重大事となる。そして彼女の恐怖を救う役割を果たすのが主人公 Daniel Deronda である。

作者は第二十九章で、Gwendolen の最奥部のこの感受性を Deronda の上に及ぼすことにより、二人の関係を organic に織りあげる。Deronda には出生の秘密があって、彼は保護者 Sir Hugo Mallinger の庶子だという風説が広まっている。一方、Sir Hugo は Grandcourt の伯父であり、男子相続人がいないため、Grandcourt が土地財産を限嗣相続するという設定になっている。従ってもし Gwendolen が Grandcourt と結婚すると、妻である自分は Deronda の正当な権利を奪うことに加担することになり、それは Mrs. Glasher の権利を奪うのと同様、彼女には "deliberate injury of another" と思われるのである。Gwendolen の狭い意識は自己中心の枠の中でこうして堂々めぐりをくり返している。彼女がはじめて Deronda と出会ったのは、ドイツの賭博場である。ルーレーレットにふける自分を見下す彼の evil eye を受けたのである。しかも帰国のために質入れした首飾りを、独善的に受け出した張本人がこの青年らしい。だからそれでなくとも Gwendolen の関心はこの未知の二十五歳の美青年の上に注がれざるをえなかったのだが、今また彼の出生の風説を知り、思いがけない所で自分とこの青年とが深く関わっていることを認めるのである。作者が二人を深浅に渡り十分に関わらせる過程において、まず上のような設定により Deronda を Gwendolen の「隠されたモラル」に触れさせることに成功する。これだけで読者は J. Bennet のことば "everything is related with everything else." に早くも思い当る。

三　空間への恐怖

Gwendolen の自我への恐怖の源をもう少しさぐってゆくと、そこに彼女の自己中心性のなせる狭い世界への固執があることに気ずく。作者はそれを、広さへの恐怖、空間への恐怖という形で端的に描写する。そこで、次に Gwendolen の空間への恐怖を中心に、彼女の狭い世界の構造に光をあててみよう。

すでに見てきたように、Gwendolen のエゴイズムは、彼女に現実の実相を直視させない仕方で、その自己中心世界を温存させてきた。それはとりもなおさず、彼女が外の世界の広がりのみならず、内に広がる世界をも恐怖することを意味している。彼女のこの暗い面が、「馬上の姿」に象徴されるその輝く面の下地となっていることを見逃してはならない。

(11) She meant to do what was pleasant to herself in a striking manner; or rather, whatever she could do so as to strike others with admiration and get in that reflected way a more ardent sense of living, seemed plea san t to her fancy. (4, 69)

これは自己の存在感を他人の称賛の自の中にしか感じられない Gwendolen を説明している。下線部、とりわけ in that reflected way には、自己の本体から手応えを受けることができない姿が浮かび上っている。第二章、一家破産の報のあと Gwendolen はその現実の衝撃をうけとめられず、鏡に写るわが姿に思わず接吻するという場面がある。これこそ reflection にしか自己を感じられない Gwendolen の不気味な象徴であろう。次の引用はその Gwendolen の、狭きに安住しようとする過程をよくとらえている。

(12) And even in this beginning of troubles, while for lack of anything else to do she sat gazing at her image in the growinglight, her face gathered a complacency gradual as the cheerfulness of the morning. Her beautiful lips curled into a more and more decided smile, till at last she took off her hat, leaned forward and kissed the cold glass which had looked so warm. (2, 47)

また次の箇所は horizon という語を用いて、Gwendolen の輝く表面の実相を描写している。

(13) She rejoiced to feel herself exceptional; but her horizon was that of the genteel romance where the heroine's soul poured out in her journal is full of vague power, originality, and general rebellion, while her life moves strictly in the sphere of fashion; and if she wanders into a swamp, the pathos lies partly, so to speak, in her having on her satin shoes.(6, 83)

彼女の意識の上べりには vague power, originality, general rebellion などの自覚が浮かんでいるのだが、それらはいずれも実体のない illusion にすぎない。実際は体裁のよい狭い範囲にとどまるばかりで、人生の広がりは彼女の意識の及ばない所である。だから現実の泥沼に踏み込むとたんに進退窮まり、そこではじめて己れの無力な姿をさらけだすというのである。Gwendolen にとって現実の泥沼となったものが、Grandcourt との結婚であった。

Gwendolen の自己への過大評価は、ユダヤ人の音楽家 Herr Klesmer によって一度は暴露される。第五章で Klesmer は Gwendolen の歌唱能力を問題にしない。その時生まれてはじめて Gwendolen は ‘a sinking of heart at the sudden width of horizon opened round her small musical performance”(5. 79) を感じるのである。この “sudden width of horizon” という表現には、すでにかすかな空間への恐怖が感じられる。これは後の人生上の horizon の広がりの先触れである。この意味で Klesmer が芸術上の standard なら、Deronda は人生上の standard であり、二人はともにユダヤ人であるというパラレルな関係に注目したいと思う。Klesmer は小説中に登場する多くのユダヤ人の中でただひとり、血肉を具えた生きた人物だという評価を受けている。それは、彼の芸術にかけた人生的熱情の中に、作者 George Eliot の芸術家としての覚悟が inspirit されているからであろう。たとえば、“that fervour of creative work and theoretic belief which pierces the whole future of a life with the light of congrous, devoted purpose”(22. 282) などの表現にこめられている気迫から、このことが判断できる。さらに、第二十三章で Klesmer は、岐路に立つ Gwendolen の唯一残された苦肉の策、女優志願を一蹴するというプロット上でも重要な役割をおわせられている。彼女が進退窮まる

strait に陥ったのはこのためであり、かくて Grandcourt の申し込みを受け入れざるをえないはめになったのである。Gwendolen の狭さは「てこの知識も、足場の知識もなく地球を動かそうとする自信過剰の人」にたとえられる。このイメージは第四章に初出され、第二十三章のモットーでくり返される。アルキメデスの故事にかけた適切な皮肉なイメージである。この狭い世界に安住する Gwendolen は、そこから一歩踏み出そうとする時に、強い戦慄を感じざるをえない。具体的にそれは空間の広がりへの恐怖となって表われる。彼女の fits of spiritual dread は、決して宗教による救いの方向に向かわなかった、と作者は説明し、続いて次のように言う。

⒁ She was ashamed and frightened, as at what might happen again, in remembering her tremor on suddenly feeling herself alone, when, for example, she was walking without companionship and there came some rapid change in the light. Solitude in any wide scene impressed her with undefined feeling of immeasurable existence aloof from her, in the midst of which she was helplessly incapable of asserting herself. The little astronomy taught her at school used sometimes to set her imagination at work in a way that made her tremble: but always when some one joined her she recovered her indifference to the vastness in which she seemed an exile; she found again her usual world in which her will was of some avail.....With human ears and eyes about her, she had always hitherto recovered her confidence, and felt the possibilities of winning empire. (6, 94-95)

ここには Gwendolen の広場恐怖とでもいうべき神経症的症状が如実に語られている。同時にこれはすでにみた「他人の目に写るわが姿にしか存在感を感じない」Gwendolen を裏づけている。さらに、この部分を、小説を解剖する最も鋭利な視点とする時、空間への恐怖はまず小説中に散在する数々のイメージ群の解釈に多大な光をさしこませる。次にこの箇所は、Deronda との関係を解く鍵となる。つまり Gwendolen の狭さ志向に対し、Deronda は終始広さ志向の人物、狭所恐怖の人物でさえあることが明らかになってくるからである。そして最後にこれは小説全体を貫くテーマと密接に関連し、そこに James のいう "The mass is for each detail and each detail is for the mass" という小説の内部構成の世界が現前してくる。

まずこれを第六十九章の次の部分と関連させる時、ここに小説会体を貫く一本の強力な糸の存在が感じられる。

(15) There was a long silence between them. The world seemed getting larger round poor Gwendolen, and she more solitary and helpless in the midst. The thought that he might come back after going to the East, sank before the bewildering vision of these wide-stretching purposes in which she felt herself reduced to a mere speck. (69, 875)

これは、自分をユダヤ人だと自覚した Deronda が、彼への思慕をすでに隠しきれない Gwendolen と、最後に出会う場面の一部である。みずからユダヤ民族の統合、祖国再建に身命を賭けることを誓った Deronda が、予言者的人物 Mordecai の理念に従って東方に旅立つ決意を Gwendolen に告げた直後の描写である。(14)と比較してこの部分を読むと、"a mere speck" にまで減じられた Gwendolen のすさまじい恐怖感が読者に伝わってくる。Gwendolen の狭い世界に突然侵入するこの最終的衝撃にむかつて、すべての要素が有機的に集中してゆくのである。

(16) There comes a terrible moment to many souls when the great movements of the world, the larger destinies of mankind, which have lain aloof in newspapers and other neglected reading, entered like an earthquake into their own lives.....(69, 875)

これは(15)に続く箇所で、作者は一般論によってGwendolenの心理的衝撃を説明する。だがこの引用は、それ以上のもの、つまり作者がこの小説で企てた意図を告げているように感じられるのは、読みすぎだろうか。作者はGwendolenの狭い恐怖を描くことにより、その固い殻の内部から、それを突き破った広い意識の世界に小説を導き入れようとしているかのように思われてくる。Gwendolenの内部と同時に、小説というmediumの中にもearthquakeのように新しい要素、小説家の意識の広がりをそそぎこんでいるかのようである。作者がこの段階で小説をどう考えていたかは、上の引用とともに、第十一章の最終部の作者の肉声から、また第二十二章に見られる次のような、一見何げないことばからもうかがわれるのである。

(17) We object less to be taxed with the enslaving excess of our passion than with our deficiency in wider passion; but if the truth were known, our reputed intensity is often the dullness of not knowing what else to do with ourselves. (22, 281)

ここをくり返し読んでゆくと、小説という手段をこれまでになく広げようとする作者の本音が響いてくるような気がしてくる。現に、この"intensity"という語は、作者が自分の初期の小説を説明する時に、好んで用いた語である(B. Hardy: *The Novels of G. E.* p. 15)。とすると、その"reputed intensity"とは、そのじつ、"a dullness of not knowing what else to do with ourselves,""deficiency in *wider passion*"であるということの表現は、あたかも作者の自責自戒の調子がこめられているかのようである。Zionismは"wider passion"の実践として小説に導入されたのであり、Derondaはそれを実現する人物としてイメージされている。だが、結果的には広さ志向のDerondaの描写は、作者が観念的発想、によって描いた失敗の部分であり、一方Gwendolenの意識の展開を精緻に観察した部分は成功した部分であるという一般的評価におちついているようである。だが、作者が小説を広げようとした意図は、Derondaの描写の失敗とは別に、Gwendolen と Deronda との（狭い意識と広い意識との）有機的な関わりの内に結晶しており、ここにこそこの小説で　作者が企てた結果的な新しさがあるのではないかと思う。こういう見方をする時、H.James が書いた"*Daniel Deronda:* a Conversation"における次の意見は十分首肯されよう。

The very chance to embrace what the author is so fond of calling a larger life seems refused to her. She is punished for being narrow, and she is not allowed a chance to expand. Her finding Deronda pre-engaged to go to the East and stir up the race feeling of the Jews strikes me as a wonderfully happy invention. The irony of situation, for poor Gwendolen, is almost grotesque, and it makes one wonder whether the whole heavy structure of the Jewish question in the story was not built up by the author for the express purpose of giving its proper force to this particular stroke.

これは「対話」中の一人物、Constantius の発言である。物語の重きをなす「ユダヤ人問題は、Gwendolen の「狭さ」を際立たせるためにことさら作者が取り入れたのでは、と Constantius は言う。だが注意すべきはここで人生の困難な状況の深さ、"mysterious human lot" を読者とともに Gwendolen から学ぶのは、Deronda の方こそである。

(18) He was afraid of his own voice. The words that rushed into his mind seemed in their feebleness nothing better than despair made audible, or than that insensibility to another's hardship which applies precept to soothe pain. He felt himself holding a crowd of words imprisoned within his lips, as if the letting them escape would be a violation of awe before the mysteries of our human lot. (48, 673)

第四十八章、結婚生活の危機を告白して救いを求めるGwendolenに絶句するDerondaの描写である。ここにはGwendolenのもたらすmysterious human lot, B. Hardyの言うlife's difficulties and their full complexity and toughnessにより、衝撃的に畏敬の念を打ちこまれて絶句するDerondaの姿がある。このような両者の関わり方にこそ、この小説の要諦がある。

⒀で見たhorizonへの言及の到着点も、第六十九章に見出される。この時、GwendolenはDerondaの告白の中に"the pressure of a vast mysterious movement"を感じ、はじめて最上位から"dislodge"されるほどの衝撃を受ける。それとともに、遠くにゆき渡っていたかのような眼前の広がり(horizon)が、じつは"a dipping onward of an existence with which her own was revolting"にすぎなかったと、愕然と了解するのである。

Derondaの広さ志向についてでは、簡単に触れておくにとどめる。彼のこの性向は、幼児期からの彼の"sympathetic sensibilities"に代表される。一般にDerondaは、血肉を具えた人物として一貫した描写が与えられていないという評価がある。だが⒅で見たようなDerondaの感受性の描写には十分なリアリティがある。この感受性は、彼の出生の暗さが性来の性格に影響して生じたものだという。それは、Gwendolenの中の驚くほどのsympathyの欠如、自己にしか向かわない感受性と対照的である。Gwendolenの狭さは「馬上の姿」に象徴されるが、Derondaの広さは「ボート上の姿」に象徴されよう。B. Hardyも指摘するように、Kew近くのテムズを、広い見晴しを選びながらボートを操るDerondaの姿は広さ志向の人物にふさわしい。Zionismの予言者的人物Mordecaiとの運命的出会いも、DerondaがロンドンEの西日を背に受けてBlackfriars Bridgeにボートをこぎすすめてゆく場面においてであった。またDerondaは、まだ見ぬ両親にdreadを抱き続けるが、これはGwendolenの"spiritual dread"と比較される。さらに、彼が一生思い続けることは、"social passion"によってかき回される"a yearning disembodied spirit"にとどまるのではなく"an organic part of social life"となりたい、ということである。この"organic part"という意識などは、空間を恐怖し狭い世界にしか安住できないGwendolenの意識と、まさしく対立している。彼の切望は前述のMordecaiの出現まで叶えられず、そのためのアンニュイがはじめのDerondaを覆っている。Gwendolenの倦怠感は、自分が他人の目に華々しく映る機会を持てないゆえの苛立ちから生じている。

Derondaがドイツの Leubronn で受け出した首飾りは、Gwendolenと彼を結びつける重要な役割を果すが、この首飾りについて抱くGwendolenの感慨の中には、二人の関係が彼女の深淵部にまですでに及んでいることが暗示されている。次の引用は、まだDerondaの出生の風説を知る前、破産のために身辺を整理している時、その首飾りを手放すことをやめたGwendolenの描写である。

(19) Why she should suddenly determine not to part with the necklace was not much clearer to her than why she should sometimes have been frightened to find herself in the fields alone: she had a confused state of emotion about Deronda.....was it wounded pride and resentment, or certain awe and exceptional trust ? It was something vague and yet mastering, which impelled her to this action about the necklace. There is a great deal of unmapped country within us which would have to be taken into account in an explanation of our gusts and storms. (24, 321)

下線部の表現は、首飾りとGwendolenの空間恐怖とが、少々強引に結びつけられていることを示している。Derondaの独善的な行為は、彼女の日常理解範囲を超えており、この点でそれはたしかに“a region outside and above her”(1, 38)での行為である。それゆえ彼女の“confused state of emotion”には、理解不能の世界に対して抱く彼女の空間恐怖の感情と通じあうものがある。首飾りを手放すまいと彼女を駆った衝動は、“vague”,“mastering”と形容され、これは遠く、彼女の自我への恐怖とのつながりをも暗示している。何よりも作者がこのような形で、二人を関わらせてゆく手法に注意したい。かくてDeronda は Gwendolen の深淵部に十分に関与する mentor としての役割を得てゆくのである。

最後に、小説中に散在するイメージ群の解明という点を簡単に眺めよう。まず前述の Gwendolen の physical antipathy は、彼女の空間恐怖が極端に鋭敏化された時に生ずる、一種の拒絶反応であると言えよう。次に、第二章と第二十六章には、あたかも遠くの物音に神経を研ぎすましてじっと耳を傾けるような Gwendolen の表情が描かれているが、その表情には自己の範囲を超える空間へのおびえが表われている。また第二十七章では、渇きのために死にかかっているものが砂漠の蜃気楼にひかれるように、Grandcourt にひきずられてゆく Gwendolen の意識が描かれているが、これも狭い世界から突然思いもよらない空間に置かれた時の Gwendolen の心理をよく説明していると思われる。

四　引き裂かれた自己

第十三章、まだ Mrs. Glasher の存在を知らない Gwendolen が自分の内なる spiritual dread のために結婚をためらう場面がある。夜、伯父 Mr. Gascoigne が優柔不断な彼女を "the victim of nothing else than your own coquetry and fo11y" と評した時、Gwendolen はその語により、自分の中の手に負えない自分に触れられたように感じて蒼白になるのである。Gwendolen はこの時、はっきりと分裂した自己を感じ、必死に表面上の the whole being になろうと痛々しい努力をする。自己内の 'dreadful self, troublesome self" を "choke" し、内心の恐怖を糊塗しようとする心理が、たとえば "rising and shaking her head, *as if to rouse herself out of painful passivity*" や "she felt as if she were *reinforcing herself* by speaking with this decisivenss to her uncle" (13, 179) などの表現に感じられる。だがこの夜の分裂感は朝になると跡かたもなく消失し、再び一面に輝く彼女の姿が現われる。

(20) Gwendolen looked lovely and vigorous as a tall, newly-opened lily the next morning: there was a reaction of young energy in her, and yesterday's self-distrust seemed no more than the transient shiver on the surface of a full stream. (14, 181-182)

これは夕べの煩悶も消えて、結婚を受け入れることを決意したGwendolenの朝の姿である。"full stream"という表現が彼女の"whole being"を示している。だがGrandcourtとの交際は、次第に白昼においてさえ彼女の内に分裂感を生じさせはじめる。この朝と夜のGwendolenの描写は、小説中くり返される重要なパタンである。

　第二十七章、Mrs. Glasherの出現以後、再び似た場面が展開される。この時、ドイツから戻ったばかりのGwendolenは、新しい苦境に立っている。そこで彼女はこの結婚の正当化を必死に試みるのである。とりわけ、もしこの結婚で自分が子供を設けなければ、Mrs. Glasherの子供に財産が譲渡されるのだから、Mrs. Glasherの権利を不当に奪うことにならない、という正当化は重要である。Grandcourtとの結婚生活を眺めるひとつの手がかりである。かくて無理矢理自己を納得させて結婚を決心するのだが、この夜、彼女は眠ることができない。

(21) While she lay on the pillow with wide-open eyes, "looking on darkness which the blind do see," she was appalled by the idea that she was going to do what she had once startled away from with repugnance. It was new to her that a question of right or wrong in her conduct should rouse her terror. (28, 355)

　このterrorはすでに詳述したterrorである。この描写に見られる盲人の目つきには、彼女の空間恐怖が感じられ、It was new to her以下には、彼女の隠されたモラルの働きが明白である。この部分は、これまで述べてきたことを、ひとつの場面にorganizeすることに成功していると言えよう。夜のGwendolenはこうして朝の領域にまで侵入しはじめ、ついに、Gwendolenは夜と朝の逆転をDerondaに告白するまでに至るのである。

> (22) "……I told you I was afraid of myself. And I did what you told me….I felt what would come….. how I should dread the morning….. wishing it would be always night….. and yet in the darkness always seeing something…… seeing death . ……(57, 764)

夜と朝、光と闇、これはGwendolenの輝く面と暗い面に対応し、最後に彼女は闇の世界で恐怖と直面し続けることになる。

五　第一章の意味するもの

Gwendolenに見られる諸要素を、Derondaとの関わりにおいて眺めてきたが、最後に以上述べてきたことがこの小説の第一章に、いかに巧妙に組み込まれているかを考察してこの小論の結論としたい。第一章の、小説全体を予表するシンボリックな性格は、前作*Middlemarch*には見られない*Daniel Deronda*のユニークさを浮き上らせてくれるだろう

> (23) Was the good or the evil genius dominant in those beams? Probably the evil; else why was the effect that of unrest rather than of undisturbed charm? Why was the wish to look again felt as coercion and not as a longing in which the whole being consents? (1, 35)

これは第一章の書き出し、Deronda がルーレットにふける Gwendolen をはじめて眺めた時の印象である。この美少女の複雑に分裂しあっている要素に直感的に気づいている Deronda がすでに感じられる。また Gwendolen を見ることが一種の強制と感じられ、彼の whole being が承服するあこがれとしてではない、というのは第六十三章の次の部分と対応している。

(24) "......What I feel now is...... that my whole being is a consent to the fact. But it has been the gradual accord between your mind and mine which has brought about that full consent." (63, 819)

これは Deronda が自分をユダヤ人だとわかった時に、Mordecai に語ったことばである。冒頭の漠然とした満たされないあこがれから、終結部近く、ユダヤ人の血筋という事実に full consent するまでの、Deronda のあこがれの放浪と充足の歴史は、この小説の新たな一面を形づくっている。

(25) She who raised these questions in Daniel Deronda's mind was occupied in gambling: not in the open air under a southern sky, tossing coppers on a ruined wall, with rags about her limbs; but in one of those splendid resorts which the enlightenment of ages has prepared for the same species of pleasure at a heavy cost of gilt mouldings, dark-toned colour and chubby nudities, all correspondingly heavy.... (1, 35)

これは(23)の直後に続く部分。一見作者の地の文のように見えて、同じく Deronda の意識の継続である。とするとどうしてここで、彼の頭の中に、突然、"not in the open air under a southern sky" というイメージが浮かんだのか。

これは初めひとつの謎のように思えるが、Deronda の中に広さ志向を認めた時にはじめて、これは彼に浮かぶべくして浮かんだイメージであることが了解されるのである。さらにこれをシンボリックに眺めると、南の大空の下で粗末な服をまとい素朴な遊戯にふける少女の姿は感情移入した Deronda そのものといってよく、一方、時代の進歩のもたらした退廃した息苦しい狭い空間で、一心に賭博にふける Gwendolen の姿は、早くも狭い世界にしか安住できない彼女をほのめかしている。とくに *gilt* moulding, *dark-toned* colour, chubby *nudities* などの装飾物は、イタリックの語が暗示するように、そのまま彼女の内面—— the iridescence of her nature の描写である。

> [26] The darting sense that he was measuring her and looking down on her as an inferior, that he was of different quality from the human dross around her, that he felt himself in a region outside and above her, ……(1, 38)

これは、Deronda の冷ややかな視線をあびたまま身動きのできなくなった Gwendolen の、何秒間かの描写である。彼女はこの青年が、"in a region *outside* and *above* her" にいるという、刺すような印象を受けている。この感じ方には、彼女の空間恐怖の性格が早くものぞいている。

> [27] There was a smile of irony in his eyes as their glances met; but it was at least better that he should have kept his attention fixed on her than that he should have disregarded her as one of an insect swarm who had no individual physiognomy. Besides, in spite of his superciliousness and irony, it was difficult to believe that he did not admire her spirit as well as her person: he was young and handsome, distinguished in appearance……(1, 39-40)

ここには、Gwendolen の exceptional な意識が濃厚である。そして Deronda が彼女の "the fascination of her womanbood" にまず魅せられたことから（つまり彼女の輝く面から）二人の関わりがはじまったことを示している。二人はこうして最初から一種の恋愛状態にあると言えるが、もちろん Gwendolen には本当の愛は不明である。

最後に、第一章でとりあげられたルーレットの意味を考察しよう。このルーレットはプロット上、現実的、象徴的意味を持たされた重要な構成要素である。第二十九章では、第一章以来はじめて二人が馬上で再会する場面が描かれる。馬上の Gwendolen はこの時、特有の exceptional な意識から、なぜ Deronda が賭事を嫌うのかをたずねる。

(28) "I think it would be better for men not to gamble. It is besotting kind of taste, likely to turn into a disease. And, besides, there is something revolting to me in raking a heap of money together, and internally chuckling over it, when others are feeling the loss of it. I should even call it base, if it were more than an exceptional lapse. There are enough inevitable turns of fortune which force us to see that our gain is another's loss: ……that is one of the ugly aspects of life. One would like to reduce it as much as one could, not get amusement out of exaggerating it." (29, 383)

馬上の Gwendolen としては、「美しい女性の賭事姿はふさわしくない」という類の答を予期した質問だったのだが、Deronda はそれに対してきわめて深刻な観念論で答えたのである。首飾りの一件を秘めた Gwendolen としては、この質問はもっともな会話の糸口であったろう。だが彼女の予期は Deronda の恐ろしい表現に完全に裏切られる。とくに、"there is *something revolting* to me in a raking a heap of money together, and *internally chuckling over it*, when *others are feeling the loss of it*" という表現は、Deronda は賭博への非難としての発言だったが、Gwendolen には、これは期せずして今度の自分の結婚への非難とずばり一致して聞こえたのである。これらのことばは、Gwendolen の内奥の恐怖に鋭く的中したのである。彼女は次のように答える。

(29) "But you do admit that we can't help things?" said Gwendolen, with a drop in her tone. (29, 383)

これは、この日の前夜、Mrs. Glasher の存在に苦しみ続けた Gwendolen が、ようやく最後にすがりついた結論であったのだ。次の引用がそれを示している。

(30) "How can I help it?" is not our favourite apology for incompetence. But Gwendolen felt some strength in saying.....
"How can I help what other people have done? Things would not come right if I were to turn round now and declare that I would not marry Mr. Grandcourt." And such turning round was out of the question. The horses in the chariot she had mounted were going at full speed. (29, 381)

だから Gwendolen の答は、彼女がつかんだ最後のわらを Deronda に告白していたのである。だがこのような人生の苦境に、この時はまだ同情心の及んでいない Deronda は観念的批評によって Gwendolen に迫ったのだ。(29)の "with a drop in her tone" には、内奥を突かれた馬上の Gwendolen の姿が感じられる。以上のことから第一章のルーレット賭博は、のちの Gwendolen の Grandcout との結婚というより大きな賭けのシンボルとなっていることが分かる。第一章で "an evil eye" を投げかけてルーレットのもたらす vice から彼女を救ったのが Deronda であったように、今また彼女の結婚という、Gwendolen の主観ではより大きな vice から彼女を救う役割を果すのが Deronda なのである。ここに第一章の 小説全体に対して立つ関係がクローズアップされる思いがするのである。

ルーレットはこうしてGwendolenの内奥の「隠されたモラル」と関わることになる。

(31) Gwendolen, we have seen, passed her time abroad in the new excitement of gambling, and in imagining herself an empress of luck, having brought from her late experience a vague impression that in this confused world it signified nothing what any one did, so that they amused themselves. (15, 193-194)

下線部は、彼女がルーレットに走った時の自暴自棄的心理を説明している。第二十五章では、この時のlawlessnessのもつ底知れぬ恐ろしさを、Mrs. Glasherの恐怖と直面しつつ、今さらながら忽然と思い知らされるGwendolenの心理が次のように描写されている。

(32) That lawlessness, that casting away of all care for justification, suddenly frightened her: it came to her with the shadowy array of possible calamity behind it.....calamity which had ceased to be a mere name for her: and all the infiltrated influences of disregarded religeous teaching, as well as the deeper impressions of something awful and inexorable enveloping her, seemed to concentrate themselves in the vague conception of avenging powers. (28, 356)

これは、恐怖の象徴Mrs. Glasherを背後においた、すさまじいまでの心理状態を伝えている。Gwendolenがルーレットに走った衝動と、今のこのcalamityをはらんだ恐怖の状況とは、彼女の心理内では互いに因果関係をなすのである。そして最後のことば、"the vague conception of avenging powers"は、作者がこの小説につけたモットーを、はからずも思い起こさせずにはおかない。

(33)　Let the chief terror be of thine own soul :
There, 'mid the throng of hurrying desires
That trample o' er the dead to seize their spoil,
Lurks vengeance, footless, irrsesistible
As exhalations laden with slow death,
And o' er the fairest troop of captured joys
Breathes pallid pestilence.

このモットーは、こうして、第一章でルーレットにふける Gwendolen の姿の描写から、すでに効力を発揮しはじめ、彼女の結婚前の内奥の恐怖、および結婚後のそれ以上の恐怖を通して、小説全体にわたって Gwendolen の深淵部を照らしつづけるのである。しかも輝く面とその裏側の暗い面をもつこの七行のモットー自体、まさに Gwendolen の精神構造そのものの描写のようにさえ思われてくるのである。（一九七三年九月）

*使用テキスト
George, Eliot *Daniel Deronda* (ed. by Barbara Hardy, The Penguin English Library, 1967)

ジョージ・エリオットとジョージ・ヘンリー・ルイス
——*Problems of Life and Mind* IV, V における Feeling と Duty——

＊本稿は、日本ジョージ・エリオット協会、第十六回全国大会（二〇一二年十二月一日、関西外国語大学で開催）におけるシンポジウム「ジョージ・エリオットとジョージ・ヘンリー・ルイス」で私が口頭で発表した原稿に、若干手を加えて掲載したものである。同シンポジウムでは、永井容子氏（慶應大学）が司会とエリオットとルイス全般のイントロダクションを担当され、次に加藤匠氏（明治大学）がルイスの演劇論と演劇を、そして谷田恵司氏（東京家政大学）がルイスの小説をとりあげ、それぞれエリオットとの関連について話された。最後に私が、本稿のタイトルで発表した。

男性が女性作家を支えるという図は、日本でも与謝野寛（鉄幹）が妻で歌人の与謝野晶子を支え、また、橋本憲三氏が妻で女性史研究者の高群逸枝を支え、三浦光世氏が妻で小説家の三浦綾子を支えたなどという例がありますが、イギリス文学では何と言っても George Henry Lewes（18 April 1817 ~ 30 November 1878）が内縁の妻 Marian (Mary Ann, Mary Anne) Evans(22 November 1819 ~ 22 December 1880) を支えて、小説家 "George Eliot" を誕生させたことが知られています。いずれも、支えた男性より支えられた女性の名前の方が世に知られていることも共通しております。しかしエリオットの場合は同時に、内縁関係になって以来、夫ルイスの仕事にも全面的に協力しましたから、両者は相互に支え支えられる関係でもありました。とりわけ、ルイス晩年の代表作 *Problems of Life and Mind* (1874-9) は、最後の二巻を完成する前にルイスが死去したため、残された原稿に全面的に手を入れて、ある場合は新たに書き加えもして、最終的にこれを完成させたのはエリオットでした。それゆえ、この作品の最後の二巻は、まさしくルイスとエリオットの共同作品と言っても過言ではありません。エリオットがそれぞれの巻に寄せた「まえがき」

からも、そのことが窺われます。本発表では主として、この最後の二巻を対象にエリオットがルイスから受けた影響と同時に、ルイスがエリオットの小説から学んだものを考え併せながら、エリオット小説を知る上での鍵語《キーワード》である Feeling と Duty という言葉に的を絞り、この二つの語がこの二巻でどのように使われているかを見直し、その目で新たにエリオットの作品を眺めてみたいと思います。

ルイスが一八七八年十一月三十日に腸炎 (enteritis) のために六十一歳で死去したとき、エリオットはそのショックと悲しみのあまり葬儀にも出られず、長い間、家に閉じこもり、訪ねてきた友人たちと会うことさえできませんでした。しかしルイス亡き後のエリオットを奮い立たせた一つの仕事は、夫の遺産をもとに、夫が愛した生理学を学ぶ学生たちのためにルイス名義の奨学基金 (Studentship) をケンブリッジ大学に設立することでした。ルイスは劇作家、小説家として出発しますが、フランスの哲学者オーギュスト・コント (August Comte, 1798-1857) などの影響を受け、その関心が次第に新興科学に向かい、後年とりわけ生物学・生理学・心理学の研究に打ち込んでいったことが各種伝記で伝えられています。条件反射で有名なロシアのイヴァン・パヴロフ (Ivan Pavlov, 1849-1936) がルイスの *Physiology of Common Life* (1859-60) を読み、聖職者の道から生理学者に転向したこともよく知られています (Rosemary Ashton,194)。また、あのチャールズ・ダーウィン (Charles Darwin,1809-82) もルイスの *Sea-side Studies* (1858) などの生物学関係の著作を高く評価しました。『種の起源』(*Origin of the Species*,1859) で提示されたダーウィンの生物進化の考え方を、ルイスは *Studies in Animal Life* (1861) でダーウィンより十年早く着想していたとも言われています (David Williams, 161)。それゆえ生理学を学ぶ学生たちのためにエリオットがルイス名義の奨学金を設立したことは、亡き夫への愛情と敬意の表れにほかなりませんでした。またルイスの死後、エリオットをさらに奮い立たせたもう一つの仕事が、ルイスの主治医であったサー・ジェイムズ・パジェット (Sir James Paget) の勧めもあって、亡き夫が残した原稿をもとに、彼の畢生の大作 *Problems of Life and Mind* のうち、未完のまま残された最後の二巻の完成に打ち込むことでした (David Williams,279)。次の引用をご覧下さい。これはルイスの長男チャールズの証言です。

> She was to devote all her strength she has to carrying out my Father's work, respecting which he was able to make known to her his last wishes during illness.
>
> —Charles Lewes to Mrs. Pattison.(10 December 1878, Haight, *Letters*, VII, 90.)

これによると、エリオットは全力を傾けて彼の父の作品を完成しようと努力しようとしている、とあります。また、この作品に関しては、病中のルイスが最後の意志をエリットに知らせることができた、とも言っています。『ミドルマーチ』(*Middlemarch*, 1871-72) の読者なら、この発言から、カソーボンが生涯をかけて途中まで書き続けた「全神話を解く鍵」"The Key to All Mythologies" の完成を、妻ドロシーアに委ねた場面を思い起こすでしょう。夫が妻に自分の死後、未完の仕事の完成を託すという点では、まさに同じ図式だからです。現に生前のルイスは次のように、自分をカソーボンに重ね合わせたジョークまじりの手紙を、親友ハーバート・スペンサー (Herbert Spencer, 1820-1903) に送っています。

> The shadow of old Casaubon hangs over me and I fear my "Key to All Psychologies" will have to be left to Dorothea.—GHL to H.Spencer. (13 July 1872, *Letters*, V, 291.)

老いたカソーボンの影が自分の上を覆っている、どうやら、自分の「全心理学を解く鍵」(これはもちろんルイス

最後の著作 *Problems of Life and Mind* のことです）はドロシーア、即ち妻エリオットに委ねざるをえない、というルイスの言葉は、小説を読んだものには実感がこもっています。『ミドルマーチ』に登場するエドワード・カソーボンは、一生をかけて"Key to All Mythologies"を完成させようと努力しましたが挫折し、死の直前、それを妻ドロシーアに委ねました。しかしドロシーアはそれに手をつけようとさえしませんでした。それに引き換え、エリオットは夫の遺作の完成に最後の生きがいを見出しています。エリオットは先の手紙と同じ年に、『アンクル・トムの小屋』(*Uncle Tom's Cabin*,1852) の作者ハリエット・ビーチャー・ストウ (Harriet Beecher Stowe, 1811-96) に、次のような手紙を書き送っています。

> Impossible to conceive any creature less like Casaubon than my warm, enthusiastic husband, who cares much more for my doing than for his own...I fear that the Casaubon tints are not quite foreign to my own mental complexion. —GE to H.B Stowe. (Oct. 1872, *Letters*, V, 322.)

これによると、「自分の心暖かな熱烈な夫ほど、カソーボンに似ていない人は考えられず、夫は自分の仕事より妻の仕事にはるかに一層心を寄せてくれた」と言っています。それどころか、嫉妬と疑惑に苛まされる「カソーボン的色合いは自分の精神の様子と無縁ではない」とも述べています。カソーボンという人物は、ルイスとは似てもにつかず、逆にカソーボンは、実は自分の隠れた一面だとも、この引用は言いたげです。実際、エリオットの場合、各種伝記、及び手紙を読んでみると、ルイスはエリオットを励まし、時にはエリオットの書いたものに手を入れ、かつ出版社との間を取り持つなど、様々な精神的支えとなったことが伝わります。さらには彼女に負担となる批評は一切目に触れさせなかったという気の使いようです。まさに「小説家エリオット」は、ルイスにその誕生と存在のおかげを被っていました。エリオットが最後に正式に結婚したジョン・クロスの『ジョージ・エリオットの生涯』(John Cross, *George Eliot's Life as Related to her Letters and Journals*, 1885) によると、「ジョージ・エリオット」という筆名は、愛する夫の名前「ジョージ」と、「響きがよく発音しやすい語」(a good, mouth-filling, easily pronounced word)「エリオット」を選んだということになっていますが (i.310)、ディヴィッド・ウィリアムズによると、その名前には次のような隠れた意味が含まれていると言います。次の引用をご覧下さい。

> 'It is to L[Lewes] that I owe it'——I.O.T. . . . the insistent implication is that George To-Whom-I-Owe-It Lewes is. (David Williams, *Mr. George Eliot*, 107)

「エリオット」というスペリングの中に、「私はそれをルイスに負う」という意味が込められているというのがここでの主張です。しかし、その逆もまた真で、既に述べたようにエリオットは病弱なルイスを助けて、小説家としてデビューする以前から彼の執筆に大いに力を貸し、ルイスが『ゲーテ伝』(*The Life of Goethe*, 1855) を執筆するさいは、そのドイツ語能力を発揮してルイスをよく助けたことが知られています。また、前述のようにルイスの遺志を継いで、最後の作品を完成したのはエリオットでしたから、I owe it. という言葉は同時に、ルイスにも当てはまるでしょう。"Eliot" というスペリングは 読みようによっては、"It is to E [Evans or Eliot] that I Lewes owe it.——I.O.T....George To-Whom-I Lewes-Owe-It Eliot is." とも読めるかもしれません。そのルイスの遺稿と、エリオットが手を入れて完成した最終原稿を綿密に比較したのが、K・K・コリンズ「G・H・ルイス改訂——エリオットとモラル・センス」(K.K. Collins, "G. H. Lewes Revised: GE and the Moral Sense", *Victorian Studies*, 21) という論文です。この論文によると、また『エリオットの日記』(*Journals*. Ed.by M. Harris) によると、エリオットはルイスの死去した翌年一八七九年一月から、この作品の改訂に全力で打ち込み始め、そのためまずルイスの著書、*The Principles of Success in Literature*(1865) を読み、*Problems of Life and Mind* の第一巻から第三巻を読み直し、さらに残された原稿を二度通読したとのことです。その上、ルイスが引用した文献にもほぼ目を通し、ケンブリッジ大学のマイケル・フォスター (Michael Foster) や、リーズ在住の医師クリフォード・オールバット (Clifford Allbutt) ら、ルイスの友人たちの助力も得て、エリオットは、その最終版の完成に打ち込みました。コリンズは、ルイスのもとの原稿と最終稿とを比較して、エリオットが夫の残した原稿に三〇〇箇所以上手を加え、ある場合は全く新たな書き込みを行ったことを発見・確認しました。例えば、この論文には付録として、第４巻 *Study of Psychology* の第八章 "Moral Sense" 全体が引用され、ルイスの元の原稿とエリオットが手を入れた最終稿が平行して並べられていて、どこがどのように改定されたのかが一目瞭然となっています。関心のある方はぜひ、この論文に目を通してください。しかし前述のように、*Problems of Life and Mind* 執筆に当たって、ルイスはところどころ、エリオットの小説からも何らかの影響を受けていたことが、例えば次の記述からも窺われます。

> Only certain vibrations of the air affect the ear as Sound; to all other vibrations we are deaf; though ears of finer sensibility may detect them and be deaf to those which affect us. (.III, 43.)

これは第三巻 *The Physical Basis of Mind* (1877) からの一節ですが、ここを読む人は恐らく『ミドルマーチ』第二十章のよく知られた箇所、「私たちは愚鈍に包まれて生きているが、繊細な人には草の生える音も聞こえ、さらに沈黙の向こう側の音も聞こえる」という有名な一節を連想するでしょう。『ミドルマーチ』の出版は一八七二年ですから、ルイスがこの箇所を念頭に上の部分を書いたことは容易に想像されます。また、第三巻のタイトル "The Physical

Basis of Mind" が示すように、ルイスは人間精神の働きの基盤を、spiritual なものではなく physical なものに置きましたから、精神作用も例えば、肉体の各種粘液分泌などの作用に還元されると考えました。この考え方は、神経伝達物質（セロトニン、ドーパミン、ノルアドレナリンなど）と呼ばれるものが精神を司ると考える現代医学にも通じております。このように人間を「有機体」(organism) としてとらえ、それを客観的に眺め研究すると「生理学」となり、主観的に眺め研究すると「心理学」となる、とルイスは考えました。ルイスはしばしば「一元論者」(monist) と呼ばれるように、生理学、心理学などの経験科学を形而上学と一つにしようとしました。その結果、ルイスが **metempirics**（超経験論）という造語を作ったこともよく知られていて、このことは *OED* 始め各種の辞書からも確認できます。その一元論の立場からルイスは、精神と肉体の働きを別々に捉えませんでした。それは精神作用全体の働きについても同様で、一般に「知情意」と三つに分類して捉えられる精神の働きも本来は一つであり、それどころか知覚作用も、視覚・聴覚・嗅覚・触覚などは、一つのまとまった経験であると考えました。次の引用は第五巻からです。

> Every visual perception involves other than optical sensations; it involves touches and muscular sensations, combined with those integrations of Experience, Space, Time, Substance, Cause, &c. (V, 73.)

これによると、視力による認知は、視覚のみならず、触覚や筋肉の感覚をも含み、経験、空間、時間、物質、原因などが統合したものと結びつくと言っています。また次の引用をご覧ください。

> …we may continue to speak of Thought as if it were something wholly different from Feeling, and of Volition as

something wholly different from both. We may see reason to believe that all three are modes of Sensibility. (V, 261.)

一般に「思考」は「感情」と「意志」とそれぞれ完全に別なもののように言及されていますが、実はそれらは「感受性」の三つの様態（モード）であって、本来は一つのものだと考えています。この発言は、かつて日本を代表した哲学者、西田幾太郎が『善の研究』（一九一二）で言ったことを思い出させます。西田は第一編「純粋経験」の章で、次のように言っているからです。

「元来我々の意識現象を知情意と分かつのは学問上の便宜に由るので、実地に於いては三種の現象あるのではなく、意識現象は凡てこの方面を具備しているのである。」（岩波文庫、63-4）。

さらに西田は、「思惟、想像、意志の三つの統覚はその根本に於いては同一の統一作用である」（113）とも言っております。生物は「一つの統一的自己の発現と看做すべきものである」（91）という西田の発言も、ルイスの考え方と通底しています。西田の言う「純粋経験」は難解とされていますが、「統一的自己」が「統覚の統一作用」を働かせるときが「純粋経験」であると考えると、ルイスの言うところと似てきます。「感情」(Feeling) についてもまた、ルイスは次のように述べています。

Feeling is a term of wide range. Even in its more restricted range it embraces two different modes, since it early becomes differentiated into Sensation and Perception; and each of these has two phases: conscious and unconscious. (V, 261.)

エリオット文学のこれまでの理解によると、「感情」という語は、若きエリオットが一八五四年に *The Essence of Christianity* というタイトルで翻訳した、ルードヴィッヒ・フォイエルバッハ『キリスト教の本質』(Ludwig Feuerbach, *Das Wesen des Christenthums*, 1841) で用いられた「感情」と言う語を連想するのが、これまでまず普通ではなかったでしょうか。即ち、宗教の本質は「感情」であり、人間的諸能力の中で「感情」こそ、人間らしさの源であり、それが「人間の宗教」の根底にある、という見方です。確かにエリオットの小説では、理知と感情のせめぎあいや、理性と情熱のぶつかりあいなどの場面が多く思い出されます。しかるに、上の引用によれば、感情とは広い範囲に当てはまる用語で、早くに「感覚作用」と「知覚作用」へと分けられる二つの異なるモードを包含し、さらにそれぞれに意識と無意識の段階があると言っています。私たちはこの発言から、エリオットが小説で使っている感情の描写を改めて見直してみたくなります。さらにその第五巻の中に、次の一節があります。

> There is thus a stream of Consciousness formed out of the rivulets of excitation, and this stream has its waves and ground-swell: the curves are continuous and blend insensibly; there is no breach or pause. (V, 366.)

ここには「意識の流れ」という言葉が使われております。その流れが細く小さな興奮の流れから生じ、さらには寄せ波と大波も含んでいて、それが途切れることなく継続し、かつ気がつかないうちに融合しているというこの発言は、ウィリアム・ジェイムズが一八九〇年に発表した *Principles of Psychology* で、「意識の流れ」という言い方を世に広める十年以上も前に、すでにルイスが、意識のあり方を掴んでいたことを物語っています。エリオットの小説でこのような「意識の流れ」が自由間接話法で描かれていたことは、『ミドルマーチ』(*Middlemarch*, 1871-2)、『ダニエル・デロンダ』(*Daniel Deronda*, 1876) という後期の代表作のみならず、前期、中期の小説の中にも見られ、それらが二十世紀小説の源流となっていることは、エリオット研究者なら周知の事実ではないでしょうか?·これらをまとめると次の発言となります。

...the long-suspected identity of Sensation and Thought,...the physiological integrity of Sensation and Motion, also recognised, completes the data for the hypothesis of the Triple Process. (V, 341.)

「感覚」「思考」「運動」は、生理学的には統合された一つの現象で、それがここでルイスの言う"Triple Process"「三重のプロセス」という仮説の根拠になります。これが第五巻を一貫するルイスの中心的な考え方です。以上のような見方でエリオットの小説を見直すとき、これまでのフォイエルバッハ的な意味での「感情」に加え、ルイスの言う生理学的な意味合いを持つ「感情」が、その作品内で扱われているのではないかと思います。これについては、今後の研究に期待したいと思います。

次に、エリオット文学理解のもう一つのキーワード「義務」を取り上げたいと思います。Dutyと言う語は、エリオットが一八七三年五月にケンブリッジ大学トリニティ・カレッジの庭を散歩したときに、友人で同大学所属のフレデリック・マイヤーズ (Frederic Myers, 1843-1901) に言ったとされる "God, Immortality, Duty" という言葉が伝えるように (Oscar Browning,116)、元来、エリオットには極めて重大な意味を持つ語でした。またカーライルが『衣装哲学』(Thomas Carlyle, *Sartor Resurtus*, 1833-34) で述べた大文字の Duty からも、「義務」はこの時代で最も重要な徳目だと考えられておりました。それでは *Problems of Life and Mind* の中では、「義務」とはどのような意味合いを持つ言葉でしょうか?·まず次の引用をご覧ください。

Man is by his constitution forced to live for others and in others. The welfare of his family, his tribes, his nation, and at last the welfare of Humanity at large, is felt or discerned to be interwoven with his own welfare. His life is part of a social life, aided and thwarted by the needs and deeds of fellow-men...(IV, 41.)

人間はその自己保存本能から自己中心的であることが当然な存在だと考えられてきましたが、ここではその通説に反して、人間は生物学的な種の保存という観点から見ると、その本性上、他者のために生き、他者の中で生きることを余儀なくされている、と言っています。ここでは特に、"by his constitution forced to live for others and in others" という言い方に注意したいとい思います。つまり、人間はその元来の作りからして、本能的に他者のために生きざるを得ないというわけです。先の西田幾太郎も『善の研究』の中で、「我々人間には先天的に他愛の本能がある」と言っています（一四九頁）。即ち、家族、種族、国民、そして最終的に人類全般の幸福は、個人の幸福と互いに織り合わされ、個人の生活は社会生活の一部であって、個人は他者の欲求と行為に助けられたり妨げられたりする存在である、というのがここでの主旨です。この部分は私たちに『ロモラ』や『ミドルマーチ』などを連想させ、かつここで用いられている織物の比喩が、どちらの小説でも使われていたことをも思い出させます。即ち、個人の運命は広く個人を取り巻く社会、政治、歴史などと緊密に織り合わされているというのが、エリオットが小説で展開する基本的人間観・社会観でした（例えば『ロモラ』第二十一章冒頭など）。エリオットが小説の結末で、他者のために生きようとするロモラ、ドロシーア (*Middlemarch* のヒロイン)、グウェンドリン (*Daniel Deronda* のヒロイン) を描くのはこのような観点からだと思われます。そしてエリオットの言う「共感の拡大」"enlargement of sympathy"（エリオットが評論「ドイツ民族の自然史」で使った言葉）の背後には、このような考え方が前提となっていると思われます。この引用文に従えば、「共感」とは、元来人間に備わっている、もう一つの「本能」だと言えるからです。これについては、次の引用をご覧ください。

> The law of animal action is Individualism; its motto is "Each for himself against all." The law of human action is Altruism; its motto is "Each *with* others, all for each." "To succor those who suffer," said Turgot, "is the duty of all and the business of all."—イタリック体は原文。(IV,137)

動物の行動法則は「個人主義」、つまり自分のために全ての他者を敵とすることにあるが、人間は「利他主義」、つまりそれぞれの個人は他者とともに生き、全ての人々はそれぞれの個人のために生きるのが行動法則である、とここで言っています。ちなみに「利他主義」(Altruism)という言葉はコントの造語であることにも注意したいと思います。これは先に述べた「共感」の法則以外の、何ものでもありません。引用後半には、フランス十九世紀の政治家チュルゴー(Anne Robert Turgot,1727-81)の言葉が引用されていますが、その中で問題の「義務」という語が使われています。それは「苦しむ人々を救うこと」を意味します。そう言えば、エリオットの全小説の終わり方は、主人公がこのような苦しむ他者を救う「義務」の目覚めに到達する場面がほとんどであったことにも思い当たります。つまり、「義務」とは宗教上、倫理上の意味からだけでなく、人間の生物学的な存在と直結している語であったことに、私たちは改めて気がつかされます。同じ内容を次の引用も伝えています。

> Our moral life is feeling for others, working for others, quite irrespective of any personal good beyond the satisfaction of this social impulse. Enlightened by the intuition of our common weakness, we share ideally the universal sorrows. (IV, 140)

私たちは、このような社会的衝動を満たそうとする際、それを越えたところで個人の損得を考えがちですが、私たちの「モラル・ライフ」とは、それには全く関わらず「他者に共感すること」"feeling for others"、「他者のために尽力すること」"working for others"だと言います。さらに続けて、「人間に共通する弱さを直感するとき、初めてその光に照らされて、世界中に行き渡っている悲しみを私たちは観念的に共有できる」と言っています。これはロモラ、ドロシーア、グウェンドリンが最後に到達した心境でもありました。このように、エリオット小説の最も中心的な思想の根拠となる説明が、エリオットが手を入れたこの第四巻に見られるという点に、この著作がエリオット自身の小説のよい解題ともなっていることがわかります。次の引用には、そのような人類のモラル・エデュケイションが進んで行けば、最後には「神の意志」と人間の「最高の義務」との一致の方向に向かっていくということが語られています。

…we see the moral education of our race proceeding, in the more and more rational classification of actions as right or wrong, towards the final identification of the Divine Will with the highest ascertainable duty to mankind, and in the continual elevation of public opinion towards the highest mark of Feeling informed by Knowledge. (IV, 151.)

この引用によれば、行動を善悪に理性的に分類すればするほど、「神の意志」と「人類にとって確かめられる最も高い義務」が最終的に同一となると言っています。さらにこのように絶えず世論を高めていけば、「知識に満たされた感情の最高のしるしに向かっていく」と結ばれています。ここにエリオットが言う「義務」という語の最終的な意味合いが伝わります。即ち、「義務」とは個人の問題ではなく、人類全体の問題である、ということです。またそれは最後には神の意志との同一化でもあります。そして感情と知識の融合こそ義務の最高のしるしでもあります。この結論は先に挙げた西田幾太郎が『善の研究』の最後に達した結論ともよく似ています。西田は、「善」とは人格の実現であると同時に、「人間が小我を捨てて、大いなるもの（神）と合体することである」（大意）と言っているからです（一七六頁〜一八〇頁）。*Problems of Life and Mind* 第五巻の最後にはさらに、次のような一節が書かれています。この部分が、恐らくエリオット自身の執筆によると思われるのは、その言語観と生死観ゆえです。次の引用をご覧ください。

> It is Language which records and generalises experience and opens a vista of experience about to be; and it is this power which makes man the only melancholy animal, and the only *moral* animal. The idea of Death overshadows but it also ennobles Life. It underlies all our planning, connects our actions with the lives of those who are to succeed, and mould our conception of the world and of our relations to the great powers which rule it. —イタリック体は原文。. (V,494)

ここに書かれた言語観は、エリオットがその評論「ドイツ民族の自然史」（"The Natural History of German Life," 1856）で述べた言語観と比較することができるでしょう。ただし、ルイスを失ったばかりのエリオットはここで、言語は人間を唯一メランコリーにするが、同時に、唯一モラル・アニマルにもする、と付け加えざるをえません。さらに、「死の観念が暗い影となって覆うが、同時に、それは生を高貴にし、さらにはその死の観念が、私たちの行動を私たちの後に続く他者の人生に結び、最後には世界の概念、及び、世界を支配する偉大な力との私たちの関係という概念を形作る」とも述べています。私はここに、ルイスの死を乗り越えようとするエリオットの生《なま》の声を聞いたような気がします。そして、ルイスの死を有意義なものにしようとする、エリオット個人の最後の悲壮な努力を感じないわけにいきません。

それでは最後に実際の小説を読んだときに、これまで述べたことがどのようにその読みに影響するか、実例を一つだけ挙げてこの発表を閉じたいと思います。次の引用をご覧ください。これは第五作『ロモラ』(*Romola*, 1863)からの一節です。夫ティートがロモラの亡き父バルドの蔵書を売り飛ばすという裏切りを知って激しい衝撃を受けたロモラが、フィレンツェ出奔を決意し、そのため尼僧に変装しようと尼僧服に腕を通す場面です。

> She put off her black garment, and as she thrust her soft white arms into the harsh sleeves of the serge mantle and felt the hard girdle of rope hurt her fingers as she tied it, she courted those rude sensations: they were in keeping with her new scorn of that thing called pleasure which made men base — that dexterous contrivance for selfish ease, that shrinking from endurance and strain, when others were bowing beneath burthens too heavy for them, which now made one image of her husband.

Romola (The World's Classics, Oxford, 1994) ch.34, p.304.

ここで黒服を脱いだロモラは、柔らかな白い腕をサージのマントのざらつく袖に通しますが、そのとき固い結びひもが彼女の指に触れます。この時「彼女はそのざらざらする感覚を求めた」とあるように、ここはまずは肌の感覚が彼女の思考を促していることに注意したいと思います。その感覚が人間を下劣にする快楽への軽蔑と一致し、さらにそれが、他の人々が重荷に苦しみあえいでいるときに、己だけの安逸を巧みに求める態度、また忍耐と緊張からしり込みする態度を思い起こさせ、それが夫ティートの姿と一つになるという、小説中、ロモラの意志と行動を決定づける重要な場面が、ここの引用部です。ここには上で述べたように、感覚・思考・意志・行動とが分かちがたく描かれ、さらにその背後に人間の本来の義務までも暗示されております。私の推測では、恐らくルイスはこのような場面を読み、感覚と思考と行動の関係を一挙に捉え、それが *Problems of Life and Mind* の第四巻、第五巻での主張へと発展していき、それにエリオットが最後の筆を加えたのではないかと、思います。ご清聴、ありがとうございました。

引用文献、及び主要参考文献

Ashton, Rosemary. *George Henry Lewes, An Unconventional Victorian*. Pimlico, 1991.
Browning, Oscar. *Life of George Eliot*. The Walter Scott Publishing Co., 1890.
Collins, K.K., "G. H. Lewes Revised; GE and the Moral Sense". *Victorian Studies* 21. 1978.
Cross, John. *George Eliot's Life as Related to her Letters and Journals*. 3 vols. Harper and Brothers. 1885
Eliot, George. *The George Eliot Letters*. Ed. by George Gordon Haight. Oxford, 1954-78.
The Journals of George Eliot. Ed. by M. Harris and J. Johnston. Cambridge, 1998.
Romola. The World Classics, Oxford, 1994.
Essays of George Eliot. Ed by Thomas Pinny. Oxford, 1963.
『ジョージ・エリオット　評論と書評』（川本静子・原公章訳）彩流社、二〇一〇。
Feuerbach, Ludwig. *The Essence of Christianity*. Trans.by G. Eliot in 1854. Prometheus, 1989.
Lewes, George Henry. *Problems of Life and Mind*. Trübner & Co., Ludgate Hill.
Vol. I The First Series (Nov.1874) *Foundation of Creed I*

Vol. II The First Series (July 1875) *Foundation of Creed II*

Vol. III The Second Series(April 1877) *The Physical Basis of Mind*

Vol. IV The Third Series (May 1879) Problem I *Study of Psychology*

Vol. V The Third Series (Sept.1879) Problem II *Mind as a Function of the Organism*

Problem III *The Sphere of Sense and Logic of Feeling*

Problem IV *The Sphere of Feeling and Logic of Signs*

The Principles of Success in Literature.(1865). The Walter Scott Publishing Co. 1898.

Selected Writings of George Henry Lewes. Ed. by R. Ashton. Bristol, 1992.

西田幾太郎『善の研究』岩波文庫、一九六二。

Tjoa, Hock Guan. *George Henry Lewes :A Victorian Mind*. Harvard UP, 1977.

Williams, David. *Mr. George Eliot. A Biography of George Henry Lewes*. Hodder and Stoughton. 1984.

Bleak House の世界
―― Mud, Dust, Papers ――

Dickens の長編小説 *Bkak House* (1852-3) は、Edmund Wilson が述べたように[(1)] "the detective story which is also a social fable" であり、これによりディケンズは "the novel of the social group" という新しいジャンルを創造したとされるのが、一般的である。ウィルソンによれば、物語の謎を解くことが、そのまま物語のモラルと作者の社会的メッセージを見いだすことになるという。以後、さまざまな *Bleak House* 論が書かれてきたが、それは主としてウィルソンの敷いた読みに従ったもので、例えば R. A. Donovan[(2)] は「無責任」、「親子関係の逆転」が主題であると言い、M. Spilka[(3)] は "illicit love" が生んだ「原罪」の意識が根底にあると言っている（彼はカフカの作品との類似性を主として説いている）。他方、作品の語りに注目した W J. Harvey は、"the centrifugal vigour of its parts and the centripetal demands of the whole"[(4)] が、全知の語り手の語り（全三十四章）と女主人公 Esther の語り（全三十三章）に反映されていることをつきとめ、エスターの語りは物語を内部からコントロールするブレーキの役割を果たしていると指摘した。これは Edgar Johnson の発言 "The movement of *Bleak House* becomes a centripetal one like a whirlpool"[(5)] を意識したものであろう。ハーヴェイは作品の遠心性と求心性を心臓の「心拡期」と「心収期」の比喩を用いて巧みに説明している。もちろん作品冒頭の有名な、霧と泥雪のシンボリズムについては、ウィルソン始めほとんどの研究者が取り上げて考察している。しかし遠心性と求心性を metonymy と metaphor に読みかえて、その両者が冒頭のパラグラフ内で、また作品全体にわたっても牽引しあいかつ互いを否定しあっているさまを指摘したのは、ディコンストラクションの成果などによる新しい読みを試みた近年の批評である[(6)]さらに先に作品の道徳性を問題にした J.

Hillis Miller は、ペンギン版の Introduction でそれとは違ったアプローチにより、この小説の中で網の目のように張りめぐらされた人間関係とイメージの糸をとぎほぐす読みを展開した[7]。網と言えば、多くの批評家がこの作品を「蜘蛛の巣」の網目にたとえている[8]。ミラーはこの網をときほぐすに当たり、「テキスト内の人物と人物、場面と場面、比喩表現と比喩表現の対応」[9]に従うべきであることを注意した。また Nabocov はその『文学講義』[10]の中で、小説の重なりあう網目を大きく三つに分けて 1. the Chancery theme(大法院裁判の進行)、2. the mystery theme (Esther の出生の秘密と Lady Dedlock の過去の暴露)、3. the theme of miserable children(孤児 Jo に代表されるスラム街の悲惨な子供たちの状況)のそれぞれを精密に読み込んでいる。本論は以上のようなこれまでの批評の成果を踏まえ、さらにいくつかの網目の糸をたぐろうとする試みである。

一　**Fact and Fiction**

ディケンズが常に事実に基づいて小説を書いた作家であったことは、すでに定説となっている。C. B.Cox の言うように彼は "a man who could not resist facts" というのが、一般的見方である。*Bleak House* も、もちろんその例外ではない。作品中に事実と虚構とが分かちがたく混在していることは、P. Acroyd も指摘している。

> Everything is combined, journalism and fiction, fact and romance, truth and image. Everything is touching everything else, so that it becomes impossible to know where the reality ends and the vision begins.[12]

またミラーも、当時の地理、風俗習慣そのままが、ジャーナリズム的に写しだされていることを次のように述べている。

Every detail of topography or custom has its journalistic correspondence to the reality of Dickens's time. The situation of characters within the novel corresponds to the situation of its reader or author.[13]

Bleak House は一七五二年三月から、一八五三年九月まで毎月ディケンズ主宰の *Household Words* に連載されたが、実際には一八五一年十一月に連載第一回分が執筆されていた[14]。そこでまずディケンズがなぜ裁判と孤児の窮状を主題とするこの小説を書くに至ったかを確認するために、小説成立の過程に関わる背景的事実を年代順に列挙し、作品と関連する事項と結んでみよう。（ディケンズはCD, *Bleak House* は *BH* と表記する。）

a．一八二八年十一月からCD は、Doctor's Common で裁判の速記者として働きはじめる。一八三二年三月から *Mirrors 01 Parliament*、ついで *The True Sun* のレポーターとなる。(*BH* 39. 604 で弁護士 Vholes が、速記録の抜粋を読み上げる場面がある。) E. Wilson によれば、CD はこの時の経験から生涯、政界と裁判所を軽蔑し続けたという[15]。

b．*Pickwick Papers* (1836-7), XXXIV, XLI, XLII, XLIV で裁判、Chancery の囚人を扱う。

c．一八八四年 *Christmas Carol* 出版二週間後、著作権侵害で Dickens は £1, 000 の損害賠償を求める訴訟を起こす。裁判には勝ったが、相手が破産宣告したため、£700 の裁判費用を CD は全額負担することになる。(cf. E.Johnson, P. Ackroyd, etc.) 小説中、裁判費用が問題の訴訟を食い尽くしてしまうことは、のちに見る通り。

d．CD は The *Examiner* Jan.-April, 1849 で四回にわたり Tooting scandal についての記事を載せる。これは一八四九年 Tooting baby farm という孤児の施設でコレラが発生し、百五十人の子供が死んだ事件に対するディケンズの糾弾である[16]。作品中では法律関係の文具店主 Snagsby の家で働くメイド Guster に、直接それが生かされる。

e. *Household Words* (7 Dec. 1850) に W. A. Cole による "The Martyrs of Chancery" が掲載される。この記事は法廷侮辱罪、すなわち裁判費用の未払いのために、二十八年間拘禁された囚人などの窮状を訴えたもの。*BH* の冒頭から登場する Chancery の拘禁囚 Gridley (a man from Shropshire) は、この記事中の囚人とほとんど同じ設定である。

f. Henry Mayhew, *London Labour and the London Poor.* vol. 1-III (1851) が出版される。これはスラム街と貧民の惨状を正確に報告したもので、作品中、孤児 Jo の原型となった少年の話、および Jo の住む Tom-All-Alone,s のモデルとなったスラム街の描写がある。CD はこの本を読んだばかりだった。ほかに、F. Engels が一八四四年に見た、イギリスの労働者階級の窮状の報告などがある(17)。

g. 一八五一年、春と夏に Chancery 裁判の遅延を非難する記事が *The Times* に出る。

以上のように、ディケンズは裁判と孤児とスラム街に関わる事実をほとんどそのまま、ジャーナリスティックに作品に応用しているように見える。この時代のトピック性と作品の関係については、John Butt と K. Tillotson の "The Topicality of *BH*(18)" が詳しく伝えている。また小説の主要な三つの舞台についても、まずロンドンでは Chancery Lane を中心とする半マイル四方に実在する地名がほとんどそのまま用いられている(19)。次いで初めのうちそれと交互して描かれる Dedlock 家の所在地 Chesney Wold は、Lincolnshire に設定され、小説の題名となった Bleak House の所在地も St. Alvans, Hertfordshire といういずれも現実の地名が採用されている。この二つの屋敷はそれぞれディケンズの友人の家などがモデルであることもよく知られている(20)。その上、作中の何人かの人物 (Skimpole、Boythorn, Hortense など) にも、れっきとしたモデルが存在する(21)。このように見ていくと *Bleak House* はたんなるドキュメンタリー小説であるかのような観を呈し始める。確かに作者は数々の事実をそのまま作品に利用している。しかし、そこにはやはり周到な虚構化がほどこされていることは、たとえば Chesney Wold が実際の Northamptonshire

ではなく、Lincolnshire に置かれていることからもわかる。これは Chancery の所在地 Lincoln's Inn Hall、また弁護士 Tulkinghorn の家がある Lincoln's Inn Field の "Lincoln" と響きあって、遠く離れた二つの地が霧と雨によって結ばれているのみならず、その名によってどちらも荒廃の運命にあることを言わずもがなのうちに伝えているからだ。また Bleak House はその名に反して、暖かな家庭的雰囲気をたたえた避難場所という趣きがあるが、その所在地が Hertfordshire というのは、その中の Hert が Heart に通じるからだとも考えられる。つまりどちらも小説の言語化がほどこされた地名だと言える。もちろん作者が創作した地名も重要であることは言うまでもない。Lincoln's Inn Field に隣接するスラム街 Tom-All-Alone's はちょうど Chancery と表裏の関係に位置していて、病むイギリスの奥深い病巣を暗示する。アクロイドによれば、実際に Chatham の近くにこれに類似したスラム街があったという[22]小説ではこの場所は、かつて Tom Jarndice の所有地であったのだが長引く裁判によりこれを失い、遂にある居酒屋でピストル自殺した Tom にちなんで名付けられた地である。今はスラム街となって崩壊寸前の姿をさらしている。ディケンズはこの小説の題名として長らく "Tom- All-Alone's" という名を考えていたことが、残っている "A Note on the Title" からわかる[23]。その内のひとつの名前は "Tom-All-Alone's / The Ruined House / That got into Chancery / and never got out" で、ここには Chancery という現実の名が、レスリングのヘッドロックを意味する pun としても使われている。こうしてここでも現実の名が虚構化され小説の言語となっているのだ。このように Tom-All-Alone's は、作品の発想の根幹を成す重要な場所であり、イギリス社会が内部から腐敗していくその源泉として機能している。事実と虚構とはこのように、作品中至る所で分かちがたく混在している。もちろん前述のように、作者はメイヒューを利用してスラム街の現実の惨状を描いていて、そしてこれが決して誇張ではないことはアクロイドの言う通りである。

> . . .it was in a literal sense unable to reproduce the real lives of the urban poor. . . .a fact balanced against an unfamiliar

impression, reality suffused with wild fancy so that it both is and is not the same— the kind of the magic. . . . the balance between fact and marvel, reality and grotesque, sense and romance, discovering the marvellous within the domain of the familiar. . . ."[24]

"familiar"なものと"marvellous, romantic"なものとのバランスは、十九世紀のすべての科学者・歴史家が目指したものであった。*Bleak House*でも、その"Preface"が"I have purposely dwelt upon the romantic side of familiar things."という言葉で締めくくられていて、上のアクロイドの言葉はこれを意識したものだった。彼以外にもこれまで何人かの批評家が"the romantic side"の意味を考察してきた。しかしここでは、上で見た事実(familiar things)の「小説の言語」化こそが"romantic, marvellous"な面であるという立場を貫きつつ、ディケンズがいかに小説言語による虚構世界を築きあげているか、そのメカニズムの一端を解明してみたい。

二　Names

*Bleak House*は一読して名詞の列挙が目立つ小説である。名詞の氾濫といってもよいほどだ。中でも名付ける行為が繰り返される。登場人物の多くがニックネームで呼ばれ、数々の品物の名前や抽象名調が頻繁に列挙される。ロラン・バルトは「名詞の優越は基本的に現実を覆い隠す」と言い、「名指すことは同時に裁くことでもある」と言う[25]。この発言はこの小説理解の根幹に関わるものであり、私たちにこの小説の読み方を教えてくれるはずである。とりわけ登場人物の命名には、他のディケンズの小説同様特有の小説化がほどこされていて、そこに登場人物の名前にこめられた数々のからくりを読み取ることができる。またV. S. Pritchettは"Dickens understood the art of calling people funny names and his ear for funny sounds is splendid."[26]と言ったが、それはこの小説にもよく当てはまる。次に

登場人物の名をいくつかに分類しそれぞれに解説を加えよう。

ベン・ジョンソンの喜劇などに登場しそうな、名前がそのまま実態を表すものは副次的人物に多い。Gloss, Sheen は服屋、Blaze, Sparkle は宝石商、Sladdery は名前の中に ladder があるので司書、Blower, Tangle はその名が示すように訴訟をもつれさせ吹き飛ばすしか能のない弁護士、Dedlock 家の寄宿人 Bob Stables は何事も馬にたとえて話をする。また同家の守衛 Mercury は、ローマ神話の messenger god から語り手がとった名前である。Mercury 自体比喩であるが、彼らが居並ぶさまを語り手が咲き過ぎたヒマワリ（“overblown sun-flowers”）にたとえた箇所（48: 706）では、比喩に比喩を重ねたことになる。

名前そのものがカリカチュアであり、かつ代換可能なものに、裁判官の名前、Chizzle, Mizzle, Drizzle, etc. それに国会議員の名前 Buffy, Cuffy, etc. と Boodle, Coodle, Doodle, Noodle, etc. がある。これはアルファベット順にそれぞれ Zuffy と Zoodle まで進む点で、“and so on like the history of the Apple Pie” (8: 146) という言葉どおりである。「アップルパイの一生」とは、ＡＢＣ順に進みまた元に戻るマザー・グースのスペリングの歌のことで、ディケンズは公共の職業につくものの無個性ぶりと、その地位にはだれがついても同じだという反復可能性を込めてこの名を採用している。「言語活動の公的制度はすべて繰り返しの機構である」というバルトの言葉どおり[27]反復こそ政治と裁判の本質であることが、それに携わるものたちの名からも示されている。しかも Drizzle は冒頭のパラグラフの “drizzle rain” につながり、また Buffy, Noodle はそれぞれ本来の意味が同時に響くという風刺が感じられる。

結末で Esther と結婚する青年医師 Allan Woodcourt は終始 Esther に求婚する点で、その名が “would court” という pun になっている。四十七章で Jo の死に立ち合う Woodcourt は Jo から “Mr Woodcot” (704) と呼び掛けられるが、これは wood cot, すなわち coffin との pun となる。名前が pun となるのはこの例ばかりではないが、Woodcourt の場合は際立っている。主要人物のほとんどの名前にはこのように pun を始めアイロニカルな、またシンボリカルな意味がまつわりつく。まず裁判の名称でもある Jarndice and Jarndice は、Q. D. Leavis が指摘した[28]ように jaundice の古い発音が jarndice であり、容易に jaundiced = preduced と連想される。John Jarndice の友人で一切金銭感覚の欠如した pseud-child である Skimpole は、その名の "skimp" に本性がのぞいている。smallpox にかかった Jo が Esther により、Bleak House で手厚く看病されたとき、Jo の居場所を Bucket 警部に教えてわいろを受け取ったのは、この Skimpole であった。その行為を正当化して彼が言う言葉、"Are there reasons why Skimpole, not being warped by prejudice, should accept [the bribe] ?" (61: 886) には自分は jaundiced ではないという Jarndice への当て付けがある。彼が死後残したノートに、John Jarndice は "the Incarnation of Selfishness" (887) だと書かれていたが、この言葉はそのまま Skimpole の一生を要約している点が面白い。女主人公 Esther の姓は元来 Hawdon であるべきだが、Summerson と名づけられたのは、それが "summer sun" の pun でもあるからだ[29]。作品中至る所で fog, mist, rain が立ちこめる中で、Esther 一人その霧を晴らす夏の太陽の働きを演じる。厳しい育ての親、実は伯母 Miss Barbary (=barbarous) に育てられた不義の子 Esther が、伯母の死後 Bleak House に引き取られたとき、彼女の guardian である John Jarndice から "the housekeeping keys" を渡される。この keys は以後何度か言及され[30]、Esther が家庭の営みに適した女性であることが強調される。Jarndice はまた Esther を多くのニックネームで呼ぶが、そのうちの一つ、マザー・グースから取った "Little Old Woman" は "to sweep the cobwebs out of the sky" (8: 148) と歌われていて、ここにも成熟した女性 Esther の作中の役割が示されている。Esther の実の母は Lady Honoria Dedlock である。彼女は Dedlock 名の示すようにその過去が弁護士 Tulkinghorn によって暴かれる直前の deadlock の状態にある。その上流貴族との結婚生活も、倦怠感にまみれた deadish wedlock となっている。Honoria の名に反して彼女がかつて関係し Esther をもうけた相手の Captain Hawdon は、屑物商の Krook の家の二階に間借りし、法律文書の筆記でかろうじて生計をたてている。小説の mystery theme は Lady Dedlock が彼の書いた筆記を見て卒倒するところから動きだす。この Hawdon は作品の初めのほうでアヘン中毒で死ぬが、彼についていたあだ名 Nemo の通り、彼は文字どおり Nobody の存在でしかない。唯一彼が親切にした孤児 Jo との関わりが、このあとの人間関係の網目を結ぶ。Nemo と Jo という短い名は、彼らの人間性が社会により剥脱されていることを意味していよう。同じ Krook の家の二階に間借りしている Miss Flite は毎日 Chancery 詣でにでかける気の狂った老女だが、それはその名 Flite=flighty=mad に表れている。Miss Flite は裁判の判決を黙示録の「最後の審判」にだぶらせ、この裁判が結審したあかつきには、部屋で飼っているたくさんの小鳥を空に放つと明言する。つまりその名は flight に通じてもいる。その小鳥たちにつけられた名前 Hope, Joy, Youth, Peace, Rest, Life, Dust, Ashes, Waste, Want, Ruin, Despair, Madness, Death, Cunning, Folly, Words, Whigs, Rags, Sheepskin, Plunder, Precedent, Jargon, Gammon and Spinach (14: 253: 60. 875) は、そのままこの小説の要約となりうる。Hope から Life までが裁判に関わる前の原告の姿（とりわけ Richard と Ada）、Dust から Death までがその結果、Cunning から最後までが裁判制度の実態だと読める。さて当の屑物商 Krook (crook, crooked) は、"The Lord Chancellor of the Rag and Bottle shop" (32: 498) の言葉どおり、waste papers, documents を始めどんなものでも買い込む "monomaniac" である。"It's true enough that they call me the Lord Chancellor, and my shop Chancery." (5: 100) と本人も言うように、彼の存在がそのまま Chancery と Lord Chancellor の鏡となっている。従って彼のこうむる "Spontaneous Combustion" が、この国の運命を象徴するものであることは、すでに多くの人々が論じてきた。Krook の妹の嫁ぎ先は高利貸しの老人 Grandfather Smallweed である。small weed の名の通り、細かい利子が彼の生きがいである。登場するたびごとに繰り返される Mrs Smallweed との叩きあいはまるで Puch and Judy そのままだと Morse は言う[31]。Caddy Jellby の結婚相手 Prince の父で、礼儀作法の権化 Turveydrop は、その名が子供の遊び歌からとられたもの[32]であると同時に、語尾の drop には dropping の二つの意味「お辞儀、礼儀」と「動物の糞」とが交じりあうと Monroe Engel は言っている[33]。また Dedlock 家の老家政婦の長男で、北部で鉄工場を経営する Rouncewell は、その息子に反乱者 Wat Tyler の名をとってWatと名づけるが、これは古いイギリスが次第に工業国にとって変わられるさまを暗示する。Tulkinghorn 殺害事件の真相を薮の中から掻きだす警部はその名もBucketであり、木管楽器のバスーンを好むBagnetには“Lignum Vitae” = living wood のあだ名がつく。ほかにも“funny sounds” の名前を挙げれば、Chadband, Grubble, Guppy, Jellby, Jobling (Weevleというあだ名がつく)、Pardiggle, Peepy, Quale, Squad, Wisk などがある。全体としてB、G、Jで始まる名前が多いことに気づく。

最後に弁護士Tulkinghorn とVholes の名前について一言したい。この名はどちらも字面が爬虫類を思わせるからだ。特にVholes はその登場のときから、蛇のメタファーで現われる。

> Mr. Vholes, quiet and unmoved, takes off his cloak, black gloves as if he were skinning his hands, lifts off his tight hat as if he were scalping himself, and sits down at his desk. (39: 605)

きっちりと着こんだ黒い上着、手袋と帽子を脱ぐそのさまは、まさに蛇が皮を脱ぐのと同じようだ。Vholes はSkimpole の紹介でRichard についた弁護士であるが、結局Richard の金を経費として食い尽くす。現にEsther 自身、彼のもとでやつれていくRichard を見て“I felt as if Richard were wasting away beneath the eyes of this adviser, and there were something of the Vampire in him.” (60: 876) と言っているほどだ。裁判がその費用の行き詰まりのために自然消滅し、依頼人の費用をすべて食い尽くしたVholes がChancery を出ていく場面は次のように描かれる。

> [Mr. Vholes] gave one gasp as if he had swallowed the last morsel of his client, and his black buttoned-up unwholesome figure glided away to the low door at the end of the Hall. (65: 924)

gasp, swallowed, morsel, black, glided と続く言葉はいずれも、蛇の動作である。そしてこの蛇は、小説冒頭で闊歩したあの巨大爬虫類の縁戚であることが次の一節からわかる。

As much mud in the streets, as if the waters had but newly retired from the surface of the earth, and it would not be wonderful to meet a Megalosaurus, forty feet long or so, waddling like an elephantine lizard up Holborn Hill." (1: 49)

Woodcourt は裁判の終わりについて、"Do I understand that the whole estate is found to have been absorbed in cost? ... And that thus the suit lapses and melts away?" (65: 923) と言っているが、ここの absored, melts away には、やはり冒頭の Megalosaurus が溶けた泥雪をのし歩く光景と結ばれるように感じられる。

三　**mud, dust, papers**

小説の読者はその小説の登場人物の行なう行為と、基本的に同じことを行なうと、J・H・ミラーは言ったことがあった[34]。*Bleak House* が多くの評者の言うように一種の推理小説であるとすると、その中では Bucket 警部を始めとして、Esther, Guppy, Tulkinghorn など、多くの人物がそここに散在する"signs and tokens"（九章の題名）を読み解いて、隠された謎を解きあかそうと努力をする。そしてその努力はそのまま読者のものでもある。彼らの直面する謎とは第一に、Esther の出生の秘密とその実の母 Lady Dedlock の隠された過去に関わるものであり、次にそこから発生する Tulkinghorn 殺害事件であるが、それが数多くの人間関係を網目のように織っていくことになる。これについては Bucket 警部も"the whole bileing (=boiling)of people was mixed up in the same business and no other" (59. 863) と言っている。しかし初めのうち、だれも（そして読者も）小説内の人間関係を読み解くことができない。たとえば法律関係の文具店を営むSnagsbyが、Nemoの死以後生じている不可解な成り行きに対して抱く次のような感慨はそのまま読者の感慨といえる。

> Something is wrong, somewhere; but what something, what may come of it, to whom when, and from which unthought of and unheard of quarter, is the puzzle of his life. (25: 409)

事件の発端はNemoと呼ばれたEstherの実の父Captain Hawdonのアヘン中毒による急死であった。彼の埋葬後、Joに金を与えてその墓に案内させた正体不明の上流女性（実はメイドの服に身を隠したLady Dedlock）の存在を確かめるため、JoをTom-All-Alone'sに出向くときSnagsbyは、あたかも地獄の深淵に落ち込んでいくような気がしている。これを見張る妻のMrs Snagsbyは、Joの父は自分の夫に違いないと邪推して、激しい嫉妬に苛まれている。彼女は"piece suspicious circumstances together" (54: 790)することが生涯の仕事といってもいいほどだが、間違った糸をたぐってしまうのが常であった (25: 409)。Esther自身、"I could not disentangle all that was about me" (36. 570)と述べているように、やはり全貌の解釈にはなかなか至らない。登場人物の疑心暗鬼は読者のそれとパラレルである。読者は初読では、場面と場面、人物と人物の相互関係がほとんど飲みこめない。しかしその一見無関係の糸と糸とのつながりが、先を読み進め、かつ二読、三読と重ねるに連れて明確になりはじめる。そしてこの小説がミラーの言う"anastomosis"（網状交差）[35]の有様を呈してくることに気がつく。読者はまず、小説内の人間関係の網目を把握する努力をするが、同時に個々の人間たちの存在と個々の場面が意味する次の段階の象徴レベルのつながりにも気づきはじめる。こうなると*Bleak House*は単なる推理小説の域をはるかに脱して、その中に入れ子状に組み込まれた意味の深淵の存在が躍動していることがわかってくる。ハーヴェイの言うように[36]、幾つもの波紋が広がりあい重なりあう。このような小説の人間関係の網目のときほぐしについては、ナボコフやミラー始めすでに多くの批評家が試みているので、ここではその象徴レベルで見えてくる一つの世界に注目してみたい。

まずその概要をまとめておこう。*Bleak House* の中では fog, mist, rain, snow, mud, dust, papers, documents, law and equity, money, mission, disease が互いに結合し渾然一体となっていく。イングランド全土がそこから立ち昇る毒気によって、「自然燃焼 (Spontaneous Combustion)」を起こし、荒廃・解体していく経過がとらえられている。その中心に Chancery とその責任者である the Lord Chancellor が存在している。しかし彼はきわめて impersonal に描かれており、真の責任は個人にではなく、国の「システム」にあることがわかる。たとえば Gridley は “The system! I am told, on all hands, it's the system.”(15: 268) と叫ぶ。そしてそのシステムを作っているのは、「実践」ではなく「理論」[37]、つまり言葉、それも不毛な言葉である。たとえば John Jarndice は裁判の言葉について、“legal chaff inexplicable to the uninitiated and to most of the initiated too” (19: 314)” と言うし、Rev. Chadband の同語反復のむなしい説教は “such abominable nonsense” (20: 326) “だと語り手によって断じられている。Bagnet は Tulkinghorn の言葉使いを聞いて “under his new verbal shower” (34: 541) にいると感じるし、Skimpole の長広舌は Esther にはいつも “inflated” に感じられる。スラム街の改善をめぐって議会で交わされるのは “much mighty speech-making only”(46: 683) のみで、現実の悲惨さは一向に変わらない。このように言葉の chaff は、事実を覆い隠し問題の核心からそれて、周辺を堂々めぐりする。これは裁判の中身が問題とされず、ただその “cost” のみがいたずらにふくれあがるさまと平行している。こうして不毛な言葉の過剰がイングランド中を支配していき、その結果小説内にも言葉の氾濫状態が生じることになる (metaphor, simile, listing の多さはここに起因する)。膨大な量の “papers, documents” を収集する Krook の屑物店はこのような世界の miniature となる。そして彼の「自然燃焼」が国全体の運命を象徴するのである。

documents, papers に読み耽り、言葉のみを弄する人々は、まずは裁判官と国会議員たち、及び裁判に寄生する弁護士たち(Kenge, Tulkinghorn, Vholes, etc.)がいる。さらに"mission"に生きる人々(アフリカの文明化に専心するMrs. Jellby, Puseyiteの名で知られるキリスト教パンフレットの宣伝者Mrs. Pardiggle, 口先だけのキリスト教説教者Rev. Chadband, それに女権拡張主義者のMrs.Wiskら)がいる。彼らはいずれも目前の現実の真相が見えず、観念からのみ生じる高尚な言葉に酔って、遠い世界に遊んでいるだけだ。彼ら全員が不毛な営みに一心にふけっているが、その事実に少しも目がさめない。さらに、「永遠の子供」を標榜してはいるが、その実態は「利己主義の権化」であるSkimpole(彼はJoのような真の子供に対してpseud-childだと言える)の詭弁が、言葉の不毛性をますます喜劇的に際立たせる。このような言葉の霧に巻き込まれ言葉の泥に足をすくわれる犠牲者が、裁判の原告たち(Richard Carstone, Ada Clare, Miss Flite, Gridley)、そして言葉と無縁なスラム街の人々や孤児Joなどである。このような「言葉」の氾濫から一人超然としているのはEstherの保護者となるJohn Jarndiceである。彼の住むBleak Houseは、かつてはthe Peaksと呼ばれていたが、Tom Jarndiceによって今の名がつけられた時は、文字どうり荒涼たる館であった。しかし現在の当主John Jarndiceがこれを建て替え、今ではその名に反して日差しの暖かな快適な場所となり、Estherには安らぎの屋敷となっている。Jarndiceは裁判の一方の当事者ではあるが、いまではすっかり、成り行きまかせにしている風が見られる。しかしそのJarndiceにも一種躁鬱的気質があって、言葉の氾濫に接すると彼は突然機嫌が悪くなり、「怒りの間」(Growlery)と呼ばれる私室に逃げ込む。そんなとき決まって風向きが「東風」に変わると彼は言う。イングランドでは「東風」は、大陸からの寒風であると同時に、ロンドンのEast EndからWest Endへと病気をもたらす悪風と信じられていた(それに対して西風は生命のよみがえりを意味する)。ディケンズがこの小説の題名として最終決定の直前まで、Tom-All-Alone'sとThe East Windを考えていたことはこの二つのアイディアがこの小説のgenesisであることを思わせる。しかし、実際には前述のように雪と泥と霧のイメージが、法律、裁判、文書、病気のイメージなどと溶け合い、いかに一つの崩壊する世界を象徴していくかにこの小説の眼目がある。それは小説中至る所に見られる表現の「対応」に注意するとき、ますますはっきり自に見えてくる。それゆえこの小説の読み方についてのもっともよい指示は、次のミラーの言葉であろう。

> The novel must be understood according to correspondences within the text between one character and another, one scene and another, one figurative expression and another." (15)

読者はみずからこの指示に従って、作品世界を組み立てていかねばならない。その一つの実践として、mud, dust, papers が、いかに作品中で 'correspond' しているかを検証してみよう。

> a) adding new deposits to the crust upon crust of mud, sticking at those points tenaciously to the pavement, and accumulating at compound interest. (1: 49)

これは冒頭の有名なパラグラフ（ロンドンの霧と溶けた雪道を描いた一節）の終わりの一行である。泥の堆積が複利による預金にたとえられ、David Lodge の言うように[38] "filthy lucre" としての金銭のイメージが泥とまざってここに伝えられている。

> b) 'Mlud,' says Mr Tangle. Mr Tangle knows more of Jarndice and Jarndice than anybody. (1: 53)

Chancery 内で Lord Chancellor に向かつて "My lord" を "Mlud" と発音して呼び掛ける弁護士 Tangle の様子である。

ナボコフが指摘したように[39]に、Mlud は容易に mud を連想させる。すでに霧と泥の中心に Lord Chancellor が鎮座していることが、第四パラグラフの終わりで報じられていた。

c) The name of this old pagan's god was Compound Interest. He lived for it, married it, died of it. (21: 342)

ここでは「複利」が文字通りの意味で使われている。ここでの「複利」は高利貸しの老人 Smallweed の「神」である。Smallweed の老妻は Krook の妹であり、その Krook が死んだあと、残された書類（実は Lady Dedlock のかつての恋人 Hawdon への手紙）をもとに一儲けたくらむのが、この老人のやり口である。つまり、書類は金になる。そしてそれが貸し出されれば複利を生む点で、冒頭のあの雪泥の場面と響きあう。

d) all through the deplorable cause, everybody must have copies, over and over again, of everything that has *accumulated* about it in the way of cartloads of papers.(8: 145)（イタリックは筆者以下同じ）

これは裁判についての Jarndice の意見である。a. で用いられた "accumulated" という言葉が、ここでは訴訟のまわりに集まってくる果てしのない書類の山について用いられている。かくて書類、金銭、泥とがまじりあう。

e) driving through law and equity, and through that kindred mystery, the street mud, which is made of nobody knows what, and *collects* about us nobody knows whence or how. (10: 186)

これは法律用の文具店を営む Snagsby の感想である。彼はその法律の仕事に携わりながら、しばしばその想像力の中で、馬車であてどなく疾走する様を思い描く。これはその内の一つで、ここでも "law and equity" と "the street mud" とがメタファーとなって一体化している。accumulate と同意の collect という語で、得体の知れないものがだんだん集まって手に負えなくなるさまがここで暗示されている。

f) no domestic object which was capable of *collecting* dirt... was without as much dirt as could well *accumulating* upon it. (30: 476)

これはアフリカの Borrioboola-Gha への移民と、アフリカの文明化という使命感に燃えて、一日中手紙を書きまくり読みまくる Mrs Jellby の家の中の様子を描いた一部である。朝から晩まで不毛な手紙書きを強制される娘の Caddy は、この仕事にも家にもうんざりしている。つまり Mrs Jellby の生きるよすがである手紙も、Caddy には、そして読者にもまったくのごみの山としか感じられない。その家中にたまってしまったほこりの山は Krook の店内のそれとパラレルである。

g) ... if only you knew what an *accumulation* of charges and counter-charges, and suspcions and cross-suspicions... (37: 582)

これは遺産相続をめぐる Jarndice and Jarndice 裁判に没頭し、そこから逃れられなくなった Richard が Esther に言った言葉である。ここでも accumulation という語が使われており、裁判の泥沼化がほのめかされる。

h) [Dust] lies thick everywhere. When a breeze from the country that has lost its way, takes flight, and makes a blind hurry to rush out again, it flings as much dust in the eye of Allegory as the law… may scatter, on occasion, in the eye of laity. (22: 359)

これは弁護士 Tulkinghorn の家の中の様子で、ここにも Mrs Jellby の家に負けないほどのほこりが舞っている。Allegory というのは部屋の天井に描かれたローマ神話の神のことで、それが差し示す指が何度も言及され弁護士の横死を予表する。この描写のポイントは法律もまた dust であって、一般の人々の目を痛めるというところにある。dust はこのほかにも、Skimpole, Vholes, Smallweed などの家を覆っている。

i) a table covered with dusty bundles of papers which seems to me like dusty mirrors of reflecting [Richard's] own mind. (51: 750)

裁判書類に読みふけるに Richard を見て、Esther が感じたのがこの言葉である。ほこりだらけの papers は、ほこりのたまってしまった Richard の心を反映している。ほこりはついに人間の内側にまで押し寄せてきたのだ。

j) 〔Mrs Snagsby〕 … bringing here, taking everywhere, her own dense atmosphere of dust, arising from the ceaseless working of her mill of jealousy. (54: 790)

夫に深い嫉妬を抱き、常に疑惑の目を向け続けている Mrs Snagsby の内面が、ここでもまた嫉妬の石臼からこぼれでる dust のイメージで描写されている。作者はこのように、人間の体内に蓄積するほこりの存在を、右の諸例とともに確認していく。

> k) There is iron-dust on everything; and the smoke is seen through the window, rolling heavily out of the tall chimneys, to mingle with the smoke from a vaporous Babylon of other chimneys. (63: 903)

これはイングランド北部にある Mr Rouncewell の鉄工場の事務所の様子である。Rouncewell は Dedlock 家の古くからの housekeeper の長男で、小説では押し寄せる新興階級を代表する。Iron man の異名を持つ Rouncewell は、工場経営で成功し、いまや新たな国会議員として、貴族院議員の Sir Leicester Dedlock の強烈なライバルでもある。しかしながら、彼のいる場所もやはり iron-dust が積もっていて、工業国としての未来を約束されたイングランドもまた、新たな問題が山積するであろうことが暗示されている。これはまた次作 *Hard Times*(1854) に続く一面ともなる。また以上眺めてきた dust のイメージはディケンズ最後の完成作 *Our Mutual Friend* (1864-5) の the symbolic dust-heap へと続くことは言うまでもない。

> l) 'William,' says Mr Weevle,. . .' there's combustion going on here! It's not a case of Spontaneous, but it's smouldering combustion it is.' (39: 612)

これもまた i) に続いて、Richard が papers を読み耽りやつれていくさまを見た時の感想である。だがここで Richard を見ているのは Weevle こと Jobling で、彼は以前 Guppy とともに Krook の自然燃焼を目撃したのだった。

今ここでRichardの内部に「くすぶる燃焼」を見るWeevleのこの言葉によって、すでに彼の体内にdustが充満していることを知っているわれわれは、Spontaneous Combustionの真の原因がどこにあるかを知らされる。アクロイドによると[40]、ディケンズはSpontaneous Combustionについて、Robert Macnish, *The Anatomy of Drunkenness*の記事をほとんどそのまま利用したという。彼はまた*Household Words*に載ったMichael Faradyの記事なども参考にし、Prefaceと33. 523でその実例をいくつか挙げている。それによると体内にジンなど安いアルコールが蓄積すると、自然燃焼が起こる可能性があり、現にいくつかその報告があるという[41]。George Henry Lewesの批判に答えてディケンズは、これが科学的に起こりうることを躍起となって証明しているように見える。しかしdustとpapersとの堆積に埋まったRichardが、アルコールの作用なしで「くすぶる燃焼」を起こしているというこの部分の説明こそ、自然燃焼のアイディアがこの小説の核であったことを教えている。そしてこれはひとりRichardの身におこることではなく、Jarndice and Jarndice裁判の結果が示すように、国全体の規模で起こりうることだと、作者は暗黙の内に伝えている。そしてそこに生じる、一面泥と化した大洪水のあとのような世界は、人類終末の黙示的世界をも示している。かくて小説の最後が、冒頭の場面へとつながるのである。

*テキストはPenguin Books版を使用した。

注

(1) Edmund Wilson, *The Wond and the Bow* (University Paperbacks, Methuen, 1961) 32.

(2) R. A. Donovan,"The Structure and the Idea in *BH*", I. Watt, ed. *Victorian Novel* (Oxford, 1971)85, 91.

(3) M. Spilka,"Religious folly", A. E. Dyson ed. *BH Casebook* (Macmillan, 1969) 211.

(4) W. J. Harvey,"*BH*: The Double Narrative" *Casebook*, 225.

(5) E. Johnson, *CD His Tragedy and Triumph* vol. 2 (Simon and Schuster, 1952) 765.

(6) Steven Connor, *CD* (Basil Blackwell, 1985) Pt. 2.

(7) J. Hillis Miller, Introduction, 11-34.

(8) 主な例を挙げれば、G. Gissing, E. Wilson, R. A. Donovan, W. J. Harvey, A. E. Dyson などきわめて多い。そのうち Harvey の例を引用しておく。"that complicated web of human affairs which entangles all the characters, even the most trivial" (*Casebook*, 234)

(9) 3 でその原文を引用する。

(10) V. Nabokov, *Lectures on Literature* (Picador, 1980) 63-124.

(11) C. B. Cox, "A Dickens Landscape", *Casebook*, 200.

(12) P. Ackroyd, *CD* (Minerva, 1991) 676.

(13) J. H. Miller, Introduction, 11.

(14) A. Wilson, *The World of CD* (1970, Panther Book, 1983) 185.

(15) E. Wilson, 22.

(16) cf. Penguin 版の Notes 参照。956.

(17) "The Martyrs of Chancery" と F. Engels. The Working Class 1844" はいずれも *Casebook* の Background の項に一部転載されている。

(18) J. Butt and K. Tillotson, "The Topicality of *BH*" (*Casebook*) 105-132.

(19) Penguin, Notes, 954.

(20) Chesney Wold は友人 Mr and Mrs Watson の住んだ Rockingham Castle, Northampton-shire, Bleak House は Dickens がいく夏を過ごした Broadstairs, Kent にある屋敷がモデルとされる。

(21) Skimpole は Leigh Hunt, Boythorn は Walter Savage Landor, Hortense は殺人罪で処刑された Mrs Maria Manning がモデルとされる。 CD はその処刑を見たという。

(22) P. Acroyd, 674.

(23) Penguin 版の付録に "A Note on the Title" がついていて、そこに一から十までタイトルの候補が並べられている。引用はそのうちの 3。

(24) P. Acroyd, 679.

(25) ロラン・バルト『神話作用』(思潮社、1967) 97.

(26) *Casebook* の Introduction, 18 で Dyson が引用している。

(27) ロラン・バルト『テキストの快楽』(みすず、1977) 77.

(28) F. R. and Q. D. Leavis, *Dickens the Novelist* (Pelican, 1970) 173.

(29) cf. M. Spilka, 205.

(30) ちなみにこの the housekeeping keys への言及箇所をあげると、99, 100, 118, 234, 470, 474, 571, 592, 670, 892.

(31) *Casebook* の Introduction, 18. "Who could Mr and Mrs Smallweed be… other than Punch and Judy?"

(32) Penguin, Notes, 958.

(33) M. Engel, "*BH:* Death and Reality", *Casebook,* 196.

(34) cf. S. Connor, 59, および J. H. Miller, Introduction.

(35) J. H. Miller, *Ariadne's Thread* (Yale U. P., 1992) 144 ff.

(36) W. J. Harvey, 232.

(37) 次の Engels の言葉と作中の引用を比較のこと。
"Let them all remember this, and learn not to theorise but to act." (32)
"…there is but one thing perfectly clear, to wit, that Jo only may and can, and shall and will, be reclaimed according to somebody's theory but nobody's practice." (*BH*, 46. 683)

(38) D. Lodge, *The Cralt of Fiction* (Penguin, 1992) 87-8.

(39) V. Nabocov, 72.

(40) P. Ackroyd, 697.

(41) 過去の実例はCDがいくつか本文中で挙げている。この現象を扱った小説として、Charles Brockden Brown, *Wieland* (1798) と、Captain Marryat の *Jacob Faithful* (1834) がある。前者は Wieland の父が突然炎に包まれて謎の死をとげ、後者では、Jacob のジン好きな母が「自然燃焼」で焼け死ぬ。

ウォルター・スコットの小説におけるダーク・ヒロイン

＊二〇一七年十二月二日、大東文化大学で開催された日本ジョージ・エリオット協会第二十一回全国大会において「ダーク・ヒロインの系譜」というタイトルでシンポジウムが開かれた。以下は、そのときに私が口頭発表した原稿である。同シンポジウムには、滋賀県立看護大の木村正子氏がギャスケル小説のダーク・ヒロインを、京都大の石井昌子氏、白百合女子大の矢野奈々氏がエリオット小説のダーク・ヒロインを、それぞれ取り上げられた。

ジョージ・エリオットは七歳ごろからスコットの小説を読み始めたと言われています。その『書簡集』から、スコットに言及した箇所を調べると、"dearly loved Scott"(L.iii.378), "I worship Scott so dearly"(L. v.170) など、多くのスコット崇拝の言葉を見出すことができます。さらに、一八七一年八月九日付けのアレグサンダー・メイン (Alexander Main) 宛の手紙には、次のような言葉があります。次の引用の二行目以下をご覧ください。

> ... when I was grown up and living with my Father, I was able to make evenings cheerful for him during the last five or six years of life by reading aloud to him Scott's novels. ... It is a personal grief, a heart-wound to me when I hear a depreciating or slighting word about Scott. (L. v. 175)　(一八七一年八月九日付)

「晩年の父を慰めるのにスコットの小説を音読し」、また「一言でもスコットの価値を貶める言葉を聞くと個人的に心が痛む」という言葉から、エリオットがいかにスコットの小説を愛していたかが伝わってきます。エリオットの自伝的小説『フロス河の水車場』（一八六一）にも、"if [Maggie] could have read all Scott's novels and Byron's poems—then, perhaps, she might have found happiness enough to dull sensibility to her actual daily life."(265) とあり、ヒロインのマギーにとってスコットの小説とバイロンの詩は、つらい現実からの絶好の逃避の場を提供しうることがわかります。また同じ小説でマギーは、スコットの小説のヒロインへの深い共感を告げて、"I want to revenge Rebecca, and Flora MacIvor, and Minna and all the rest of the dark unhappy ones."(308) と、述べています。レベッカは『アイヴァンホー』（一八一九）、フローラ・マッキーヴァーは『ウェイヴァリー』（一八一四）、ミンナは『海賊』（一八二二）のヒロインで、全員が黒い髪と黒い目をした若い女性であることは、ご承知の通りです。マギーが黒髪のヒロインに共感するのは、彼女たちがマギーと同じ黒髪・黒目・浅黒い肌をしているからというより、「私は不幸な人々に常に最も心を寄せているからだ」(It's because I always care the most about the unhappy people, 309) と述べていることにも注意したいと思います。黒髪・黒い目の「ダーク・ヒロイン」はなぜ「不幸」になるのでしょうか、以上のエリオットの言葉をもとに、実際にスコットのこの三作を始め、他の小説の何人かの「ダーク・ヒロイン」を取り上げ、エリオットが彼女たちのどこに共鳴したかを考えてみたいと思います。

　まず、マギーが最初に挙げたヒロイン、レベッカを取り上げます。レベッカはユダヤ人の金貸し、アイザック・オブ・ヨーク (Isaac of York) の娘で、豊かな黒髪と魅惑的な黒い目をしています。スコットはすでに物語詩『湖上の麗人』(The Lady of the Lake, 1810) で、黒髪のヒロイン、エレン・ダグラス (Ellen Douglas) を登場させ、お忍び姿の国王フィッツ＝ジェイムズに次のように言わせています。

Ah, little mistress! none must know / What idle dream, what lighter thought,/ What vanity full dearly bought, / Join'd to thine eye's dark witchcraft, drew/ My spell-bound step to Benvenue…(vi, 794-8)

＊下線は筆者、以下同じ

「何というむなしい夢、何という軽い考え、高くついた何という虚栄心が、そなたの目の放つ黒い魔術とあいまって、魔法にかかった私の足取りをベンヴェニューの山中に迷いこませたことか」と王は言います。他方、『アイヴァンホー』でレベッカの黒い目に引き寄せられるのは、テンプルの騎士、ブリアン・ボワ・ギルベール (Brian=Bois Guilvert) です。しかし彼と行動を共にするフランス貴族フロン・ド・ブーフ (Front-de-Boeuf) は、金髪で青い目のロウイーナ (Rowena) に引かれています。そこでギルベールは彼に言います。"Hear the truth then," said the Templar, "I care not for your blue-eyed beauty."(230) レベッカに会った最初のときから、彼は黒い目の魔術に陥ったようです。レベッカはこの騎士に父とともに捕えられ、フランス貴族ド・ブーフの居城の一室に監禁されるのですが、その時彼女は、強い意志を持って騎士と堂々と渡り合い、決して屈することはありません。先に騎士アイヴァンホーが馬上槍試合で深傷を負ったとき、それを薬草でいやしたのもレベッカでした。その治療は魔術と目され、レベッカは魔女として危うく火刑に処せられそうになります。このようにダーク・ヒロインには、生来の強い意志と、計り知れない魔力が備わっているかのようです。このとき bewitch, enchant, witchery など、魔術を表す語が頻繁に用いられます。因みに、『アイヴァンホー』に登場するこのユダヤ人の父と娘には、『ヴェニスの商人』のシャイロックとジェシカの面影があり、また『ダニエル・デロンダ』に通じる、迫害されたユダヤ民族への作者の思いが、そこに滲み出ています。

一方、騎士ウィルフリッド・アイヴァンホー (Wilfred Ivanhoe) は、懺悔王エドワードの血筋を引くロウイーナに初め引かれます。しかし彼の父セドリック (Cedric) は、サクソン人の王統復活を願い、アルフレッド大王の血筋を引く青年貴族アセルスタン (Athelstane) とロウイーナとの結婚を強く望んでいたために、アイヴァンホーは父に勘当されてしまいます。そこで彼は、"Lion-hearted" と言われるチャード一世に従って十字軍の遠征に加わるのです。王は遠征中に捕えられドイツに送られますが、身分を隠してひそかにイギリスに戻ります。アイヴァンホーも帰国して、リチャード王の弟ジョンが主催する馬上槍試合に出場して優勝します。この時彼は、「美と愛の女王」という称号を与えられたロウイーナの足元に勝利の宝冠(coronet)を捧げるほど、彼女を崇拝していたのでした。しかし、アイヴァンホーがレベッカと出会ったとき、彼の心は徐々にこの黒髪のユダヤ娘の方に移って行きます。またレベッカもひそかに彼を愛し始めたのでした。けれど物語の最後でレベッカは、アイヴァンホーへの思いを断ち切り、スペインのユダヤ人集団の助力になろうと、父と共にイギリスを去って行きます。他方アイヴァンホーは、めでたくロウイーナと結婚する、というのが物語の結末です。しかしこの結末に不満を覚えたのが、『虚栄の市』の著者サッカレーでした。彼はそこで『アイヴァンホー』の続編、「レベッカとロウイーナ」という戯作を書きました。そこでは、アイヴァンホーが戦場で倒れたと報じられたあと、ロウイーナは前述の青年貴族アセルスタンと平凡な結婚をし、ほどなくして亡くなります。生前から彼女は「決してユダヤ娘と再婚しないように」と、夫アイヴァンホーに言い渡していました。他方、生きていたアイヴァンホーはスペインから戻ったレベッカと最後に幸福な結婚をするという逆転の結末を、サッカレーは仕立てたのでした。これはサッカレーのレベッカへの熱い思いが作らせた続編で、大変面白く読める物語です。ところが、この作品では、鮮やかな金髪をした美しい女性ロウイーナは、ただの凡庸な女性としてしか描かれず、黒髪のレベッカのような奥深さも魅力も見られません。作中、道化のウォンバが、"Love at two score"（四十歳の恋）という歌を歌いますが、その中に次の一節があります。

> Curly gold locks cover foolish brains, / billing and cooing is all your cheer…
> Grizzling hair the brain clear;/ Then you know a boy is an ass,/ Then you know the worth of a lass, / once you have come to forty year. (135)

サッカレーにとって、「巻き毛の金髪は愚かな頭を覆っていて」、鳩のように「くちばしでつついたり、クークー鳴いたりして」、男性の機嫌をとるだけの存在です。ここで注意すべきは「灰色の髪」、つまり年配の女性は頭脳明晰となる、と歌っていることですが、これについては詳しく扱う余裕がありません。金髪については、実はスコットも同じようなことを『墓守り』（*Old Mortality*, 1816）で次のように言っています。

"her cast of features, soft, feminine, yet not without a certain expression of playful archness, which redeemed their sweetness from the charge of insipidity, sometimes brought against blondes and blue-eyed beauties. (23)

これはヒロインのイーディス・ベレンデン (Edith Bellenden) の外見を伝える一節です。彼女は金髪・青い目のフェア・ヒロインです。しかし彼女には「遊び心あふれるお茶目な表情」があって、それが金髪・青い目の女性たちの"insipidity"、つまり無味乾燥で中味がないという非難から、彼女の「愛らしさ」を救っている、と言います。このことからスコットは、金髪・青い目の女性は、ともすれば知性と意志に欠ける、「内容空疎」な女性だと考えていることが、お分かりになると思います。また『タリスマン』（一八二五）にも同名のダーク・ヒロイン、イーディスと、フェア・ヒロイン、女王ベレンガリアが登場しますが、スコットは二人について次のように言っています。

The Beauty of Edith was of a more intellectual and less voluptuous cast than that of the Queen [Berengaria]. (180)

スコットが、ダーク・ヒロインを「知的」と考え、フェア・ヒロインを「肉感的」と見ていることが、この引用からわかります。ところでロウイーナというと、私はもう一人の同名の女性を思い出します。エドガー・アラン・ポーのよく知られた「ライジーア」("Ligiea"1838) という短編には、黒髪・黒い目・浅黒い肌をしたライジーアと、金髪・青い目・白い肌のロウイーナが登場します。語り手の主人公はライジーアと幸福な結婚をするのですが、彼女はまもなく病に陥り亡くなります。死の直前彼女は「強い意志があれば人は完全には死に屈しない」と、謎の言葉を言い残すのですが、語り手には何のことやらわかりません。二度と結婚はすまいと誓っていた彼の前に現れたのが、ライジーアとは正反対のタイプの女性、ブロンドの髪のロウイーナでした。この結婚生活も幸福でしたが、やがてまたロウイーナも病に倒れて亡くなります。彼女の亡骸が横たわるベッドの脇で、その死に打ちのめされた語り手の面前で、突然、死体が起き上がります。見ると、それは金髪・青い目ではなく、らんらんと輝く黒い目をした黒髪のライジーアでした。作品最後の一言「ライジーア！」が、この作品のクライマックスです。これはダークとフェアのヒロインの原型とも言える短編です。アメリカの作家の多くがスコットから影響を受けていたことは周知の事実です。とりわけJ・F・クーパー『モヒカン族の最後』(一八二六) に登場する姉妹のうち、姉コーラはダーク・タイプ、妹アリスはフェア・タイプで、その性格描写はクーパーがスコットから学んだものと考えられます。そう言えば『緋文字』のヘスター、『ある女性の肖像』のイザベルも豊かな黒髪の女性でした。

次のフローラ・マッキーヴァーは、スコットランド高地に住む山賊ファーガス (Fergus) の妹です。物語の主人公、エドワード・ウェイヴァリー (Edward Waverley) 大尉は、ハノーヴァー王朝を支持する父から、父の友人で、スチュアート王朝復活を祈願する、ジェイムズ二世派のブラッドウォーディン (Bradwarden) 男爵のもとに行かされます。その居住地はスコットランドにありました。ローズはこの男爵の一人娘で、フェア・タイプの女性です。山賊ファーガスが男爵の家の家畜を盗むと、男爵はその事態収拾のために、エドワードをファーガスのもとに送ります。そこで彼が出会ったのが、ファーガスの妹フローラでした。彼女はローズの親友でもありました。黒髪の巻き毛 (jetty ringlets) と黒い目をした魅力的なこの女性に、彼は一気に引きこまれます。ここにフェアとダークのヒロインが、対照的に描かれることになります。しかしフローラは、自分個人の問題、つまり恋愛や結婚よりも、兄と同じくスチュアート王朝復興のために、生涯を捧げようとする女性でした。しかし、妹とエドワードとの結婚を強く望む兄ファーガスの言葉に励まされて、彼が思い切ってフローラに求婚すると、返ってきた答えは、"you have met a young woman possessed of the usual accomplishments in a sequestered and romantic situation"(176) でした。これがローズのことであることは一目瞭然です。またここに言われた「ロマンティック」という形容詞は、スコットの小説では要注意の語です。というのも「ロマンティック」とは、「現実離れした」「空想的な」というニュアンスがまつわりつくからです。Sequestered にも「現実から遊離した」という意味があります。また彼女はこうも言っていました。"The woman whom you marry ought to have affections and opinions moulded upon yours…" (175) エドワードにふさわしい妻は夫に従う女性です。さらに、"I will frankly confess that [this single subject] has so occupied my mind as to exclude every thought respecting what is called my own settlement in life"(175) とフローラから断言されたエドワードは、結局、フローラをあきらめてローズに結婚を申し込むことになります。作品の最後で、兄ファーガスを戦いで失ったフローラは、一人フランスの修道院に入り尼僧として残りの生涯を送ります。他方、ローズはエドワードと幸福な結婚生活を送ります。これはマギーが「金髪女性が幸福をみなさらう」と言った通りです。しかしここでの「幸福」とは世間的意味での「幸福」で、フローラ自身は自分を不幸とは思っていないようです。ところでこのフローラに現実のモデルがいたことを、スコットが小説巻末に付けた注釈が伝えています。スコットの小説は、例えば『ミドロージアンの心臓』(一八一八) のジーニー・ディーンズ (Jeanie Deans) のように、現実のモデルがいることが多いのですが、フローラのモデルは、ミス・ネアーン (Miss Nairne) という、スコットの知人です。第五十一章で、エジンバラに侵攻した王党軍の放った銃弾が、バルコニーにいたフローラのこめかみをかする場面は、実際にミス・ネアーンが遭遇した事件そのままです。フローラはそれに少しも動じません。スコットは、これを「女性のヒロイズム」と呼んでいます。

次に『海賊』のミンナを見ていきましょう。この海賊とは、ゼットランド諸島（今のシェットランド諸島）のある島に漂着したクレメント・クリーヴランド (Clement Cleveland) のことです。ここにはノルウェー人の血を引くマーガス・トロイル (Mercus Troil) 一家が住んでいました。その二人の娘が長女で黒髪のミンナと、次女で金髪のブレンダ (Brenda) です。たくましい青年の突然の出現に、姉のミンナは胸躍らせます。特に彼が話すこれまでの冒険談の数々にミンナは、オセロの話を聞くデズデモーナのように魅了されてしまいます。というのも、かねてからロマンス物語の愛読者であったミンナは、これにより持ち前の想像力がさらに刺激されたからでした。それを苦々しく見ていたのは、この島に父とともにやってきたイングランドの青年、モードーント・マートゥン (Mordaunt Mertoun) です。島に流れ着いたクリーヴランドを救ったのもこの青年でした。モードーントは、かねてからミンナとブレンダの間で心が揺れ動き、どちらに結婚を申し込もうかと迷っていました。ここは心理描写に乏しいとされるスコットの評価を覆すような描写が続きます。やがてミンナを巡り、モードーントとクリーヴランドとの間にいさかいが生じ、彼は路上で、クリーヴランドの短剣で刺されてしまいます。それを目撃していたのがミンナでした。その後、行方不明となったモードーントを案じるミンナでしたが、やがてクリーヴランドが海賊であるという事実を知ると彼への思いが急速に薄れ、しかも自分が海賊を愛するということが道義に叶うかどうか、ミンナは大いに迷うこととなりました。ところでこの島には、ノーナ (Norna of Fitful-head) という灰色の髪の年配女性がいて、彼女は島の人々から魔女と目されていました。しかも彼女は天候と波を支配する力を備えている、とも言われてきました。ノーナはモードーントの傷も癒しました。最初、モードーントは、ノーナが生んですぐさらわれた行方不明の子供かと思われたのですが、実は、このノーナは海賊クリーヴランドの実の母であり、その父はモードーントの父でもあったことが判明します。二人は異母兄弟だったわけです。物語は、島を去って海賊集団の首領に戻ったクリーヴランドが、イギリス海軍に徴用され、西インド諸島の海で戦死するという展開になります。他方、モードーントはミンナではなく、ブレンダと結婚するというのが結末です。このときミンナは、最後の章で、作者により次のように語られます。

> But Minna—the high-minded and imaginative Minna—she, gifted with such depth of feeling and enthusiasm, yet doomed to see both blighted in early youth, because, with the inexperience of a disposition equally romantic and ignorant, she had built the fabric of her happiness on a quicksand instead of rock,—was she, could she happy? Reader, she was happy. (376)

「若い感情と情熱が霜枯れた」ミンナがなぜ「幸福」か、というと、彼女はこのとき、これからの生涯を他者のために使おうと決意しているからです。ここでも「幸福」という言葉は世間的価値から離れた意味を持っています。ミンナが「幸福」であるのは、下線部にある「ロマンティックで無知な気質」によって砂上の楼閣を築いていた未熟な女性から、現実に自分の果たすべき高貴な義務に目覚めたら女性へと成長したからです。ここにはジェイン・オースティンやエリオットの描くヒロインと同じく、果てしない空想から身近な現実へと人生のパラダイムを変えた女性の姿が見られます。そしてこのような女性こそ、著者の共感を得る女性です。これは女性ばかりではありません。『墓守り』の主人公、ヘンリー・モートン (Henry Morton) も It seems as if he had at once experienced a transition from romantic dreams of youth to the labours and cares of active manhood.(314) とあるように、ロマンティックな夢から覚めて、現実に生きるようになります。一方、金髪のブレンダについては、このような言及はなく、彼女は妻として主婦として常識的な生活を送るだけの女性です。次の引用がそれを伝えています。

Brenda, who, in recompense for a less portion of imagination than her sister, was gifted with common sense. (242)

姉ほど想像力がないブレンダには、その埋め合わせとして「常識という才能」に恵まれていると言います。ここには、幻想の世界に生きてきた黒髪の姉が「夢」から覚めて高貴な生き方を選ぶのに対して、世間的な幸福を享受する金髪の妹は、結局、常識的な生き方をするしかない、というスコットの考えがよく表れています。ここを読むエリオットの読者なら、『ミドルマーチ』のドロシーアとシーリア姉妹を、ごく自然に思い起こすでしょう。二人の原型はここにあるとさえ思われます。

この二つの女性の生き方は、『フロス河の水車場』のマギーが言及した、もう一人のダーク・ヒロイン、コリンヌと、その妹、フェア・タイプのルシールを思い出させます。マダム・ド・スタール『コリンヌ』(*Corinne, or Italy*,1807) は、スコットを始め、エリオット、ギャスケル、ブロンテ姉妹など、十九世紀のイギリス小説家の多くに多大な影響を与えた作品と言われています。コリンヌは黒髪・黒目の能動的な女性、他方、母親違いの妹でコリンヌより十二歳年下のルシールは、輝く金髪と青い目の受動的な女性です。コリンヌは、社会と時代が要請する女性の役割を拒否し、ひたすら自分の持つ能力を発揮する生き方を選びます。その結果、今やイタリアで最も著名な女性詩人・劇作家として偶像視されるようになっています。十代までは父とともに故郷のスコットランドに住んでいたのですが、やがて、イギリスの女性は因習的な社会の圧力により窒息させられ、自由に息もできず、その才能も石のように固く (ossified) ならざるを得ないと見てとり、単身、母の母国イタリアに渡り、そこで自分の生き方を貫こうとしたのでした。彼女の前に現れたのは、オズワルド、ロード・ネルヴィル (Oswald, Lord Nelvil) という青年です。彼は敬愛する父の死の痛手を癒すためイタリアを訪れ、ローマで初めてコリンヌと出会い、一目で彼女に激しい恋をしたのでした。一方彼の亡父は、生前、コリンヌの父と友人同士で、オズワルドとコリンヌとの結婚が、オズワルドが知らないうちに父親同士の間で決まりかけていました。しかしオズワルドの父はコリンヌが家庭向きの女性ではないと見てとり、代わってその妹ルシールとの結婚を強く願って亡くなった、という経緯がありました。この小説の始めの三分の二は、コリンヌがオズワルドと二人でイタリア各地を旅行し、その間に彼女の芸術観や人生観が熱く語られるという場面がほとんどで、あたかもイタリア観光案内のようにさえ思われる記述もあります。小説の副題 "or Italy" はここから取られています。しかし実際には、イングランド社会とイタリア社会の違いが、次第に鮮明になっていきます。二人でイタリア各地を回ったオズワルドは、コリンヌに熱烈な愛情を抱いたまま、故郷スコットランドに帰ると、そこでルシールが公園で読書している場面に出くわします (Book 16, Chapter 5)。これが、『フロス河の水車場』第五巻、第四章で、マギーが「金髪の女性が公園に現れたとたん、私は本を閉じた」(308) という場面です。物語はここから急展開し、父の言葉に呪縛されていたオズワルドは、煩悶の末、ついに最終的にルシールを妻に選んだのでした。オズワルドから音信が途絶えたコリンヌはスコットランドを密かに訪れ、そこで彼と妹が結婚した事実を知ります。しかし彼女は自分の存在をオズワルドに知らせることなくイタリアに戻り、そこで苦悩と悲痛のあまり死に至る、というのが結末です。コリンヌの死後、オズワルドは妻とともにイタリアを再訪するのですが、この時、コリンヌへの激しい思いが、再び蘇ってくる場面で小説は終わります。このコリンヌの悲劇の結末がマギーに、「黒髪の女性は不幸だ」と言わせたゆえんです。

以上の小説を読むと、ダークとフェアという外見の違いは、実際には、女性の二つの生き方の違い、一方は自己に忠実に生きる、他方は社会と時代に従って生きる（つまり父の意向に従う）、という違いであることが分かります。こう考えるとき、スコットの小説の結末で未婚のままに終わる、いわゆる「不幸なダーク・ヒロイン」は、決して「不幸」ではなく、新たな生き方に目覚めた「新しい女性」であることが、次第に読者に了解されて行くでしょう。ジョージ・エリオットがスタール夫人とスコットの小説に夢中になったのも、このような女性のあり方に理解と共感を深めたためではないか、と思われます。またスコットの小説の結末におけるダーク・ヒロインは、多くの場合、それまでの経緯と自らの将来について黙したまま多くを語りません。スペインに渡ったレベッカ、修道女となったフローラ、島に取り残されたミンナ、いずれも自分の心の内を閉じたままです。コリンヌも、自分の内面について何も語らずに死を迎えます。このダーク・ヒロインたちの最後の「沈黙」はまた、エリオットが描くほとんどのヒロインたちにも引き継がれているのではないか、と私は思います。ミリー、カタリーナ、ヘティ、マギーは沈黙したまま死に至り、他方、新たな人生を選ぶジャネット、ロモラ、グウェンドリンも、最終場面でその心の内を語ることはありません。『ミドルマーチ』の結末でラディスローと結婚したドロシーアでさえ、かつての「聖テレサの偉業」には、一言も触れません。スコットの小説で、結末における「ダーク・ヒロインの沈黙」が最も顕著に現れるのは『ロブ・ロイ』のダイアナ・ヴァーノンと『ケニルワース』のエイミー・ロブサートという二人のヒロインです。この「ダーク・ヒロインの沈黙」はスコットのみならず、エリオット小説のヒロインについても、今後も興味深い研究テーマとなるのでは、と私見を述べて本発表を閉じさせていただきます。ご清聴、ありがとうございました。

使用テキスト（言及順）

Eliot, George. *The George Eliot Letters*. iii & v. Yale University Press. 1955.

——*The Mill on the Floss* (1861). Oxford World's Classics. 2008.

Scott, Sir Walter. *The Lady of the Lake* (1810). Kenkyusha. 1921.

——*Ivanhoe* (1819). Penguin English Library. 2012.

——*Talisman* (1825). Everyman's Library. 1964.

Thackeray, W. M. “Rebecca and Rowena”. *Christmas Books*. Smith Elder. 1898.

Poe, E. A., “Ligeia” (1838). *Selected Writings of E.A.Poe*. Penguin English Library. 1975.

Cooper, James Fenimore. *The Last of the Mohicans* (1826). Penguin Books.1992.

Scott, Sir Walter. *Old Mortality* (1816). Penguin English Library. 1975.

——*Waverley* (1814). Adam and Charles Black. 1913.

——*The Heart of Midlothian* (1818). Penguin Books. 1994.

——*The Bride of Lammermoor* (181819). Everyman's Library. 1913.

Stael, Madam de. *Corinne, or Italy* (1807). Oxford World's Classics. 2008.

Scott, Sir Walter. *Rob Roy* (1817). Wordsworth Classics. 2012

——*Kenilworth*. (1821). Penguin Classics. 1999.

ターシャス・リドゲイト（ジョージ・エリオット『ミドルマーチ』）
――『英語青年』のアンケート「この人物がいい」に応えて

「性格」（キャラクター）が人の中に刻まれた「文字」（キャラクター）だとすれば、イギリス小説で最も記憶に残るキャラクターを描いたのは、ディケンズであろう。だが「性格」は刻まれたきり変化しないのではなく、「過程」（a process）であり「展開」（an unfolding）であると、ジョージ・エリオットは『ミドルマーチ』第十五章で述べている。それは、この小説の主要人物の一人、青年医師ターシャス・リドゲイトの「性格」を説明する際に使われた言葉である。フランスで最新医学を学び、それを地方都市の発展に結び付けようとするリドゲイトは、この点で、修道会改革を実践した聖テレジアの現代男性版であり、小説ではヒロイン、ドロシーア・ブルックの「性格」と対応する面もある。だが、彼はかつてある女優に恋したことがあったが、その女優が舞台で事故にみせかけて故意の夫殺しを犯したことがわかり、その恋は破局する。やってきたミドルマーチ市で、リドゲイトはドロシーアではなく、「この世のばら」とい名前を持つ、市長の長女ロザモンド・ヴィンシーと結婚する。この結婚が彼の人生の破綻のきっかけとなっていくさまが、小説の一つの読みどころだ。エリオットは、リドゲイトには「凡俗のしみ」（the spots of commonness）がこびりついている、と言うが、高い理想と凡俗が共存する「性格」はまさにエリオットならではの描写である。しかもリドゲイトの性格は、あたかも心臓の筋肉のように「拡張」（expanding）と「縮小」（shrinking）を繰り返す。男性を描くことが女性の場合ほど成功していないとされるこの小説家の真骨頂が、ここにある。

R・L・スティーヴンソンは、メレディスの『エゴイスト』を三度読み、その主人公「ウィロビー・パターンは私だ」と言ったことはよく知られている。メレディスはそれに答えて、「いやウィロビーはすべての男性だ」と言ったという。これにならって私も言ってみよう。「リドゲイトは私であり、同時にすべての男性の姿だ」。

第三部

最終講義　The Modern Malady と十九世紀イギリス文学

最終講義　二〇一四年十二月六日（土）〔十五時半〜十七時〕

The Modern Malady と十九世紀イギリス文学

本日は、私の最終講義のためにお時間をとってくださり、感謝いたします。またこのような機会を設けていただいた、日本大学英文学会の皆様に感謝いたします。最終講義といっても、これが本当の最終というわけではなく、その「本当の最終」はもうしばらくたってからと思われますので、本日の講義はそれへの前置きとしてお聞き願えたらと思います。

さて、私は一九六七年に日本大学大学院に入学しましたが、そのとき、ジョージ・エリオット（一八一九—一八八〇）の専門家であられた恩師古谷専三先生の影響で、十九世紀イギリス小説を読もうと決意しました。しかし対象とした作家は、エリオットではなく、ジョージ・メレディス（一八二八—一九〇九）でした。理由は、メレディスはエリオットと同時代の小説家であると同時に、夏目漱石の好きな作家だったからです。ご承知の通りメレディスの英語は、漱石に言わせれば「寝転んで読むものではない、スタデーすべきもの」（「余の愛読書」明治三十九年）という難解きわまるものですのですから、大学院時代から今日まで、メレディスを読んだといっても、少しかじりついた程度で、いまだに読みぬいたとは到底申せません。何とか全作品に目を通したものの、それは靴の上から痒い足をかくようなもので、今もまだ十分にその本質にたどり着いたとは言えません。やがて一九九七年十一月に日本ジョージ・エリオット協会が設立され、私もそれに加わるようお誘いを受けたところ、どういうわけか二〇〇二年から二〇一三年までの十一年間、エリオット協会の運営を引き受ける羽目となり、それ以後はメレディスよりもエリオットを読む日々となりました。また鮎澤乗光先生に誘われてメリン・ウィリアムズの『女性たちのイギリス小説』という研究書を二〇〇五年に共訳して以来、そこで言及されている十九世紀の小説を少しずつ読んでまいりました。それで本日の講義は、もう一度初心に戻り、メレディス及びジョージ・エリオットの小説のどこに自分は魅かれたのか、それが他の十九世紀文学や二〇世紀文学とどうつながっているのか、などというかなり大雑把なお話をさせていただきます。そのため、個々の作品の詳しい紹介・研究ではなく、私の最も関心のあるテーマだけを取り上げ、鳥が上から見下ろすような、曖昧模糊とした、かつ断片的なお話をさせて頂くことを、あらかじめお断りしておきます。

さて本日の表題は「The Modern Malady と十九世紀イギリス文学」というのですが、そもそも「現代の病、モダン・マラディ」とは何か、というお話しから始めたいと思います。まずは次の Matthew Arnold, "The Scholar Gipsy" という詩からとった一節をごらんください。これは一八五三年の詩集 *Poems* に収められた、よく知られた詩です。

O born in days when wits were fresh and clear,
And life ran gaily as the sparkling Thames;
Before this strange disease of modern life,
With its sickly hurry, its divided aims,
Its heads o'ertaxked, its palsied hearts, was rife —
Fly hence, our contact fear!

＊下線は発表者、以下同じ。

(Matthew Arnold, "The Scholar Gipsy", St.21, ll.1-6)

これは、オックスフォード大学に入学した貧しいジプシー青年の言葉です。「頭が新鮮で明晰な時代、人生がきらめくテムズ川のように華やかに流れていた時代に生まれた」ことを青年が喜んでいるのが、最初の二行です。なぜかというとそれは「現代生活のこの奇妙な病」が蔓延する (rife) 以前の時代のことだったからです。それで四行目以下に、いま、はびこっている「現代生活のこの奇妙な病」の徴候が、四つ挙げられています。まずは its sickly hurry「その病的なあわただしさ」、its divided aims「その分裂した目的」、its heads o'ertaxed「その酷使しすぎの頭脳」、それに its palsied hearts「その麻痺した心臓」という四種の徴候です。時間に追い立てられ、目的を見失い、頭脳ばかり酷使して、心が萎えているというのは、まさに私たち現代人を言い当てているのではないでしょうか。ジプシー青年は「ここから立ち去れ、接触恐怖よ！」と自分に言い聞かせています。人やものを頭で理解するだけで、他者と心で触れ合ったり、ものと直接触れ合う能力を失い、他者との触れ合いを恐怖したりする現代人を、この一節は早くも予言しているかのようです。

次に挙げるのは、A.E.Housman の詩 "A Shropshire Lad"(1887) からの一節です。この詩は、発表当時、多くの青年に愛唱されたことで知られている詩でもあります。

XLI

　　　　　　I see
In many an eye that measure me
The mortal sickness of a mind
Too unhappy to be kind.
Undone with misery, all they can
Is to hate their fellow man;

And till they drop they needs must still
Look at you and wish you ill.　(A.E.Housman, "A Shropshire Lad", St.41, ll.25-32)

これはロンドンにやってきたシュロップシャー州の若者が路上で見た人々の様子です。大意を言いますと、「私は見る、私をじろじろ見ている多くの目の中に、精神の致命的な病を。それはあまりに不幸で人に親切になれない精神だ。悲惨な境遇に打ちひしがれた彼らに出来ることはただ、同胞を憎むことのみ。そして倒れるまで、常に人を見ては人に悪意を抱かずにいられない」

これはWilliam Blake の詩"London"、Samuel Johnson の詩"London"と並んで、ロンドンの陰鬱な雰囲気を伝えていますが、ハウスマンの詩では、都会の不幸な現代人が他人を憎まずにいられない、他人に悪意を抱かずにいられない、という心の病にかかっていることが伝えられています。不幸になるのは、確かに政治や社会に責任があるのでしょうが、それでも自分を世界の中心に置いて、自分の不幸を自分以外のもののせいにするところに、他人を憎む根本動機が潜んでいます。つまり、ハウスマンの言う「心の致命的病」とは、実際は自己中心性が生む病にほかなりません。このことから、「全ての不幸は自己中心から生じる」というバートランド・ラッセル『幸福論』(Bertrand Russell, Conquest of Happiness, 1930) の中の言葉が思い出されます。

次に本日の講義の主題、"the modern malady"という表現が使われたメレディス『エゴイスト』(The Egoist, 1879)「序章」からの一節を見てみます。

…that prolongation of the vasty and the noisy, out of which, as from an undrained fen, steams the malady of sameness, our modern malady. We have the malady, whatever may be the cure or the cause. (George Meredith, *The Egoist*, Prelude,

Oxford World Classics, p.2)

メレディスは十九世紀を「広大で、騒音溢れるものの引き伸ばし」ととらえ、その「淀んだ沼地」から蒸気のように立ち上ってくるのが、「単調さという病」、即ちそれが「われわれの現代の病」だと言います。Sameness とは、どこを見ても誰もみな同じワンパターンな考えをもちワンパターンな生活を送っているという意味で、現代社会の特徴の一つである、画一化のことです。小説『エゴイスト』の主人公の名前は、Willoughby Patterne ですが、そのファミリーネーム「パターン」がこれを暗示しています。メレディスにとってイギリス社会は排水されない沼地のようなもので、その淀みから蒸気のように立ち上がり、あたり一面に蔓延して社会を画一化して行くのが、「現代の病」というわけです。最後の一行は「その治療または原因が何であれ、私たちはその病にかかっている」と言っています。果たしてその「病」とはいかなるものか、そして、その原因は何か、また、それを治療する処方は何か、というのが、本日のお話の中心となります。

そもそも malady という英語は、今では古めかしくなっていて、一般には disease, illness, sickness, infirmity, ailment, trouble, disorder などが使われるでしょう。しかしながらアメリカのフェミニズム批評家、Elaine Showalter は、ご承知のように *The Female Malady* (1985) というタイトルで、極めて興味深い病の様子を書いています。この本は十九世紀小説を研究するものの必読書と思われますが、そこでは、ヴィクトリア朝時代以後、女性に押し付けられる時代のイデオロギーに、女性たちが対応できないときに生じる拒否反応が、「女性の病」だと説明されています。そもそも「女性の病」の原型は、『ハムレット』に登場するオフィーリアの狂気にあるとされますが、ショーウォルターによれば、十九世紀以後、拒食症と過食症 (anorexia and bulimia)（これはワンセットとして捉えられています）、ヒステリー (hysteria)、統合失調症 (neurasthenia) の三種が、代表的な女性の病の徴候となるとのことです。同時に二〇世紀になって「シェルショック(Shell Shock)」という戦争後遺症が、「男性の病」となることをも、同じ本の中でショーウォルターは指摘しております。こちらも、男性に押し付けられる勇気、大胆、英雄的行為、などの理想の型に対応できないときに生じる病いだと、説明されます。Shell Shock は第一次大戦以後、一般化した言葉ですが、ベトナム戦争、湾岸戦争、イラク戦争などの後遺症で、心身を病む元米軍兵士たちのことを聞くと、これは決してひとごとではありません。というのも、これは実際に砲撃を受けなくとも、企業戦士たる男性にいつでも起こりうる病だからです。つまり、「現代の病」とは、まずはストレス、抑圧、即ち押し付けられる圧力に対応できないときに始まる、心身の不調と考えていいでしょう。それゆえ malady という語には、目に見えない原因から、何やら正体不明の病気になる、また狂気をはらむという、不安感がこめられているように、私には感じられます。

ところで私は学生時代から仏教に関心があり、何冊か仏教関係の入門書にも触れてきました。それによると、この世は「苦界」と言って、生きる上で苦しみは避けられない、というのが、仏教の見方です。仏教で言う「苦」とは、「自分の思い通りにならない」という意味ですが、考えてみると人間はこの世に誕生してこの世を去るまで、まずは自分の思い通りになることはめったになく、一生のほとんどが「苦」とともにある、というのが通常ではないでしょうか。「四苦八苦」という日本語は、仏教語から来ていて、まず「生老病死」(しょうろうびょうし)という四つの苦に、人間は生まれた瞬間から付きまとわれています。この四つの苦は人間誰もが避けることはできません。それに加えて次の四つが合わさって「八苦」となります。まずは「愛別離苦」(あいべつりく)。愛する人やものと別れる苦しみです。災害で肉親を失った人、愛する友人や肉親を病気や事故で失った人、財産や地位を失った人などは、この言葉が身に染むことでしょう。次が「怨憎会苦」(おんぞうえく)。自分を怨んだり憎んだりする人と会う苦しみ。次が「求不得苦」(ぐふとくく)で、これは求めても得られない苦しみ。最後が「五陰盛苦」(ごおんじょうく)です。「五陰」または「五蘊」とは、人間の五種の意識感覚作用(色・受・想・行・識)を言います。その「五蘊」から苦は生まれるのですから、感覚や意識があるだけで、人間は生まれながらに苦しむ存在である、ということです。

以上、長々と仏教のお話をしましたが、よく考えてみると文学と言うものは、ほとんどがこの「四苦八苦」に人間がどう対処し、それをどう生き抜いたかをテーマにしていることに、思い当たります。つまり「苦」から逃げずに、「苦」と真正面に向き合う人間が、文学の主人公、とりわけ、ギリシャ時代のホメロスの叙事詩から、ソフォクレス、アイスキュロスなどのギリシャ悲劇、一〇世紀頃の叙事詩『ベーオウルフ』、十六世紀のシェイクスピア悲劇、十七世紀のミルトンの叙事詩『楽園喪失』に至る文学作品の主人公たちを通して、私たちに伝えられている英雄の姿です。ところが十九世紀になると、従来のこのような英雄像が、表舞台から消えていくようになります。**Thomas Carlyle** が *On Hero and Hero-worship* (1841) を書き、アメリカの **Ralph Waldo Emerson** が *Representative Men*(1850) を書いたのは、このような風潮に反発したこともあったと思われます。実際、イタリアの碩学、**Mario Praz** は *The Hero in Eclipse in Victorian Fiction* という本を一九五六年に書き、十九世紀小説における「英雄の衰微」もしくは「衰退」が、ヴィクトリア朝小説の特徴だと見て取りました。**Eclipse** とは日蝕の食のことで、輝きを失うことを言います。プラーツはその始まりをドイツの **Biedermeier** と言われる時代（一八一七〜四八）に置いています。**Biedermeier** とは、「凡俗なブルジョワ」を意味するドイツ語ですが、もともとはドイツの詩人、アドルフ・クスマウル (**Adolf Kussmaul,1822-1902**) とルードヴィッヒ・アイヒロット (**Ludwich Eichrodt,1827-92**) が共同で詩を書いたときのペンネームとのことです。

プラーツは始めに、ロマン主義者たちが徐々にブルジョワに変わる様子を描き、続いて十九世紀を代表する、ディケンズ、サッカレー、トロロープ、ジョージ・エリオットなどの小説に登場する中産階級の人物が、もはやかつての悲劇や叙事詩の主人公のように苦難と真正面から対決することなく、「凡俗なブルジョワ」社会の一員として埋没する様子を明らかにしました。十九世紀初期、ドイツでは **Philistine** という語が、ゲーテによって「無教養な人」

a person deficient in liberal culture; one whose interest is material and commonplace と言う意味で用いられると、一八二八年にその語をカーライルがイギリスに持ち込み、Philistinism という英語を誕生させたことは、よく知られています（OED 参照）。この語をカーライルから学んで早速使ったのが、ジョージ・エリオットでした。そのエッセイ、「ドイツ民族の自然史」"The Natural History of German Life"(1856) の最後の方でエリオットは、ゲーテが偉大なのは「ペリシテ人」の網からドイツ人を解放したからだ、と述べています。そしてこの語をさらに広めたのが、マシュー・アーノルドの『教養と無秩序』(*Culture and Anarchy*, 1869) であったことは、言うまでもありません。アーノルドは貴族階級を Barbarians（しきたりや伝統に極度にこだわる階級）、中産階級を Philistines（物質的価値を重視し、精神的価値をなおざりにする階級）、庶民階級を Populace(時の大勢に流される一般大衆)と名付けました。人々がそれぞれ、"Doing as one likes"「自分の好きなままに振舞う」ところに、「無秩序」が生じるというのが、『教養と無秩序』の大きな主張です。この "Doing as one like" という言い回しは、エリオットやジェイムズの小説でもしばしば散見され、彼らがアーノルドのこの著作をよく意識していたことが、窺われます。そしてこの講義のテーマである「現代の病」とは、主として中産階級のペリシテ人たちが「自分の好きなままに振舞う」ことから生じる病いということになります。それではその病を生むもとは何でしょうか？

叙事詩や悲劇の主人公たちは、人生の最も重要な問題を、真偽、善悪、美醜、正邪などの基準で捉えました。例えば『ハムレット』も『リア王』も『マクベス』も、「この世界の真実とは何か」に主人公が到達するまでの苦闘の劇だとも言えるでしょう。ところが十九世紀になると、小説の主人公たちの、生き方の基準となるのが、「善か悪か」ではなく、「快か不快か」(agreeable or disagreeable) となっていることが目立ってきます。例えば、ヘンリー・ジェイムズの処女作『アメリカ人』(*The American*, 1877) の主人公、クリストファー・ニューマンは次のように紹介されています。

[Christopher Newman] believed that Europe was made for him, and not he for Europe…it was his prime conviction that man's life should be easy, and that he should be able to resolve privilege into a matter of course…He had not only a dislike, but a sort of moral mistrust, of uncomfortable thoughts…(Henry James, *The American*, 1876, Penguin, p. 103)

この小説はアメリカの青年企業家ニューマンが事業に成功し、その金でヨーロッパにやって来るところから始まります。そこであるフランス貴族の美貌の女性と出会い、彼女に夢中になって求婚し、ようやく受け入れられたと思った矢先に、それが失敗に終わる物語です。この引用文で説明されているニューマンの性格は、メレディスやエリオットの何人かの登場人物たちと共通しています。まず「自分が世界のために存在するのではなく、世界が自分のために存在する」という世界観、「人間の生活は安楽であるべきで、与えられた特権は当然であるという考え」が彼が何よりもまず確信していること、さらに「不愉快な考え」に対して嫌悪感を抱くだけでなく、「一種の道徳上の不信」をも感じるというのは、まさしくメレディスの描くエゴイストたち、とりわけウィロビー・パターンと共通しています。ジェイムズの処女作『アメリカ人』は、「アメリカ対ヨーロッパ」という、彼の全作品の基調を最初に奏でた小説ですが、同時に、不愉快（disagreeable）なものを一切避けようとする彼の性格は、この後の『ある女性の肖像』（*The Portrait of a Lady*, 1881）のヒロイン、イザベル・アーチャー（Isabel Archer）を始め、ジェイムズが描く多くの人物に見られる性格です。またこのニューマンの性格は、すでにジョージ・エリオットが『ロモラ』（*Romola*, 1863）で描いたティート・メレマ（Tito Melema）の性格と酷似していることがわかります。ティートはギリシャ人の美青年でロモラの夫ですが、同時に田舎娘テッサを隠し妻として抱えているほか、自分の保身のためにフィレンツェを脱出する費用として、妻ロモラの亡き父が残した貴重な蔵書をフランス人に売り飛ばす不実な夫です。ティートの性格を伝えているのが、次の四つの引用です。

(a) Tito had an unconquerable aversion to anything unpleasant. (Oxford, ch.9, p.105)
(b) What, looked closely, was the end of life, but to extract the utmost sum of pleasure? (ch. 11, p.111)
(c) … the man who presents that most elastic resistance to whatever is unpleasant. (ch.14, p146)
(d) From all relations that was not easy and agreeable, we know that Tito shrank. (ch.48,p.293)

ここに挙げた引用は四つだけですが、他にも全編を通してティートが、快適なものだけをよしとし、不愉快なもの一切から逃げようとする人物であることが、繰り返し伝えられています。(a)では、「ティートはいかなる不愉快なものにも抑えがたい嫌悪感を抱いた」、(b)では「よく見れば、人生の最終目的は最大限の快楽を引き出すこと以外のものではない」、(c)では「不愉快なものには何でも最も融通無碍に反発する男」、(d)では「ティートは、安楽で快適でない全ての関係からしり込みする」とあります。ティートは養父バルダッサーレの信頼を裏切り、父から渡された宝石を自分のために使って、フィレンツェ社会をのし上がろうとする青年で、一般に悪の権化のように言われる人物ですが、その悪行の根底に潜む彼の人生観は、「この世は快適であるべきで、安楽・快楽こそ生きる目的だ」という一言に尽きます。これはギリシャのエピクロスが説いた「快楽主義」のニューヴァージョンとも言えるでしょう。ティートこそ先に述べた「自分の好きなままに振る舞う」人物の代表です。エリオット最後の小説『ダニエル・デロンダ』(*Daniel Deronda*, 1876)のヒロイン、グウェンドリン・ハーレス(Gwendolen Harleth)にも、同じように不快なものを避けようとする本性が見られ、そのために彼女は、ヘンリー・グランドコート(Henleigh Grandcourt)という貴族の夫との結婚に失敗することになります。これは先に述べたジェイムズの『ある女性の肖像』のヒロイン、イザベルの場合と大変よく似た設定で、実際ジェイムズは『ダニエル・デロンダ』から大きな刺激を受けてこの初期の代表作を書いたことがわかっております。

確かに心地よいものを受け入れ、不愉快なものを避けるというのは、人間だれしも備えている固有の本能ですが、ある場合には不愉快な事実に直面する必要もあることは、私たちが日ごろ経験していることではないでしょうか。それに先ほど述べた四苦・八苦こそ、この世の実相ですから、困難なことや不愉快なことからしり込みして、快適で安楽なことばかり求めるという生き方は、実は、人間にはマイナスでもあります。というのも精神がたくましく成長するには、不愉快な経験も必要だからです。また快適さだけを求めていくと、ある場合、それは辛い努力と決断を避けるという、極めて無責任な生き方となってしまいます。この「無責任」こそ、「現代の病」のまずは最も目立つ徴候と言えるでしょう。それをよく描いたのが、ジョージ・メレディスでした。

メレディスの第五作、『サンドラ・ベローニ』(*Sandra Belloni*, 1864) には、ウィルフリッド・ポール (Wilfrid Pole) という青年が登場します。彼は資産家で富裕商人の父の跡取り息子で、三人の姉がいます。この姉たちはいずれも「デリカシー」と呼ばれる社交技術の名手で、昆虫が触覚を出して互いに探るような言葉遣いをするため、最後には何を言っているのか、わからなくなるという女性たちです。なぜそうなるかと言うと、彼女たちは自分に都合のよい面ばかりを眺めて、不都合なこと、不愉快なこと、醜いことには一切蓋をして、この世の表面をきれいごとで飾ろうとするメンタリティの持ち主だからです。メレディスはこのような態度を「センティメンタリズム」と名付けました。次の引用が、「センティメンタリスト」である私たち現代人の姿を説明しています。

> Bear in mind that we are sentimentalists. The eye is our servant, not our master; and so are the senses generally. We are not bound to accept more than we choose from them. Thus we obtain delicacy; and thus, as you will perceive, our civilization, by the aid of the sentimentalists, has achieved an effective varnish. (*Sandra Belloni*, XXIX)

「目は召使いであって、主人ではない」というのは、もの見るときに目が捉えたとおりに見るのでなく、見たいものだけを見て、それ以外は目に見えていても無視する、という意味です。自分たちが選んで見たいものだけを取り入れていくと、そこに「デリカシー」が生じると言います。こうして「センティメンタリストたち」のおかげで「効果的な光沢剤」を手に入れた現代人は、ますます光輝くような文明の恩恵に浴することになります。

そして、その弟ウィルフリッドも姉たちに劣らず、感覚の洗練を第一に考える「センティメンタリスト」です。感覚が心地よくまどろんでいるときこそ、彼には至福の時です。ウィルフリッドは、月下の森で夜な夜な歌を歌っていた謎の女性、エミリア・サンドラ・ベローニと出会い、その魅力に引き付けられています。同時に彼は社交界で出会った二十九歳の独身の貴婦人、レディ・シャーロット・チリングワース (Lady Charlotte Chillingsworth) の美貌と財産にも魅かれています。そして彼はその両者の間で決断がつかず、この未決状態に漂う心地よさに身を任せています。メレディスはこのように決断できない人間を「二重人間」a double man と呼びます。またウィルフリッドの優柔不断なさまを、フォークに刺さって身をくねらせるうなぎにも例えています。エミリア・サンドラ・ベローニはイタリア人の音楽家の父と、イギリス人の母から生まれたのですが、父親譲りの音楽の才能に恵まれ、その歌の力を通して、当時のイタリア統一運動（リソルジメント）に貢献しようと決意しています。しかしウィルフリッドは、このような行動的なエミリアではなく、家庭的で清らかなエミリアを求めるがゆえに、彼女との結婚に踏み切れません。頼まれて酒場で歌っていたエミリアを思い出すとき、その歌や彼女の行動よりも、彼女の髪にしみこんだ煙草の匂いが、彼の記憶を支配してしまいます。とたんにエミリアは目の前から退き、不快な匂いだけが彼の頭にこびりついて離れません（XIII 章）。本質を見ずに瑣末な感覚に左右されるのが、センティメンタリストの特徴です。この感覚をメレディスは、"super-refined sentiment", "surexcited sentiment" と呼びます。このような過度な感覚の働きにも「現代の病」の徴候が見られるでしょう。

ウィルフリッドは『エゴイスト』の主人公、ウィロビー・パターーンの前身です。というのも、典型的なセンティメンタリストは何と言っても、エゴイスト、ウィロビー・パターンだからです。父の死後、准男爵の爵位とパターン屋敷を継いだ彼は、資産に恵まれ、外見はハンサムで、見事に馬を乗りこなし、その足 (leg) の形のかっこよさから、最初はどの女性も彼に心引かれてしまいます。コンスタシャ・ダラム (Constantia Durham) という良家の女性が彼との婚約を承諾したのは、そのためだったのでしょう。ウィロビーを愛するリティシャ・デイル (Laetitia Dale) という、パターン屋敷の使用人の娘は、終始彼に憧れ続けていますが、使用人の娘ごときに目を向けるウィロビーではありません。しかし彼は先のウィルフリッドと同じく、二人の女性の間に挟まる心地よさを満喫しています。彼の得意技は「ナイフ（切断）の技術」the art of the knife です。つまり自分に不都合なことは一切切って捨てるという技術です。そしてその良い例が、婚約者コンスタンシャがある将校と駆け落ちしたときのことでした。当時、婚約破棄は離婚と同じくらい大変な問題でした。しかし彼はこの切断の技術を使って、彼女との婚約などなかった、駆け落ちの事実もなかった、それどころかコンスタンシャなどそもそも最初から存在していなかった、ということにしてしまいます。貧しい親戚キャプテン・パターンが彼を訪ねてきたときも、ウィロビーは不都合なこの親戚を見えない存在だとして手を差し伸べません。常に心地よいものにだけ囲まれようというのが、彼の最大の願いだからです。それゆえ、二十歳のクレアラ・ミドルトン (Clara Middleton) が次の婚約者となったとき、彼はクレアラに、恋愛の森深くにある「奥の院」に、自分たちだけで閉じこもろう、と言います。彼が女性に求めるのは「美、財産、健康」の三種で、クレアラはそれを全て満たす女性ですから、ウィロビーには理想の女性でした。何よりも純白な彼女がコンスタンシャのように世間の汚れに染まらないようにする、というのが彼の強い願いでした。純白はセンティメンタリストの好みの色です。それゆえ彼は、クレアラに生涯一度限りの恋愛を要求して、自分の死後も再婚は禁じる、と言い出す始末です。これを聞いたクレアラは恐ろしくなり、ウィロビーから逃げ出すというのが、この小説の主筋です。このウィロビーこそ、the modern malady の最たる患者であることが、以上の説明からもお分かりかと思います。

「心地よい感覚に憩う「センティメンタリスト」最大の特徴は、これまで述べたことからもわかるように、自分がそれに見合う努力をせずに、一方的に快楽に浸ろうとすることです。メレディスは初期の代表作、『リチャード・フェヴァレルの試練』(*The Ordeal of Richard Feverel*, 1859) の中で「センティメンタリスト」の定義を次のように与えています。

Sentimentalists are they who seek to enjoy without incurring the immense debtorship.(XXIV)

これによると、「センティメンタリストとは、莫大な恩恵を受けながらその負債を負わずに楽しもうとする人々である」と定義されています。何かを享受するには、それに見合う努力をする、またはその負担を負うのが責任ある人間というものです。しかしセンティメンタリストは何かを得るのに、努力なしでそれを手に入れようとする人間たちです。射幸心にあおられて宝くじを買いあさったり、一攫千金を狙って危険な投機やギャンブルに走たりするとき、私たちは立派なセンティメンタリストです。こうして社会が豊かになり、生活がより便利になるにつれて、恵まれすぎた人間は、何事も他人任せのため、ますます安楽なものを求めがちです。文明の利器と呼ばれる数々の便利な道具に慣れると、私たちはもうかつての不便な生活には戻れません。科学技術、とりわけコンピューター技術の発達により、今や生活の隅々が便利となり、昔の人々には考えられないほどの生活の便利さと豊かさを与えられているのが、私たち二十一世紀の現代人です。反面、指先で電子機器を操るだけの現代人は、自分で何かをやり遂げたと言う充実感が希薄となりがちです。また計算機の出現で計算力が衰え、ワープロの普及で漢字力が衰えたことは、私自身自覚するところです。さらには、例えば災害などで電気や水道が使えなくなると、ライフラインが止まったと言って大騒ぎし、また夏冬に冷暖房がないと言って文句を言うのは私たち現代人ではないでしょうか。

ということは、私たちの誰もが「センティメンタリズム」という「現代の病」にかかる可能性がある、ということです。私たちは税金や水道料金、電気代などを払っているのだから、水も電気も使い放題で構わない、という考えが至極当たり前となっています。犯罪からは法律と地域の警察が守ってくれるし、食料は街角の食料品店に行けば簡単に手に入るといったように、文明国に住む現代人はあらゆる方面で恵まれています。しかし、問題はそれに見合う努力もせず、保護されることがごく当然だと、一方的に思い込んでいることです。しかし文明以前に生きた人々は、安全は自分で守り、水も食料も自給自足でした。現代でも、大災害、戦争、政治的弾圧、内戦、民族・宗教戦争などで、国を追われ難民となるとき、人はセンティメンタリストとなる余地はありません。メレディスはそこで、『サンドラ・ベローニ』で、センティメンタリストの発生源を次のように指摘しています。

Sentimentalists are a perfectly natural growth of a fat soil. Wealthy communities most engender them. (1)

すなわち、「センティメンタリストは肥沃な土地からまったく自然に吹き出るもの、富裕な社会が彼らを最も生み出す」のです。社会が豊かになればセンティメンタリストたちが腫瘍のように増殖する、豊かな社会が彼らの温床である、ということです。これは私に、二〇世紀のスペインの哲学者、オルテガ・イ・ガセーが書いた名著『大衆の反逆』(The Revolt of the Masses, 1922) を、思い起こさせます。オルテガは、文明の恩恵を当然とする人間は、やがて自分こそこの世で一番偉い存在だと考えはじめ、いかなる権威も認めなくなると、言っているからです。これが彼の言う「大衆人」the Mass Man です。この大衆人が、メレディスの言うセンティメンタリストと酷似していることは、驚くばかりです。次のオルテガの発言をお聞きください。英訳ではなく、日本語の訳を使います。

「誰かを甘やかすというのは、自分の欲望に何の制限も加えないこと、自分には一切のことが許されており、何の義務も課せられないという印象を与えることである。こうした条件の下で育った人間は、自己自身の限界を経験したことがない。外部からの一切の圧力や他人との衝突の全てから守られてきたために、そうした人間は、ついには自分だけが存在していると思いこむようになり、自分以外の者の存在を考慮しない習慣、特にいかなる人間をも自分に優る者とはみなさない習慣がついてしまう」（オルテガ『大衆の反逆』角川文庫、六一頁）

この発言は、先のウィルフリッド・ポールとウィロビー・パターン、はたまたクリストファー・ニューマンとティート・メレマを実によく説明しております。センティメンタリストが、傲慢なエゴイストにならざるを得ないことが、このことからよくわかります。そして the modern malady の最も顕著な徴候、は、この「傲慢さ」と「自己中心性」です。「慢心せる現代人は自己中心的にならざるを得ない」（A self-conceited modern man is bound to be self-centered.）と考えたのは、二〇世紀の詩人、T.S.Eliot でした。その処女作「プルーフロックの恋歌」"The Love Song of J.Alfred Prufrock"(1917) と、代表作「荒地」*The Waste Land* (1922) にもこの考えがよく表れています。それでは傲慢で非力な現代人は、最後にどのような姿となるでしょうか。それが、エリオットの「うつろな人間」"Hollow Men"(1925) という詩で書かれた、「頭をわらくずで詰め込まれた (Headpiece filled with straw, l.4)」かかしのような人間です。「うつろな人間」はどんなに外面を華美に飾っても、中身は「がらんどう」です。これこそ、the modern malady にかかった現代人の行き着く先の姿ではないでしょうか。このエリオットの詩「うつろな人間」というタイトルは、シェイクスピア『ジュリアス・シーザー』(Shakespeare, *Julius Caesar*) 四幕二場にある hollow men という言葉、ウィリアム・

モリス（William Morris）の "The Hollow Land"、及びラドヤード・キプリング（Rudyard Kipling）の "The Broken Men" という詩から取られたと考えられていますが、同時にこれが、二〇世紀の小説家、ジョセフ・コンラッドの『闇の奥』（*Heart of Darkness*,1899）から発想されたことは、よく知られています。コンラッドもこの小説『闇の奥』と、短編小説「文明の前哨地点」"An Outpost of Progress",1899）で、文明人の本当の姿を抉り出しています。「文明の前哨地点」は、美辞麗句に乗せられ、アフリカ・コンゴの奥地にある象牙貿易の出張所に派遣された二人の無能な白人が、未開の自然に圧倒される話です。それまで二人の生活の世話をしていた出張所の原住民全員が別の部族に連れ去られると、二人のその無能ぶりが暴露され、その結果、自力での食料調達も叶わず、最後はほんの一個の角砂糖をめぐって殺し合いを始めざるをえません。これはメレディスが文明人を a civilized savage と名付けていたことを思い出させます。外側は華やかに飾っていますが、中身は幼児のような野蛮人であるという意味です。

以上をまとめると、十九世紀の「現代の病」は、二〇世紀につながる「文明の病」であり、その深刻度は、インターネット、携帯電話、スマートフォンの時代になってますます高まっていると、言わざるをえません。これらの機器を操る現代人は、実際は自分の力だけでは、何一つできず、全ては他人任せだからです。

それでは最後に、このような the modern malady を治療する処方を、ジョージ・メレディス、ジョージ・エリオット、マシュー・アーノルドは、どのように考えたかを紹介して、本日の話しの結びとさせていただきます。

まずメレディスはこのような慢心した現代人が、その真の姿に気がつくには、それを客観的に眺めて笑い飛ばすことが必要だ、と考えました。それは「自分の糞の山の上で威張ってときの声を上げるオンドリ」（A cock crows on its own dunghill.）も同然です。これを笑うのが、彼の言う「喜劇精神」The Comic Spirit です。メレディスは「現代の病」を霧にたとえています。メレディスは春を呼ぶ「南西の風」が好きでした。この風は霧を吹き飛ばし、自然界の生命を復活させるからです。そして社会全般を覆うこの「現代の病」という霧を、「南西の風」のように吹き飛ばすのは「健全な笑い」、即ち「知的笑い」(intellectual laughter)という風です。これが現代の病を治癒する最善の策だと言います。「笑い」は元来、感情的なものですが、これに「知的」という形容詞をつけたところに、メレディスの独創性が見られるでしょう。笑うことで精神が蘇る、という主張が最もよく聞かれるのが、メレディスの『喜劇論』*An Essay on Comedy* (1877)です。その直後に書かれた小説『エゴイスト』は、『喜劇論』の実践編だと考えられています。

次にジョージ・エリオットは、エゴイズムから脱却するには、何よりも人間の「共感力」が必要と考えて、「共感の拡大」enlargement of sympathyを第一に掲げました。そしてそれには「美的教育」aesthetic education、すなわち文学芸術による教育が一番だと考えました。「共感の拡大」は、先に挙げたエリオットのエッセイ「ドイツ民族の自然史」にある言葉で、エリオットは人にも物にも、心から共感するところに人間らしさが備わる、と考えました。この考えは既に、エリオットが英訳した、ルードヴィッヒ・フォイエルバッハ『キリスト教の本質』(Ludwich Feuerbach, *The Essence of Christianity*, 1841, 英訳は1854)が伝えておりました。さらにエリオットが取り上げたもう一つの処方は、「義務」Dutyということです。「義務」は、カーライルが『衣装哲学』(*Sartor Resartus*, 1833-34)で使った大文字のDutyにより、ヴィクトリア朝時代の大きな徳目となっていましたが、エリオットの場合、カーライルと異なり、Dutyとは人類のための大目標を達成する務めではなく、自分のすぐ身の回りの人たちが生きるのを容易にすることが「義務」であると考えました。"What do we live for, if it is not to make life less difficult to each other?"(*Middlemarch*, ch.72, 1876)というのが『ミドルマーチ』のヒロイン、ドロシーアが最後に到達した結論です。歴史に残らない、日々の小さな善行こそ、この世界がよくなるもとだという考えは、あのトマス・グレイ(Thomas Gray)やウィリアム・ワーズワス(William Wordsworth)と共通しています。エリオットにとって「義務」とは道徳上の用語というより、人間の本能に基づく生理的な用語です。これはエリオットが亡きジョージ・ヘンリー・ルイスの遺稿を書き継ぎ出版した、『生命と精神の諸問題』(*Problems of Life and Mind*)第四巻、第五巻(1878-79)で十分に語られております。

最後にマシュー・アーノルドですが、これまで何度か言及した『教養と無秩序』の中で、またエッセイ「文学と科学」の中で、アーノルドは十九世紀の人々に「教養」Culture の意義を繰り返し説きました。アーノルドによれば「教養」とは、the study of perfection のことで、それは「甘美と光明」Sweetness and Light という特徴を持ちあわせます（前者が感性の成熟、後者が知性の成熟を指します）。そして「教養」の本質は、「成長すること（a growing）」、常に「何かに成ること（a becoming）」であって、「何かを所有すること（a having）」、「一箇所にとどまること（a resting）」ではありません。そのためには、「この世で知られ考えられた最も優れたものを知ること」to know the best that has been known and thought をやめてはならない、というのが彼の主張です。アーノルドにとって「批評」とは、目前の作品を最も優れた作品と比べることとです。最も優れていると彼が考える作家は、シェイクスピアです。しかしアーノルドのこの考えは、今では古臭いものとして、一蹴されがちです。とりわけ、一九八〇年代以後の、ポストモダニズムの流行により、アーノルドのような批評家たちは「リベラル・ヒューマニスト」と名付けられ、一時代前の批評家として一括りにされております。というのも、ポストモダニズムによれば、「優れたもの」とは、その時代と社会のイデオロギーが作り出したもので、優劣をつける行為そのものが人為的作用の結果だというのです。そのため、従来「キャノン」Canon と呼ばれてきた古典の大作品も、それ以外の群小作品と同列に置かれて、それまでの特権的な地位を失う、というのがポストモダニズムの大方の見方です。しかしこれは私には、先に述べた病の徴候、即ち「自分を何様だと思い、自分よりほかに優れたものを認めまい」とする「現代の病」の表れの一つではないか、とも思われます。このような時代だからこそ、再度、アーノルドに倣って、真に優れた人間、生き方、思想、芸術、文学、科学とは何かということを、改めて根本から問い直すべきではないか、というのが私の考えです。それゆえ、大学では、このように「優れたものと出会う」ということが、これからも私たちの最重要課題となるのではないでしょうか。というのも、大学こそ「現代の病」を治療する最もよい療養所となりうる、と私は考えるからです。大学の本質は学歴を身につけることだけではありません。言い換えると、大学は「知識をたくさん仕入れ、資格を得て、よりよいところに職を得る場所」というばかりではありません。十九世紀オックスフォード運動のリーダー、ジョン・ヘンリー・ニューマンの書いた『大学の理念』(*The Idea of a University*, 1852)によれば、大学とは紳士・淑女を育てる場所です。そしてニューマンによれば、紳士・淑女とは、「他の人に苦痛を与えない人」を言います。私もこの意見に賛成です。しかし同時に、大学とは「自分の無知に気がつく場所である」、また「大学とは自分の未熟を自覚する場所である」とも私は思います。人が自分の無知と未熟に目覚めるとき、そこに「現代の病」から立ち直る、最もよいきっかけが与えられます。そのとき人は己を知り、他者に共感し、かつ、この世で最も優れたものを探求し続けようという意欲が湧き出てくるからです。それゆえ大学は、この意味でこれからもますます重要な場所となる、という提言をもって本日の、私の最終講義の結論とさせていただきます。長時間ご清聴ありがとうございました。

付記。この講義は『内田能嗣教授喜寿記念論文集』(大阪教育図書、二〇一六)に、冒頭部を大幅に書き直し、文体を改めて掲載した。ここに採録したのが最終講義で私が読んだ原稿である。

第四部

書評と推薦の言葉

荻野昌利著『歴史を〈読む〉——ヴィクトリア朝の思想と文化』（英宝社、二〇〇五）

昨年『視線の歴史—〈窓〉と西洋文明』（世界思潮社）で、古代インド・古代ギリシャから、九・一一の世界貿易センター破壊に至る〈窓〉の意味を解き明かし、その幅広い読書と鋭い洞察で私たちを驚かせた著者が、その後、間髪入れずに出されたのが本書である。この本は著者によれば、四十年にわたる教員生活で担当された「イギリス文学史」や「英文学特殊講義」などで使用した資料や、過去に発表した記事・論文などをもとに「一気呵成に書き上げた」（あとがき）とのことである。全十二講の最初に著者が勤務された大学での最終講義、「歴史に学ぶ—ヴィクトリア朝イギリスと現代日本」が「ほぼ忠実に」採録されているように、この本全体は教壇から実際に行う講義の口調で語られているため、読者も初めはその巧みな語りに乗せられて、「一気呵成に」この本を読み通してしまうだろう。しかし、再読、三読してみると、この本の持つ意味深さは決して前著に劣らない、それどころか著者が英語教員としての全存在をかけた、なみなみならぬ決意を込めて書かれていることに気が付くはずである。同時に著者の専門であるこれまでの「ヴィクトリア朝研究」の集大成のような様相をも呈してくる。

しかしこの本は決して単なるヴィクトリア朝入門や概説と言った類の本ではない。なるほど、ここに取り上げられている主要作家、カーライル、ミル、ディケンズ、ニューマン、M．アーノルド、G・エリオット、ダーウィン、ラスキンなどと並べてみると、一見、ヴィクトリア朝の代表的作家一覧のようにも見える。しかし、果たしてこれらの十九世紀思想家の主要作を、実際に読み通した人が何人いるだろうか。私自身、断片的には目に触れたことがあるものの、例えばニューマン『大学の理念』やラスキン『ヴェニスの石』などの大著を完全に読み通したかと言えば、もちろん答えは「否」である。ところが著者は、簡便なヴィクトリア朝案内や、近年のいわゆる「新理論」などには一切頼らず、自分の目で第一次資料を読みぬき、考えている。その引用箇所は、例えばペイターの「モナリザ」論のようなよく知られたものもあるが、ほとんどが著者独自の視点からの引用で、しかも日本語訳は著者のものである。前著と同じく、まずこのことに驚きを禁じ得ない。

この本の主タイトル『歴史を〈読む〉』の「歴史」と「読む」の二語が、まずはこの本の鍵語である。「(現代社会の)人々は精神的に枯渇し形骸化し、生命力を失った状態に陥っている。自分たちの利害損得の計算に明け暮れて、調和も統一もない単なる物理集団となっている」(67)という、カーライル『衣服の哲学』からの引用文が、そっくり現代の日本社会に当てはまるように、著者の視点は終始、現代の日本人が、ヴィクトリア朝時代に「社会」と「個人」の間で苦闘した思想家たちの「歴史」から、何を「読み取る」か、という問題意識で一貫している。その裏には「教養」や「人文学」が衰退した、現代の大学のあり方に対する著者の危機意識が存在している。たとえばニューマンからアーノルドへの部分を読むだけでも私たちは改めて、「土地の霊」にその存在意義を持つ大学のあり方を見直さざるを得ない。とりわけ近年、市場原理が大学に取り入れられ、「役に立つ」科目だけが「情報」、「国際」、「コミュニケーション」などの名前で生き残り、著者が担当したような科目は、今や多くの大学で役に立たない古くさい科目として切り捨てられているのが現状である。第一、今では英文学科の専門科目においてでさえ、ここで取り上げられたような作家を実際に読む機会はほとんどないだろう。その意味で本書は、ヴィクトリア朝思想家から力を得続けてきた著者による、現代日本への批判の書として大きな意味を持つ。それは「消化できない知識を学生の記憶に詰め込んだり」、「無意味な課題をふんだんに与えて学生の精神を混乱させ弱化」させたり、「雄弁な講師の講義に出席」したり、「学会の会員」になることを「精神の浪費と呼ばず進歩と呼ぶ」過ちである、というニューマンの引用(154)を読むだけで十分伝わってくる。それはヴィクトリア朝と同じく「マモニズム」(金銭第一主義)と「ディレッタンティズム」(素人根性)に支配された現代日本への批判に他ならない。

取り上げられた作家・思想家、及びその登場順は、すべて著者の周到な計画によるものである。ただ「有名であるという理由でヴィクトリア朝の代表作家をオン・パレードで語るつもりは毛頭ありません。……現代を考察するための一助となるような作家をピック・アップして語っているのです」(191) という著者の言葉がそれを語っている。この本からヴィクトリア朝の代表作の解説を期待してかかると、それはこの本の主旨を取り違えることになる。

私としては、著者が言及したこの時代の特徴である「斉一説」の重要性や、不十分にしか言及していないH・スペンサーやG・H・ルイスなどについて、もう少し詳しく述べてほしいと思った箇所もあるが、著者自身、この本で語り残したことが多くあると述べているように、ぜひ、この本の姉妹編を書いて欲しいと願う。

(研究社『英語青年』二〇〇五年九月号)

Bernard J. Paris, *Rereading George Eliot, Changing Responses to Her Experiments in Life*
(Albany: State University of New York Press, 2003, xiii+220pp.)

F. R. Leavis, *The Great Tradition*(1948) や Joan Bennett, *George Eliot, Her Mind and Art*(1948) などを契機として、George Eliot の小説の本格的な再評価が始まった一九五〇年代から六〇年代にかけて、現在なお標準的な研究書として読まれている多くの研究書が出版された。たとえば、Barbara Hardy, *The Novels of George Eliot*(1959)、Jerome Thale, *The Novels of George Eliot* (1959), Reva Stump, *Movement and Vision in George Eliot's Novels*(1959), W. J. Harvey, *The Art of George Eliot*(1962) などである。その中でも、Bernard J. Paris. *Experriments in Life, George Eliot's Quest for Values* (Michigan: Wayne State UP, 1965) は、その後の Eliot 小説の読み方に一つの道標をもたらしたものとして、多くの研究者に言及されてきた。Paris は Eliot が書簡の中で "My writing is simply a set of experiments in life."(Jan.25, 1876) と述べている事実を受けて、その「人生の実験」とは何であったかを考えようとした。これがこの本の出発点であった。

まずこの *Experiments in Life* の第一章から第六章で Paris は、Marian Evans の精神形成に直接的な影響を与えた Charles Bray, Charles Hennell, David Friedrich Strauss, Ludwig Feuerbach, Auguste Comte などの著作を読み直し、かつ Mill, Spencer, Lewes などに代表される十九世紀一般の知的風土の中で、小説家 "George Eliot" がいかに誕生したかを跡づけている。すでに Basil Willey が、*Nineteenth-Century Studies: Coleridge to Matthew Arnold*(1949) の第八章 "George Eliot: Hennell, Strauss, and Feuerbach" で、旧来のキリスト教道徳を超克して新たな人間中心の倫理を見出していく Eliot の基本的精神を探索したが、Paris はさらに多くの引用文を駆使してこれを詳述している。それゆえ今なおこの部分は Eliot 研究の初心者には大変有益である。だがこの研究書の最大の特徴は何と言ってもその後半部、第七章から第十二章にある。ここで Paris は Eliot の「実験」の様子を具体的に述べていく。Paris によれば、Eliot は

Feuerbach や Comte のいわゆる「人間の宗教」に共感しそれを根幹に置いて、その小説の中で主人公が三段階の精神的発達を経験していく様を観察していると言う。第一段階は主人公が周囲の世界を自己中心的にしか見ることができないエゴイストとしての段階、第ニ段階はそのエゴイストが世界から疎外され絶望と孤立に陥る段階、そして第三段階は苦悩と孤絶を経験した主人公がそこから脱却し、周囲の人々と結んだ新たな相互関係を通して最終的に人間相互の同胞意識に目覚める成熟の段階である。それは知的にも道徳的にも成長した主人公が、狭い主観的世界を抜け出して、客観的な広い世界観と同胞への共感を獲得する新たな出発点に立つまでの物語となる。Paris はこの "the Three Stages of Moral Development" を経て成長する代表的な主人公として、Adam Bede, Maggie Tulliver, Romola, Dorothea Brooke, Gwendolen Harleth, Daniel Deronda などを取り上げ、それぞれの段階を詳しく眺めていく。それゆえ読者は、Eliot の小説が初期から後期に至るまで一貫して、確かに主人公のこのような三段階の精神的成長の物語であることを納得させられてしまう。この読み方は「進歩の観念」(the idea of progress) が浸透していた時代精神とも合致し、さらに「教養小説《セルドゥングスロマン》」という名で知られるゲーテ的な「人格形成」物語の構造ともよく響きあう。

こうした主人公の精神的成長を軸とした読み方はその後さらに拡大されて、たとえば John Halperin, *Egoism and Self-Discovery*(New York: Burt Franklin,1974) では、それは Eliot のみならず、Thackeray, Dickens, Meredith, Hardy, James など、他の多くのヴィクトリア朝小説家の作品にも共通していると考えられている。Halperin はこの本の中で、"I have been particularly influenced by Mr. Paris's discussion of the stages of moral development George Eliot's protagonists usually traverse."(286) と告白している。こうして Paris の博士論文としても受理されたこの本は、いわゆる新理論が出回り始めた八〇年代以後もなお、基本的な Eliot 研究の一冊として一般に認められてきた。実際、それぞれの主人公が「エゴイズム」から「他者のために生きる (living for others)」生き方へと変化する、即ち "the vision and sympathy necessary for the highest human fellowship"(147) を獲得するまでを述べていく Paris の筆致は、現在読み直しでもなお熱意と迫力が感じられて、一読してそれに異論を唱える気にはなれない。ところがこの本の出版から三十七年後に書かれた『ジョージエリオットを読み直す』、もしくは『ジョージエリオット再読』と日本語に訳されるこの *Rereading George Eliot* で Paris は、自分が展開したこのような読み方を自ら否定したのである。一体この間に何が起こったのか？

確かに同じ物語が一定の時間の経過後、それまでとは別の相貌を見せることは多々ある。Eliot 自身、*Adam Bede* の第五十四章で、"no story is the same to us after a lapse of time, or rather we who read it are no longer the same interpreter." と書いている。それにしても "Preface" と "No Longer the Same Interpreter" と題した第一章を読んでいくと、Paris に起こった批評の目 (critical perspective) の根本的変化が赤棟々に語られていることに驚く。まず、*Experiments in Life* を書き終えた時、Paris はこれにより博士号は得たものの、それまでの「人間の宗教」への関心が、不思議なことにまったく無くなってしまったと言う。Eliot が Feuerbach からこの概念を得て自分の思想、の中心に置いたことに間違いはない。また「テーマ批評 (thematic criticism)」と「観念史 (history of ideas)」全盛の時代に、このような「テーマ」に光を当てることにはそれなりの妥当性もある。しかし、実際に Eliot の小説を読むとき、小説内外の Eliot 自身によるこのテーマの解説 (the author's commentary) にのみ心を奪われて、小説内でそれぞれの人物がそれぞれの場面で実際にどう描かれているか (mimetic portraits of characters) に十分注意を払うことを忘れがちとなる。つまりあらかじめ設定された「テーマ」が小説全体を覆ってしまい、小説の各場面の意味、また人物描写の実際の成果を少しも読みとっていない。Paris は *Experiments in Life* を書きつつ既にこのことにうすうす気づいていたが、その後 Karen Horney の心理分析の著作に触れ、根本から小説の読み方が変わり始めたという。彼の関心が心理学と精神分析学に移行すると同時に、同僚であった Norman Holland の読者反応批評 (reader- response criticism) などからも影響を受け、以後、彼は Eliot の他に Shakespeare, Austen, Dostoevsky, Conrad などにも研究分野を広げて行った。しかし Paris

の中には Eliot の小説、とりわけ *Middlemarch* へのこだわりが存在し続け、三十年間ほぼ毎年この小説を勤務先の大学用テキストとして使い続けてきたという。そして読み直すごとに Eliot の小説家としての真の「偉大さ」がわかり始めた――ただしその「偉大さ」の理由は以前とはまったく異なる、というのが Paris のこの「再読」の出発点である。

Paris によれば、Eliot 小説の最大の問題点は "the disparity between rhetoric and mimesis"(139, 177) にある。「レトリック」とは小説内（また時に書簡やエッセイなど）の作者による直接的な解説の言葉であり、「ミメーシス」とはこれに対して実際に達成された人物描写である。その「解説」で語り手（作者）が述べることと、実際の「人物描写」がどうもかみ合わない。たとえばレトリックは小説の結末で「人間の宗教」の源泉である「他者への共感」を高らかに宣言する。それは同時に「利己心を断念すること」であるが、果たして実際の人物描写はそれに適合しているか。Dorothea は *Middlemarch* の結末で、本当にそれまでの "glory" と "grand life" への渇望をあきらめて、無名のまま埋もれることに満足しているのか。実際の描写はどうなのか。そもそも現実の人間は、そんなに簡単に自己を抑えて他者のためにのみ生きられるのだろうか。また Dorothea が「貧しい人々のために生きようとする」事自体、そこには未だに庶民を「上から見下す」優越した姿勢が無意識のうちに込められていないだろうか。また、従来 Daniel Deronda は Gwendolen に対して「精神治療者」としての立場に立つとする解釈が多かった。しかし、果たして実際の描写において本当に二人の関係は "therapeutic relationship" だと言えるのか。Deronda 自身、その出自をめぐる精神的な問題を抱えており、決して一面的な mentor としての役割のみを担わされてはいない。リアリズム小説家を自認する Eliot はこれらの点をどう描いたのか。Eliot は意識的には「人間の宗教」を標傍するものの、無意識的にはこのようなもっと複雑な生きた反応をする人間を結果的に描いているのではないか、というのが Paris の新しい読み方である。つまり、どの主要人物も、そうすんなりとは「人間の宗教」への帰依とはならないのである。Paris は「レトリック」と「ミメーシス」のこのような懸隔に目を向け、いわゆる「行間を読む」ことを通して、以下、*Middlemarch* と *Daniel Deronda* をとりあげ、主要人物の各描写の読み直しを始める。その結果、従来の批評ではすり抜けていたさまざまな場面に改めて光が当たり、Eliot の描く人間が、これまで考えられた以上に複雑で精妙であることがわかってくるであろう。Eliot が小説家として真に偉大なのはこの点にこそある。"To date, no one has analyzed Dorothea Brooke, Tertius Lydgage, Mary Garth, Fred Vincey, Gwendolen Harleth, or Daniel Deronda, as closely as I do; and no one has critiqued the rhetoric surrounding these characters in the same way."(Preface, xii) というのが、Paris の自信に満ちた宣言である。

以下、この本の第二章からは *Middlemarch* 論が始まり、Dorothea, Lydgate, Mary Garth, の三人の実情がそれぞれの人間関係を中心に読み直されていく。また、第五章からは *Daniel Deronda* 論で、もっぱら Gwendolen と Deronda, また両者の相互関係に焦点が絞られる。ここでの Deronda 論は、観念的人物だとして従来あまり高い評価を与えられてこなかったこの人物が、そのミメーシスに注意して読めば、実際には極めて複雑な精神構造の持ち主として描かれていることを明らかにしている。このように、Paris はもっぱらテキストの各場面の精読という方法のみを過して(つまり新理論などに頼ることなく)、それぞれの人物がこれまで考えられていた以上に多面的な生きた人間として描かれていることを実証しようとしていく。つまりは、従来の「人間の宗教」と「共感の拡大」一辺倒だけでは説明がつかない、現実の人間心理のありかたが、Eliot の人物摘写と具体的な場面を通して俎上にのせられていくのである。そしてこの部分に、Eliot の天才を読みとろうとした Paris のこの研究のもっとも豊かな成果が見られるのだが、残念ながらここではそれぞれの場面について具体的な言及をする余裕がない。

最後に私自身の若干の感想を述べておきたい。まず、Paris の前著 *Experiemnts in Life* とこの *Rereading* を続けて読むことで、私たちは Eliot の表と裏を一度に眺めることができるように思える。同時に私たちも、Paris のように自分の過去を否定し、それまで当然視されてきた前提を "revise" し続ける重要性を教えられもする。とはいえ、否定すべき「過去」がなければ「改訂」もまた不可能であるのだから、まずは過去の見方（ここでは「人間の宗教」）に十分立つ必要がある。しかし小説を読む際にあらかじめ、ある解釈の網を投げかけることは、実際の小説の豊かさから目をそらすことにもなりかねないことをもまた、この本は教えてくれる。小説の生命は具体的な各場面に込められた意味にこそあるのだから、まず私たちは小説の各場面の描写に注意して作者の繰り出す「レトリック」にのみ目眩まされてはならない（ここに「読者反応批評」の入り込む余地がある）。さらに Paris の方法は、「性格研究（character studies）」の名の下に一蹴されがちな旧来の研究方法が、案外、新しい側面を持っていることを伝えている。「精読（close reading）」によって、それまで読み飛ばされがちな人間心理が掘り起こされてくるのである。Forster などが言うように、やはり小説の根本は "character" にある。そこでこの "character" が、いかに「生きた人間（man alive）」（D. H. Lawrence, "Why the Novel Matters"）として提示されているか、小説の価値はここにあることを改めて思い起こされる。これは数々の新理論が出揃った九十年代以後、それらを踏まえた上で、もう一度「精読」という小説研究の大道に帰ろうとしている近年の一般的な研究傾向とも合致しているのではないだろうか。ただこの方法ではいつかまた、限界に達しそうであるとも思われるが（現に Paris 以上に各主要人物を精読することは困難だと感じられる）、研究者が変わり、時代が変われば新しい精読方法もまた生まれることは確かである。ただし、同時に過去の研究の価値も再発見できる。たとえば、Eliot の描く各主要人物は、要するにいずれも "hero" になりたくともそれが不可能になった「現代」を先取りしていて、この点で Paris のこの本を読みつつ、Mario Praz, *The Hero in Victorian Fiction* (1956) を何度か思い起こしたことも最後に付記しておきたい。（日本ジョージ・エリオット協会『ジョージ・エリオット研究』第七号、二〇〇五年十一月）

Masayuki Teranishi, *Polyphony in Fiction: A Stylistic Analysis of Middlemarch, Nostromo, and Herzorg* (Oxford: Peter Lang, 2008) pp.1-328

「全知の語り手」と言えば、例えばトルストイ『戦争と平和』やジョージ・エリオット『ミドルマーチ』の語り手を思い浮かべるだろう。「全知の語り手」は、小説中の過去・現在・未来を把握し、あらゆる場所に入り込み、あらゆる人物の外面内面にも通じた、いわば神のごとき絶対的権威を持つ存在だと考えられているからだ。しかし「語り手」と「著者」を同一視する素朴な小説観が否定されるとともに、古くはヘンリー・ジェイムズの小説をもとに「視点」を論じたパーシー・ラボック『小説の技法』(Percy Lubbock, *The Craft of Fiction*, 1921)や、ウェイン・ブース『小説の修辞学』(Wayne Booth, *Rhetoric of Fiction*, 1961)、また批評理論が流行した近年ではディヴィッド・ロッジ『小説の技法』(David Lodge, *The Art of Fiction*, 1992)など、多くの小説論で語りの構造が次々と明かされていく。その結果、かつて全面的な「権威(authority)」を持つとされた、作品の背後にいるはずの「著者(author)」の存在に疑問が呈され、「語り手」も今では「信頼できない語り手」と言われるようになる。しかもその語り手自身、作中人物の一人に過ぎなかったことが判明する。当然、小説の読み方も変わり始める。

そのような「語り手」観の変化の背後にはまた、ミハイル・バフチンの言う「ポリフォニー」の概念が大きな役割を果たしたことに異論はないであろう。英米ではロシア・フォルマリズムの再認識が一九七〇年頃から始まっていた。中でもミハイル・バフチンが『ドストエフスキーの詩学』(Mikhail Bakhtin, *Problems of Dostoevsky's Poetics*,1973)で展開した「ポリフォニー」という概念が、小説言語の特徴を最も的確に言い当てているとして、以後、いわゆる「バフチン理論」を使った小説論が目立ち始める。先にあげたロッジの *After Bakhtin* (Routledge,1990)が、その一例である。

元来「ポリフォニー」とは、「多声」を意味する音楽用語であるが、バフチンはこれを小説中に響く複数の声に当てはめる。それらの声は対等な存在を許され、互いにぶつかりあうところに「対話的想像力」が働き、そこに様々な旋律がかもし出される。一元的世界観を語るモノロジックな叙事詩と異なり、このような多次元的世界観が衝突・交差しあうポリフォニックな効果こそ、小説特有の領域である、というのがバフチンの主張である。その結果小説は、支配的な声によって断定的に一つの結論を示すのではなく、読者の受容に従って幾様にも開かれた、幾様にも解釈可能な文学形式、いやそれどころか、最終的な解釈など不可能な文学形式だとさえ見なされるようになった。確かにバフチン以後、私たちの小説を読む目は一変した。

寺西雅之氏の近著、*Polyphony in Fiction: A Stylistic Analysis of Middlemarch, Nostoromo, and Herzog* は、すでに文体論研究で世に知られている氏が、上で述べたようなバフチンの「ポリフォニー」論を根底に据え、ジョージ・エリオット、ジョゼフ・コンラッド、ソール・ベローの代表的な三作に、綿密な文体論的アプローチをほどこしたものである。「序章」によると、これはリーズ大学に提出した同氏の博士論文に再度手を加えて、一般向けにまとめ直したものである。この本の全体的なねらいは、文体論 (stylistics) と物語論 (narratology) の方法を文学批評に応用することで作品のより深い理解を目指し、あわせてその手法を教室などでも役立てたい、というところにある。何より、語り手の「語り」の構造とともに、登場人物の「性格」を、文体分析を通して考えることで、文学研究と語学研究の融和をも図ろうとするのが寺西氏の真意である。そのために寺西氏は、既成の文体論用語のみならず、氏独自が作り出した用語をも駆使して、三作を細かく点検していく。本書評では氏の展開する文体分析の「枠組み (framework)」の一端を眺め、あわせてこの本の意義について考えてみたい。

まず寺西氏はなぜ、この三作を選んだのかという説明から始める。氏によれば、「真実 (truth)」もしくは「実在 (reality)」を言葉で表現できるという前提で小説が書かれた時代が「プレ・モダニズム」である。主として十九世紀リアリズム小説、Colin MacCabe の言う“classic realist text”と呼ばれるタイプの小説がそれにあたり、『ミドルマーチ』がその代表として選ばれる。『ミドルマーチ』の「全知の語り手」は、従来は絶対的権威を持って、時に作中に侵入して物語を主導する語り手ともみなされていたが、本書後半での寺西氏の分析によれば、その「語り」には、「アイロニー」を始め種々の要素が含まれ、全面的に信頼できる語り手とは言えないことが暴露される。そこにプレ・モダニズム時代の「ポリフォニー」が生じている、というのが氏の主張である。とはいえ、エリオットが言葉を信頼して、それにより現実を再現しようとしていたことは確かであった。

ところが一九〇〇年から一九三〇年代にかけて、「真実」に対する見方が覆される。プレ・モダニズムで当然視された「真実」とは、実は特定の時代と社会が作り出すイデオロギーの産物にすぎず、そこに確固とした普遍的な現実が描き出されていると思うのは錯覚である、という見方である。小説家が出来るのは、ただ登場人物の内部の「主観的真実」を描くことである。そこに「意識の流れ」のような手法が生じる。小説家は統一した世界観を表現するというよりも、互いに脈絡なく関連しあう個別の状況を再現するしかない。それを表現しようとするのが、「断片化 (fragmentation)」「寄せ集め (pastiche)」、「戯画化 (caricature)」、「張り合わせ (collage)」などの技法である。これが「モダニズム」の時代で、その代表として『ノストローモ』が選ばれる。主人公ノストローモの「性格」は、彼と接触する人ごとに異なって語られ、常に揺らいでいて一定しない。

さらに二〇世紀後半には、そもそものような「真実」の存在自体が否定され、「主体」概念そのものも不確かとなる。「モダニズム」の時代にはまだ、言葉は現実を再現できるというかすかな希望があったが、この時代にはそれさえ失われ、あるものはただ記号表現のたわむれのみである。これが「ポスト・モダニズム」の時代で、『ハーツォーグ』がその代表とされる。この作品では、登場人物の声が語り手の声を凌駕していると、寺西氏は言う。寺西氏は本書の後半で、以上三作の「語り」とその「声」の綿密な文体分析により、いずれの語り手も三者三様の「信頼できない語り手」であることを、最終的につきとめる。そしてそこから、三つの時代に特有の「ポリフォニー」が生じていると、結論するのがこの本の概要である。

もちろん、この三作以外にも多くの小説がここにあてはまるだろうが、寺西氏はディケンズ、ウルフ、ロレンスなど他の作家にも言及しつつも、上に挙げた三作を集中的に分析することで、ともすれば断片的な考察のまま終わりがちな文体論を、奥深く厚みある小説論にしている。この本の読者は氏の行う文体分析を手本に、それを他の作家の小説、例えばディケンズ、ウルフ、ジョイス、フォークナーなどの作品にもあてはめてみたいという誘惑にかられるだろう。

詳しい分析に入る前に、寺西氏はまずこの三作についてこれまでの代表的な批評を紹介したあと、文体分析の枠組みとして、「ポリフォニーとフォーカリゼイション（焦点化）の関係」を詳説することから、持論を展開し始める。従来、小説の語りは「視点 (point of view)」「観察者 (viewer)」などの用語で考えられることが一般的であった。だが寺西氏はこの言葉の代わりに、「焦点化するもの (focalizer)」と、「焦点化されるもの」(focalized) という用語を用いる。また 'a point of view' という用語より、好んで 'perspective'（視野）という語を使っているが、こちらのほうが、時間的空間的広がりが感じられるからであろう。

では、「焦点化」とはどういうことか。氏の説明に従うと、例えば(1) Paul looked into the hall. (2) Nobody was there. という場合、(1)でポールの行動に焦点をあわせるのは「語り手」、焦点をあわされる対象は「ポール」である。だが(2)で「そのホールにだれもいない」ことがわかるのはポールであるから、焦点化するのは「ポール」、されるのは「ホール」ということになる。(1)と(2)では、焦点化する主体が異なるが、それが説明なく並列されている。それに気がつくのは、読者の役割ということになる。また、'Tom said to himself, 'Jim is such a selfish person.' では、最初、焦点化しているのは語り手、焦点化されているのはトムだが、「ジムは利己的だ」と「評価する」（＝焦点化する）

のはトム、されるのはジムである。つまり、この例では一行の中で焦点化の移動がある。さらにウルフの『ダロウェイ夫人』からの一行、'How strange it was!' では、過去形が語り手の支配を示しているが、感嘆符からわかるように、実際にはこれはクラリッサ・ダロウェイの心情表現であるから、焦点化している主体はクラリッサである。小説の「ポリフォニー」を聞き取るには、このように、絶え間なく文中で生じている「焦点化」を意識して読み進めることが第一条件となる。

また小説にはジェイムズの言う「語る（telling）」部分と「描く（showing）」部分、あるいは近年の用語では、"diegesis"（物語）と"mimesis"（描写）の二つの要素があることはすでに常識化しているが、そのいずれにおいても「焦点化」が行われていることを、寺西氏が教えてくれる。読者はそこで、いったい「誰が（何が）」語り、焦点化し、または「誰が（何が）」語られ、焦点化されているかを、常に意識しながら小説を読み進めてみるとよいだろう。一見して作者の「説明」、あるいは事態の客観的な「描写」と見えたものが、「焦点化」という概念をあてはめていくと、そこに種々様々な他の声がこめられていることがわかるからだ。即ち、登場人物が発する声に加え、物語の語り手の声にも、実は他の作中人物の声、世間の人々の声、社会通念やイデオロギーの声などが溶け合っていることが、寺西氏の分析を通して明らかになってくる。とくに would, should などの法助動詞の使用などが、主体の意識を告げる言語標識となることがあるから、このような細部にも目を行き届かせる必要がある。寺西氏によれば、読者がそれを見定めるには、文体論の知識に加え、テキスト内外の「文脈」をよく見極めることが不可欠である（ここで言う「テキスト外の文脈」とは、社会思想、時代背景、作者の伝記など、作品を取り巻く環境を意味する）。読者による積極的な作品解釈とは、まずはそのような「文脈」によって焦点化を考える作業から始まると言えよう。

語り手が作中人物の心情や言葉を提示するのに、「直接話法（Direct Speech）」（DS）を使わずに伝える語り方は、従来「描出話法（represented speech）」と呼ばれてきた。語り手と登場人物の融合といってよいこの方法は、今では

「自由間接話法 (Free Indirect Speech)」(FIS) と呼ばれることが多く、バフチン以後、「ポリフォニー」を生む大きな要素として注目されてきた。寺西氏はこれを「自由間接ディスコース」(FID) と言い換え、そこでの「表現要素」(expressive element) が、「焦点化」を特定する大きな手がかりとなると言う。例えば、‘When he began to speak the unaccustomed difficulty seemed only to fix his resolve more immovably.(Conrad, *Lord Jim*) では、一見するとすべて語り手の言葉に見えていて、その実、‘unaccustomed’ ‘immovably’ という「表現要素」は、この文の主語、「彼」（＝ジム）の描写であると同時に、それを語る語り手（＝マーロー）の下した評価もこめられていると言う。寺西氏は、このように複数の主体が融合して焦点化が行われる場合を、「多焦点化 (poly-focalization)」（氏の造語では「多主体化 (poly-subjectivization)」）と呼び、『ミドルマーチ』の中にもその例を数多く指摘している。

また氏の挙げる別の例を見ていくと、D・H・ロレンスの短編「菊の香り」でエリザベスという女性が夫の死を告げられ、その遺体のある暗い部屋に入る場面が、次のように語られる。“Then she lighted a candle and went into the tiny room. ... There was a cold, deadly smell of chrysanthemums in the room.” これは語り手による情景描写だと受け取られるが、ここには夫を失った女性の感情が cold, deadly という形容詞（表現要素）に反映されている。作中人物の気分を「流用する (appropriate)」この手法を、寺西氏は Graham Hough の用語を借りて、‘coloured narrative’ と呼ぶ。これも一種の「自由間接ディスコース」と言えるが、言語的にはそれが顕在化していないゆえに、寺西氏はこのような場合を、‘Covert Free Indirect Discourse’ と名付けている。他にも登場人物の内面描写を描く方法を、‘narrated thought act,’ ‘free indirect perception,’ ‘narrated perception’ と名付けて、この中に含めている。語り手の説明・描写の中にこれを読み取る（聞き取る）ことが、また「ポリフォニー」を味わうことになる。

語り手が一人の人物の心情描写をするとき、その個人の感情や考えが、ＦＩＤにより語られるのは当然であるが、気をつけねばならないのは、個人の考えと見えて、実はそれはその人物をとりまく社会通念であることが多々あるということである。例えば、『ダニエル・デロンダ』でヒロインのグウェンドリン・ハーレスが、グランドコートとの結婚を考えるときの様子が次のように語られる。

> But her thoughts never dwelt on marriage as the fulfilment of her ambition; the dramas in which she imagined herself a heroine were not wrought up to that close....but to become a wife and wear all the domestic fetters of that condition, was on the whole a vexatious necessity....Of course marriage was social promotion...

これはグウェンドリンの心情を作者がそのまま引き取って書いていったＦＩＤである。それぞれに彼女の感情に染まった言葉が使われている。だが最後の一行、'Of course marriage was social promotion.'は、彼女個人の考えというよりは、彼女が暗黙のうちに受け入れている「社会通念」（Elizabeth Ermarth の用語では'communis opinio or consensus'）である。グウェンドリンが'Of course'という言葉を発することが、それを表している。それゆえ、ここで彼女を支配し、彼女に焦点化させているのは「社会」ということになる。

以上、寺西氏の言う「焦点化」について、特徴的な要素に限って解説したが、氏の説明はこれにとどまらず、他の文体論用語を駆使しつつ（例えば、Narrative Report of Speech Acts[NRSA], Narrative Report of a Thought Act[NRTA]など、数多い）、さらに文の細部に及んでいることは言うまでもない。ここまでが本書の第二章までの概略である。以下、第三章は『ミドルマーチ』論、第四章は『ノストローモ』論、第五章は『ハーツォーグ』論に当てられ、これからがこの本の本体ということになる。だが紙幅の関係で、『ミドルマーチ』論に少しだけ触れて、最後に全体的な感想を述べて、この書評をまとめたい。

『ミドルマーチ』論は、もっぱらドロシーア、ブルック、カソーボン、リドゲイトの四人の性格描写 (characterization)

を取り上げ、それぞれにまとまった'passages'を選んで、周到な文体分析をほどこしている。『ミドルマーチ』からある一節を引用し、一行ごとに分析を加えた例としては、ロッジの *After Bakhtin* の第三章、'*Middlemarch* and the idea of the classic realist text' などに先例があるが、寺西氏の場合は、量と質の点で先例をはるかに上回る。氏はそれぞれの節の英文に一行ごと、または一句ごとに番号を付け、その一つ一つを「焦点化」の面から考察していくので、小説を「精読」するとは、実際にはどういうことであるかが暗黙に伝えられている。また、ふだん私たちは、ともすれば単なる印象に従って登場人物の「性格」を論じがちであるが、寺西氏が展開する文体分析に従うと、ドロシーアもブルックも、カソーボンもリドゲイトも、これまで私たちが知った以上にその心情の変遷と奥深さが伝わり始める。「文体研究」が「性格研究」に欠かせないことを、氏の方法が教えている。最も有益なのは、この書評の冒頭で言及した「全知の語り手」への見方の変化である。「全知の語り手」は、決して「全知」ではなく、個人的な感情を寄せたり、皮肉を浴びせたり、時代のイデオロギーに左右されたり、登場人物に同情したり、反感をもったりと、さまざまな「価値付け」を行っていることがわかる。

『ミドルマーチ』の語り手は、「歴史家 (historian)」と「物語の語り手 (storyteller)」の、二つの役割を同時に、または交互に果たしている、と寺西氏は指摘する。前者は私情をはさまず客観的に報告するが、後者は個人的な感情を加えたり、評価したりもする。だが最も注意すべきは、「全知の語り手」は、前述のように「信頼できない語り手」でもありうる、ということである。例えば小説の冒頭で、語り手はドロシーアの質素な服装について、'Miss Brooke's plain dressing was due to mixed conditions' と言っているのに、その後の方では、舌の根も乾かぬうちに、'Such reasons would have been enough to account for plain dress, quite apart from religious feeling; but in Miss Brooke's case, religion alone would have determined it.' と述べ、先の一行と食い違っている。つまり語り手は、ここでドロシーアの宗教性を再度、強調したいのだろう。語り手のこの声には、ドロシーアをとりまく周囲の人々の見方が含まれているとも考えられる。小説の書き出しにはまた、ドロシーアの質素な服装が、「聖母マリア」のそれに例えられたり、ミドルマーチの俗世間の中で、その服装があたかも「『聖書』からの引用」のような印象を与えると語り手は語る。だが、ここで「聖母マリア」や『聖書』が引き合いにだされるのは、恐らく自分を「聖母マリア」と結びつけようとしているドロシーアの'perspective'を、語り手が援用しているからではないか、と寺西氏は言う。これ以外にも、語り手の言葉と見えて、そこにミドルマーチの人々の見方が入り込んだり、また語り手自身が自分を訂正したりする。それゆえ、この語り手は、「擬似・全知の(pseudo-omniscient)語り手というにふさわしい。十九世紀リアリズム小説を代表する『ミドルマーチ』は、その文体を精査すれば、決してモノロジックな小説ではないというのが、寺西氏がこの小説に下した結論である。

以上、駆け足でこの本の概略を述べてきたが、最後に私自身の若干の感想を付け加えておきたい。先にも言ったように「精読(close reading)」とは、読者が一行ごとに「焦点化」を意識しつつ、「文脈」を十分にわきまえつつテキスト内に積極的に参入することであることを、まずこの本が教えてくれる。すると、言語がそれ自身本来有する「ポリフォニー」性に気がつく。自分の言葉だと思って発したその言葉の中に、自分でも気がつかないうちに他者の言葉が入り混じっていることに気がつくことも、日常よくあることである。そもそも、考えてみれば言語はすべて他者(社会)から刷り込まれたものであって、自分自身が独自に編み出したものではない。すると「ポリフォニー」は、言語特有の現象ではないか、ということをこの本は伝える。いやそれは人間精神特有の働きと言っていいかもしれない。次に、寺西氏の展開する文体分析は、文学解釈に大きな助力となることが、この本からわかる。この本に「序言」を寄せた、シェフィールド大学のケイティ・ウェールズ教授は次のように述べている。

Interestingly, it seems to me that one result of this is to revive a classical idea of style: that of 'dialect'. For the distinctive modes of characterisation, he reveals, are complexly interwoven with the narrative structures and textual ideologies of each novel, and as a result provide a distinctive stylistic narratorial 'fingerprints' (9)

すでに述べたように、ともすれば印象によって登場人物の性格を判断しがちに終わる文学解釈に、寺西氏の文体分析の方法は、有力な指標を与えてくれることを、ウェールズ教授のこの言葉が告げている。最後に、日本ジョージ・エリオット協会の一員である寺西氏が、このような研究書をイギリス本国の出版社から全世界に向けて出されたことを、同じ協会員の一人として、心から喜びたい。（日本ジョージ・エリオット協会『ジョージ・エリオット研究』第一〇号、二〇〇七年十一月）

廣野由美子先生への私信

廣野由美子先生

はや今年もあと二週間あまりで終わりとなりますが、先生にはお元気で師走をお過ごしと存じます。過日のエリオット大会では、お目にかかれず、大変申し訳ありませんでした。先生と、その後のお話をしたり、お送り頂いたご著書へのお礼や感想を申し上げたり、また、先生の閉会のお言葉も拝聴したかったのですが、残念です。ご承知かと思いますが、今年六月の始めに判明した鼠頸部リンパ節のがんが、全身のリンパ節に広がっていることがわかり、二週間ほど入院、その後、三週間に一度の抗がん剤治療を受けていて、その副作用のため体調不良が続いておりました。そのため、大会当日は欠席せざるを得ませんでした(全て出席の返事を出していたのですが)。今や私も、すっかりがん患者らしい風貌となり、お目にかかれば先生を驚かせることになってしまったと、いまとなってはほっとしています。ただ、さいわい、がんは骨や内臓への転移がなく、今のところは小康状態を保っています。

さて、このたびはご高著『謎解き「嵐が丘」』(松籟社)をご恵贈くださり、まことにありがとうございました。また先にお送り頂いた『一〇〇分で読む世界の名著、「フランケンシュタイン」』をすでに拝読させていただき、まだその余韻が残っていたところでした。すでに先生からは『視線は人を殺す』、『一人称小説とは何か』をお送り頂き、いずれも有益に拝読させて頂きました。それ以外にも『批評理論入門―フランケンシュタイン』その他、たくさんのご本、論文から教えを頂き、すっかり先生の愛読者となりました。しかも私は先生ご自身ともご面識を得た、大変幸福な読者です。

先生が臼田昭先生と宮崎芳三先生の教え子であられたこと、これも私にはご縁としか言いようがありません。というのも、臼田先生の場合は論文・翻訳を通して教えを頂いただけですが、宮崎先生とは、私が大学院生のころ（一九七〇年前後）より、『日本における英国小説研究書誌』以来、ずっと手紙を通して何かとご指導を仰いでおりました。『文集』Ⅰ〜Ⅲや『英文学者と太平洋戦争』なども頂きました。後者には私の恩師、大和資雄先生のことも出てきて、そのため大和先生について何度か宮崎先生にお便りもいたしました。先生が引退されてからも、手紙は欠かしたことがありません。その宮崎先生の愛弟子である廣野先生とご面識を得たこと、私には何ものにも代えがたいご縁だと、つくづく思います。

さて、そこにこのたびのご労作『謎解き「嵐が丘」』のご出版、これは旧著『「嵐が丘」の謎を解く』の増補・改定版とのことで、これまでのご著書と同様、あるいはそれにも増して、うれしく拝受いたしました。というのも、卒論指導や文学史、特殊講義などで、『嵐が丘』を話すときに、いつも創元社版の先生のご本に言及しておりましたが、学生からは「絶版で手に入らない」という声が多く、図書館や古書を当たるように言っても、それを目にする機会が難しいという現状があったからです。さらに古書では原価よりも値段が高く、先生の旧著の価値はますます増すばかりでした。

そこにこのたびの増補・改定版のご出版です。これはブロンテ姉妹に関心あるものばかりでなく、小説一般を研究しているものにも、はかりしれない利益をもたらすものと、確信いたします。それで早速、十二月十四日と十五日の二日間をかけて拝読させていただきましたので、その感想をほんの少しだけ、以下に記させていただきます。感想と言っても、一読しただけですので、まだまだ読み足りないところだらけですので、先生には失礼となるかもしれませんが、なにとぞ、お許しください。

『嵐が丘』は、謎を解こうとすればするほど、ますます謎が豊かになっていくという「謎の増幅」の小説であること、これこそ古典の根幹であることは、例えば『ハムレット』、『失楽園』、『白鯨』、『カラマゾフの兄弟』、『ファウスト』、『神曲』などを思い出してみれば、よく分かります。先生が精密な読解により謎を次々に解かれていくさま、とくに先行研究にも十分目を通され、その上で、先生独自の謎解きと解釈を続けていく様子は、本当に見事としか言いようがありません。しかもその間に、これまで誰も指摘しなかった発言が埋め込まれていることに、目を見張らないわけに行きません。『嵐が丘』が「時間に抗う物語」であること、また「荒野における幸福な融合＝黄金時代」を求める、「失われた時を求めて」の物語であること、これは前々からそう思っておりましたが、先生のこの論考でますますそれを確信いたしました。とくに第一世代と第二世代の関係については、これまでもよくわからないところが多かったのですが、第一世代の「黄金時代～迷妄時代～苦難の時代」が、第二世代では逆になるという先生のご説明、かつキャサリン・アーンショー、キャサリン・ヒースクリフ、キャサリン・リントンと刻まれた名前が、第二世代では逆に進むというご説明とともに、大変納得できました。しかも「荒野」が「庭」へと変貌するという点で、第二世代では、第一世代の「嵐」（原始）と「凪」（文明）が融合されているという点も、前々から思っていたことでしたが、今回のご論考で一層、よく分かりました。

『嵐が丘』の起源については、従来の二つの起源とともに、フェルミの『エミリーの日記』を取り上げられ、ここに再び斬新なヒースクリフの原型が浮かびあがっていて、今回の新版の一つの大きな成果だと思いました。しかし私が今回最も心打たれたのは、まずはフランクルの「自己超越性」についてのご指摘です。これはすでにエリオット協会の「ニューズ・レター」で先生が『夜と霧』について述べられていたことを知っていたせいもありますが、私自身、フランクルからは高校時代に影響を受けていたので、改めて「自己超越性」と『嵐が丘』を結びつけられた先生のご慧眼に、胸を突かれる思いをしました。また水村美苗『本格小説』は、故川本静子先生から推薦され、大変面白く読んだ小説でしたが、先生がこれについても触れられていて、さすがと思いました。こちらでは、ネリーに当たる家政婦が、ヒースクリフに当たる東太郎を愛し、そのためキャサリンに当たる女性をひそかに殺害した、という設定でしたね。こんなことを思わせるところがあるのも、『嵐が丘』がいかに解釈を増幅する小説であるかを、証明していると思います。

先生の『嵐が丘』論は、最も根本的なキャサリンとヒースクリフの関係を取り上げた部分とともに、年代記、時間構成、語りの構造、おとぎ話・神話との類縁、ファンタジーの要素、イメジャリーの意味、劇的瞬間、映画との比較、さらにはハワース訪問の成果である「トポス」論など、従来ともすれば読み飛ばされ、見過ごされていた部分を丁寧に掘り起こされた点で、今後、ブロンテ研究者のみならず、多くの小説研究者には必読の研究書となるかと思います。トドロフ、プロップ、キャンベルなど、従来のブロンテ研究ではあまり言及されない著作が取り上げられていることも、魅力的です。また巻末につけられた先生作成の『嵐が丘』クロノロジーは、大変な労作であると思いました。よくぞ、ここまでテキストを読みこまれた、と敬服するばかりです。さらに、この小説内に見られる「語られない」部分の多さ、言いかえれば、作中、きわめて重要な「空白」の存在の指摘、さらにはキリスト教的な観点からの洞察（許されざる罪、七の七十倍）などなど、挙げればきりがありません。圧巻はやはり「隠された会話」の部分ではないかと思います。これは丁寧に作品を読まないと、決してわからなかった部分で、先生の論考に思わず引きずり込まれました。時間論では、十八年周期のご指摘が、先生が「あとがき」で書かれた「十五年周期」と感応しあって、とくに私には興味深いところでした（実は私も八年周期で、いろいろなことがありました）。ご労作に読みふけった二日間、私はおかげさまで、大変充実した時間を過ごすことができました。先生、本当にありがとうございました。

最後に私自身の、これまでの『嵐が丘』の読みについて、僭越ながら若干付け加えさせていただきます。今からもう三十年も前に、私の大学の英文学会シンポジウムで『嵐が丘』を取り上げたことがあり、その時に初めて真剣にこの小説を再読いたしました。その際、この小説は、“I am Heathcliff.” という部分が「核心」で、男女の完全な融合は、この言葉に極まっているというのが出発点でした(これはだれもが言うことですが)。しかしながらこれは、普通人の理解を超えているため、その真意は凡人には計り知れません。つまり、これはネリー、ロックウッドその他、普通の次元に住む人たちが、まったくそれとは異なる異次元にいるキャサリン、ヒースクリフについて、その本当の姿を分からずに、常識的な言葉で覆って語る物語である、と思いました。それゆえ、初心の読者はネリーやロックウッドの語りをまともに受け止めがちとなり、その結果、小説全体が謎だらけということになります。つまり読者はみずから常識の言葉の彼方にある異次元世界を想定・想像しないでは、この小説の謎は遂に解けません。たとえば「天国」という言葉一つとっても、キリスト教的常識で捉えるネリーと、「俺の天国」というヒースクリフとでは、完全にその意味合い、つまり言葉の次元が異なります。キャサリンが天国にいる夢を見て、夢の中で嵐が丘に帰してと泣きますが、常識人ネリーには、この意味がまったく理解できません。二人の言う「天国」は、キリスト教のそれとは、完全に異なります。このように、まずは、読者自らに解釈を求めずに置かないところに、この小説の特異性があるのでは、というのが、シンポジウムのときの私の大意でした。エドガー・リントンが「人間性」「慈悲」「隣人愛」など、ごく一般のクリスチャン・ヒューマニズムの言葉を得意げに掲げ、ネリーがそれに同感するところなど、一見、意味があるかに思えますが、二人とも実は、キャサリンとヒースクリフのいる「異次元世界」については、まったく理解及ばず、自分達の日ごろの常識に基づいて言動しているにすぎません。だから二人とも、キャサリンが「窓を開けて」というと、寒いから閉めると言って、窓を閉めてしまいます。ここが、普通人と、この世を超越した次元で結ばれた二人との違いです。ですが、第二世代については、果たしてどこまでこれが当てはまるのか、シンポジウム当時の私にはよくわかりませんでした。ですから、このたびの先生のご論考で、改めて第二世代が登場した意味がよくわかり、大変有益でした。また、ヒースクリフの出奔と復讐については、自分たちのいた「異次元世界」に、普通の「常識世界」の規範が注ぎこまれた結果、ヒースクリフが、いわゆる「悪魔的」な行動に走ることになりますが、その奥には、常に二人の幸福な融合の時代、「失われた時」、が潜んでいたことが感じられます。つまりは、このような恋愛はこの世では不可能で、あの世で初めて成就できる、というのでしょうね。それでこそ「異次元」というものです。ただし、死者の霊がさまようというあたり、先生のおっしゃるファンタジー性を想定しないと、理解できないこともよく分かりました。

以上、最後に余計な駄弁を費やしまして、申し訳ありません。でも先生の今度のご本によって、ますます『嵐が丘』の豊かさが増しました。そして「批評」とは結局、元の作品が、いかに豊かな意味をはらんでいるかを教えてくれるものか、ということを、改めてご労作を読んで思いました。

『嵐が丘』を日本で最初に翻訳されたのは、私の恩師、大和資雄先生でした。角川文庫で今も入手できます。またもっとも最近『嵐が丘』を光文社文庫から出版されたのは、小野寺健先生ですが、小野寺先生は横浜市立大学ご定年後、私どもの大学に専任でいらして、私とは同室になったこともある、大変親しい先生です。それゆえ『嵐が丘』は日本大学文理学部英文学科と濃いつながりのある作品だと、いつも学生に話しておりました。今回、先生の『謎解き「嵐が丘」』が出版され、これを大いに学生に推奨いたします。そして先生とのご縁により、私どもの大学と『嵐が丘』とのつながりが、さらに深まったことを伝えたいと思います。それゆえ、これは、本当にありがたく、うれしいご出版です。

最後に『フランケンシュタイン』についても、その現代性など、思うところ多々ありましたが、これ以上駄弁を弄するのは、先生のお時間を取る失礼となりますので、控えさせて頂きます。いつか機会あったときにでもまた、お話させていただきます。今はただ、廣野先生のますますのご活躍とご健康を、と心から願うばかりです。またいつかお目にかかれるのを楽しみにしております。

先生、どうかよい新年をお迎えください。私も今少し治療に専念し、できればあと少し生きながらえて、イギリス小説の豊かさにももう少しだけ触れてから、「あの世」に向かいたいと思います。本当にありがとうございました。

二〇一五年十二月十六日　原　公章

五十嵐博先生への私信

五十嵐博先生

前略　暑さが続いた夏でしたが、はや九月、お元気で秋をお迎えと思います。

過日はご高著『メルヴィル――〝真実の語り手〟となった鯨捕り』（国書刊行会）をご恵贈くださいまして、本当にありがとうございました。ご本を頂いた六月中旬に、私はたまたま都立の病院に多発リンパ節がんに伴う血栓治療のために入院中で、すぐにご著書を拝読することができなかったのですが、この夏、先生のご労作を、ようやく拝読させていただきました。拝読中は大変充実した三日間でした。六月には、短いはがきでのお礼状しか差し上げられず、大変失礼いたしました。また、本来なら、手書きでその感想などを認めるべきところ、生来の悪筆ゆえ、このようなワープロ書きでそれを申し上げる失礼もお許しください。以下、きわめて大雑把ではありますが、私の感想のほんの一部だけを書かせていただきます。本来ならもっともっと長く書くべきところ、このような簡略な感想しか今は書けず、これもどうか、お許しください。

五十嵐先生については、ご紹介くださった先生を通して存じ上げていただけですが、年賀状などを始め、ご丁寧なお便りを通じて、礼儀正しく誠実な方であるという印象を、いつも抱いておりました。しかし、先生のご専門がアメリカ文学であることは存じておりましたが、それがメルヴィルであったとは、うかつにも存じ上げず、このたびのご著書で初めて知った次第です。そしてそれだけ、読後に残る圧倒的なメルヴィル論と、先生の驚嘆すべき作品への密着度に接して、心からの敬意を抱かざるをえませんでした。

これまで日本でこれほどのメルヴィル論を書いた研究者があったでしょうか。私も寺田建比古、酒本雅之始め、日本の代表的なメルヴィル論は読んでおりましたし、文学史的な知識は一応かじってはおりました。ただし私は、メルヴィルについては、『モウビィ・ディック』は阿部知二の翻訳でしか知らず、私の演習などの授業で「書記バートルビー」と「ビリー・バッド」は読みましたが、長編小説で原文を読んだのは、唯一、『タイピー』だけでした。これは、かつて文理学部にいらしたロバート・リー先生が研究発表された折に読んだものです。その他の長編、中短編などについては書名のみで、メルヴィルについては、まったくの門外漢でした。『モウビィ・ディック』の次には、『ピエール』が問題作であることは、何かの評論で読んだことがあり、いつかこれは読まねばと思ったことはありました。『ホワイト・ジャケット』の「白」が『白鯨』と関連することも気がかりでした。

先生のこのたびのメルヴィル論は、先生が三十年ぶりにメルヴィルの長編小説などを読みなおし、三読、四読の上で、各小説の出版順に作品論をまとめ、東海大学海洋学部紀要に発表されたものの集大成であることを「まえがき」から知りました。しかも全て二〇〇七年から一三年にかけて発表された、ごく最近の論文であったこともわかり、ますます驚嘆した次第です。メルヴィルの全作品は互いに連動・関連しあっているので、発表順にそれを読んで行くことが作品理解に不可欠であると、先生はおっしゃられていますが、これもメルヴィルに限らず、大作家の作品にはほとんどあてはまることではないかと思いました。今はこういう地道な努力の積み重ねに欠けた時代ですからご著書はますます貴重です。

先生の方法は、基本的な研究書に目を配った上で、その言説を利用するというよりは、必要な折りに言及する程度に抑え、もっぱら作品それ自体に、先生ご自身が真っ向からぶつかって、精読と再読、三読、四読を繰り返しつつ、メルヴィルの作品世界の奥深くに入りこもうとするところに最大の特徴があると思いました。まさに先生にして初めて可能な論ばかりです。先生は、多くの場合、各作品のキーワードをいくつか挙げて、それが使われている箇所を順番に見て行き、さらにそれらが前後の作品とどのように関連するかを考察するという、時間と手間はかかりますが、理想的な文学の研究法である、と思いました。これもメルヴィルのみならず、どんな大作家の作品研究においても応用できる方法ではないでしょうか。でも、これは「言うは易く行うは難し」です。とりわけ、ご著書の中で三、四回言及される、バニヤンツリーがはりめぐらす千本の根の比喩は、メルヴィルのどの小説にも見事に当てはまる卓越した比喩であると思いました。その根が何重にもからんでいて、盲人が一本一本手にするだけでは何のことやら理解不能ですが、明敏な読者が全体の根の絡み具合を見ると、そこに初めてメルヴィルの多義性の奥にある本質がほの見えてきます。ですから先生のご著書は「メルヴィルの謎を解く」とも言い換えられましょう。メルヴィルは、白人キリスト教が支配する近・現代文明への批判という立脚点に立って、同時にネイティヴ・アメリカンを始めとする抑圧された人々への共感を失わない、また人間と自然への畏敬を失わない作家であったことが、実によく伝わってきました。どの作品も、この反文明、反宗教、反差別、反人種主義など、メルヴィルの反骨精神が、この作家のバックボーンであったと、改めてご著書から教えられました。

何と言っても『モウビィ・ディック』論が読み応えありましたが、それに劣らず素晴らしかったのは、量的にもこれを凌駕する『ピエール』論でした。メムノンの石、クラーケン、アナコンダの絡み合いなどの象徴が持つ意味も、先生が十分に解き明かされていて、「これぞメルヴィル！」と、何度も思いました。どの作品もよくぞここまで、と思えるほど、細部に目が行き届いており、作品論はこうでなければとも思いました。キーワードが何回使われたか、その使用時のコンテキストは何か、登場人物はそれぞれ何を表しているのか、なども先生の丹念な研究が伝えております。アメリカ文学はイギリス文学と異なり、メタファーの多用によって、全体が大きなメタファーとなる「ロマンス」であるということがよく聞かれますが、こられの作品論はこれをまさに具現化したものだと思います。

ご著書四七頁、一五八頁、三五四頁などで引用された『モウビィ・ディック』からの一文、「緑の陸地」を取りまく「恐ろしい海洋」は、人間の魂の比喩として、一読して忘れ難いものがありますが、これはメルヴィル文学の魅力をよく伝えるものではないかと思います。『ピエール』論では「人間とは何か」を、ドストエフスキーと並べて理解させていただき、本当に勉強になりました。このようなご著書をまとめられた先生に、もう一度深い敬意を表します。本当にありがとうございました。それではどうか、よい季節をお迎えください。またいつかお目にかかる機会があればと思います。

二〇一六年　九月三日　　原　公章

〔付記〕この手紙を出したあと、五十嵐先生の奥様、久仁香様よりお手紙が届き、先生が二〇一六年七月二十九日、肺がんのために逝去されたことを知った。享年六十六。私は先生のご病気とご入院をうかつにもまったく知らなかった。私は今は亡き五十嵐先生に手紙を出したことになる。先生は病床で、出来上がったばかりのこの著書を手に取り、大変喜ばれたという。奥様からのお手紙には、「先生からのお手紙を主人の霊前に捧げさせて頂き、同時に出版社にお送りました」とも書かれていた。今は謹んで五十嵐博先生のご冥福をお祈りするばかりである。

推薦の言葉――藤井繁先生のご著書のために

『流紋』（日本図書刊行会、二〇〇六）

藤井繁先生のハーディ文学研究は、すでに四十年をとうに超え、いまや半世紀になろうとしています。先生の研究の出発点は、故山本文之助博士に協力してハーディの詩を翻訳したことから始まります。その後、しばらくハーディの詩を中心に研究を発表され続け、その完成として一九九二年に叙事詩劇『ディナスツ』研究で日本大学より文学博士の学位を授与されました。先生が精力的にハーディの小説論を発表され始めたのはその前後からのことで、今度の『流紋』をもって先生の小説研究は第四作目の出版となります。つまり十年以上に及ぶ詩の研究の発表と平行して、先生はその陰で、小説の本格的な研究を続けられ、やがて『らっぱ隊長』を皮切りに次々と計八作の翻訳を出版されることになります。すなわち先生のハーディ小説研究は、詩人としての先生の「感性」（本書の「あとがき」をご覧ください）と、翻訳者としての「精密な読み」に裏付けられていることが最大の特徴です。このように、先生は半世紀に近い間、常にハーディを語り続けてこられました。しかし、藤井先生の関心がハーディ一人にとどまらないことは、数々のご著書の索引に挙げられた豊富な項目をご覧になれば一目瞭然です。しかもこれらはいずれも、大変お忙しい大学の管理業務の間を縫ってのお仕事であり、「これは常人のなせる業ではない」というのが、私が常々抱いている率直な感想です。それは先生の中にある「強靭な精神」のなせる稀有な業で、これはハーディに通じるものがあるのでは、と私は思います。

さて、先生のハーディ小説研究は、上述のように、繰り返しテキストと向き合った結果掘り起こされる、豊かな鉱脈のありかを指し示しています。それは例えば、ハーディ小説の特徴として、「表層と深層の二重構造」、「近代的時間への批判」、「荒野の孤独を語る詩人ハーディのモノローグ」、「人間中心主義の放棄」、「物語と語りの位相をずらす時間構成」（いずれも前著『燭光』より）など、先生の著書の至る所にちりばめられた表現がよく伝えています。つまり先生の研究は、一行が極めて大きな深い問題のありか示唆していて、その一行を敷衍するだけで、通常の論文に広がっていく可能性をはらんでいます。その上、これら意味深い表現が、作品論全体の中に溶け込んでおります。このような先生の視点と語りにより、藤井先生でなければ捉えられなかったであろう「新しいハーディ論」が浮かび上がってきます。『流紋』の主題はハーディの時間論です「過去と現在の並置」、「時間の空間化」などの視点から、従来のハーディ研究にあまり見られなかった、新鮮な論が展開されていることに目を見張らないわけにはいきません。

本書の「序章」の最後に先生は、テキストとは読み手が「積極的に働きかけない限り、その内奥の秘密を明かしてはくれない」と書かれております。また作品を「楽譜」に、読みをその「演奏」に例えておられます。私は先生のお書きになるもの全てから、先生の名演奏の響きを聴き取ります。その演奏は、作品の奥底に潜む秘密を探り当て、はたまた、従来の批評ではすり抜けていた場面に、新たな解釈の光を当ててくれます。しかし一読後、全体としての論の「流れ」が、先生特有の「紋様」を形作っていたことに、改めて気づかされます。そして、ここそ、先生が書かれたものを読む最大の喜びがあります。

『ルイス・キャロルとノンセンス文学』（コプレス、二〇一五）

この度のキャロル論は、長年の『アリス』の精読に加えて、『ユリイカ』『現代詩手帖』という、わが国で最も優れた雑誌の、日本を代表するアリス学者たちの言説を踏まえ、その説を援用しつつ、かつそれを遥かに上回る先生の『アリス』の読みが一貫していて、これまた大きな驚きと感銘を覚えました。『キャロルとノンセンス文学』は、木曜日と金曜日の二日をかけて、二度拝読しました。まずは事実を簡潔に正確に把握した上で作家と作品が切り離せない作品であることを説かれた上で、三種のアリス本を精読していく先生の読みの深さと解釈の的確さは、まるでそれまでの荒野を豊かに耕すトラクターさながらに感じました。いろいろ学ぶことがあった中で、やはり、これは時代・世間と折り合わずに、ひたすら孤塁を守る作者の逃避の場がそのまま聖域となり、そのために、「不思議な国」と「鏡の国」のアリスが時空を超えて永遠の少女の姿として保存されている、という先生の説が、最も印象に残りました。『流紋』にも書きましたように、先生の文章は、その意味が極めて凝縮されていて、たった一行も敷衍すれば優に一本の論文となる、という私の感想は、今回も見事に当てはまっています。ところどころ、高橋、種村、高山などの日本の論客も及ばない、先生の洞察が読む者を驚かせます。さらに先生が実際のアリスの肖像も添えてくださったおかげで、これから『アリス』を読む人、再読する人はどれほどこの本から利益をこうむることになるか、図り知れません。ぜひぜひ、多くの人にこの本を読んでもらいたいと思います。

〔付記〕これは私が藤井先生にあてた私信の一部で、先生はその中から以上の部分を抜き出して、第二版の巻末に「推薦の言葉」として掲載してくださったものです。

『ラフカディオ・ハーンと怪奇文学』（コプレス、二〇一七）

藤井繁（ふじい・しげし）先生は、一九二九年三月二十五日生まれでいらっしゃるので、二〇一七年同月同日には、めでたく八十八歳の米寿を迎えられた。先生がこれまで精力的にご著書を出版され続けてきたことは、私たちの間で知らない者はいない。そしてこのたび、先生の一七冊目のご著書として、『ラフカディオ・ハーンと怪奇文学』が出版された。これは先生がこの二年の間に書かれた『ルイス・キャロルとノンセンス文学』（二〇一五）、『ミヒャエル・エンデとファンタジー文学』（二〇一六）に続く作品で、併せて「コプレス〈文学〉三部作」とでも呼ぼうか。八十歳を越えてなお続々と著書を出版されている先生の意欲・体力・気力に、まず最大の敬意を表したい。一冊の著書を書くには、大変な時間と労力がかかる。だが先生はいつも、こともなげに次々とご著書を出版されるように思われる。驚異的とは、まさにこのことである。しかし実際は、先生の日頃の大変なご努力と持続力のたまものであることは、どのご本を読んでも実感されることである。全ては、ふだんの先生の人生と文学に対する姿勢と問題意識の現れである。これは常人のなせる業（わざ）ではない、というのがいつもご著書を読み終えた後の、私の驚きの感想である。

このたびのハーンの怪奇文学については、この本の長い「まえがき」に詳しい。それは先生とハーンとの出会いから始まり、ハーンの生い立ち・年譜などが続く。ハーンの怪奇文学の特質についての先生の解説は、いつものように明快である。また「あとがき」には、これまで同様、先生の肉声がこもっていて、その中の言葉、「紙と鉛筆の世界に止まれたことは幸せでした」は、日ごろの先生の口ぐせである。その「まえがき」と「あとがき」に挟まれたのが、このたびのハーンの怪奇文学『骨董』九編、『怪談』二十六編、計三十五編の全訳である。ハーンの怪談をこうして全編、先生の訳で読めることは、何ともうれしく幸福なことである。というのも先生はこれまで、本邦初訳の『らっぱ隊長』を皮切りに、『恋の魂』に至るトマス・ハーディの小説を、全部で八作翻訳された。またディヴィッド・スキルトン『イギリスの小説』も本邦初訳されている。それゆえ、この『怪談』全訳は、先生のこれまでの翻訳者としての経歴が背後に控えていることを忘れてはならない。ところで先生は数年前に、「私は、これからは論文も含めて、自分の文体を〈です・ます調〉で書くことにしました」と言われたことがあった。だから前作の『ミヒャエル・エンデとファンタジー文学』は、〈である〉調ではなく〈です・ます〉調で書かれた第一作、今度の本が第二作ということになる。この本の読者はまず先生の、この文体変化に気をつけてほしいと思う。これにより先生の「語り口」が私たちの身近にぐっと迫ってきて、まるでそばに先生がいらして、直接語りかけてくるような気がしてくるからである。例えば、よく知られた「雪女」の冒頭は、「武蔵の国のある村に、茂作と巳之吉という二人の樵（きこり）がいたのです。」と始まる。そのあとにも「のです」が六回続き、このパラグラフは、何と全てこの終わり方である。私はここにこそ「藤井ワールド」とでも言うべき世界に、先生が読者の手を取って引き入れる「魔術」を感じないわけにいかない。つまり、ハーンの世界を先生が完全にご自分のものとしていられることがわかる。普通、ハーンの「怪談」は、彼が日本文学と西洋文学を和洋折衷したもので、西洋読者にもわかるように、ところどころ原話にはないシーンや言葉を入れている、と解説される。だが先生の「語り口」に一度入りこむと、それよりもハーンがいかに日本の風物に溶け込もうとしていたかが、よく伝わって来る。それはひとえに、先生の「語り口」によるものである。この本の読者は、何よりもその「語り口」に乗せられる悦びを感じるであろう。それゆえ、これはそれまでの先生の翻訳者としての全ての経験が結晶化された翻訳と言ってよい。いや、「翻訳」というよりむしろ、「再話」と言ったほうがよいかもしれない。それほどハーンに密接した翻訳である、と私は思う。

最後に一言付け加える。これまでの先生の何冊かの研究書のタイトルの一部を抜き出してみよう――残照・黄昏・晩鐘・黎明・燭光・流紋・群青・挽歌・逆光・予感・寂光である。これらの言葉を順に眺めていくだけで、これまでの先生の歩みが浮かび上がってくるような気がする。先生のこれまでの問題意識は、大きく分けて、「時間」論と「アイロニー」の視点であろうか。さて上のタイトルから浮かび上がる「時間」は、決まって光と影の交差する淡い時刻である。同時に背後にいつも「死」をはらむ、「流れる」時間でもある。これはハーディ文学の特徴とも言える。「黄昏のツグミ」や「中間色」などのハーディの詩がそれを教えている。先生がこれらの言葉を好まれるのは、先生ご自身のこれまでの生き方と深く関わっている。いつか先生は私にこんなことを言われたことがあった――「私が一番好きな日本語は〈なつかしい〉という日本語です」。上で挙げたタイトルのどのひとつをとっても、そこに何かの「なつかしさ」を感じないわけにいかない。そしてこのたびの『ハーンと怪奇文学』のキー・ワードも、「怪奇」とともに、この「なつかしさ」ではないだろうか。日本と西洋の幽霊話、怪奇文学は、もちろんそのテーマも道具立ても異なる。日本の場合はそこに幽明境がはっきりと分かれていない、生者と死者が交差する場面が多い。至るところに死の影が差しこむのが「寂光」である。そしてハーンの全怪談を先生の翻訳で一気に読み終えた後、私の心に浮かぶ言葉は、口では言い表せない「なつかしさ」であった。

第五部

随想

随想「書く行為」

ひところ「知的生活」といった言葉が、さかんに取りざたされたが、あれは何も今に始まったことではなく、既に八、九年前、岩波新書で梅棹忠夫『知的生産の技術が』出版された時、一時的に世間で大いに宣伝されたものだった。ぼく自身、それはたまたま修士論文を書く頃にあたり、この本のおかげを大いに被った。聖徳短大で、はじめて、さねとう・けいしゅう先生に出会い、この本の話をした所、先生は「ああ、あれですか私など梅棹さんより三十年以上も前からああいう方法でやっていますよ」と、こともなげにおっしゃられ、新米教師はさっそくど肝を抜かれた。「知的生産の技術」などといかめしく構えた所で、要するに、我身に時折わき起るアイディアの「しっぽ」をとりおさえるべく、日頃からよく留意して即座にそのアイディアをカードなりなんなりに書き留め、しかる後にしかるべく整理をし、いざという時にすぐ役立てよう、というにすぎない。一種のセルフ・リライアンスに立脚する効率的記録保存法である。要するに日頃のこまめな心がけが肝心なのだ。「知的生活の方法」は人から与えられるのではなく、まして出来合いの方法などある筈もなく、各自が各自のスタイルで「わが知的生活」を送ればよい。だいたいぼくは「知的生活」という言葉自体がうさんくさい。現実の人間は知情意はじめ、諸々の要素の融合された「生活」を営んでいるのであって、ことさら「知的生活」、などと言ってわが身の実質乏しき日常を糊塗してはいけないのである。ところで〈書く〉ことは〈読む〉ことと同じく、いやそれ以上に日頃の心がけ、即ち習慣の賜物であることに間違いはない。だがたとえば、たった一語のために何十時間もかける大西巨人のような作家から、専ら口述筆記により原稿用紙で月に何百枚という「作品」を手当り次第に書きまくる作家某に至るまでを十把ひとからげにして、「書くことは習慣と見つけたり」などと言ってすますわけにはとてもゆかない。その「習慣」の質こそ問題となる。

「言葉がむなしいとはどういうことか。言葉がむなしいのではない。言葉の主体がすでにむなしいのである。言葉の主体がむなしいとき、言葉の方が耐えきれずに、主体を離脱する。あるいは、主体をつつむ状況の全体を離脱する」

と、書いたのは『望郷と海』（筑摩）の著者石原吉郎である。シベリア各地の収容所を転々としつつ、次第に「失語」に陥っていった状況を、これはよく説明している。同時に〈書く行為〉がなぜ必要かも、この一文は語っている。石原は抑留生活八年後に、ようやく故国の土を踏む。帰還後しばらくの間、石原は生理的とさえ言える「とめどもない、さいげんもない饒舌」に陥り、完全に「時間の脈絡をうしなった。」だがその饒舌は別な種類の失語に他ならむことに気づいた石原は、ようやく、「言葉が忍耐をもって自分の内側を支えねばならぬ」と知り、その認識によって「沈黙」にたどりつく。そして、その「沈黙」をかてとしつつ自己の強制収容所体験、シベリア体験の意味を深化させ自己の本質に同化させることができたのは（つまり〈書く行為〉よってそれが可能となったのは）、なんと帰国後ほとんど四半世紀をすぎてからであった。その間、石原の内部では収容所体験は決して終わらなかった。自分の体験の意味を把えるのに要した歳月の前では、先の「知的生活」という言葉のなんとそらぞらしく響くことだろうか。昨年十一月十五日、詩人石原吉郎は自宅の風呂場で孤独な死を遂げた。

＊

ところで収容所関係の文献をあれこれ読みつつ、いつも驚嘆する事は、その記録者たちがどんな悲惨な境遇の中でも、〈書く〉ことを決してやめなかったことである。ほんの少し疲れただけでまたはほんの少し食べ過ぎただけで、はや書く意欲はおろか、読む気力さえ失せてしまうぼくにとって、このような人々の存在は脅威的でさえある。とりわけ強制収容所という想像を絶する非人間的環境の中で、見つかれば即刻極刑を覚悟で、なおかつ秘かに記録を書き綴った人々が存在しという事実は、ぼくらに改めて〈書く行為〉のもつ意味を深く考えさせる。

『死の家の記録』は、ドストエフスキーの四年間に及ぶシベリアの監獄生活の記録である。彼は獄内の病院のある医師の好意で、特別にものを書くことを許された。さもなければドストエフスキーはこの四年間をとても耐えられなかっただろうと言われている。「死の家」の中で彼の全存在を支えたのが〈書く行為〉であった。そしてその〈行為〉は、まぎれもなく現代の『イワン・デニーソヴィッチの一日』へと続いている。チェコのジャーナリスト、ユリウス・フチークは、ナチの共産党弾圧で逮捕され、前歯が全部折れるほどのすさまじい拷問を受ける。だが半死の状態で独房に入れられるやいなや、一人のチェコ人監守の好意でペンと紙を手に入れ、はやくもその地獄の記録を綴り始めている（『絞首台からのレポート』岩波文庫）。死を目前にし、身体中を痛めつけられ、食事も喉を通らないありさまで書いたそのレポートは、描写の細部の正確さ、雰囲気の再現の迫力などによって、ひどくぼくらを驚かせる。同様のことは、『北京収容所』（荒地出版）の著者佐藤亮一氏（当時毎日新聞特派員）についても言える。その収容所では強制労働こそなかったと言え、戦犯となり刑の確定した日本人が、次々と処刑される状況にある。さらに寒さと不眠の非衛生的な獄房内の集団生活、劣悪な食事、復しゅう心と面白半分のまじった虐待がある。佐藤氏は、なんの変哲もないメモの責任を問われて、角棒で合計五十回、衆人監視の中で尻を打たれる。だが骸骨のような身体で息絶えだえで放り投げ出されてさえ、佐藤氏は歯をくいしばって、密かに記録を書きつづける。極小の文字でぎっしり書き込まれた紙片は、一枚ずつ中国服の中に縫い込まれる。帰国時の検査でも間一髪の所で発覚を免がれ、銃殺にならずに帰還できたのである。これなどつくづく常人のなせるわざではないと思う。佐藤氏を最後まで支えたものも、やはり〈書く行為〉であったことは明白である。『虜人日記』（筑摩）の小松真一氏（故人）のユーモラスな絵をまじえた記録は、前半はフィリピンのネグロス島敗走のさなかで、後半はルソン島の米軍捕虜収容所の中で書かれた記録である。飢餓、マラリア、銃弾、寄生虫、疲労、泥濘の中で書かれたこの記録は、まさに「その時」「その場」の記録である。これは〈書く行為〉によって、自分とその周囲を、ひいては戦争そのものを客観視している。それゆえ小松氏はどんな悲惨な状況の中でも、正常な感覚、正確な判断力、ユーモアさえ失うことがなかった。第二次大戦中、日本軍兵士はほとんど日記をつけていたという。米軍は日本軍兵士の死骸から奪った日記によって多くの情報を得たというくらいである。人は、極限状況の中では〈書く行為〉によってようやく自己を支えることができる、ということがこのことからも推察されるだろう。小松氏の『日記』に流れる平衡感覚と一脈の明るさは、ぼくらの救いである。

＊

突然話がとぶ。異常な例ばかりあげるようであるが、それが〈書く行為〉の意味に光を最もよくそそぐことになるからであることをご承知願いたい。さて、太宰治が一時パピナール中毒患者であったことはよく知られている。昭和十年、鎌倉の海での入水自殺未遂後、いわゆる船橋時代を経て、太宰は次第に鎮痛剤として常用していたパピナールの中毒となり、最後は致死量もの注射を打つようになった。廃人一歩手前の姿で、武蔵野精神病院に入院させられたのは、翌昭和十一年十月であった。だが驚くべきは、そんな状態であっても、太宰が創作の手だけはゆるめなかったことだ。一か月の入院生活のあと、退院後わずか十日あまりで、病院の記録「HUMAN LOST」が書かれている。山岸外史は『人間太宰治』（筑摩）の中で、この作品について「破調な独断的な作品だがしかしまたそれだけに破格調子のたかい作品である」といい、太宰はこれにより「旧套を脱」し、「生粋な全裸人」となったと言っている。太宰は初めて純粋に「人間」と「物」とを直視したのである。この例など、太宰は書くために生まれてきたのだとしか言いようがないかもしれない。また、その人間の「資質」と「習慣」によるものだ、と言い切っても仕方がないのかもしれない。だが、以上の諸例から考えさせられることは、〈書く行為〉はたんなるうっ屈した感情の吐け口、閉ざされた自己の解放、もしくは一種の自慰行為となるばかりではなく、人間存在の最後の最後をも支え得る力となる、ということである。それは安逸な日常生活（ルーティーン）を拒否し、自分の人生を決して軽々しく扱わないことのあらわれである。即ち強烈な人生愛の表現でもあるだろう。それは人間精神の強じんさを改めてぼくらにつきつけてくる。だから全くの凡人にすぎないぼくらにとっても、ぼくらはぼくらなりの人生愛の表現はできる筈であり、かくて自分の人生（そして他の人々の人生）をあくまで尊重しつつ生きることができる筈である、と思わないわけにはゆかない。

＊

〈書く行為〉は新たな〈現実認識〉となり、新たな〈現実創造〉となる、という論に関しては、また別に考える必要があるだろう。

（『九十九段』第十一号一九七八年十月十四日）

自然災害と言葉の役割

このところ世界的に大地震が続出している。二〇一〇年では、ハイチ（一月、M7）、チリ（二月、M8.8）、中国青海省（五月、M7.1）、今年になってからもニュージーランド（二月、M6.2）、そして、このたびの東日本大震災（三月、M9）である。それ以前の阪神淡路、インドネシア、パキスタン、中国四川省、イタリアのラクイラ、さらにアメリカのハリケーン災害やヨーロッパの大洪水なども数えると、二〇世紀末から二十一世紀初頭にかけては、まさに「自然災害の時代」と名づけられるだろう。この先、地球はどうなってしまうのだろうか。

このような自然災害を目の当たりにするとき、それまでの常識が覆る。改めて、大自然の威力と人間の無力を思い知らされる。このたびの震災では、一八九六年六月に起きた三陸大津波の時と同じく、三万人近くの死者・行方不明者が出た。もしかしたら、自分もそのうちの一人でありえたと思うと、改めて「運命」という語を思わないわけにはいかない。だが生き残った私たちは、このような悲惨な「運命」に出会った人々にかける言葉など、みつからない。また、このような大災害を語る言葉自体を見出せない。このとき、開高健が言ったように、言葉は「枯葉一枚の重さ」も持たなくなる。果たしてそんな状況の中で、言葉に関わる私たちに、いったい何ができるのだろうか。だが避難所の中で人々が求めたのは、言葉だった。子供たちは送られてきた本や、テレビの番組に群がった。生き残った大人たちも世界中から慰めの言葉をかけられ、再び生きる気力を蘇らそうとしている。何の力もない言葉が、やはり人を支えていることを、改めて感じる場面も多かった。

津波に押し流される町の光景をテレビで見ながら、ジョージ・エリオット『フロス河の水車場』の最終場面を思い出した。もちろん、フロス河の洪水はこのたびの津波とは比較にならない。だが、氾濫したフロス河に呑み込まれ、抱き合って死んでいく兄妹の姿は悲劇的であるが、そこには大洪水のあとの和解も感じられる。また、D・H・

ロレンスの中編「処女とジプシー」の最後も、パプル川の氾濫で押し寄せる洪水の中、ジプシーの男性がヒロインを牧師館の階上へと連れて逃げ、ベッドの中で濡れた体を抱いて暖める。ここには、結ばれはしないが、声にならない男女間の確かな愛の存在が感じられる。そして、そこには、死から再生へという希望が感じられる。大災害はそれまでの文学の読み方を変える。また、文学の方から現実の大災害を見直す力を発信する。

確かに、レイモンド・クノーが言うように、「もし不幸というものがなければ、語るべきことは何もないだろう」（ピエール・マシュレ『文学生産の哲学』一〇二頁）。だが、「歴史の終焉がおとずれたとき初めて知恵が生まれる」（同、八八頁）というマシュレの言葉にも勇気づけられる。旧約聖書の「ノアの箱舟」の物語では、大洪水の後に、天と地を結ぶ約束の虹が空にかかる（Gen.9.8-17）。それゆえ、大災害は、身が切られるほど、つらく悲惨な運命をもたらすが、そのあとには和解と再生の虹が予想される。とすれば、私たちにできることは、そのような和解と再生を表す虹の言葉を見出す努力をやめないことだ。それがエリオット文学に携わる私たちの「務め」(Duty) であろう。

（日本ジョージ・エリオット協会『ニューズ・レター』第十五号、二〇一一年六月）

ボックス・ヒルの風に吹かれて

漱石とメレディス

二〇一四年は、『朝日新聞』に連載された漱石の『こころ』が岩波書店から出版されて百年ということで、朝日新聞社では当時のままのレイアウトで、朝刊の読者欄に改めて『こころ』を連載したことは、記憶に新しい。その漱石は明治三九年一月一日の『中央公論』に「予の愛読書」という談話を寄せている。そこで漱石はまず、自分はR・L・スティーヴンソンが最も好きだと言い、次に名前を挙げたのがジョージ・メレディスである。

メレディスの話をせいといふのか。彼は警句家である。警句といふ意味は短い文章の中に非常に意味の多いのを引き伸ばして書かぬから、繋ぎ具合、承け具合がわからなくなる。のみならず、夫れだけの頭脳（あたま）のある人でなければよく解からぬ。僕らでも解からぬ所がいくらもある。メレディスはただ寝ころんで読むべきものではない。スタデーすべきものと思ふ。必ずしも六ずかしい所のみではないが、到底読みやすい本とはいはれぬ。（明治三十九、一、一、『中央公論』、岩波版漱石全集、第三十四巻、別冊下、六三頁）

日本の国民的作家として、いまや漱石の地位は揺るぎないが、その漱石がこのようにメレディスの「読みやすいとはいはれぬ」小説に惹かれていたことを知る人は、専門家は除き、一般にはあまり多くないのでは、と思われる。だが英文学者漱石は、東大での講義をまとめた『文学評論』に見るように十八世紀イギリス文学を研究していたと同時に、十九世紀の小説をも大いに読んでいた。ただし好きな作家がディケンズやサッカレーではなく、スティーヴンソンとメレディスというところが興味深い。というのも、『宝島』で知られるスティーヴンソンはメレディスを小説作法上の師として尊敬しており、その代表作『エゴイスト』を何度も読み直していたからだ（これはスティーヴンソンの「私に最も影響を与えた本」というエッセイが伝えている）。また、スティーヴンソンはしばしばメレディスの寓居フリント・コテージ（Flint Cottage）を訪ねて、一緒に食事をしたり、近くのバーフォード・ブリッジ・イン（Burford Bridge Inn）に滞在して、メレディスとの交友を深めたりしていた。漱石がこの二人の作品を愛読書として挙げたのは、二人が文章を彫琢するタイプの小説家であると同時に、人間の「こころ」の奥底に潜むものを追求した、漱石の好むタイプの作家であったからでもあろう。

漱石がメレディスの小説から最も影響を受けて書いたとされるのは『虞美人草』と言われているが、『草枕』にメレディスの第八作『ビーチャムの遍歴』からの一節、「情けの風が女から吹く。声から、目から、肌から吹く」が引用されていることも、よく知られている。だが故朱牟田夏雄先生は『エゴイスト』を翻訳されたとき、漱石最後の未完の作品『明暗』が、全体的な構成の点で『エゴイスト』と似ていることに、初めて気がつかれたという。漱石とメレディスの文学上のつながりについては、これまでも多くの研究があったが、実際にはまだまだ未知の領域である。

私のメレディス修業の始まり

大学院時代、私がメレディスに惹かれたのは、何よりもメレディスは漱石が好きな作家だったからだ。だが日本では当時、メレディスの翻訳については、繁野天来訳『エゴイスト』、平田禿木訳『我意の人』、相良徳三訳『喜劇論』、皆川正禧訳『シャグパットの毛剃』、濱四津文一郎訳詩「谷間に憩う・浮世の愛欲」のほか、上坂泰次による『悲喜劇役者』の対訳本ぐらいしかなく、メレディスは一般になじみのない作家であった（なじみのなさは今も変わらない。それどころか、本国でも同じであるようだ)。まとまった評伝は、松浦嘉一著『メリディス』がほぼ唯一であった。それゆえ、大学院に入学した時、「夫れだけの頭脳《あたま》」もない私が、指導教授の古谷専三先生にメレディスを勉強したいと申し出たのは、無謀きわまることだった。だが先生は、難しい作家だが「古谷メソッド」と言われる英語の読み方をすれば、メレディスも読めるだろう、と励ましてくださった。

古谷先生は、研究者になりたかったら、まずメレディスの全作品を年代順に全て読み、論文の対象とする作品は、最低でも十回は読み、かつ、手紙、詩など、関連するものを網羅することが基本である、と言われた。先生によれば、その作家がどのように小説家として成熟していったか、小説が一作ごとにどのように変貌していくかを考えることが「研究」である。これは未熟な私にはとても出来ない相談だった。というのも、メレディスの場合は、英語が難解の上、完成した小説が十五作もある。その上、未完の小説が一作、短編三作、それに『喜劇論』などのエッセイの他に、大量の詩と書簡がある。果たして、これだけのものを大学院時代に読めるかというと、到底無理である。そこでまずは初期の作品から始めて、その間にメレディスの主要な伝記、批評の類に目を通すことにした。私が修士論文の対象としたのが、初期の代表作『リチャード・フェヴァレルの試練』である。第十一章までは、長谷川正平先生による注釈付きテキストがあったので、まずはそれを頼りに読み始めた。とにかく英語が難しい。"Nature and he attempted no other concealment than..."というところに注があり、「彼は無意識的にも意識的にも」と訳されている。これは到底自分の手に負えない、と思うこともたびたびだった。

『ジョージ・メレディスの試練』を読む

ともかく四苦八苦しながらも修士論文を書き上げたが、難解な英語に辟易したとき、唯一息抜きとなったのはライオネル・スティーヴンソン著『ジョージ・メレディスの試練』(一九五三)という伝記だった。それによると、メレディスは幼い頃からずいぶん苦労のし通しだったようだ。仕立て屋の一人息子として生まれ、父は家庭を顧みず、母はメレディス五歳の時に他界、父と二人きりの孤独な少年時代を送る。農場を営む親戚にしばらく預けられたあと、メレディスは十四歳の時にドイツのノイヴィードにある「モラヴィアン・スクール」というプロテスタント系の学校に入学する。学歴はこれだけだ。十六歳で帰国後、法律を学びながら詩人を目指すが芽が出ず、当時の文壇の大御所、トマス・ラヴ・ピーコックが主宰する読書会に出る。そこで出会ったのが、ピーコックの娘、寡婦で八歳年上のメアリ・ニコルズだった。一八四九年、二十一歳のメレディスはメアリと結婚、一子アーサーをもうける。しかし極貧の中の惨めな結婚生活で腎臓を患ったメアリは、一八五八年、ヘンリー・ウォリスというラファエロ前派の若い画家と、療養も兼ねて暖かい南の島、カプリへと駆け落ちする。ちなみにウォリスは「チャタトンの死」という有名な絵を書いているが、そのモデルになったのがメレディスだった（トマス・チャタトンは十九歳の時、屋根裏部屋で砒素を飲んで自殺した詩人である）。メレディスはアーサーと二人暮しをしつつ、それまでの辛かった経験を糧に、小説『リチャード・フェヴァレルの試練』（一八五九）を書く。帰国していたメアリが一八六一年に病死する。メレディスは母親に遂に一度も息子を会わせなかったという。彼はメアリとの苦しかった日々を『モダン・ラヴ』（一八六二）というソネット連作にして、過去と決別する。この頃、小説家として世間にある程度名前が通るようになったメレディスは、一八六四年、フランス女性、マリ・ヴュレアミと再婚する。この結婚でようやく彼に平安な日々が訪れた。そして一八六八年一月、メレディスが終生の住処として移り住んだのが、サリー州ドーキング、ボックス・ヒルのふもとに建つフリント・コテージであった。とりわけ敷地に向かって右奥の高台に、後に「ハット・ボックス」と呼ばれるスイス風の山小屋《シャレー》（chalet）を建てて、そこを仕事場にしたメレディスは、以後、生涯で最も幸福な作家活動ができたという。メレディスの難解な小説に頭をひねり続けていた私も、このような伝記を読むと、急速に彼に親近感を覚えた。しかもメレディスの書く手紙は小説と違って、驚くほど英語が読みやすい。一体、なぜ、日常の英語と小説の英語がこれほどかけ離れているのだろうか、という疑問がまずは私の出発点となった。

ボックス・ヒルへ

だが作品よりも、伝記にあった「ボックス・ヒル」、「フリント・コテージ」、「シャレー」という名前が、メレディスといつも連想された。ボックス・ヒルは、ジェイン・オースティンの『エマ』で、ヒロインが重要な精神的転機を迎える場所として、イギリス文学ではよく知られている。だがメレディスの家がこの丘のふもとにあったことは、伝記を読むまで知らなかった。ボックス・ヒルは「箱の丘」ではなく、「つげの木の丘」の意味であることも、改めて知った。フリントは「火打ち石」だが、家になぜこんな名前がついたのかは、わからなかった。またシャレーとはフランス語だが、どの程度の小屋かも知りたかった。それゆえ、いつかここを訪ねてみよう、ということが私の夢となった。

そしてその夢が遂に実現したのが、一九八五年二月二十四日の日曜日である。八四年四月から一年間、ロンドン大学バークベック・カレッジの聴講生としてロンドン郊外に住んでいた私は、滞在期限が迫った頃、ようやくボックス・ヒルを訪ねようと決心したのだ。ヴィクトリア駅から列車で約四十分、ボックス・ヒル・アンド・ウェストハンブルという駅に着く。そこから徒歩で北に向かって十五分あまり、待望のボックス・ヒルの入り口が見えてくる。ヒルの坂道は白亜質のため、昨夜の雨で歩いているうちに、みるみる靴が真っ白になった。頂上につく。全体が予想外にこぢんまりしている。なにしろメレディスは一八〇メートルにも満たないこの丘から見える風景を、「丘は星まで届き、谷間は音もない深遠」などと手紙に書いていたからだ。だが二月とはいえ、吹く風は心地よい。「南西の風」をこよなく愛したメレディスの気持ちが、少しだけわかったような気がした。頂上から右手を見下ろすと、果たせるかな、薄茶色の建物が見えた。壁に小石が張られている。これがフリント・コテージだ。そういえば、このあたりの家々もほとんど同じ作りである。丘を降りて家の正門で写真を撮っていたら、たまたまこの家のご主人と奥様とおぼしき方が声をかけてきた。わけを話すと、自分たちはつい先日、ここに引っ越してきたばかりだ、という。メレディスのことで訪ねてきたのはあなたが最初だ、自分たちはこれから出かけるので、よかったら改めていらっしゃい、そうすれば家の中もご覧にいれましょう、というお申し出を受けた。天にも昇る心地とはこのことだ。だが再訪の決意がつかないまま、帰国が迫った三月十七日、ようやく二度目の訪問を果たすことができた。以下がその時の報告である。

現在のフリント荘の持ち主は、マイケル・ルーベンシュタインさんというアメリカ人で、労働問題の著述もあるという作家である。親切な奥様はバーバラさんという。お子さんはいない。お二人は百年契約でナショナル・トラストからここを借りたのだという。この日、まずお茶を頂いたあと、ご主人が最初にフリント荘内を、次いでシャレーをすべて見せてくださった。夢中でシャッターを切り続けた。バス・ルームの、十七世紀の絵模様のタイルや居間のレリーフは確実にメレディス時代からのものという。……シャレーに行くには、マイケルさんの書斎（かつては台所）のわきのくぐり戸を抜け、つたかずらのトンネルをくぐって庭に出て、それから右奥の丘を上って行く。先を歩く背の高いマイケルさんの背中がメレディスとだぶって見えた。シャレーは入り口から入るとすぐに八畳ほどの書斎、北側の壁は一面の作り付けの本棚、もちろん今はがらんどうで、電気も引いていないとのこと。隣は同じ広さの暖炉付きの寝室、メレディスはここで、一人で寝泊りしたのである。私の最大の関心事がシャレーから、ボックス・ヒルがどのように見えるかであった。……このあとマイケルさんは、メレディスの手紙の写しや詩集の初版やらを見せてくださった。こちらはすでにすっかり感激してしまい、カメラを持つ手がふるえ、こともあろうに巻き戻しのフィルムをあやまって感光させてしまった！そのため最後に撮った山小屋内はまったく映らなかった。心のフィルムに焼き付けたからいい、と負け惜しみを並べても、これはあまりに手痛い失敗だった。ルーベンシュタインご夫妻は、イギリスに来たらいつでもここへ寄ってくださいと言ってくださった。異国で出会った、このような思いがけないご厚意のありがたさに、こちらとしてはお礼の申しあげようもなく、この「ありがたさ」とあの「失敗」とで、すっかり逆上し、そそくさとおいとま乞いをしてしまった。（『日本大学海外出張報告書35』〔一九八五年一二月〕より抜粋）（『広島日英協会会報』、二〇一五年四月）

定年随想　――退職のご挨拶に換えて――

私は二〇一四年九月二十一日をもって満七十歳の定年を迎え、約三十七年間にわたる日本大学文理学部での専任教員の職を辞しました。二〇一五年四月からは、完全な非常勤講師として、毎週月曜日に文理学部においてのみ授業を行っています。本来ならこの場を借りて、お世話になった多くの皆様への感謝を述べるべきところ、以下のような感想をもって、退職のご挨拶とすることを、お許しください。

＊

長年ひとごとだと思っていたが、それは意外なほどあっさり訪れた。何事にも終わりはあるが、終わりがあるからこそ、「今のうち」が貴重になる、ということも、改めて思った。だが「終わり」はまた、新たな「始まり」でもある。考えてみれば、定年になったからといって、朝起きて、今日一日を迎えることに変わりはない。生きていればだれしも「今」と向き合わねばならない、ということは「普遍の真実」である。だがやがて、この世を去るときが来ると、「今」は「あの時」となり、自分の存在も消えて無くなる。これも「普遍の真実」であろう。だが本当に消えて無くなるのだろうか。

ティック・ナット・ハン（ティックは尊称で、「師」という意味）というベトナムの禅僧いわく、私たちの肉体の中に、私たちの両親はじめ、これまでの全ての祖先が住んでいて、それは肉体の全組織、すなわち、骨にも肉にも、ひとつひとつの細胞にも血液にも粘液にも、潜んでいる。その上、血のつながりはなくとも、すでに世を去った人々を思い出すとき、その人たちも同時に自分の中でよみがえる。だから、亡き人を思い起こすことは、とても大切だ。そのとき自分は、亡くなった人の分まで生きることになるからだ。目の前の風景は自分だけが見ているのではない。心によみがえった死者たちとともに、見ているのだ（同じことを、詩人の長田《おさだ》弘も言っていた）。つまり、自分の存在は、両親兄弟姉妹、それに親戚や先祖を始め、直接血はつながっていないが、これまで何かとご縁のあった多くの人たちの存在と、互いに根本的に結ばれている。これがナット・ハン師の言う Interbeing（相互存在）である。それゆえ、自分がこの世を去っても、だれかが思い出してくれる限り、「自分は死んではいない」と言ってもいいだろう。自分はその人の中で生きているからだ。師の代表作 *The Miracle of Mindfulness* を読みながら、そう思った。

十八世紀イギリス文学でよく知られているのが、トマス・グレイの「田舎の墓地にて詠める哀歌」、いわゆるグレイの「エレジー」である。この詩は村人たちが眠る、夕暮れの墓地に一人たたずみ、彼らの存在に思いを馳せるという内容だが、グレイが墓地に横たわる人々を思うとき、彼らは突然、詩の中から立ち上がってくる。この詩は、死者は今なお生きていることを、如実に伝える。しかも、彼らは生前まったく無名であり、いわゆる「歴史に残る」ような業績は何も遺してはいない。だがジョージ・エリオットが『ミドルマーチ』終章の末尾で言うように、「この世界が良くなっていくのは、ひとつには歴史に残らない行為による (The growing good of the world is partly dependent on unhistoric acts.)」。エリオットは続けて言う、「あなたや私にとって、物事が考えられるほど悪くないのは、世に隠れた生涯を誠実に生き (live faithfully a hidden life)、今では訪れる人もいない墓の中で眠る (rest in unvisited tombs) 人々のおかげも、半分はある」。グレイの詩とエリオットの言葉は、先に述べた Interbeing ということが真実であることを、告げている。

無名の人々の記録と言えば、民族学の名著とされる、宮本常一『忘れられた日本人』（岩波文庫）もそのひとつであろう。ここには明治時代から昭和初期に生きた、九州、四国、中国、東北などの農村や山村地帯に住んだ人々の声が書き留められている。いわゆる「聞き書き」である。今ではすっかり「忘れられた」人たちだが、「聞き書き」ゆえに、この本の頁をめくるたびに、その無名の人たちが立ち上がってくる思いがする。グレイの「エレジー」を連想させる場面もあるが、多くはかつての日本人の勤勉ぶりを彷彿とさせる。また貧しくともおおらかに生きた男女たちが、生き生きとよみがえってくる。これを読むと、エリオットの言う“unhistoric acts”という言葉の真実に思い当たるだろう。なぜなら、世に知られる功績や業績を何も残さなかった人々の隠された一生にこそ、「生きる意味」が充満しているからである。この本は前から読もう読もうと思っていたが、手にとる余裕がなかった。定年退職して初めて読んだのだ。私には「忘れられない」一冊となりそうだ。

もう一冊、定年退職して、ぜひ読もうと思っていた本が、ジェイムズ・ボズウェルの『サミュエル・ジョンソン伝』である。これはオックスフォードのペイパーバック版で、一四〇〇頁もあるので、一朝一夕には読めないが、このたびようやく、少しずつ目を通している。元来、私は伝記や自伝にとても関心があり、これまでも十九世紀イギリス文学では、ジョージ・エリオット、ジョージ・メレディス、トマス・ハーディ、エリザベス・ギャスケル、チャールズ・ディケンズ、ブロンテ姉妹、それにワーズワス、シェリー、バイロンその他、何人かの小説家や詩人たちの伝記を読み、そのたびごとにイギリス人がなぜ伝記好きなのかを教えられた。このたびの『ジョンソン伝』は、イントロダクションによれば、イギリス文学史上最高最大の伝記と言う触れ込みでもあるので、読んでいて本当に嬉しい。そしてここにもやはり有名無名の人々がどっさり登場する。ジョンソンの日常の言動が、ボズウェルの観察と、彼が収集した手紙、他の人々の証言などから、生き生きと浮き上がってくる。そのジョンソンの生き方は、先に述べたInterbeingの典型のようにも見えてくる。しかも彼の発言には、ティック・ナット・ハンのそれと共鳴するような瞬間がある。ただしこれは、同時に読んでいるものから生じる、相互反響のしからしめたものかもしれない。

こんなことを思うのも、やはり定年を迎えたからだろうか。振り返ってみれば、私が一九六三年に日本大学文理学部英文学科に入学してから今年で五十二年になる。さらに一九七〇年に聖徳短大、一九七五年に帝京大学、一九七八年から文理学部の専任教員となったが、専任教員であったこれまでの全期間を合わせると四十五年となる。この間に教えを乞うた先生、及び、同僚となった先生は数多いが、そのうち幽明境を異にした文理学部英文学科の専任の先生方だけを数えると、二十八人にのぼる。そしてその諸先生の存在を思い出すたびに、それぞれの先生が自分の中によみがえってくるのを感じる。言ってみれば、教員としての自分は、これらの諸先生と「相互存在」しているると考えざるをえない。それにもちろん、現在ご活躍中の本学、及び他大学の諸先生とも「相互存在」している。その上また、教室で出会った学生諸君の延べ人数を数えると、一年間に少なくともおよそ二〇〇名としても、四十五年間で合計九〇〇〇名となる。これらの学生諸君との出会いも、自分の一部から切り離せない。だから、「自分とはだれか」と自分に問いかけたら「自分は、これらの方々がいなければ、存在しえなかった」と答えるほかない。定年になるということは、これまで見えなかったものが見え始める、ということであろうか。

（『日本大学英文学会通信』二〇一五年四月）

「わだつみの詩人」田辺利宏のこと

戦没学生の遺稿集『きけわだつみのこえ』と言えば、一九四九年十月二十日に、東大協同組合出版部から世に出て以来、東大新書、光文社カッパブックスと版を重ねて現在の岩波文庫版に至るまで、多くの読者を持つ、戦争の稀有な記録として知られている。元法政大学教授、岡田裕之氏は、「わだつみ記念館だより」第九号(2015.7.1)に、「『きけわだつみのこえ』は座右の書というよりは私にとってはるかに重要な本であり、『聖書』『資本論』と並ぶ生涯の精神の糧である。再読、再々読、幾度読み直したかは数えきれない」と書かれている。私も、岡田氏にははるかに及ばないにせよ、学生時代に初めてこの遺稿集を目にしてから、この本の存在がずっと心の底に留まり続けてきた。いわば、私の精神の原点とも言えるだろう。さてこの遺稿集は、先の大戦で亡くなった学徒兵たちの遺書、手紙、日記などを募り、その中から八十何人かを選んで公開したもので、現在の岩波文庫版では第一集に続いて、第二集も出ている。この遺稿集の選に漏れたものもかなり多いが、それらは「わだつみのこえ記念館」で随時公開している。この記念館は、東大赤門前にあるビル、赤門アビタシオンの一角に、二〇〇六年にオープンしたもので、私は昨年夏、この記念館を取材したNHK首都圏ネットワークを見て、ぜひここを訪れたいと思った。というのも、記念館の館長は渡辺總子(ふさこ)さんという方で、その亡きご夫君は、私がかねて敬愛する渡辺清氏であると、この番組で初めて知ったからである。渡辺清氏は私と同じ静岡県出身で、一九四四年十月二十四日にフィリピンのレイテ湾で米航空機の攻撃によって沈没した戦艦武蔵の乗組員であった。生き残られた同氏がその後書かれた三部作、『海の城』、『戦艦武蔵の最期』、『砕かれた神』は、『きけわだつみのこえ』と並び、私の精神形成の上で極めて大きな影響を及ぼした本である。だからその奥様である總子さんに、ぜひともお目にかかりたかった。そして、二〇一五年十月九日、念願のこの記念館を訪れ、展示品の数々を拝見した後、館長の總子さんともお目にかかることが出来た。

總子さんはテレビで拝見した通り、もの静かで上品な方であった。このとき、私が渡辺清氏の三冊の本について触れたら、「今どき夫の本のことを話題にされる方はほとんどなく、お話を伺えてうれしいです」というお言葉を頂いた。さてこの時もう一つ私が話題に挙げたのが、『きけわだつみのこえ』に遺稿が掲載された戦没学生の中で、唯一、日大英文学科出身の田辺利宏のことである。しかも他の遺稿は散文がほとんどだが、田辺の場合、遺稿集の中で異彩を放つ四編の詩「雪の夜」、「泥濘」、「水汲み」、「夜の春雷」が選ばれている。二〇一三年十月二十一日は学徒出陣七十周年記念であったため、私は英米文学概説の授業で田辺利宏のことを紹介し、その代表作「雪の夜」を学生諸君の前で朗読した。英文学科の先輩に、このような詩人がいたことを、ぜひ知ってほしかったからである。そして偶然、記念館のホームページとパンフレットの表紙を飾っていたのは、その「雪の夜」の最後の六行であった。

遠い残雪のような希みよ、光ってあれ。
たとへそれが何の光であろうとも
虚無の人をみちびくちからとはなるであらう。
同じ地点に異なる星を仰ぐ者の
寂寥とそして精神の自由のみ
俺が人間であったことを思ひださせてくれるのだ。

總子さんにこのことを話したら、そばで私の話を聞いていた一人の男性館員が、田辺には日記などを編集した遺稿集『夜の春雷』があると言って、資料室からその本を持ってきてくださった。これは私には未知の本であったから、大変うれしかった。その後、記念館開館十周年記念行事のことなどについて總子さんから伺い、「ここに来ることができて、本当によかったです」と挨拶をして、「わだつみのこえ記念館」をあとにした。

家に戻り、早速、一九六八年に出版された『夜の春雷』（未来社）をインターネットで調べて注文した。同時に「戦争と平和」市民の記録シリーズの第三集、『田辺利宏・池田浩平・宮野尾文平　わだつみの詩』（日本図書センター、1992）も取り寄せた。この詩集では、最初に田辺の「従軍詩集」と題した全二十四編の詩が掲載されている。田辺の詩の解説を担当しているのは、著書『学徒出陣』で知られる、今は亡き安田武である。日本戦没学生記念会「わだつみ会」の理事であった安田の著作にも、私はかねて親しんでいたから、そのことにも何かの因縁を感じた。他方、田辺の遺稿である日記や寄稿文などを編集し、『夜の春雷』というタイトルをつけて出版したのは、当時東大でドイツ語を教えていた信貴辰喜（しんき・たつよし）という方である。その「編者あとがき」を読むと、「本書の出版にあたっては、多くの方々のご援助をいただいた。なかでも、渡辺清氏のご厚意とはげましがなければ、本書の編集・出版はついに不可能であったろう」とあった。また「渡辺氏には〈田辺の遺した〉『戦線日記』を通読していただき、有益なご教示をうけた」とも書いてあった。田辺・渡辺・安田という三人の名前が、ここに結びついたこと、これも私には何か大きな因縁である、としか思えなかった。それゆえ『夜の春雷』は、私が出会うべくして出会った本、読むべくして読んだ本である、と言わざるを得ない。以下、紙幅に限りがあるため、できるだけ簡潔に田辺とこの本を紹介し、日大英文学科にゆかりのある全ての方々に、改めて、英文学科の卒業生の中に、このような詩人がいたことを知って頂きたいと思う。

田辺利宏は一九一五年五月十九日に岡山県浅口郡（現在の倉敷市玉島）で生まれた。小学校高等科卒業後、一九三〇年四月に上京して神田にある帝国書院に勤めながら、法政大学商業高校（夜間部）に通い、学力優秀で特待生となる。一九三四年四月、日本大学予科に入学、二年後、予科を修了して、同じく神田にあった日本大学法文学部英文学科（夜間部）に進学する。一九三九年三月、英文学科を卒業し、九月より広島県福山市の増川高等女学校に勤務して英語と国語を教える。だがわずか三か月もたたない同年十二月、陸軍に召集され松江に入営。すぐに中国に送られ、蘇州で訓練を受けたあと各地を転戦する。そして一九四一年八月二十四日、江蘇省北部で左胸に貫通銃創を受けて戦死。享年二十六。陸軍伍長であった。以上が『夜の春雷』にある年譜をまとめたものである。

『夜の春雷』には、田辺が書き残した「戦線日記」(一九三九年十一月~一九四一年七月)と二十四編の「従軍詩集」、それに少年時代に書いた作文と日記、俳句二十八句と初期の抒情詩十五編が収められている。編者の信貴氏は「従軍詩集」を、その日時と内容に応じて「戦線日記」の中に組み入れた。そのため、各詩がどのような状況で書かれたのかが、一読してよくわかるようになっている。『夜の春雷』という本のタイトルは、「従軍詩集」の一編で、一九四一年三月に書かれた同名の詩から取られたものである。これは倒れた戦友たちを悼む詩で、その半ばに「はげしい夜の春雷である。/ごうごうたる雷鳴の中から、/今俺は彼らの声を聞いている」とあり、「夜の春雷よ遠くへかへれ/友を拉して遠くへかへれ」と結ばれる。信喜氏は、田辺の声が、春雷のように今なお彼方から響き渡ってきてほしい、という願いも込めて、このタイトルをつけられたのだろう。この本の冒頭には、眉目秀麗な田辺の軍装写真一枚と、学生時代の丸刈り頭の写真二枚(うち一枚は「神田にて」とあるから英文学科時代であろう)、それに自分の軍隊手帳に書き残した、手書きの「従軍詩集」の写真が掲載されている。これらを見るだけで、はや、胸がいっぱいになる。

安田武は「従軍詩集」解説の冒頭で、田辺の詩は「戦場の孤独と虚無を謳う」と述べている。その通りであろう。だが日記を年代順に読み、その中に置かれた詩と出会うと、この印象が少し変わってくる。安田自身、『夜の春雷』を読んでその解説を書いているから、そのあたりは心得ている。それゆえ、田辺の日常生活をも見据えた目で、それぞれの詩を読み直せば、キルケゴールを思わせる「孤独」と「虚無」という言葉も、若干の修正が必要となるだろう。日記の中から浮かんでくる田辺は、第一に、きわめて明るく清廉な精神の持ち主であったということだ。それは子供時代でも、書店時代でも、学校時代でも、軍隊時代でも変わらない。上官や戦友との交わりでも、決して人間関係に軋轢を生じさせることがない。ときには暖かなユーモアさえ漂う。どんなに辛い状況でも、透徹した目でそれを客観的に捉えて、難なく困難を乗り越えるという、悠揚迫らぬところがある。例えば、教員時代、女学生と遠足に行ったとき、立小便をがまんするところや、少年時代、生まれて初めてカレーライスを叔母さんと食べに行ったときの感想、「百年後のぼく」と題した作文で、二〇一五年の自分を想像しているところなどに、その人柄がよく表れている。また例えば、軍隊時代、普通であれば悲壮感と疲労感が漂うはずの夜間の行軍でも、次のように日記に記している。「一九四〇年十一月九日　久しぶりの夜行軍はなかなか苦しかった。今日は（略）昼間を眠る。水はきれいだし藁は多く、暖かい藁にうもれて眠り、この多忙をきはめた日々の中で地蔵のごとく閑散とした気持ちになる。まわりのゆるやかな丘は美しく、晩秋の日に焦げた高原のしずかな一日だった。」

このように田辺は、泥濘や泥雪にまみれた戦場でも、美しいものを目に止めると常にそれを日記に書かずにいられない。上官から制裁を受けて殴られた時でさえ、怒りや悲しみに怒号するのではなく、痛かったが、自分たちが悪かったのだから殴られるのは当然だ、と書いている。激しく辛い戦闘訓練、神経が擦り切れる歩哨当番、絶え間ない上官の身の回りの世話など、どんな場面でも田辺は愚痴をこぼさない。田辺の所属した連隊には新兵補充がなかったから、彼は最後まで初年兵同然であった。また、彼が主として連隊で行った仕事は、「功績事務」という兵員の勤務状況、戦死者の功績などについて記録することだったから、彼の目は常に他者に注がれていた、と言ってよい。「他者」と言えば、戦地で出会った現地中国の農民・市民はまさしく「他者」である。そして田辺の目は彼らの上にも、いつも暖かく注がれた。そのよい例は「従軍詩集」最後の一編「水汲み」である。それは「はだしの少女は／髪に赤い野薔薇を挿し／夕日の坂を駆け下りてくる」という三行から始まり、「しづかな光のきらめく水をすくって／彼女はしばらく地平線の入日に見入る」と続き、最後に「少女はしっかりと足を踏んで／夕ぐれに忙しい城内の町へ／美しい水を湛えてかへってゆくのだ」と、締めくくられる。「これは私が読んだ日本語で書かれた詩の中で最も美しい詩である」という感想を、インターネットで読んだことがある。

だが日記を読んで最も驚くのは、いつ何が起こるとも知れない戦地で、田辺が文学の読書を忘れていない、ということである。もちろん疲労困憊のあまり、頁を開く余裕のないときもあっただろう。だが、彼はその中で、寸暇を惜しんで本を手に取り、しかも短い読後感まで日記に記している。日記に取り上げられている作品を一部、列挙してみよう。マンスフィールド短編集、ヘッセ『車輪の下』、サンド『愛の妖精』、ショニッツラー『ギリシャの踊り子』、『死んだガブリエル』、『ベルタ・カリレラン夫人』、T・E・ロレンス『アラビアのロレンス』、エリア『驕児』、ドストエフスキー『死の家の記録』、芥川『侏儒の言葉』、モロア『敗走』、ハドソン『緑の館』、大仏次郎『花と兵隊』などなど。さすが英文学科出身、他の戦没学生の手記には経済学や哲学の書名が多いのに、田辺の挙げるものはほとんどが文学である。マンスフィールドを手にした時は「なつかしい」と感想を漏らしている。

『夜の春雷』に掲載された「戦線日記」を読み進めて行くと、突然、次のような記述にぶつかる。「一九四一年三月十四日晴〔江陰にて〕事務。大和師よりコウルリッヂ詩集」。翌日の日記には「大和師の送って下さったColeridge訳詩集を、点呼後ローソクの光で読む」とある。思わず目を見張った。大和師とは、もちろん日本大学英文学科を築かれた大和資雄（やすお）先生のことである。私も先生の教えを教室で受けた一人である。一八九八年生まれの大和先生は当時四十三歳であったはずだ。おそらく出版されたばかりの「コウルリッヂ訳詩集」を、わざわざ戦地の田辺に贈られた大和先生の心遣いが、この短い記述から伝わってきた。大和先生は、教室で出会った学生の中から、とりわけ田辺を覚えていらしたのだ。つまり田辺は、先生の心に残る学生であった、ということだ。これだけで私は、田辺がどんな英文学科時代を送っていたかが、わかるような気がした。

田辺の書いた詩と日記をこのように読んでいくと、その人柄と生き方がよく伝わってくる。彼は与えられた運命をあるがままに受け止め、現実から決して逃げず、どんな時も最大の努力を惜しまない。その内面は理不尽なものへの怒りと孤独と虚無を抱えている。だが外面はいつも穏やかで淡々としている。そして彼が常に求めたものは「美しいもの」であった。それは内地でも戦地でも変わらない。戦場で祖国を思い、とりわけ恩師や友人や心寄せた女性を思う田辺利宏。その短く鮮烈な生涯から生じる彼の声は、今なお私の胸に直接響いてくる。私たちの先輩にこのような詩人がいたことを忘れまい。（『日本大学英文学会通信』二〇一六年三月）

『修証義』とともに歩んだ半世紀

私が日本大学参禅同好会に入会したのは、日本大学三島校舎で教養課程の一年次を過ごした後、世田谷の文理学部に移行した二年生の春であった。ちょうど日本で初めてのオリンピックが東京で行われた年で、日本中が活気に溢れているように思われた。だが当時の私は、自分の属した英文学科にこのまま在籍するかどうか、深刻な悩みを抱えていた真っ最中であった。この世には英語や英文学よりも、もっと人生の生き方に関わる重要な問題があるのではないか、と思っていたのだ。とくに森田正馬が創始した「森田療法」の実践記録、鈴木知準著『一つの生き方』という本に大きな影響を受けていた私は、その中で森田博士が行っていたという坐禅に興味を引かれ、いつか自分も実際に坐ってみたい、という思いがあった。また静岡県三島市には竜沢寺という禅の名刹があり、そこに中川宗淵老師という名僧がいることも知っていた。さらに京都大学の西田幾多郎や、東北大学の阿部次郎などの哲学者、倫理学者の著作にも強いあこがれを抱いていた。その上、高神覚昇『般若心経講義』、友松圓諦『法句経講義』など、何冊か一般向けの仏教関係の著作からも影響を受けていたから、いつか一度、本格的に禅を経験したいという思いは、実は高校時代からずっと心の底に潜んでいた。

だから世田谷校舎に移行してサークル勧誘があったとき、私は迷わず参禅同好会に足を向けた。日本大学参禅同好会は、日本大学佛教青年会が主体となり、哲学科の本間康一郎先輩を初代会長に迎えて発足した。だがその後、一時、サークル活動としては下火になっていたのだが、私の入会時には心理学科四年の山口雅実会長を中心に、野々村新先輩ほかの心理学科四年生、及び遠藤剛・岸孝昭両先輩ほかの心理学科三年生を主要メンバーに、再び新生日本大学参禅同好会として、息を吹き返していた。そしてそれから私は、学部時代の三年間、恵比寿駅近くにある福昌寺の禅堂で、毎週月曜日の夕刻に坐るようになった。福昌寺の住職、中根専正先生が文理学部でサンスクリット語とパーリ語の講師をしていたご縁で、この寺が日本大学参禅同好会の活動拠点になったのである。

定例参禅会は初めに三十分坐り、それから経行（きんひん）が五分ほど、さらに三十分坐って、そのあと中根老師と助手の上野師が主導する読経、さらに中根老師の講話があってお開きとなった。私はまた、全ての行が終わったあと、会員同士で歓談し、懇親を深めることも楽しみであった。もちろん夏と春の参禅合宿もかけがえのない思い出であるが、大学時代、最も心に残ったのは、このときの歓談である。というのも、参禅会に入会する人たちは、多かれ少なかれ私と同じような悩みをどこかに抱えていて、どの人も生きることに真剣であったから、ただ会で顔を合わせるだけで、互いに心と心が通じあうように思えたのだ。

さて読経のときに使ったのが、福昌寺禅堂備え付けの、黄色い表紙をした小さな経典である。タイトルは『修証義』とあるが、同時に「般若心経」と「観世音普門品偈」も収められている。福昌寺は曹洞宗であるから、道元禅師の『正法眼蔵』の教えがその中心的な教義である。だが、これは極めて難解でかつ大部な著作であるため、曹洞宗本部では何年かかけてそれを簡潔な『修証義』としてまとめて、これを主要な経文として詠むのである。臨済宗で白隠禅師「坐禅和賛」を詠むのと同様である。私たち日本大学参禅会員は、学期のある月曜日ごとに、坐禅のあとこの『修証義』を福昌寺の禅堂で声を合わせて唱和した。この経を初めから終わりまで詠むのではなく、毎回、全五章のうちから一章だけを中根老師が選んで詠むのだが、いつしかそれが私にとって、毎週心を調える儀式となっていった。

参禅会は翌年、山口会長から、遠藤会長となり、さらにそのあと私が会長に任命された。だが大学の最終学年は短い。瞬く間に一年がたち、最後の参禅会となった。これでもう、そう頻繁にこの禅堂に坐りに来ることもなくなる、と思うと、ふと、この黄色い表紙のお経をずっと手元におきたいという誘惑に打ち勝てなくなってしまった。それで、積んであった経典の一冊を、無断でそっと持ち帰ってしまったのだ。あのとき、なぜちゃんと断わらなかったのか、これが今でも悔いになっている。だが、その後悔の念も働いて、手元に置いたこの『修証義』を、以来、大切に、大切に、扱ってきた。

卒業したその年、私は大学院に進学した。そしてその二年目に大学紛争が起こった。この時期の参禅同好会の様子については、また別の機会に語ることがあるかもしれないし、後輩の会員たちもそれを語るだろう。それで、私はそれからの『修証義』とのつながりを以下に記しておきたい。

せっかく手にした『修証義』だが、その後、十年近く仕事にかまけてこれを読むことは、ほとんどなかった。『修証義』は家の仏壇に置かれたままとなった。もちろん、たまにこれを手に取り、第一章「総序」から第五章「行持報恩」まで声に出して通読することはあった。だが一九八〇年頃から、毎朝数分間、これを一章ずつ詠むことにした。一九八四年から一年間、ロンドンで生活したとき、この経典も持っていって、朝の簡単なストレッチ体操のあと、ほんの数分間だけ坐り、その後、足を組んだまま「般若心経」と『修証義』の全五章を、一日に一章だけ順に小声で唱えるのが習慣となった。そして帰国後、現在に至るまでそれが毎朝の日課となって、一年間、ほぼ毎朝欠かさずこれを続けている。だからこの『修証義』を、私は国内外に出張する折にも常に携行していて、今では黄色の表紙も剥げ落ち、表紙に書かれた『修証義』の文字も薄くかすれ、しかもところどころ補強しないと、ばらばらになってしまうほどである。だが、この経典は、今や私にとってなくてはならない、人生の最も重要な道しるべとなっている。

「読む」というのは、不思議な行為である。『聖書』を読む人たちは、新約でも旧約でも、繰り返し繰り返し読み続け、その都度、新たな思いが湧き出るという。つまり、そのとき言葉は一度消費されてしまえば終わりというのではなく、何度読み返してもそのたびに心の中が洗われ、目が新鮮になり、忘れていた大切なことがよみがえり、生きる力を与えてくれるのである。私にとって『修証義』の言葉もこれと同じである。どの一行をとっても、そこに何度読んでも窺いきれない奥行きが感じられてくる。「生を明らめ死を明らむるは佛家一大事の因縁なり」という冒頭の一文からして、未だにこの文の深さを究めることはできない。これまで肉親や友人、同僚・知人の死に立ち会ったとき、いつも脳裏に上ってきたのは、この言葉である。

また例えば、第五章の終わり近くに次の言葉がある。

「謂ゆるの道理は日々の生命を等閑にせず、私に費やさざらんと行持するなり。光陰は矢よりも迅かなり、身命は露よりも脆し、何れの善巧方便ありてか過ぎにし一日を復び還し得たる、徒に百歳生けらんは恨むべき日月なり、悲しむべき形骸なり、設ひ百歳の日月は聲色の奴婢と馳走するとも、其中一日の行持を行取せば一生の百歳を行取するのみに非ず、百歳の佗生をも度取すべきなり、此一日の身命は尊ぶべき身命なり、尊ぶべき形骸なり、此行持あらん身心自らも愛すべし自らも敬うべし、我等が行持に依りて諸佛の行持見成し、諸佛の大道通達するなり、然あれば即ち一日の行持是諸佛の種子なり、諸佛の行持なり。」

私はこの部分を、学生時代から数えて約五十年、何度目にしてきたかしれない。だが、この部分を詠むと、未だに今初めて目にしたかのような、思いにとらわれる。また、ここで繰り返される「行持」という言葉の持つ意味に、改めて思いを馳せる。また、人間の寿命は長さではない、今日一日の「行持」によって、その「一日」は「百歳の佗生」にも値するという教えの深さに今も驚くばかりである。

この箇所ばかりではない。『修証義』のどの部分も、何度読んでも「これでよい」というところはない。私がこの世を去るその日まで、私は表紙のはがれた、ぼろぼろに擦り切れたこの経文を、毎朝、手にし続けるだろうと思う。（『禅友』第十号。二〇一三年九月五日）

第六部

追悼

A Man of Love――追悼・中島邦男先生

『その日は来るだろう』*The Day will Come.* というのは、十九世紀半ばのイギリスの人気作家、メアリー・エリザベス・ブラッドンのベストセラー小説の題名だが、私はこのところ、この言葉が時に頭を去来していることに気づく。「その日」というのは、どんな日にもあてはまる。卒業、就職、退職を始め、人間には「節目」となる「その日」は種々様々である。だが、いずれにせよ、それらはいつか「きっと来る」。とりわけ「死」は全ての人間に「必ず来る」。ふだんはただ忘れているだけだ。それゆえ、The day will come. の助動詞 will には、人知を超えた、何か大きなものの働きがこめられている、と思わないわけには行かない。そして、中島邦男先生の「その日」も、突然訪れてしまった。

二〇一四年二月五日水曜日、中島先生は、いつものように朝の散歩にお出かけになろうとしていたという。だが、その時、突然、玄関先で「動脈瘤乖離」という異変に襲われ、同日、午後五時五十分、先生は帰らぬ人となった。当日までお元気に、日課となっている散歩に出ようとされ、その日のうちにこの世を去られたというのは、いかにも先生らしい最期だと思った。

ご葬儀・告別式は二月八日であったが、当日は文理学部の入試と重なったため、家内と私は前日の通夜に参列した。微笑まれている先生の遺影が見下ろす祭壇の脇には、国のために尽くされたことを告げる感謝状が添えられていた。先生の一生は、やはり先の戦争と切っても切れないことを、その感謝状が伝えていた。

中島邦男先生は、昭和元年（一九二五年）愛知県生まれで、「わしの年は昭和の年と同じだ。平成からはその年数を足せばよい」とよく言われていた。昭和十六年、先生は中学卒業後、陸軍士官学校に入学された。当時、陸軍士官学校と言えば、東京帝国大学にも勝ると言われた難関校で、男の子ならば一度はあこがれた学校だった。ここに入学することは、日本のエリート中のエリートを意味すると言われた。先生は卒業後、昭和十九年に若き陸軍少尉として任官されたが、翌年、終戦。昭和二十一年、日本大学文学部英文学科に入学された。先生がなぜ日本大学の英文学科を選んだのかは、今もよくは分からないが、これは私たち教え子・後輩には、「天の配剤」ともいうべき、極めて大きな出来事であった、と今にして思う。先生は昭和二十四年に英文学科を卒業され、その後、本学の教員となられた。

ところで、先生が十六歳から十九歳という人格形成期を陸軍士官学校で過ごされた意味は大きい。先生が何事につけてもきちんとした仕事をされ、常に姿勢正しく言葉も明瞭で声も大きかったのは、士官学校で叩き込まれた精神のたまものだったと思う。私が昭和五十三年に文理学部勤務になってから、中島先生、藤井繁先生、江川泰一郎先生、私と四人で、何度か箱根に一泊旅行をしたことがあった。その機会に先生は朝、「君ね、ふとんや毛布を畳むときは、四隅が九十度になるようきちんと畳むというのがぼくの習慣でね」と一度おっしゃられたことがあった。これは軍人時代の名残りとのことだったが、この「四隅がきちんと」という生き方は、何事によらず、先生のお人柄をよく表していると思う。

私が初めて中島先生とお目にかかったのは、昭和四〇年（一九六五年）、東京オリンピックの翌年だった。一年間のロンドン留学から帰ったばかりの中島先生は、イギリスの空気を十分に吸ってきた新進気鋭の学者という観があった。学部時代、私は先生のご授業に出る機会はなかったが、研究室などでお見かけする先生は、いつも溌剌とされていた。

先生から本格的な影響を受けるのは、私が大学院に進学した昭和四十二年（一九六七年）四月からである。というのもこの年、研究室の副手でもあった私は、先生の授業の助手として、一年生の一般英語クラスを担当する先生の授業振りを、一年間、間近に拝見できたからだ。英文学科はこの年、今なら考えられないだろうが、一学年三〇〇人を越える学生が入学し、英語の授業も一クラス一〇〇人に近い大教室で行われた。そのために副手が助手としてつけられたのだった。*The Gateway to England* というテキストを使った先生の授業は、毎回、英語の面白さとイギリスの魅力で満載だったから、一時間があっという間だった。英語の不思議の一つ、go の過去はなぜ went か、また Wednesday の d はどこから来たのか、women の o はなぜ〔i〕と発音するのか、などなど。英語の短文を全て発音記号で表記するという練習も、この授業や夏の英文学科合宿などで学んだ。その上、聖書の四福音書を古期英語から中世、近代、現代と順番に並べて、英語の歴史の変遷をたどる方法も、中島先生の独壇場だった。大学院一年のとき、中島先生の英語学特殊研究の授業にも出ていた私は、課題の不定詞のレポートを書いたことがあった。そのレポートを先生は、ほめてくださった。このとき私は、メレディス研究を始めたばかりだったが、難解な小説に苦心惨憺するより、いっそ中島先生のご指導のもとで語学研究に転向しようかとさえ、一瞬、思ったほどだった（結局、十九世紀イギリス小説研究に踏みとどまったが）。

また同じ昭和四十二年に先生は、『英語学論究』という研究書を南雲堂から出版された。その出版記念会に私も出席したところ、古谷専三先生がその席で、「将来の教授、博士だ」と、当時助教授だった中島先生を紹介されたことを、今でも覚えている。これまで先生が発表された論文をまとめたこの本を、私は隅から隅まで読んだ。そして語学の研究とはこのようにするものだ、と思った。例文は全て先生が手ずから集められたもので、ハーディ、ゴールズワージーなど、その出典を見るだけで、先生のふだんの読書傾向が伝ってきた。先生は既に、R・L・スティーブンソンの短編「瓶の悪魔」"The Bottle Imp" に詳注をつけたテキストを出されていたが、その注釈の細かやさと的確さに、私は感銘を受けていた。だが『英語学論究』は、さらにその感銘を上回った。例えば、If ...were to.. 構文に込められた主観性や、seem happy と seem to be happy の意味の違いなどが、多くの例文を通して突き止められていて、まるで探偵小説のように一歩ずつ結論に向かうさまは、とてもスリリングだった。先生は何事も「実証的に」というのが学問上の信念で、抽象的な言語理論ではなく、ご自分で確認された実際の資料をもとに論を進められたから、先生の結論には極めて説得力があった。これは本格的にマロリー研究を始める前段階の先生をよく表す本である。イェスペルセン、ウィークリー、ブルック、ワイルド、ブラッドリーなど、著名な語学者の名前を知ったのも、先生の授業からだった。

翌昭和四十三年（一九六八年）から二年あまり続く大学紛争が日本中の大学を揺るがし、文理学部のキャンパスも一年間、完全に閉鎖された。それまで英文学科のために心血を注がれてきた中島先生が、大学を糾弾する学生集会で思わず絶句・嗚咽する場面も目撃した。ああ、この先生はこれほどまでに英文学科と学生のことを思っていらっしゃるのだ、と思わないわけに行かなかった。

紛争の余燼がようやくおさまりかけた昭和四十五年（一九七〇年）、私は新設短大に異動し、中島先生と身近に接する機会も大幅に減ってしまった。だが先生はこの頃から、ライフワークとなるトマス・マロリーの英語研究に本格的に入られ、古谷先生を中心に一九六七年に結成された「'67英文学会」の機関誌『'67英文学論集』始め、様々な場所で研究成果を発表され続けた。先生いわく、「十四世紀のチョーサーと十六世紀のシェイクスピアの英語研究なら山ほどあるが、十五世紀の英語研究はすっぽり抜けている。自分の研究はその谷間を埋めるものだ」。これが、先生がマロリーを研究対象にした理由である。先生はマロリーの代表作 *Le Morte d'Arthur* を何十回も通読しつつ、ご自分でカードを取りながらその英語の特徴を調べ上げた。だから、これはまさしく手作りの研究書である。現代の便利なコーパスで機械的に例文を抽出する方法とは根本的に異なり、一行一行に先生ご自身の血が通い、汗がにじんだ研究である。これをまとめた研究が、***Studies in The Language of Sir Thomas Malory*** という学術書となって、昭和五十六年（一九八一年）に南雲堂から出版され、それにより先生は学位を取得された。そのお祝いの会を企画したのが、藤井繁先生と私である。先生がその後、『アーサー王の死』の完全版を本邦初訳されたことは、周知の通りである。これには遠藤幸子さんほかの教え子の助力も大きかった。「われわれ凡人にできることは、努力あるのみ」

というのが先生の口癖だったが（またいつも卒業生に送る言葉でもあったが）、先生の「努力」は、やはり凡人のなせる業ではない。

中島先生が学者として多大な功績を残されたのは、こればかりではない。そして最大の功績は、多くの弟子を育て上げられたことであろう。中島先生の薫陶を受け、先生に倣って一人前の研究者、教員となった教え子は、数知れない。

昭和元年は日本大学英文学科が創設された年である。英文学科と同じ年齢を歩まれた中島先生は、その生涯を英文学科に捧げたといっても過言ではない。現在の英文学科の根本精神である「きめ細やかな教育」は、中島先生の精神から生まれたと思う。先生ご自身は、はにかみがちで、遠慮がちだったが、先生の心の中には、学科と学生への細やかな愛情が、常に溢れていた。自分は大学や学部のことはどうでもよい、学科と学生が最も大切だ、と紛争中言われたことがあったが、これこそ中島先生が私たちに遺された精神ではないかと思う。

今年五月ごろ、藤井繁先生から突然お電話を頂いた。今は廃刊となった文理学部の雑誌『学叢』第三十一号（昭和五十六年度）に、中島先生とご自身の文章が掲載されていて、しかも編集後記はK・Hというイニシャルがあるから、この雑誌の編集担当の一人だった私が書いたものではないか、とすると、英文学科で最も親密だった三人が、奇しくもこの号で勢ぞろいしていることになるので、ぜひ改めて目を通してみてほしい、というお電話だった。早速バックナンバーを探し出した。中島先生は「特集古代」の中で、「古代―英語についてひとこと」というタイトルでOld Englishをめぐって、広く深い学識に裏付けられた、先生らしい文章を書かれている。その口調は、先生のご授業、お人柄を彷彿とさせる。そしてその根底には、先に述べたように、先生の人間と学問への深い愛情がある。「中島先生はA Man of Loveであった」、というのが先生を思い出すたびに、いま心の中で私が繰り返している言葉である。（二〇一四年九月）

追悼——小野寺健先生、A Man of Good Sense

小野寺健先生が、今年二〇一八年一月一日に逝去されたという報に接したのは、一月十日であった。英文学科研究室助手の桶田由衣さんから連絡を頂いた。ご葬儀などはご親族ですでに済ませたとのことであった。最初は驚いて言葉が出なかったが、ふた月以上たって、ようやく落ち着きを取り戻し、先生のこれまでを振り返ってみようと思った。

小野寺先生は一九三一年九月十九日のお生まれであるから、享年八十六歳、死因は老衰とのことだった。つまり「燃え尽きられた」ということである。先生の一生が、いかに激しく燃え続けられた一生であったかが、このことだけでも分かる。だが、外面はあくまで柔和な「ジェントルマン」であった先生は、その内なる「激しさ」を決しておもてに出すことはなかった。

先生は一九五五年に東京大学文学部英文学科を卒業後、一九五七年に同大大学院修士課程を修了され、すぐに茨城大学専任講師になられた。三年後、横浜市立大学に移られ、その後、教授として一九九七年三月まで務められた。同年四月、日本大学研究所教授となり、文理学部英文学科に所属された。先生を文理学部にお呼びしたのは、高知大学時代から先生と親しかった関谷武史先生である。小野寺先生は二〇〇二年三月に文理学部を定年退職されたが、引き続き学部と大学院で教鞭をとられた。私は先生が文理学部の専任教員となった時からご退職に至るまでの五年間、研究棟にあった英文学科五階の研究室で、先生と同室であった。壁ひとつ隔てた隣室には関谷先生がいらした。以後、小野寺先生と関谷先生と、いろいろな機会にご一緒できたことは、私には何にも替えがたい幸運であった。

小野寺先生は何よりもまず、日本を代表する、イギリス小説の翻訳家であった。フォースター、オーウェルを始め、スパーク、ドラブル、イーヴリン・ウォー、ブルックナー、カズオ・イシグロ、などなど、五十作を超えるイギリス小説の翻訳がある先生のご功績は、余人の追従を許さない。先生の翻訳で日本に初めて広まったイギリス小説も多い。『秋のホテル』（原題直訳は「湖畔のホテル」）、『遠い山並みの光』（同「丘の薄青い眺め」）、『回想のブライズヘッド』（同「ブライズヘッド再訪」）などなど、先生が名訳されたタイトルで日本に定着した作品も多い。文理学部を退職されたあとも、ゴールドスミス『ウェイクフィールドの牧師』、エミリー・ブロンテ『嵐が丘』、そしてD・H・ロレンス『息子と恋人』という、英文学史に残る小説を矢継ぎ早に翻訳された先生は、いかに精力的にお仕事をずっと続けてこられたか、それは私には、実に驚くべきことであった。しかもどの作品にも先生の懇切な解説が付されていて、それを読むだけで私たちは小説の醍醐味を知ることができた。だが、いつか先生が「私は十九世紀イギリスの小説に引かれている」とおっしゃられたときは驚いた。先生が翻訳され解説されてきたのは、主として二〇世紀の作品だったからである。現代小説を次々に訳されたその影で、先生はディケンズ、ジョージ・エリオット、サッカレーなど、十九世紀の古典的小説にも目を向けられていたことを知ると、先生の奥深さに感服しないではいられなかった。『嵐が丘』の翻訳はその顕著な表れである。ただ先生が、「『嵐が丘』の翻訳は本当に骨が折れた。疲れた」と本音を漏らされたとき、先生がこの翻訳でかなり体力を消耗されたのでは、と思った。だがその後、二〇一〇年六月十九日、この『嵐が丘』翻訳出版のお祝いも兼ねて、先生のかつての同僚や友人・知人が集って「小野寺先生を囲む会」が、神田の「山の上ホテル」で盛大に開かれたとき、先生は大変お元気で、はつらつとしたご挨拶もされた。しかし次の（先生最後の）『息子と恋人』の翻訳では、それまで全ての翻訳を単独で手掛けてきた先生が、日本ロレンス協会会長・武藤浩史氏と共訳せざるを得ないほど、弱られていたことを「あとがき」から知った。

小野寺先生と最後にお目にかかったのは、二〇一五年二月二十二日に開かれた、海老根宏先生の喜寿祝賀会の席上である。先生はお身体の具合があまりよくなく、孝子夫人同伴で会場の私学会館まで杖をついてこられた。このとき、先生が来賓として最初に指名され、お祝いのスピーチをされたが、いつもの歯切れ良さがなく、途中、何度か言葉がつまり、やはりお身体がよくなさそうだと感じた。その後、先生が肺炎で入院されたとも聞いたが、お見舞いに伺う機会がついになかった。『嵐が丘』翻訳出版直後に私は先生に、「先生、百歳になっても翻訳を続けられたら、世界最高齢の翻訳者としてギネス・ブックに登録されますね」と、かなり真面目に言ったことがあったが、ついにそれは叶わなかった。

先生のご逝去を知り、私は先生のご著書、『イギリス的人生』、『英国文壇史』、『英国的経験』、『フォースターの姿勢』と四冊続けて再読した。いずれもすでに読んだ本ばかりなのに、初めて読むような新鮮さを覚えた。しかも先生の文体は心地よく響いた。先生にはほかにも『心に残る言葉』（集英社文庫）という三冊の本がある。これは英文学などからの名言を集め、それに先生の感想を付けたもので、これは誰が読んでも有益で、かつ面白く気軽に読めるから、頁を開くたびに、いつもはっとさせられ、目を開かされ、生きる力を得ることのできる貴重な本である。先生の影の代表作と言ってよい。だがやはり先に挙げた四冊こそ、先生の日ごろのイギリス観、イギリス小説観がよく表れていて、先生の本質を知るには不可欠である。『イギリス的人生』と『英国的経験』は、フォースター、オーウェル、ドラブル、スパーク、ウォーなどなど、二〇世紀の代表的イギリス小説を先生がどのように読まれたかを伝えている。前者の第３部にはイギリス文学紀行も収められている。また第４部にある「批評としての翻訳」には、翻訳者としての先生の根本的立場が語られていて、これから翻訳を志す人にはきわめて示唆的である。先生は常に文化のあり方を念頭において翻訳に向かわれ、「翻訳」とは原著者と訳者の全人的交渉だと考えられていたことがわかる。また『英国的経験』からはイギリスの小説の歴史と同時に、イギリス的「センス・オブ・ヒューモア」についても学べる。『英国文壇史』は一八九〇年から一九二〇年にかけて、オットライン・モレルを皮切りに、ウェルズ、ゴールズワージー、ベネット、レズリー・スティーヴン、フォースター、ヴァージニア・ウルフ、ロレンスなどの、網の目のような交友関係とともに、彼らの生き方を記述した人物評伝である。たまたま私は、ノエル・

アナン『われらの年代』を、小野寺先生の著書『フォースターの姿勢』から教えられて読んだばかりであったから、この『文壇史』はそれと併せて、二〇世紀初頭の小説家、知識人たちの関係をさらに知ることが出来て、きわめて有益であった。

これらを読みつつ、私は改めて小野寺先生の人柄と生き方を顧みることが出来た。先生のまなざしは、いつも現実世界に向けられていて、文学作品は、こういう時代の風景、また各作家の実生活から生まれるものであることが伝わってきたからだ。先生は、あらかじめ何かの文学理論や、ある文学的立場を標榜して、作品を大上段に裁断するということをされない。常に具体的な作品、作家の事実から出発して、ご自分の日常の経験と翻訳者としての経験のすべてをかけて、それぞれの作家・作品に対峙している。そして、それをご自分の言葉で再現していかれる。一九七〇年代後半から世界に急速に広まった新理論、例えば言語哲学的な文学論、または新歴史主義やポストコロニアリズムなどの文学理論を振りかざすことなく、あくまでも日常の身近な問題として作品を読まれている。以前は先生のような読みは「印象批評」に過ぎない、と一蹴されかねなかったが、今こうして読み直すと、先生の発する一言、一言が、作品と作家の本質をついていることがわかる。それは先生がご自分の全経験・全精力を傾けて、その作品に没入された結果である。イギリスの文学批評は、空理空論を避けて、あくまでも実生活に即した、現実的な読みが根本にあるとされる。流行の批評にむやみに飛びついたりはしない。先生の小説の解説には、このような良質な文学的感性が一貫していて、それが先生の書かれたものを読む最大の悦びであり、同時にそれがイギリス小説への最良の道しるべとなる。これはフォースターの姿勢（思想ではない）にも通じる。フォースターを語る先生は、ご自分を語るかのように生き生きとされている。フォースターの短編「岩」が、この作家を知る重要な作品であることを指摘されたのも、先生である。先生によれば、フォースターは、糊づけされた、こわばった精神ではなく、柔軟で寛容な精神をよしとした作家であった。絶対的なものを避けて、常に実質に即した発想をする作家であった。小野寺先生はまさにフォースターと同じく、ユーモアと寛容に溢れた、イギリス的精神を失わない先生であった。口角泡を飛ばして熱く持論を展開する、ということを決してされない先生であった。驚かれたときには、時に「ウッヒョウ！」というおどけた感投詞を挟まれた。こういう平衡感覚がイギリスの「コモン・センス」であり、フランス語の「ボン・サンス」、英語の「グッド・センス」である。だから私たちにも「挨拶は大事だ」とか、「贈られた本はその場ですぐ、ほんの二、三頁でいいから目を通すと良い」などと、実際的な助言をしてくださることが多かった。また、いつかの大学院生の集まりで先生は、「私はまだ何も知らない」とスピーチされた。これには驚いた。浩瀚な『英国文壇史』を書かれ、多くの翻訳を手がけられた先生が「何も知らない」わけがない。だが、本当の賢者は自分の「無知」を知る人である。また読めば読むほど、自分がいかにものを知らなかったかが、わかってくる。あのとき先生は、決して謙遜でなく、心から自分は無知である、と言われたのだと思う。この「小野寺先生の姿勢」こそ、私たちが先生から頂く最大の贈り物ではないかと思う。（二〇一八年三月五日）

第七部

現代学生と教養

現代学生と教養

はじめに

「教養」という言葉が陳腐な響きを持ち始めたのは、いつごろからだろうか?少なくとも四十年前の私の学生時代には、まだこの言葉は生きていた。しかし近年「教養」という言葉は、せいぜい、「教養を身に付けるためにカルチャーセンターに通う」などと言う場合ぐらいにしか用いられないのではないだろうか。かつてよく言われた「知性と教養の人」はすっかり低俗化して、今ではニーチェの言う「教養俗物」と言われる存在になりさがったかのようだ。「教養俗物」とは、音楽・芸術・文学はじめ、服装・食事・マナーに至るあらゆる高級なジャンルについて事細かな知識を披露することで、自分がいかに「知性と教養溢れる人間」であるかをひけらかす人間のことである。つまり「教養」が自分の「生き方」の本質と関わらず、ただ知識で身を飾り、自分がいかに高級な人間であるかを他人に誇示する人のことである。文部科学省はこのような「教養」には意味がないとして一九九一年の大学設置基準の改定により、形骸化しつつあった大学の教養課程を解体し、各大学独自のカリキュラムを創出するよう大学に「変革」をもとめてきた。しかしそれは大学が「専門教育」の名のもとで「職業訓練校」と同じような役割を果たすことを主たる任務とする結果となってしまったかのようだ。「教養科目」は「般教」などと俗称され、ますます「専門科目」の前に退くこととなった。このような大学と社会全般における「教養」への軽視ないし誤解は、ここ二十年あまり学級崩壊、校内暴力、家庭内暴力、非行引きこもりなど、青少年の見せるさまざまな現象となって現れてきており、文部科学省も、このような風潮の原因の一つが学校教育における実務重視・教養軽視にあるという、事の重大さに目を向け始める。中央教育審議会では、二〇〇四年二月に文部科学省への答申書、「新しい時代における教養教育の在り方」をとりまとめ、現在の小学校から大学に至る教養教育の意味を確認した。また、すでに慶應義塾大学では二〇〇二年に「教養研究センター」を立ち上げ早稲田大学が二〇〇四年四月に国際教養学部を設立したように、改めて「教養」の問題に真正面から向き合おうとする大学も多く出始めた。それゆえ、二〇〇三年から始まった「いま教養とはなにか」という私たちの共同研究は、現在の時点から「教養」のもつ本来の意味を再考し、かつ過去の教養教育の意味を再確認しつつ、現代と未来にふさわしい教養教育のありかたを求めるための努力として、きわめて今日的な緊急の課題を総合的に考えるよい機会となった。

私たちの共同研究はそのうち現代の大学生と「教養」の現状と、今後のあり方を考える部会である。私はこの問題を考えるために、まずは四十年前の学生時代以後の自分自身を振り返ることからこの報告を始めたい。というのも、この問題は何より自分の個人的な問題として考え始めるのがもっとも適切と考えるからである。当時の私にとって「教養」とはなんであったか、という極めて身近な事柄が「教養」一般を考える契機となるだろう。このような場で臆面もなく自分のことを語るのは、気恥ずかしい限りである。またこんな貧しい報告をするくらいなら、もっと他に語るべき事がいくらもあるかもしれない。さらにその上、「自己」を語るなら、私よりはるかに適任な方々が多くいらっしゃるはずである。しかし、この「自分」の形成を語らなくては、私にとっての「教養」の問題は始まらない。だから、しばらくは我慢して駄弁におつきあい願いたい。もし途中で読む価値がないと感じたら、その部分を飛ばして頂くのが、もっともよい。

一　かつて私も「大学生」であった。

明治維新以後、日本政府は「富国強兵」を唱え、教育もその線に沿って行われたが、それ以後の日本の教育において「教養」という語が教育の場で重きをなしたのは、まずは第一次大戦後、ヨーロッパ思想が日本に流入し、岩波書店、角川書店を始めとする幾つかの出版社が「哲学叢書」などを刊行して西田幾太郎、和辻哲郎、田辺元といった思想家たちの著作がこぞって旧制高校の学生や大学生たちに愛読された、大正から昭和にかけての時代であった。武者小路実篤や志賀直哉に代表される白樺派の台頭がこの傾向に拍車をかけた。第二次大戦中、学徒出陣によって銃を待たざるをえなくなった大学生たちは、これらの哲学書、思想、宗教書を自分の精神形成に不可欠としていたことが、当時の戦没学生の残した記録などから伝わってくる。例えば代表的な『きけわだつみのこえ』に、戦犯としてシンガポールで刑死した京都大の学生、木村久夫氏の手記が掲載されているが、その木村氏は、これまで田辺元『哲学通論』を三度読み返し、「もう一度これを読んで死に就こう」とまでも書き残している。また同じく京都大在学の戦没学生の一人、林尹夫氏の日記をまとめた『わが命月明に燃ゆ』には、ドイツの小説家トーマス・マンに傾倒した若き魂の渇望が記録されている。この時代は、大学進学者はまだほんの少数で大学生は社会のエリートと目された。自分たちこそ故郷を守り日本の将来を支えるのだ、という強い自負が学生たちの精神形成に結びついていたことが、彼らの残した手記や日記手紙などからよく窺われる。そのための読書も欠かせなかった。例えばそれは、山田風太郎『戦中派不戦日記』を読めばよく伝わってくる。戦時のさなか、驚くべきことにその日記には読書記録がほとんど毎日現れている。さらに、上述のように若くして戦争のために命を落とした学生たちの記録を読めば、いかに多くの若者が読書によってその精神を形成しようとしていたかが、よくわかる。しかしこれは大学が大衆化される、はるか前のことで、彼ら知的学生たちのエリート意識は、大学を知らない人々の意識とは、一般に大きく懸隔していたことは否めない。また、「教養」とは必ずしも読書に限定されないことは言うまでもない。しかし、戦前、戦中の学生たちの人間形成に、読書が大きな役割を果たした事実もまた否めない。

敗戦後、それまで信じられていた価値体系が崩壊し、大学に戻ってきた生き残りの学生たち、また新たに大学に入学した学生たちは、再び暗中模索のように、改めて自己と社会のあり方、ないし生きる意味を問い直し始めた。

復興なった街角の書店の書棚には、再び教養全集や教養叢書のたぐいが並べられ、まだエリート意識の残っていた学生たちは、この紙質の粗悪な書物を競うように買い求めた。同時に、混乱した風俗のさなかにアメリカン・デモクラシーの潮流が日本に流入しはじめ、プラグマティズムや実存主義などの言葉が、最新の思想の様相を帯びた。サルトルとボーヴォワールは理想の男女関係のシンボルだった。労働組合の運動も未来を開く新しい力として労働者の希望のもととなった。折しも、一九四九年の新制大学発足により、日本の大学はヨーロッパをモデルとした旧来型の大学から、新たなアメリカ型の大学へと変わろうとしていた。そこでは大学の根本的な存在理由は何より「教養教育」にあった。そして人文系・社会系・理科系の三分野の「教養」を身に付けることが、新入生に課せられた第一の課題であった。これが日本において「教養」という語が存在感を得た第二期と言える。多くの大学で、人文・社会・理科の各分野から三教科ずつ、全九科目の単位を満遍なく履修することと、さらに外国語(通例二か国語)と保健体育科目の履修が、大学一般教養課程のカリキュラムであった。これはアメリカの大学で行われていた「偉大な書物」(Great Books)による「教養教育」(Liberal Education)の影響が大きかったと言える。大学教養部もしくは教養課程、また教養科目《リベラルアーツ》という語には、当時、現在からは考えられないほど新鮮な響きと期待がこめられていた。

私が日本大学文理学部英文学科に入学したのは一九六三年でいまだ巷の書店では、それまでの「教養」重視の残滓のようなものが、最後の輝きを放っていた。その証拠に、大学生になる前後の私が何よりあこがれたのは、これらの書店で見つけた西田幾太郎、阿部次郎、三木清といった戦前の哲学者の本であった。河合栄治郎『学生に与う』や、同じく河合編『学生と教養』、『学生と哲学』など、一昔前、つまり一九三〇年代後半の学生のバイブルと言われた本もまだまだ古書店の中で、また再版されて生き残っていた。現に、私の友人で経済学専攻のSは河合栄治郎の大ファンであった。例えばこの時代の学生への読書案内として、一九六四年初版の『読書の伴侶』という本がある。これは森信三、西谷啓治、寿岳文章、猪木正道、矢内原伊作といった、そうそうたる十人の学者の対談からなる本で、その対談を読み、そこで挙げられている「教養書百選」、および各章に付せられた充実した参考文献一覧を眺めれば、ただそれだけでこの時代の「教養教育」への熱い思いが伝わってくる。対談者たちは、いずれも大正から昭和にかけて自分の人格を形成した人たちばかりであるから、この読書案内はかつての日本の「教養教育」のレベルの高さを示したものと考えてよいだろう。東大教授丸山眞男の『日本の思想』や『日本政治思想史』なども、日本と民主主義の関係を知る上で学生たちの必読書とされた。海外からは、相変わらずサルトルたちの実存主義が入り続けたが、やがてコリン・ウィルソン『アウトサイダー』の翻訳がベストセラーとなり時代は確実に新しくなっていった。

また当時は、鈴木大拙『禅とは何か』、高神覚昇『般若心経講義』、友松円諦『仏句教講義』など、多くの仏教入門書を文庫本で読むことができた（これらのうち何冊かは今なお角川文庫に入っている）。私が仏教、とりわけ禅の世界にひかれていったのはその影響である。社会と世界を見る新鮮な視点を与えてくれたのは、評論家笠信太郎が書いた『ものの見方について』という文庫本だった。しかし何と言っても高校三年から大学一年にかけて私に最大の影響を与えたのが、戦没学生の手記や原爆体験記と並んで、阿部次郎『倫理学の根本問題』と『人格主義』という二冊の角川文庫であった。これはドイツの倫理学者リップスの思想をもとに阿部が倫理学の諸問題を説いた入門書で、私はこの本から利他主義、利己主義の真相を教えられ、感情移入とは何かを教えられた。だから大学入学後、「倫理学」の講義に胸躍らせて出席したこともあった。阿部によれば、この世でもっとも価値があるもの、すべての判断基準となるもの、それは「人格」である。そして「教養」とは、この「人格」を養い育むものであることを、同じく阿部次郎『三太郎の日記』が情緒たっぷりに伝えていた。大学一年生前後の私に、阿部が次々と個人的体験を伝える難解な語やレトリックがどこまで理解できたか、疑問である。だがとにかくその雰囲気に浸ろうとする意欲だけは旺盛であった。この本に付けられた「人は努力する限り迷うものだ」という『ファウスト』の「天上の序曲」から取ったモットーは、今も新鮮に響く。

高校時代の私は『銀の匙』を読んで一時期すっかり中勘助の大ファンとなり、自分の文章まで何やら中勘助の猿まねになった。これに続いて、庄野潤三『夕べの雲』、三浦哲郎『忍ぶ川』、椎名麟三『美しい女』など、「大人の小説」にも惹かれた。その後、中原中也、立原道三、金子光晴など、現代詩人にもあこがれ、彼らを真似た稚拙な詩を書いたりもした。それに太宰治の『人間失格』、「女生徒」、『斜陽』、「トカトントン」などはやはり衝撃的だった。だから私が初めて手に入れた個人全集は太宰全集だった。しかし、それ以上に傾倒したのは倉田百三である。私はこの時代のセンティメンタルな学生のご多聞にもれず、倉田百三『青春をいかに生きるか』を夢中になって読み終えたあと、彼の代表作『愛と認識の出発』のほか、『絶対的生活』、『絶対の恋愛』、『超克』など、一連の著作も角川文庫版で読み、その純粋無垢な精神に強くあこがれるようになった。とりわけ「我執」の底知れぬ恐ろしさと「潔癖」へのあこがれを、私は倉田から学んだ。「愛」とは相手がよりよくなるようにと心から願い、自分の至らぬところをどこまでも自覚することだ、という倉田の言葉にうなずかないではいられなかった。倉田によれば、愛する異性に値する人間となることが「愛」の根本である。性欲を完全否定する倉田の不自然さに気が付いたのは、もっとずっと後になってからのことだった。さらに倉田の『出家とその弟子』は私に『歎異抄』への道を開いてくれ、おかげでその後、暁烏敏『歎異抄講話』なども読むようになった。つまり、今なお我執の権化のような私にはこのような本が必読であったのだと言えよう。

ちょうどこのころ偶然手に入れた、鈴木知準という静岡在住の精神科の医師が書いた『一つの生き方』という本によって私は森田正馬が創始した「森田療法」という、神経症と強迫観念克服の方法を知った。十八歳前後、ただでさえ「神経質」な私が、倉田百三によってますます精神状態をぎりぎりに追いつめられていたから、この本は本当に救いとなった。ここに書かれている事例はすべて自分のことではあるまいか、と毎ページ目を開かされる思いだった。「森田療法」は、神経症患者が、何よりまず自分の神経過敏な気質をそのまま受け入れて、同時に日常の生活を「あるがままに」生きる方法を教える。以後、私は鈴木博士の何冊かの著作を含め、当の森田博士の代表作はじめ、森田療法を説いた本を集めてむさぼり読んだ。だが最初の『一つの生き方』以上に心深くしみこんだ本は、他にはなかったように思う。森田療法は「無心」を説く禅の世界にも通じていた。だから大学二年のとき私は迷うことなく日本大学参禅同好会に入会した。実際に禅を実践するには、やはりその機会を提供してくれる場が必要だったからだ。それには参禅会がもっとも身近であったし、またそこで出会えた多くの人たちの生き方が、さらに大学時代の私の人格形成を方向付けてくれた。

しかし、大学一年の後半に真剣に哲学科への転科、もしくは福祉系大学への転学を考えていた私が、入学した英文学科に残って本気で英語と英文学を勉強しようと思うようになるのは二年生になってからで、それは日本大学英文学科を創設されたお一人である大和資雄先生の「英文学史」の講義を、二年間にわたって履修したことがきっかけであった。毎時間、まるで自分の近所の知り合いであるかのような口振りでシェイクスピアを始めとする英文学の大作家についてとうとうと講義する大和先生の博識と情熱に、私はすっかり圧倒された。それゆえこの頃はまた、大和先生が書かれたり翻訳されたりした二十冊以上の本（何冊かは絶版本）の収集と、それ以外の英文学関係の読書に励む毎日であった。とりわけ平田禿木『英文学史講話』、福原麟太郎『英文学六講』、『英文学』、吉田健一『英国の文学』、福田恒存『人間、この劇的なるもの』、中橋一夫『二十世紀の英文学』などを本当に面白く読んだ。大著、斉藤勇『イギリス文学史』と『シェイクスピア研究』も読み通した。他方、アメリカにはエマソン、ソローという哲人がいることも知った。特にソローの思想には禅に通じるところがあるという。そうなると、もう阿部次郎も倉田百三もすっかり遠い人になってしまったかのようだった。しかし、これらの本はいずれも概論であり英米文学の具体的な作品とは私はまだほとんど無縁であり、ただ浅はかなレヴェルでの理解にとどまっていたといってよい。

だが、ちょうどこの頃、私はかねてからの念願であったＳ・Ｉ・ハヤカワ『思考と行動における言語』を読み通し、「一般意味論」の面白さにも夢中になってしまった。言葉の意味は具象から抽象にいたる何段階もがあり、現実に使用される言葉の背後に指示物をもたない言葉は虚しい、というわかりやすい考え方は、言葉の本質と面白さに初めて目を開かせてくれた。阿部次郎や倉田百三の使った抽象的で主観的な言葉は、この一般意味論の立場からみると、もしかしたらすべて虚しいのかもしれない、などとさえ思え始めた。それゆえ、以後しばらくこの本の翻訳者、大久保忠利先生の著作集を始め、この分野の代表的著作、スチュワート・チェイス『言葉の暴虐』(Stuart Chase, *The Tyranny of Words*) など、一般意味論の本を探し求めて読んだ。さらに大学時代は英文学科の教員や学生が読む『英語青年』よりも、『言語生活』という雑誌の方を定期購読した。自分の卒業論文は「英文学」ではなく「意味論」にしようかとさえ考え初めていた。

しかし吉田健一『英国の近代文学』の冒頭に書かれた、「イギリスの近代はワイルドから始まる」という一文を読み、さらに学部三年生のころの自主ゼミで読んだオスカー・ワイルド『ドリアン・グレーの肖像』(Oscar Wilde, *The Picture of Dorian Gray*) の面白さが忘れられず、卒論はワイルドを選びその全作品を読むことにした。全作品といっても、小説は一編、中編小説が何編か、風俗劇・詩劇などが数編、童話集が二編、それに詩と批評集などで厚い一巻本に全作品が収まる程度であった。平井博『オスカー・ワイルドの生涯』、深沢正策『オスカーワイルド』など、日本語でかかれたワイルド評伝はどれも本当におもしろかった。だがピアソンやホランドなど、英語で書かれたワイルド伝は読み切ることができなかった。これ以外には、矢野峰人『近代英文学史』、『近英文芸批評史』、益田道三『英国唯美思潮研究』など、必読とされる参考文献も手に入れておおかた目を通したが、本間久夫『英国唯美主義思想』だけは、とうとう手に入らなかった。結局、ワイルドでは批評論・芸術論である『意向集』(*Intentions*) がもっとも重要な著作であると判断し、「芸術家としての批評家」、「虚言の衰退」など、ワイルドの批評の考え方を自分なりに英文でまとめた。私はすっかり「英文学科の卒業生」となり、英語の教員免許も取得して、かくて私の学部時代は無事終了した。阿部次郎に始まる、大学入学前後のあの精神的苦闘はどうなったのだろうか。

二　私は「大学院生」となった。

しかし、私の精神の一番奥底には、やはりいまなお高校から大学にかけての読書の痕跡が残り続けていた。だから、一九六七年四月、教職を希望して大学院に進学し、同時に副手としても研究室に残った私が、新入生ガイダンスの折りに阿部次郎などの本を偉そうに推薦したりもしたが、聞いている学生たちはただあっけにとられるだけで、違和感の連続であったろうと思う。この頃はすでに（私の大学入学の数年前から）大学のマスプロ化が始まっていて、一九六五年前後はその最高潮となった。戦後のベビー・ブーム時代に生まれた、いわゆる「団塊の世代」の人たちが一斉に大学に入学した時期と重なるからである。当時、若者の三人に一人は大学に進学するとされた。日本大学の英文学科でも（今では信じられないかもしれないが）毎年三〇〇名以上の入学者を数えた。巷にはビートルズのメロディが流れ、ジエイムズ・ボンドがヒーローであった。歌声喫茶も流行し始め、ロックンロールに代わってフォークソングが若者たちの熱狂的な支持を得るのももうすぐである。

語学の教室で一クラス一〇〇名をはるかに越す授業、一般教養の教室に至っては三〇〇名を越える授業は普通で、ある授業などは大講堂に学生がぎっしりと座ったこともあった。副手である私自身、ある先生の授業補助係として大教室での英語クラスで、一年間出席をとったり、マイクを回したりした。私はこのように、院生としての勉強、研究室の副手としての仕事、さらにある高校で非常勤教員として毎週土曜日に四時間の英語の授業を担当するという、三足のわらじをはいてはいたが、いずれも私には楽しく充実した日々であった。まだ若かったのだ。

大学時代の私は「教養とはなにか」を真正面から考えたことはなかった。だが人間としての自分の未熟さ、至らなさを何とかしようと模索し続けたことが、そのまま私自身の「教養」探求となったのだと言えるかもしれない。

大学院に入った一年目、古谷専三先生の授業で初めて十九世紀女性作家ジョージ・エリオットの『ミドルマーチ』(George Eliot, *Middlemarch*) を読み、改めてイギリス小説の奥深さに触れる機会を得た。そしてこれが私の行くべき方向を定めることになった。私が学部時代に古谷先生の授業に初めて出席したのは四年になってからで、その授業「文芸作品鑑賞」で先生が扱った、長塚節『土』、中村きい子『女と刀』、松下竜一『豆腐屋の四季』、吉野せい『洟をたらした神』などは、いずれもその後何度も読み返すことになる私の長年の愛読書となった。だが先生のご専門の、ジョージ・エリオットの小説については、その授業は、大学院で初めて教えを受けたのだった。古谷先生の受業は一時間にほんの数行の英文しか扱わなかったが、その授業は、精読といわれる領域を突き抜けて、英語全般、文学全般、いや人生全般にまで及び、授業が終わると目の前が一度に開けるような思いの連続だった。それまで自分は何も読んではいなかった、何も考えてはいなかった、つまり何も見てはいなかったことに、気づかされた。何より先生の強烈な個性が繰り出す言葉の数々が、そのまま私の人生の指針となった。たとえば先生の「君たちは虚勢ではなく真価で生きよ」などという言葉は今もなお私の支えである。たまたま助手の先生方と行っていた読書会で、当時世界の英文学研究を席巻していたF・R・リーヴィス『偉大な伝統』(F. R. Leavis, *The Great Tradition*) を一部読んだが、古谷先生は「日本のリーヴィス」のような方だと思つた。

私は、学部の卒業論文では前述のようにオスカー・ワイルドを対象としたが、古谷先生の影響もあり、修士論文ではエリオットの同時代人で、小説家・詩人のジョージ・メレディス (George Meredith) の初期小説を扱おうと決心した。ジョージ・エリオットは、先生に到底叶わないと考えたからである。それに英文が難解とされるメレディスはほとんど日本では研究されていないし、翻訳も小説『エゴイスト』(The Egoist) と「喜劇論」(“An Essay on Comedy”)、それに『悲喜劇役者』(*The Tragic Comedians*) の訳注版のほか、ほとんどない。メレディスがわが夏目漱石に与えた影響も大きいというのに。高校時代、漱石の小説ばかり読んだ時期があった私には、未知のメレディスこそ挑戦のしがいがある格好の対象だと、無謀にも考えたのだ。古谷先生も、自分のような読み方をすればメレディスでも読める、とおっしゃってくださった。

また十九世紀の思想家マシュー・アーノルド（Matthew Arnold）の『批評論』（*Essays in Criticism*）の中から「批評の機能」など、いくつかの重要なエッセイも読んでみた。矢野峰人の著作を読んだ頃から私はアーノルドの存在を意識していたからである。アーノルドの代表作『教養と無秩序』（*Culture and Anarchy*）も同時に読み、これらの本から「批評とは（先入観なしに）あるがままにものを見ること」で「教養とはこの世で知られ、考えられた最上のこと（**the best**）を知ること」だと知った。アーノルドによれば「教養（culture）とは一か所に止まること（resting）ではなく、〈完全〉に向かって絶え間なく生成すること（becoming）」である。だとすると、私はこれまで常に「生成」を求めてきたのだと思った。第一、「教養・文化」を意味する英語の culture とは、「耕作すること」という意味の **cultivation** がもとである。荒れ地を耕して実り豊かに変えることが「教養」の原義なのだ。以後の私が「教養」を考えるときアーノルドのこの考え方が念頭から去ることはなかった。

先の話になるが、一九七三年に出版された川本静子『イギリス教養小説の系譜』からは、「教養小説」と言われているイギリス小説とは、ゲーテの『ヴィルヘルム・マイスターの修業時代』と『遍歴時代』を原型とした、主人公の人格形成をたどる物語（bildungsroman）であると知ることになる。そのときの「教養」とは、ドイツ語の‘bildung’即ち「形成」の意味である。ディケンズ、エリオット、メレディス、ハーディ、ロレンス、モーム、ジョイスなど、イギリス文学の大小説家たちは、みな若き主人公の人格形成、即ち「教養」をテーマにした小説を書いていたことを、この本から学んだ。これは川本先生がハーバート大学留学中に師事したジェローム・バックリー（Jerome Buckley）から得たテーマであるという。バックリーには『若さの季節』（*Seasons of Youth*）というよく知られた教養小説論がある。それゆえ、阿部次郎から始まる私の学生時代の「遍歴」は、小規模ながら、そして貧弱ながら、何とか自分の精神を「形成しよう」とした苦闘であったことを、大学院に来て改めて自覚した。

ワイルドとアーノルドによって火がついた批評へのあこがれは、外山滋比古『修辞的残像』と『近代読者論』、それに川崎寿彦『分析批評入門』の三冊によってますます燃え上がった。外山先生の本はアメリカのニュー・クリティシズムがまだ華やかな当時にあっても、斬新きわまりない本だった。批評の視点が作者研究から読者による受容へと変わる徴候を、これらの本がはっきりと語っていた。川崎先生の本は、日本文学を題材に、ニュー・クリティシズムの精緻な手法を伝えていて目がさめるようだった。一般意味論については、石橋幸太郎先生の英文法論の授業で、再度言葉の本質を考え直す機会に恵まれたが、石橋先生が翻訳されたI・A・リチャーズ(I.A.Richards)の『修辞学原論』(*The Philosophy of Rhetoric*)と『意味の意味』(*The Meaning of Meaning*)は、一部目を通しただけで、翻訳でさえ読み通すことはできなかった。リチャーズの『文芸批評の原理』(*The Principles of Literary Criticism*)と『実践批評』(*Practical Criticism*)の二作、とりわけ後者が私の文学作品を読む態度に大きな影響を及ぼすようになるのは、私が博士課程に進学してからのことである。しかし、エドワード・サピア(Edward Sapir)とその弟子B・L・ウォーフ(B.L.Wharf)が提起した、人間の思考は言語様式によって決定されるという「サピア・ウォーフの仮説」は、改めて言葉と文化の密接な関係を考えさせずにおかなかった。ちょうどこの頃は、鈴木孝夫『言葉と文化』がよく読まれていた時期と重なる。チョムスキーの名前はまだ十分知られていなかった。

大学院への入学は、このように大げさに言えば、私の人生の転回点となった。大学院で学ぶ喜び、高校で教える喜び、さらに副手として研究室の雑務をこなしていく喜び、いずれも私には新鮮でかつ有意義であり、もはや神経症状態に陥って悩み苦しむ余裕はなかった。しかし、このような私の自己満足的な境涯を根本から覆したのが、「大学紛争」である。

三　それから学園紛争が始まった。

一九六八年五月、奇しくも初めて日本英文学会が日本大学文理学部で開催された当日に、大講堂前の中庭で大学使途不明金を糾弾し、学生のための大学改革を叫ぶ学生集会が開かれた。これによって以後約二年間にわたる全国的な大学紛争の幕開けとなる。このとき私は、大学院修士課程の二年生になったばかりであった。

一九六八年からほぼ二年間、日本各地の大学、高校で吹き荒れた「学園紛争」は、ベトナム戦争に反対し、古い権威にしがみつくだけの大学を改革しようとする、カリフォルニア大学を始めとする主要なアメリカの大学が発信地となった。同時に、フランスのソルボンヌ大学などの大学生による「カルチェラタン解放区」出現などを契機に、紛争はまたたくまに日本全国に広がってしまった。日本大学は東京大学と共闘することで全国の学園闘争のシンボル的存在となり文理学部も学内がバリケード封鎖され、授業も学内業務も完全に中断された。日本大学での紛争中、私たち大学院生は、直接紛争の主導権を握り学校当局相手の闘争の指揮を取った学部学生たちとは、やはり一線を置かざるをえなかった。とりわけ研究室の副手でもあった私は教員と学生の中間に立っており、そのため当局の回し者のような目で見られたこともあった。しかし、本気で大学改革を叫ぶ院生たちがほとんどで彼らの最大の問題は「大学」は何のために存在するのか、「学問」は何のためにあるのか、そして「学生」の使命は何か、であった。それは大学の自治と学問の自由を根幹にして因習的な大学を改革しようとする熱い期待であった。これはほとんど、戦時中の学徒出陣時代以来、最初の真剣な問いかけであったと言えよう。その立論の正当性は多くの学生たちを酔わせた。私はこの問題をめぐって、このとき初めて狭い英文学専攻を抜け出し、哲学専攻や地理学専攻など、他の院生たちと語り合うようになった。そして彼らと顔を合わせるたびに本気で、時には深夜まで議論をした。「世界最初の大学はイタリアのボローニャで設立され、そのときの理念は……」などと、集まった院生たちは口角泡を飛ばすこともしばしばだった。スペインの哲学者オルテガの『大学の使命』やドイツの哲学者ヤスパースの大学論なども話題になった。つまり院生たちにとって大学改革は何より「理念」こそなくてはならぬものだった。他方、闘争を先導した学部学生たちは、「理念」より先にまず「実践」を説いた。それに左翼的イデオロギーに染まったセクトに所属する「過激な」学生たちもいた。現状の「破壊」なくしてどうして「創造」が可能か、というのが彼らの言い分であった。機動隊を出動させることが国家権力の実体を白日の下にさらすことになる、などと彼らは熱烈に訴えた。議論に参加した院生たちもそれぞれ必死であったが、結局行き着いたのは、「学問とは真理の探求であり、大学とは真理の探究の場である」という陳腐な結論であった。これが「ノンセクト・ラジカル」と言われた学生の限界だったのかもしれない。「真理の探究」という言葉は、一般意味論の立場からみても、いかにも抽象的すぎる。第一、「真理」とは何かをめぐってさえ千差万別な意見がとびかう始末だった。つまり「真理の探究」だけでは何も語らないのと同じであった。しかもあとからわかったことだが、ニーチェが言うように、この世には「真理」は存在しない。「真理だと思うもの」しか存在しないのだ。しかしこれ以外に「理念」を掲げるすべがなかった私たちは、学部学生の「全学共闘会議」に対して「大学院連絡会議」を立ち上げこの文言の入った声明文を発表したりした。鋭い論理によって議論を仕掛ける他専攻の院生たちの前では、それまでの私の「精神遍歴」など何の役にもたたなかった。ひたすら独善的な自己満足の世界に浸り続けてきた私は、大学の理念と実際の状況にあまりに無知でありすぎた。それは「ノンポリ学生」と変わらない「日和見主義」だと言われれば、それまでだった。私は自分の無力を思い知らされた。まだまだ勉強努力が足りない、と心底から感じた。しかし、この時の私にとって唯一の支えは、「いずれにせよ大学は人格形成の場であるはずで、学問もそのために存在する」というこれまでの私の持論であった。これによってかろうじて他専攻の院生や学部学生との討論に加わることができた。

一方、当時の学生たちのベストセラーは羽仁五郎『都市の論理』、柴田翔『されどわれらが日々』、高橋和己『わが解体』などであり、雑誌『朝日ジャーナル』や岩波の『世界』、また鶴見和子・俊輔編集の『思想の科学』に掲載される論文がしばしば話題になった。毛沢東の「造反有理」という言葉がいわゆる「造反学生たち」のモットーとなり、壁に大きく書かれたりした。また、東大教養部の若き折原浩先生が書かれた純粋無垢といった学問論・大学論が、きまじめな学生たちの精神的な支えともなった。私も折原先生の学問することへの厳格な態度に心打たれた。「理論武装」や「自主講座」という言葉も流行し、そのために必読とされた本のリストさえ出回った。しかし、いたずらに「理論」を掲げて言葉だけが先行し、ただ相手をやりこめるためだけの議論とともに、紛争がマンネリ化するにつれて次第に私たちに倦怠感が襲い始めた。私自身はキャンパス閉鎖が一年目を終えようとしている頃、膠着状態が続く大学紛争を後目に、これら「理論武装」用の本からも目をそむけ、英語と英文学の勉強もしないで、どういうわけか、以後しばらく、太平洋戦争を主題とした小説や記録を下宿でひたすら読み続けた。大岡昇平、野間宏、吉田満、渡辺清などである。とりわけ静岡県出身の渡辺清による海軍少年兵の手記『海の城』、『戦艦武蔵の最後』、その続編『砕かれた神』の三部作は、今なお私の戦争を見る目の根底を「形成」している。

また私は、かつての戦没学生の手記を再読すると同時に、フランクル『夜と霧』を皮切りに、ベッテルハイムやコーヘンなどが書いたナチスの強制収容所の記録を、何冊か探し求めて読んだ。アウシュビッツでフランクルを支えたのは、ひとえに愛する人の存在であったという。しかしこの時すでに彼の妻はガス室に送られていたことを、彼は知らなかったのだ。人を最後の最後に支えるのは、名声でも社会的地位でも、まして財産でもない。ひとえに、愛するものがあるか、ないかが最後の分かれ目となる。『夜と霧』はこうして私の精神の内奥にまで入り込む一冊となった。強制収容所を管理したナチスの将校たちは、ふだんはワグナーを聞きゲーテを読む「教養人」である。その彼らにどうしてこのような残虐行為が可能だったのかという問題は、後年、私がジョゼフ・コンラッド (**Joseph Conrad**) の小説『闇の奥』(*Heart of Darkness*) を読んだときに、もう一度直面することになる問題である。さらに私は、ロシアにおける日本人抑留者の記録や、B・C 級戦犯として処刑された旧日本兵の記録なども読みあさった。たとえば尾川正二『極限の中の人間』は、ニューギニアに取り残された旧日本兵の極限状況をあますところなく伝えていて、今なお忘れられない一冊である。この頃私は「戦争と強制収容所——これが自分の生涯のテーマになるかもしれない」などと真剣に考えていた。というのもこれらの書物を読みながら私の頭を占めていたのは.「極限状況に置かれて全ての人間らしさを剥奪された時、人は何を支えに生きるのか」という問題だったからだ。「戦争」と「強制収容所」は、いずれも世界の根源的な悪が集約したものだと思った。もはやメレディスの小説は遠く小さく感じられた。

だが、当時の私に最大の影響を与えたのは、大西巨人『神聖喜劇』全五巻である。これは学園闘争に真っ先に飛び込み、最後まで退かなかった英文専攻の友人Kが勧めてくれた本で、以後、私は一時、大西巨人のとりことなったと言っても過言ではない。一言一句をもおろそかにしない大西巨人の厳しさは、それまでの軟弱な私の精神を鍛え直してくれた。しかし何と言っても、小説中に行き渡っている大西の「教養」の広さと深さに驚嘆しないではいられなかった。大西は日本文学の古典近世近代現代はもちろん、中国文学、ヨーロッパ文学に通暁し、さらにマルクス・レーニンなどの思想についても深い洞察力を備えている。それらが『神聖喜劇』の中で縦横に駆使されて物語と結びつき、再読、再再読を迫らずにいられない。「教養」というのはこのように、世界を見て考える豊かな目を鍛えてくれるのだ、とつくづく想った。『神聖喜劇』は旧日本陸軍を支えた精神構造が、そのまま現代日本の社会構造となっていることを、教えてくれた。大西のエッセイ集『俗情との結託』、『観念的発想の陥穽』などからも、文学とはどういうものかを教えられた。つまり「つくりもの」の次元を出ず、頭の中だけで止まる限り文学には何の力もない。文学とはそれを書いた全人格のかけがえのない表現であり、それが出来合いの概念を排した新たなまなざしを読者に与えてくれるのだ、と思った。それでは、その目から見た「大学紛争」とは一体、何なのだろうか。こんなことを考えているうちに大学院修士課程の修了年限が来た。一九六八年度後半期、学外での集中授業を拒否して一切レポートを提出せず、まして修士論文も書けなかった私は、当然のごとく留年の道しかなかった。

気が付けば、大学紛争は学生と官憲、はたまた対立しあう学生同士の暴力の連鎖となり、先導する学生から一般学生も離反し始め、東大安田講堂の陥落などをきっかけとして、吹き荒れた嵐も潮が引くように徐々に下火となっていた。このとき、一握り残った学生・院生たちが、問題は何も解決していないとしてなお闘争を呼びかけていた。一九六九年四月からの授業は学外の施設を使って行われ、そのさなかに授業再開粉砕を叫ぶ学生たちの乱入などもあったが、やがて大学のバリケード封鎖が解かれ、一般学生も学内に戻ってきた。およそ二年間にわたる紛争で大学内の授業が完全に停止し、学内業務も満足に行えない非常事態が続いたが、一九六九年後半までには何とか沈静化が図られ、平常の大学生活が戻ってきた。私は再びメレディスに戻りその初期の代表作『リチャード・フェヴェレルの試練』(*The Ordeal of Richard Feverel*)をもとに修士論文を書き、一九七〇年三月、修士課程を修了した。そしてそのまま大学院博士課程に進学した。副手の職はすでに前年三月に退いていた。代わって私は、同時に、一九七〇年四月から、ある新設女子短期大学の専任教員となった。

四　そして状況が変わり始めた。

長々と駄弁を弄してきたが、学生時代、つまり十八歳前後から二十五歳頃まで私がたどった道筋は、ほぼ以上のような報告につきる。これはいかにも貧しい「教養」の道、すなわち貧弱な「精神形成」の道のりである。というのも、上で私が挙げた人名の中に、ダンテもゲーテもない。モンテーニュもパスカルも、ルソーもバルザックも、トルストイもドストエフスキーもない。カントもなければヘーゲル、ニーチェなど、ドイツの大哲学者もない。ダーウィン、フロイト、マルクスほか世界を変えた大学者の著作も、孔子、老子、孟子と言った中国の古典もない。つまりハッチンソンの挙げる「偉大な書物」はほとんど含まれていないことに愕然とする。それに前述の『読書の伴侶』に挙げられた「教養書百選」を見ても、阿部次郎、倉田百三、シェイクスピアなどほんの少数を除いてその大部分は欠落している。世界で知られ考えられた「もっとも優れたもの」を知ることが「教養」だとすれば、私の学生時代はほとんど「教養」とは縁がなかったと言えるだろう。あまりにも自分の身の回りだけ、目先のことだけに囚われた学生時代だったと思う。それでも、この小さく卑しい自分を何とかしようと、精神的な苦闘を続けてきたことだけは確かである。しかしその「苦闘」も学生時代最後の「大学紛争」によって、木っ端微塵にされてしまった。それゆえ教員になれたと言っても、実はその時こそ私の真の「人格形成」への挑戦が始まったと言っても過言ではない。自分には専門の英文学と英語はもちろんのこと、本当にはまだ何もわかっていないのだ。そんな未熟な自分が果たしてどこまで、学生のためになる授業が可能なのか。

しかし、これまで読みも考えもしなかったことを取りざたしても仕方がない。自分なりにこれまで考え感じてきたことを学生たちに伝えていくしかない。そう思うと、阿部や倉田に夢中になった高校から大学にかけての自分こそ、まずは出発点であったことを再認識しないわけにいかなかった。英語の授業であっても、生きる上でもっとも大切な問題を伝えたい。ただそれだけの思いを胸に教室に出向いて行った。だから初年度保育科の教養英語には、ベティ・フリーダン『女性らしさの神秘』(Betty Friedan, *The Feminine Mystique*) から重要な箇所をタイプした自作の教材を用いた。これはアメリカの女性解放《ウィメンズリブ》運動のリーダーが書いたベストセラーということで、やはり紛争時代に人に勧められて読み、それまでの私の女性観を一変させた本である。私が担当する短大保育科二年生の学生たちがいずれ直面するであろう女性のアイデンティティの問題と、男性中心の社会を考えるには、この本は最適だと考えたのだ。二年後、ある出版社が原著から抜粋したテキストを出版した。そのおかげでしばらくはこの本を短大教養英語のテキストに用いることが出来た。これ以外には、アメリカやイギリス小説、イギリス文学の名作短編集やラフカディオ・ハーンなどのエッセイや物語、世界で最もよく読まれているイギリス小説、ジョージオーウェル『動物農場』(George Orwell, *Animal Farm*)、私の愛読書であるアン・リンドバーグ『海からの贈り物』(Ann Lindberg, *Gift from the Sea*)、知的障害児を生んだパール・バックの経験を綴った『成長しなかった子供』(*Pearl Buck, A Child Who Never Grew*)、さらには一般意味論のスチュアート・チェイス『言葉の暴虐』の大学用テキストさえ、当面、教養英語として何の疑問もなく用いることができた。ただし、学生たちがこれらのテキストから何を得たかは、実際のところ不明である。教師が学生の実力・実態も考えず自分好みのテキストに酔うだけの、独りよがりの授業形態と言われても仕方ないかもしれない。それに学生たちはただ試験のため、単位取得のためだけに、英語の授業に出席せざるを得なかったただけかもしれない。それでもなお、このような、自分で納得のいくテキストを「教養英語」の授業で使用できたのが、七〇年代だった。

この頃の忘れがたい読書として、石牟礼道子『苦海浄土――わが水俣病』がある。一九七〇年に初めて読んだこの本は、どんな新聞・雑誌の論説よりも、じかに水俣病の実体を伝えていて一読して忘れられない本となった。とりわけ地元の海で育った人たちの方言が石牟礼によって再現されていて、直接胸に響いた。後年、石牟礼が私の住む市に講演に来たことがあり、その実際の語り口の深さに心打たれた。石牟礼の著作から、『火の国の女の日記』の著者、高群逸枝へと目を向けるのはごく自然だった。そういえば、先の『女と刀』の中村きい子も九州出身の女性だった。男尊女卑の風習があると言われている地方から何と優れた女性たちが出ているか、と感嘆しないではいられなかった。

私が教員三年目を迎えた博士課程三年のとき、阪田勝三先生が教授としてお見えになった。私は直接教室で先生のご指導を受けたことはなかったが、夏の合宿などで先生からフランスのジョルジュ・プーレ「一体化批評」や、ドイツのアウエルバッハ『ミメーシス』など、これまで知らなかったヨーロッパ現代批評を学んだ。さらにこの後お見えになった阿部義雄先生からは、広津和郎『年月のあしおと』、伊藤整『小説の方法・小説の認識』、九鬼周三『いきの構造』などの名著を教えて頂いた。阪田・阿部の両先生がお見えになった結果、学科内に一気に文学研究の世界が広がった感があった。そして、日本大学の英文学科・英文学専攻は、かつての大和・古谷先生の時代以来の、「文学」優勢の雰囲気がみなぎった。

しかしながら、七〇年代末から八〇年代、さらに九〇年代にかけて、次第に状況が変わり始める。日本における英語教育最大の弱点は、中高併せて六年間の英語の授業を受けても、生徒たちはほとんど英語を聞き取り話せないことだとされている。これでは日本は国際化の波に取り残される。それは私がやっているような旧態依然の英語教育が元凶とされた。文部科学省もさっそくコミュニケーション能力重視のカリキュラム改訂にとりかかる。それにあわせて実用英語検定、さらには「国際コミュニケーションのための英語試験」(TOEIC)が一般化し、英検なら準一級、TOEICなら七三〇点以上を目指すことが、大学英語教育の最大目標のように言われ始めていく。なにしろ、日本の大学生はTOEIC試験の成績がアジア諸国で最低と言われているからである。次第に文学関係以外の学科で、いやそれらの学科でさえ、「教養英語」の授業に文学作品を扱うことが、はばかれるようになっていく。それはあたかも悪徳か何かのように見なされ、テキストの選択に苦慮する教員も出始める。教員自身、発想の転換を迫られたのだ。好みの文学作品を訳読するだけでは何の英語力も生まれない、と考える人たちも続出しだす。しかも英語の専門家の中には、かねてから音声重視を声高に叫ぶ人たちもいて、彼らには待ちかねた時節が到来したとも言える。

大学用テキストのカタログも、この風潮にあわせて、以前なら文学、それもイギリス小説から始まった一覧が、いつしか「総合英語」といわれる、「読む・聞く・書く・話す」の四技能習得を目指すテキストと交代し、それらがカタログ冒頭に大きく宣伝されるようになった。かつての優れた文学テキストは採用が減って次々と絶版となる。現在ではさらに、TOEICやTOEFL(海外留学用英語試験)などの「資格試験対策用テキスト」がカタログの多くを占めている。このように教科書会社のカタログは、社会を映す鏡である。これらのテキストは何よりリスニング重視のコミュニケーション能力の開発を主眼とし、わかりやすい挿絵、写真のほか、テープ・ビデオ・CD-ROMまで付属している。それゆえ、資格英語を扱う英語業界は、日本の経済活動の一環をになう一大産業へと成長した。現在ほとんどの大学でこれらの試験に対して団体受験の機会を与えている。しかも、個人で一定以上の資格試験の成績をあげると、それによって英語の単位を認定する制度さえ作られ、これが多くの大学で一般化している。

しかしこれはよく考えてみれば、英語業界の戦略に従っただけであり英語教育を大学がみずから放棄することと変わらない。だがこれらの資格試験は社会的にも、国際的にも「認知されている」という大義名分がある。それゆえ英語教員自身、もっぱら試験の点数が上がるよう、学生を指導することに精力を注ぐことになり、学生たちの平均点の上下に一喜一憂している、というのが現状であろう。世間が英語の授業にコミュニケーション能力の育成を期待し、「英語ができる」即「英語が話せ、聞き取れる」と短絡するのも無理からぬところがある。それに何と言っても言語はまずは音声コミュニケーションが基本であるから、私自身このような傾向にさおさすつもりは毛頭ない。外国語学習の初期段階には、このような資格試験が有効であることは、英語以外の外国語を学習する場合を考えてみればよくわかる。さらに、私の学生時代とは比較にならないほど、積極的に海外で勉強をしようとする学生の数が増え、それに伴い大学が提供する留学制度海外研修制度も、かつてとは考えられないほどの充実ぶりである。これは日本の経済成長のたまものでもあるだろう。英語の資格試験がこのような環境の中で一定の成果をあげてきたことは確かである。

しかしこの資格対策用の英語テキストは、ページを開けばわかるように、いずれも短い英文の段落とその内容や文法などに関する問いからなり、書かれている内容そのものよりも、いかに素早く正確に問題に答えるかに主眼がおかれて作られている。その問いは文法、発音、内容把握などに分かれ、大抵が四択問題からなっている。学生たちはテープを聞きつつ、その中から次々と正解と思われる番号を選んでいく。担当の英語教員はそのために工夫を重ね、学生たちの「英語運用能力」を高めようと、涙ぐましい努力を続ける。しかし試験が終わってしまえば、そこで書かれていた事柄は学生たちの記憶にほとんど残らないのではないだろうか。というのも、これらの断片的な文章は問いに答えさえすれば、もはや再読・再再読を求めないからである。いわば使い捨ての英語である。「読み」には、確かにこのような情報を素早く読みとるための訓練が必要であるが、同時に、読むこと自体が新たな「経験」となる「読み」もある。再読、再再読を求める本こそ優れた本であることはショーペンハウエルやハーンの言う通りである。そしてこれが「教養」への道を拓くのだが、これらの資格試験のための断片的な英語が、このような意味での「経験」となることはまれだろう。つまりは大学の「教養」の英語とは名ばかりで、実際には情報処理能力育成のための英語学習である。確かに、情報処理能力は重要ではあるが、英語の授業がこの次元に止まってしまうと、そこには「教養としての外国語学習」の本来の意味は消えてしまう。学生は英語に対してあまり深く考えずに、ただ即座に機械的に反応していけばいいのだから、英語の授業は英会話の反復練習とさして変わらなくなる。何よりふだん断片を扱うことにしか慣れていない学生の多くは、外国語を通してまとまった思想を受け止めるという、忍耐力・持続力を養う機会に乏しい。漱石が言うように「英語を習って英書より受くるCultureを得るまでには読みとなせず。（中略）ただその道々において器械的に国家の用に役立つのみ」（『漱石文明論集』岩波文庫、三〇八ページ）ということにもなりかねない。最大の問題は、英語が試験と分かち難く結ばれ、英語を見ればすぐに試験を連想してしまうことである。試験用に作られた英語は、人間が心からその内容を伝えようとする英語とは異なる。本来、ジョン・ミルトンが「教育論」（一六四四）で言うように、外国語教育は「優れた文章に接しその言語に含まれる本質的なことを学びとる」ことに意味があるとすれば、これは外国語教育にとって最大の不幸だと私は思う。

反面、資格試験は前述の通り学生の初期英語学習の動機付けとしては最も明確で、英語嫌いの学生には具体的な目標を立てやすい。それに何と言っても資格試験は学生に「達成感」を与えるから、学習の手応えと充実感を感じ取ることができる。大学側としても、学生の試験結果が良ければ、対外的な大学の宣伝となる。試験の結果はコンピューターを使ってたちどころに統計が出されるので学科別、年度別などで点数の分布が一目瞭然となる。これは指導する側にとっても、実に便利であろう。それゆえ、まだ当分英語の資格試験偏重はおさまらないだろう。ことは韓国の英語教育界でも同じであることを、二〇〇五年五月、日本大学文理学部で開催された第七十七回日本英文学会の特別講演で前韓国英文学会会長ヤン・オークリー氏が語っていた。韓国でも文学軽視・実学重視の傾向は加速されているとのことである。つまり今の英語学習は、批判能力の養成よりも機械的な反復能力の訓練、つまりドリル学習が主流を占めている。資格試験のための英語は、このドリル練習以上でも以下でもないことを肝に銘じるなら、それなりの有効な扱い方があるはずだ。これを大学の英語として必要以上に過大視するところに問題がある。ＴＯＥＩＣの点数が高いことは、確かに一つの能力である。高い得点を記録するのは、実際、優れた学生が多い。だからといってそれらの学生がみな学問的な能力に秀でているとは限らない。現に、一冊の原書も読みこなせない学生もいる。その概要や感想を英文で書かせても、表面的なことしか書けない。なぜなら、四択中心の問題ばかりでは、このような能力は養えないからである。それに何より実務英語は机上ではなく実際の現場でこそ鍛えられる。だから資格試験は、あくまでも「最初の一歩」としての価値しかない。だがその「最初の一歩」を踏み出せない学生も見られる昨今、大学がこれらの業者試験に頼らざるをえない、というのが実情であろう。

しかしこのような風潮は、なにも英語に限ったことではない。ドイツ語にも中国語にもフランス語にも、それぞれ検定試験があり、一定の目標値が定められている。理系にもＪＡＢＥＥと言われる資格試験を始め、さまざまな資格取得を目指す教育が行われている。それは大学全体に押し寄せている実学重視、つまり実用に供する教育をよしとする、言い換えれば、産業界のための人材育成を柱とする教育から来ていると言ってよいだろう。それは九〇年代始めのバブル経済崩壊以後、次第に顕著になっていく少子化とあいまって、以後ますます大学教育の根底を支配していく。いまさら「教養」を唱えても学生は集まらない。学生が集まらないことには、今や日本に一〇〇〇校もある大学・短大は存続できない。そこで受験生を集めるには、いかにその大学が「就職に強い」大学か、そこでどんな資格取得が可能か、これが最大の「売り」となる。よりよい就職を目指すからには、社会がもっとも要請する能力を、大学は責任もって学生に与えなければならない。大学はキャリア・スタディやキャリア・デザインなどの科目、またインターンシップ制度などを設け、一人でも多くの学生をよりよい所に就職させることが至上の使命となる。学生起業家の誕生を歓迎する風潮さえ現れ始めた。その上、大学は研究費獲得のために、盛んに文部科学省などの研究助成金の獲得を目指すほか、積極的に企業と提携し、実社会に役立つ、即ち利益を生む研究に価値を置かざるを得なくなる。これが全国大学のランキングを決定するとあっては、どの大学も目の色を変えないわけにはいかない。これが、市場原理・競争原理に従わざるを得ない昨今の多くの大学の姿であろう。いまでは、大学が産業界の下部構造を支えるという仕組みができあがっているとも考えられる。これは戦前の特権的な大学と比べて、いかにも大きな様変わりである。また「産学協同」を排し、「学問の自由」、「大学の自治」を目指したあの大学紛争当時と比べてみても、何という大きな転換であろうか。かつては絶対悪のように言われた「産学協同」なくして、いまや大学は成り立たない、というのが実情である。「象牙の塔」はもはや死語となった。英語教育の変貌の背後には、以上のような大きな社会変化のメカニズムが働いているのだ。そしてこのような利益誘導型の教育は、「教義教育」とは完全に相反する原理で行われることになる。「教養」と「実利」とは、一見して互いに相容れないからである。この問題については後に改めて考えよう。

五 「教養」の問題はどうなったのか。

九〇年代後半から、日本の多くの大学で文学部の解体・再編成が進行していくのも、上に述べたようなプロセスからである。大学教養部の解体・廃止は早くに始まっていたが、とりわけ二〇〇三年に国立大学の独立法人化法案が通過し、二〇〇四年四月から法人化が実施されて以来、各大学はこぞって旧来の哲学・歴史学・文学系の学科を撤廃または再編し、代わって生き残りをかけて情報系・国際系・福祉系・生命系などの学部・学科を前面に押し出し、学生を集めようとしている。二〇〇五年四月に旧「東京都立大学」が、新「首都大学東京」に生まれ変わったが、その変身の背後にあるのは、以上のような「時代」に即応した転換ということなのだろう。このような風潮の中で、大学における「教養」の問題はどうなったのか。もちろん、どの大学でも実用一点張りの教育に甘んじているわけではない。「豊かな教養と国際性の育成」をも目指す大学も少なくない。教育と学問研究に分けて、ほんの数パーセントの専門研究者の育成は大学院にまかせ、学部ではもっぱら教育のみに専念する、というタイプの大学も増えている。一般教育科目は、以前のように一年時にほぼ単位を取得するという機械的なカリキュラムではなく、在学四年の間、いつ履修してもよいように変わった。しかも今では欧米などの大学にあわせて、どの大学も半期制の授業形態を採用し、十二〜十五回ほどの授業、つまりほぼ三か月で単位が認定される。かつての通年科目は数えるほどにまでなってしまった。だが教養科目を担当する教員も、それにあわせて授業方法を工夫しており、シラバスを見る限り魅力的な内容ばかりが並んでいる。しかし学生たちにとって、試験を受けて単位を取得しさえすれば、その科目は完全に過去のものとなったのも同然である。学生たちの最大の関心は、やはりできるだけ良い点を取って、できるだけ良いところに就職することである。そのためだけに時間を割くというのもやむを得ないのかもしれない。

そしてこのような傾向はすでにアメリカでも生じていたことが、アラン・ブルーム『アメリカン・マインドの終焉』(Allan Bloom, *The Closing of the American Mind*)が伝えている。この本の初版は一九八七年、邦訳は早くも翌一九八八年に出版された。「文学と教育の危機」という副題を持つこの本は、従来のアメリカの大学が標榜してきた「リベラル・エデュケーション」がベトナム戦争以後様変わりしていく様子を、赤裸々に伝えている。かつての「偉大な書物」による教育は時代遅れである。それは白人中産階級のイデオロギーの反映に過ぎないとされた。すると、すでに述べた「教養書百選」のたぐいもこれと同じで、その選別には推薦者のイデオロギーがしみこんでいることになる。そもそも推薦図書というもの自体、もう流行《はや》らない。学生たちの読書離れがこれによってますます加速する。古典に代表される古い権威の否定は、大学紛争以後、ごく当然のこととなっていった。

ときあたかもポストモダニズムが喧伝される時代と合致する。七〇年代後半から九〇年代にかけて、文学研究は理論隆盛の時代を迎える。従来の「精読」(close reading) だけによる作家・作品研究はもはや語り尽くされ、なんらの新鮮味もない。しかもそれは多く研究者の恣意的な読みの結果に過ぎない。第一、文学の自立性を強調するあまり、そこには社会的、文化的なコンテキストが欠如している。次第に文学研究は、例えば心理学、精神分析学、社会学、歴史学、民俗学、政治学、医学、生物学など他領域と交わり始め、「文化研究」として装いを新たにしていく。「学際的」という名で、学問領域の境界線があいまいになっていく風潮が、とりわけ文学研究に目立ち始めたのだ。だがこれは、文学研究の専門家と一般読者との間の開きが大きくなっていくことをも意味した。理論を駆使する批評家たちは、特有の難解な語集を使ってテキストの細部を拡大していくから、一般読者にはまず彼らの語彙についていけなくなる。高度な文学研究と、それまでの素朴な読みとの懸隔がますますはなはだしくなっていったのが、今なお続く文学理論時代の特色である。それゆえ、理論がかえって、文学離れを呼び込んでいる、という面も見られる。

たとえば、ポストモダニズムの斬新な「テクスト」理論によれば、「テクスト」とは言葉の織物《テキスチャー》にすぎず、元来、序列はつけられない。すなわち、「正典」(canon) といわれる古典の作品も、昨日の新聞の社会面に書かれた記事も、同じく「活字のしみ」であり、「テクスト」としてみれば優劣はないのだ。それだから、ポストモダニズムの視点からは、大学で学ぶ英語も、巷の英会話学校で教える英語も、どちらも変わりはない。それどころか英米文学の古典とされる作品も、大衆雑誌に連載される扇情小説も、「テクスト」という点では同列に置かれる。「古典」という特権的存在は、もはや認められない。そもそも「作品」とか「作者」とかいう概念そのものが、不安定・不確実である。読者がいなければ作品も作者も成り立たない。「作者」とは過去の「作品」を再編した人、「作品」とは過去のさまざまな「テクスト」からの「引用のモザイク」である。「間テクスト性」が文学の本質である。「読み」とは「記号のたわむれ」である「テクスト」との「たわむれ」にすぎない。だから、哲学も歴史も文学も、医学も社会学も政治学も経済学も地理学も、すべてこのような「テクスト」として見れば本質的に変わりはない。すべては、ルイ・アルチュセールの言う意味での「イデオロギー」の表出である。そしてその「イデオロギー」の背後には、大抵、ミシェル・フーコーの言う「権力」が控えている。読者はそれを意識すれば、どんなものを読んでも同じことだ。しかも、書かれたものだけが「テクスト」ではない。ありとあらゆる現象が「テクスト」となる。それまで君臨していた活字文化の衰退がここから始まる。

こうしてかつての学生たちを苦しめた古典読解の呪縛から解き放たれた現代学生たちは、ただ目前の刹那的な快楽を追うことだけに無上の喜びを感じていく。それが麻薬とフリーセックスに代表されるアメリカの病となる。青年たちの多くは、まともな読書をほとんどしなくなる。活字文化に代わるのは、映画とテレビ、それにビデオやゲームなどの「映像文化」、さらアニメにロックやフォークなどの音楽、ミニ雑誌やポルノ雑誌など、いわゆる「サブカルチャー」と呼ばれてもてはやされる「若者文化」である。それだから、「一体、シェイクスピアやミルトンを読むことが、俺たちの問題解決に何の関係があるというのだ」と彼らが言うのも当然であろう。「教養」はアメリカの大学でもこのように衰退していったことを、ブルームの本が如実に伝えている。ブルームが言うには、かつて大学の一般教養の科目は、学生の人生を決めるほど大きな衝撃を与える力があった。その科目を聞くか聞かないかでその人生が違ったほどであった。しかるに、現在の一般教養科目は、ただ卒業単位計算の数字にすぎないことがままある。

ひるがえって現在の日本の大学生も、ブルームが描いたアメリカの大学生とさして変わりはなさそうだ。さらにこれに追い打ちをかけることになるのが、九〇年代のインターネットの導入である。今ではパソコンを黙って操作するだけで世界中の情報が一瞬のうちに手に入る。苦労して分厚い古典など読む必要はさらさらない。必要ならば、いつでも周辺情報はインターネットで取り込むことができる。その上、携帯電話の普及につれて「出会い系サイト」を使って未知の人とも簡単に知り合える「ネット文化」も、日本では九〇年代後半から本格的に始まる。欲しい物も「ネットオークション」を使えば、いとも簡単に安く手に入る。対人関係もパソコンと携帯があればそれで足りる。ただし、すべての前提に経済的な基盤、すなわち金銭が不可欠である。現代の日本が金銭万能となったゆえんである。これは四十年前の私の学生時代といかに違ってしまったかと慨嘆してみても、「時代遅れ」のレッテルを貼られるだけであろう。時代は確実に新しくなってきており、その時代にふさわしい発想と生き方というものもあるのだろう。現在の「若者文化」を、私のような学生時代を送ってきたものの基準で判断しても始まらない。私たちの世代にはまったく思いもよらない価値基準が、現代の若者たちの中に芽生えているのかもしれないのだ。ブルームのような主張には旧式のレッテルが貼られるだけかもしれない。

しかし、さらに大きな問題がここには潜んでいる。早くにショーペンハウエルは、主著『意志と表徴としての世界』(一八一九)の第三巻、第三十六章で以下のように書いた。

平凡人は自然が毎日何百と作り出す安物のようなもので、あらゆる意味でまったく利害を離れた考察――これが本当の静観であるが――などは到底長く続けることが出来ない。彼が事物に己の注意を向け得るのは、その事物が彼の意向に何らかの関係を有する限りにおいてのみである。(中略)平凡人はいつまでも単なる直観に停留せず、したがっていつまでも一つの対象を見つめておらず、あたかも怠惰な者が椅子を探し求めるように自分に与えられるべき概念を探し求め、概念が得られると彼はもうその物には興味を失ってしまうのである。それ故に平凡人は芸術作品でも美しい自然でも随所に本当に深い意味を物語っている人生の種々相でも、どんなもの

に接しでもすぐに決着をつけてしまう。彼は立ち止まらない。（磯部忠正訳、第三巻、理想社版、四二頁）

ショーペンハウエルがここで言う「平凡人」(the common, ordinary man)とは、すなわち私たちの姿に他ならないが、とりわけインターネット・サーフィンにふける現代人にあてはまるだろう。つまり自分との利害関係からしか事物を見ることができず、どんなに優れたものでもその前で「立ち止まる」ことなく一瞬で結論づけてしまう。こうして不要になった情報はすぐさま「ごみ箱」行きである。これに反して「教養」とは「利害を離れて静観する」ことから生まれる。すでに述べたように「教養」が「耕作する」ことであるのなら、ここには種を植え付け、育て、実をならせるという手間が欠けている。認識と理解に時間をかけることになれていない学生たちは、資格英語の試験問題さながら、与えられた選択肢の中から「正解」を直ちに選ぶことを得意とする。しかも、自分の利益と快楽になるもののみを、「正解」とするのが普通であろう。百八十年以上前のショーペンハウエルの「彼は立ち止まらない」という言葉にこそ「教養」衰退の大きな原因がある。

ショーペンハウエルの上の言葉は、スペインの哲学者ホセ・オルテガ・イガセットが『大衆の反逆』（一九三〇）で指摘した「大衆人」の出現を先触れしている。オルテガによれば、文明の進歩により自分で努力しなくとも十分な心地よい境遇に恵まれる現代人は、やがてそれが当然となり、一方的に他者に要求だけをする人間となる。これが「大衆」(the mass)である。彼らは「自分の欲望に何の制限も加えない。（中略）外部からの一切の圧力や他人との衝突の全てから守られていたために、そうした人間は、ついに自分だけが存在していると思いこむようになり、自分以外の存在を考慮しない習慣、特にいかなる人間をも自分に優る者とはみなさない習慣がついてしまう。」（角川文庫版六一ページ）これは経済的繁栄に依存して安逸な生活を送っている私たちのことを書いたのではないか、とさえ思えてくる。「教養」が「世界で知られ考えられたもっとも優れたものを知ること」だとすれば、「大衆人」

は「教養」とは完全に無縁である。オルテガのこの見方をさらに強烈に表現したのは、『ホモ・ルーデンス』や『中世の秋』で知られるオランダの思想家ヨハン・ホイジンガである。少し長くなるが、一九五三年に彼が書いた『朝《あした》の影のなかに』からその発言を引用する。

教養があるなしにかかわらず、じつに多くの人の場合、生に対する構えは、依然として遊びと人生とに対する少年の心そのままである。（中略）それを特徴づけるのは、適切なことと適切でないことを見分ける感情の欠落、他人および他人の意見を尊重する配慮の欠如、個人の尊厳の無視、自分自身のことに対する過大な関心である。判断力と批判意欲の衰弱がその基礎にある。このなかば自ら選び取った混迷の状態に、大衆は非常な居心地のよさを感じている。（中略）

このような精神状態は、ただ単に、自分自身の判断を下す意欲に欠けるところがあり、集団組織の画一化作用が、できあいのワンセットの考え方を押しつけ、つねに思考が皮相に流れてしまうところからもたらされたというにとどまるものではなく、実に憂慮すべくも注目すべきことに、驚くべき技術の発展それ自体が、実はこのような精神状態を引き起こし、これにたっぷり餌を与えているところのものなのである。人間は、この驚異の世界にあって文字通り子供のようだ。おとぎ話の世界の中の子供のようだ。飛ぶ機械で旅行することができる、いながらにして地球の反対側と話をすることができる、自動機械を使ってちょっとつまむことができる、ラジオを通してひとつの大陸全部を自分のものにすることができる。ボタンを押せばそれでよい。生が彼のほうにやってくるのだ。このような生は彼を成熟させるだろうか。まさに逆だ。世界は彼のおもちゃになってしまったのだ。おもちゃを手にした彼が子供のようにふるまうからといってそれになんの不思議があろう。（堀越孝一訳『朝の影のなかに』中央公論社）一六七〜六八頁）

カントは『啓蒙とは何か』（一七八四）の冒頭で、「啓蒙とは人間が自分の未成年状態から抜け出ることだ」と喝破した。「その状態は人間みずからが招いたものだから、彼自身に責めがある。」しかし、上のホイジンガの言葉を読むとき、科学技術の進歩は必然的に人間を「未成年状態」に追いやる、と考えざるをえない。ホイジンガやオルテガが到底想像できないほど、今の生活は高度な科学技術のもたらす恩恵にあふれている。現代人はボタン一つの操作を覚えるだけで、何と便利な生活を送ることができるだろうか。しかし、大衆人は、実際は自分では何一つできない。たとえばコンピューターが故障すれば、まったくの無力となる。E・M・フォースターの短編「機械は止まる」(E. M. Forster, "The Machine Stops") は、そのような無力を描いた未来小説である。しかし最先端の高度技術を使って、もっとも下劣なことをしでかすのは、現代人が「未成年状態」のまま、自分だけを過大に重用視して、他者の優れたところを認めようとしないからである。ジョン・ヘンリー・ニューマンという十九世紀イギリスの宗教家が一八七三年に書いた「大学の理念」(J. H. Newman, *The Idea of a University*) によれば、「紳士とは他者に苦痛を与えない人間」のことで、その紳士を育てることが、大学の教養教育最大の目的である。しかるに、現在の日本には、報道などで見る限り、また身の回りを見ても「他者に苦痛を与えること」を何とも思わない人たちであふれかえっているようだ。これもまた「教養」の欠知のもたらす結果であることが、上のホイジンガの言葉から読みとれるだろう。ホイジンガが指摘したもう一つの大きな問題が、集団組織による人間の「画一化」である。これは人間の「機械化」と呼んでもよい。できあいのワンパターンな考えと行動しかできない「大衆人」は、容易に感情に溺れ、雰囲気に酔い、独裁者の格好の餌食となる。このホイジンガやオルテガの「大衆人」批判の背景には、ヒトラーなどの全体主義への批判があることは歴然としている。

　自分だけの心地よい世界に閉じこもり、自分の外に存在する、優れたものに目を閉ざす精神態度は、文明人が幼児の精神状態から抜けきれないことを意味している。そして実はこのような状況を小説で扱ったのが、十九世紀イギリス小説家ジョージ・メレディスだった。彼はオルテガのいう「大衆人」を「センティメンタリスト」と名付ける。センティメンタリストは自分にとって都合の悪いものは一切無視をして、バラ色(rose pink)のヴェールで現実を覆い、自分だけの快適な狭い空間に心地良くまどろむ人間である。「大衆は王様だ」("The mass is lord")というメレディスの言葉は、「消費者は王様だ」という二〇世紀の言葉を先駆けている。また産業革命以後、迫り来る社会と人間の機械化と、利益だけを目指す功利主義的社会に、断固として抵抗したのが、同じく十九世紀ヴィクトリア朝時代の思想家たち、トマス・カーライル、ジョン・ラスキン・マシュー・アーノルド、ジョン・ヘンリー・ニューマン、ウォルター・ペイター、ウィリアム・モリス、それに小説家ではチャールズ・ディケンズやジョージ・エリオット、そしてメレディスなどであった。現代の日本人は、これら十九世紀イギリスの思想家作家たちが時代に下した批判から、学ぶべきことがらがたくさんある。これらの思想家・作家を扱った荻野昌利『歴史を〈読む〉―ヴィクトリア朝の思想と文化』(英宝社、二〇〇五)は、「教養」の意味を考えるためにも、ぜひ一読しておきたい良書である。

六　現代と教養の問題

これまで私が語ってきたことをまとめれば、「教養」とは何より、「自分の未熟を自覚する」ところから始まる。アーノルドは「完全」に向かつて絶え間なく「生成」していくことが「教養」だと言ったが、「完全」というのは「神」にしか与えられない属性であるから、私はこれを「さらなる成熟」と置き換えたい。それはカントの言う「未成年状態」を自分の責任で抜け出し、この世で真に優れたものに目を開き続けることである。その道程に終着はない。一歩、また一歩と果てしなくこの道は、私たちがこの世を去るまで続く。「成熟」とは必ずしも多くの知識を得ることではない。高学歴と「教養」とは本質的な関係はない。まして美術館やコンサートに行ったり、有名人の講演会や教養講座に出たりすることが「教養」となるわけではない。すでに述べたように、かつてのナチス将校たちは、ワグナーやゲーテなど、ドイツの第一級の音楽・文学をたしなんでいても、なおユダヤ人たちを「選別」し、不要と判断した人々を何のためらいもなくガス室に送り込むことができた。だから、どんなに知的装飾で身を飾ろうと、未熟な人間はいつまでも未熟なままである。それどころか、学歴や学力が高ければ高いほど自分を優れた人間だと見なし、自分より「劣った」とされる他者に苦痛を与えることを、何とも思わなくなる場合が多い。これが精神的未熟でありナチスの将校たちがその好例である。

それでは「未熟」とは何か？それはまずは自分の欲望に制限を加えない状態である。自分の欲望をほしいままにするとき、人は他者の存在を考慮せず、自分のことだけを過大視するようになる。自分の「いたらなさ」は棚に上げて、一方的に他者に要求するばかりで、それが叶わないとなると不満、不平、非難、恨み、嫌悪に走る。これでは過保護に育てられた幼児も同然である。人は他人の身勝手な行動にはすぐ憤るが、自分も身勝手な行動をとっていることには、なかなか気が付かない。次に「未熟」とは精神的な盲目状態である。その目には自分の目先の利益しか見えない。他者の苦しみにも、喜びにも共感できない。すなわち「共感の欠如」、言い換えれば「想像力の欠知」である。ショーペンハウエルは自己と他者との差別化を「個体化」と呼んだ。本来、他者と自己とは、人間として見れば本質的に変わらない。だが前述のように未熟な人間は、「われこそ最も重要人物である」と思いこんでいるから、「他者」、とりわけ「優れたもの」の存在が視野に入らない。だから「啓蒙」(enlightenment)とはよく言ったもので、その精神の暗闇に光を注いで真に「優れたもの」を見させることがその原義である。「教養」はこの点で「啓蒙」と重なり合う。最後に「未熟」とは、自分の客観的な姿に思い至らず欠点だらけの自分が他の人々に苦痛を与えていることに気づかない、またはそれを何とも思わないことである。私自身これまでどれほど知らぬ間に人に苦痛を与えてきたか、と反省する。ニューマンが言うように、これが「教養」の有無を測る最終的な基準であるとすれば、私にとって「教養」はまだまだ「日暮れて道遠し」の状態である。ベンジャミン・フランクリンが『自伝』

の中で挙げた十三の美徳の最後は「謙虚さ」(humility)であるが、どんなに有能であろうと、謙虚さのない人間は、やはり未熟なままである。かつて阿部次郎は『学生と語る』という本の中で「教養の問題」という一文を載せ、そこで「教養」ある人とは、いかなる仕事であっても、その自分の仕事に誠実に打ち込む人のことだ、と言った。「未熟」を脱した人間は、当然、自分の仕事を謙虚に、黙々と果たしていくだろう。

ところで欲望を満足させるには金銭の裏付けが必要である。現代が金銭万能の時代であることは、「金で買えないものはない」と豪語する若者さえ出現していることからもわかる。それゆえ、あらゆる事柄を金銭関係からしかとらえられず「利害を離れて静観する」ことが不可能となるとき、「教養」は当然衰退する。アーノルドは「教養」(culture)の反意語に「無秩序」(anarchy)を挙げたが、それは「自分のしたいようにふるまうこと」(Doing as one likes.)を意味する。全ての人が自分の欲望のままにふるまうことができる社会は、一見、恵まれた理想の社会にさえ思えるだろう。だがこの時欲望は、満たせば満たすほど、果てしなく増殖し続けて限りがなくなる。欲望が渦巻いて混沌とする社会を、アーノルドは「無秩序」と名付けたのだ。それゆえ、聖人とは例外なく、自分の中の欲望を鎮めた人たちのことである。ショーペンハウエルは『意志と表徴としての世界』の第四巻、第六十三章以後、「欲望」を滅却し、「諦観」と「静観」に達した人たちのありかたをくわしく語っている。イエスも仏陀も、いずれもこの点では同じである。ショーペンハウエルの著書のこの部分を読むと、彼の考えが「足るを知る」精神、すなわち「無欲」・「無心」を説く禅の世界と酷似していることに驚かざるを得ない。ショーペンハウエルはまた、あなたを恨み、憎み、嫌悪し、さげすむ人に、それと同等の返報をするのではなく、逆にその人を暖かく受け入れなさい、と言っている。これは「汝の敵を愛せよ」というキリストの言葉や、「恨みに報いるに徳をもってせよ」というのと同じ考え方である。英語でいう「敵」(enemy)とは、「あなたを憎む人」のことを言う。

自分のしたいことを完全に封じ込められた若者が、戦時中、有無を言わさず学徒出陣に駆り出された学生たちであった。「国家」という大義名分のもとに、理不尽な環境で生きざるを得なかった彼らが、それでもなお私にはすがすがしく思えるのは、彼らが自分の欲望を見事に制御し、かつ、残された生を真剣に生きようとしたことが伝わってくるからである。だが、あまりに豊かな社会、便利な社会に住む私たちには、もはや彼らの本当の心情はわからないのかもしれない。豊かさと便利さに慣れきってしまい、「幸福」が当然となるとき「困窮」と「苦難」は自分とは無縁としか思えないからだ。現代の日本に見られる「教養」の衰退はこのような環境の産物であることが、ここからも明白である。

すでに述べたように、人格形成は生涯にわたって行われるものの、人間がもっともその精神をゆさぶられ、その基盤を形成するのは、何と言っても思春期、青年期である。だから「教養小説」の主人公は、例外なく青年である。そして青年期こそ「優れたもの」と出会うのに最もふさわしい時期である。それは苦悩と絶望の果てに出会えるものであることを、倉田百三も阿部次郎も語っていた。こう考えると私が送った青春期は、何とか「教養」の小道を踏み外すまいとした苦闘の連続の時期だったのだと思う。だから「大学」とは第一に、学生たちの精神を揺さぶる場所、同時に「この世で知られ考えられたもっとも優れたもの」と出会う機会を学生たちに提供する場所である。そこには実は教養科目も専門科目もない。何の科目であれ、教員は自分の責任で学生たちの「蒙を啓《ひら》く」ことを心掛けなければならない。つまり玉石混淆の現実の日常で、学生たちに何が本当は優れたものかを自ら発見させる(heuristic)努力——これが教員の課題である。それには何より教員自身が日頃から、「教養」の問題と真剣に取り組み続けていることが不可欠である。己を棚に上げた「教育」など到底できないからだ。「教えることは学ぶこと」(*Docendo discimus.* We learn by teaching.) でありまた、よく学ぶ者こそ、よく教える者である。

大学が営利企業の要素を幾分でも持つ以上、ある程度、市場原理競争原理がそこに働くのはやむをえない。学部や学科の再編、カリキュラムの再編、さまざまな補助金や研究費の獲得、学生の就職率などは、少子化の波にもまれる大学が存続できるかできないかの分かれ道とさえなるだろう。新聞報道によれば、二〇〇六年春、若者の大学進学率が五二・三パーセントと過去最高となり全入時代を迎えたいま、各大学は時代に沿う新たな方策を工夫して必死に受験生を呼びこまざるをえない。だが、ここから生じざるをえないのが、これまで見たような実利重視の傾向である。「背に腹は代えられない」というのは個人だけでなく組織にこそあてはまる。古くさくて実社会に役立たないとされるものは容赦なく切り捨てられ、役に立つとわかると一斉にそれに飛びつく。だから一時多くの大学で国際・情報・メディア・コミュニケーション・マネジメント・グローバル・ビジネス・文化・人間・福祉・生命科学・心理・地域など、時代の脚光を浴びる言葉が踊った。かつての文学部は解体され、響きのよい名前に書き換えられる。例えば「英文学科」という古くさい名は多くの大学で捨てられて、「国際情報学科」、「外国語教育研究学科」、「英米文化学科」、「英米語学科」、「国際コミュニケーション学科」などに変身した。「文学」が目の敵にされるのは、教養英語の教科書の世界だけではない。「教養」を唱っても学生にアピールしないから、ますます「教養科目」は軽視されることになる。入学した学生たちからも、文学、哲学、歴史学などは敬遠され、代わってマスコミ、映画、コンピューター、資格試験などのための科目が優先されがちとなる。教員間でも、時代に乗り遅れまいと改革を叫ぶ「進歩的な」教員と、旧態依然の大学にしがみつこうとする「保守的な」教員に分かれているのではないだろうか。「教養」の再生を願う私など、さしずめ頑迷固陋な後者の典型だとみなされるだろう。実情を無視して空論をもてあそんでいる、と言われるであろう。

しかし私は「教養」の問題に、昔も今もないと考える。大学がやるべきことは、漱石が言った「器械的に国家の用に立つ」人間を育てることではない。統計偏差値平均値などの数値を通して学生を判断し理解したつもりでいても、その実、それは学生を単なる数字として扱うことに他ならない。"machinery"とはアーノルドが"culture"の反意語として挙げた、もう一つの言葉であった。大学は昔も今も、人間を機械として扱う場所ではない。ひたすら機械のように扱われると、画一的なワンパターンな行動と思考しかできなくなる人間が誕生する。こうして統計や標語を頭から押しつけ、利益だけを餌にして人間の思考を停止させるとどうなるか。たとえば政府やマスコミがこぞって、この方策で国民の思考を停止させ、漠然とした浅い国民感情にのみ訴えて、真相を暗闇に葬ろうとする――これら悪夢のような現代文明のなれの果てを描いたイギリス小説が、オルダス・ハックスリー『素晴らしい新世界』(Aldous Huxley, *Brave Mew World*, 1932) とジョー・オーウェル『一九八四年』(George Orwell, *Nineteen Eighty-Four* 1948) である。逆ユートピアを描いたこの二つの小説は、「教養」が完全に欠知した世界の姿をなまなましく描いている。ここに描かれる一般人はいずれも、刹那的快楽のみを追い求め、自分の目で見ることも頭で考えることもできなくなっている。これは支配階級には完全に都合のよい人間である。どちらの小説にも、人間を序列化した階級社会が描かれる。ここから「教養」の不在は「序列主義」を生むことがわかる。またアメリカのレイ・ブラッドベリーには『華氏四五一度』(Ray Bradbury, *Fahrenheit 451*, 1953)、チェコのチャペックには『山椒魚戦争』(Karel Capek, *The War with the Newts*, 1936)、ロシアのザミャーチンには『われら』(Zamyatin, *We*, 1921) という未来小説がある。ブラッドベリーの小説は、法律で物を読むことを禁じられた社会で、焚書を任務とする「ファイヤーマン」に追われる男の物語である。華氏四五一度とは紙が燃え上がる温度である。チャペックの小説は数量の多さだけが支配すると国はどうなるか、を伝える。そこでは山椒魚の数が人間を上回り、ただそれだけで人間は山椒魚に屈服する。ザミャーチンの小説では、「単一国」となったその国は、全国民が同じ時間に一斉に同じことをするように強いられる。食事と睡眠時を除いて、あとは一日中無言でパソコンの前に座り続ける現代人は、はや「単一国」の住民になりかけているかのようだ。これらの小説はいずれも「教養」が国から欠落するとどうなるかを十分に伝えており、一読後、改めて「現代と教養の問題」を考えざるをえない。

七　現代学生と教養——そして大学の使命

ハイデッガーのニーチェ論に、次の一節がある。

ニーチェはダーウィンの影響を受けた同時代の生物学や生命論のように生の本質を、〈自己保存〉（生存競争）と見たのではなく、おのれを越え出る昂揚と見なしている。したがって生の条件の価値とは、生の昂揚を支え促進し喚起するところのものとして思惟されなければならない。生すなわち存在者の全体を昂揚させるものだけが価値をもつ、——もっと厳密に言えば、それのみが価値なのである。（中略）それならこのような昂揚の本質には何が属しているのか、という問いが起こるであろう。昂揚とは——それも昂揚される者の内で、且つこの者を通じて遂行されるような昂揚とは——ある自己超出（ein Über-sich-hinaus）である。ということは、生は昂揚において己自身のより高い可能性を自分の前に投企して自分自身を前進させ、まだ達成されていないもの、これから達成さるべきものへと自分自身を志向させる、ということである。（マルティン・ハイデッガー『ニーチェII』細谷他訳、平凡社ライブラリー、三〇〜三一頁）

これまで私が述べてきたことをまとめると、以上のハイデッガーのニーチェ論に尽きる。確かに人間は生きていくためには、自己保存のための生存競争を戦わざるをえない。「万人の万人との戦い」がこの世の実相であることは、はやくにトマス・ホッブスも述べていた通りである。だから大学が、「生存競争」を勝ち抜くようにと、学生たちに実践的な技術や資格を与える場所となることは避けられない。だが同時に大学は、ニーチェのいう「生の昂揚」をこそ学生に提供する場所でありたい。学生が「study する人」であるなら、その'study'とは、ショーペンハウエルが言った「立ち止まって」ものをよく見ることに他ならない。私たちが「立ち止まって」見てはじめて、対象の本当の価値を再認識できるのだ。そしてその時こそ、「己自身を超える可能性」に気が付くのである。立ち止まらないとき、私たちは次々と押し寄せる情報を一瞬で処理し、短時間で問題に決着をつけ、次々と生じる問題へと目まぐるしく目を移していくことになる。これが、インターネット社会が私たちに強いる作業であろう。この能力を確かに現代人は要求されることが多い。だが、どんなに豊富な情報をそこから得ても、それは「生の昂揚」とはならない。情報というものは次々と更新されねばならない。絶えず新しい情報を追いかけるとき、パソコンの前で「瞑想」出来る人は、まず少ないのではないだろうか。

ひるがえって、現在の学生たちを見ると、やはりその内奥では今の自分を「超出」しようと、模索し続けていることが感じられる。実際、学生の本質は昔も今も変わりはない。周囲があまりに変化したから、学生の本質まで変化したように見えるだけである。その実、二十歳前後、人生で最も感受性が発揚され、最も精神形成にふさわしい時期を迎えた点では、今の学生も私の学生時代となんら変わりはない。たとえ、少子化のため幼い頃からその欲望を制限することを訓練されてこなかったものが多いとはいえ、そして豊かで便利な生活に慣れきっているとはいえ、なお、青春期の若者は今の自分を何とか「越え出よう」ともがいていることが、さまざまな機会に感じられるのである。なぜなら「自己超出」も生物の本能であるからだ。サナギが昆虫になる。芋虫が蝶に変身する。蝉は抜け殻を残して空中に飛ぶ。「脱皮できない蛇は死ぬ」（ニーチェ『曙光』）。このように全生物が「変身」(**metamorphosis**)つまり「自己超出」により生き抜いている。人間も同じではないか。それゆえ、「己自身のより高い可能性を自分の前に投企して自分自身を前進させ、まだ達成されていないもの、これから達成さるべきものへと自分自身を志向させ」ようと苦闘している——これこそ現代学生の真の姿なのではないだろうか。そしてここにこそ「教養」の重大な意味、大学の重大な使命がある。大衆化された大学がたとえエリート養成機関ではなくなっても、だからこそなおさら、大学は学生の「自己超出」の場となることをやめてはならない。

先に私はアラン・ブルームの著書『アメリカン・マインドの終焉』に言及し、そこで「シェイクスピアやミルトンを読むことが俺たちの問題解決と何の関わりがあるのだ」と、問いかけた学生を紹介した。これに対してブルームは同書の「結論」で以下のように答えている。その部分の英文を拙訳すると――

人々はプラトンやシェイクスピアを読むとき、ほかのどんな時よりも、いっそう真実に、また充実して生きられる。なぜなら彼らはこのとき、本質的存在に従事して、自分たちの偶然の生活は忘れているからだ。(A. Bloom, *The Closing of the American Mind*, Simon & Schuster, 1987)380.

これは、「文学や芸術に沈潜するとき、生の昂揚が生じる」ということにほかならない。ニーチェによれば、「芸術は真理よりもいっそう価値がある」(ハイデッガー『ニーチェⅡ』四三頁)。なぜなら「芸術は、客観的現実を模写したり、ほかの現実から説明したりするのではなく、むしろ生を聖化し、いまだ生きられたことのないいっそう高い可能性に引き移す」からである(同書、一二三頁)。ニーチェ自身の言葉を、彼の最後の著作『力への意志』から引用してみよう。これも英文版からの拙訳を試みる。

芸術家はどんなものも、あるがままに見ず、より充実してより単純に、より強く見る。その目的のために、彼らの生活は、一種の若さと春、一種の習慣的な陶酔を含まざるをえない。

(F. Nietzche, *The Will to Power*, Vintage Books, 1968)421.

「生の昂揚」とは、より充実して(fuller)より単純に(simpler)、より強く(stronger)人生と直面したときに生じる。

芸術によって私たち凡人も「生の昂揚」に与《あずか》ることができる。そしてその時、人は「陶酔」(intoxication) を感じるのである。この「陶酔」こそ、ニーチェ哲学が一貫して私たちに伝えようとするものであることを、ハイデッガーが教える。現代アメリカの若者の一部が「陶酔」するのは麻薬やセックスであるらしいが、元来、人は生の「本質的存在」(essential being) に触れたときに、本当の「陶酔」が生じるのである。だから『マクベス』を読み『ハムレット』を読むときに、私たちは日常では考えられないほどの「本質的な生」を生きる。そして「教養」とはこういう「生」に触れ続けることである。内面生活を送るのは人間だけである。「教養」はその内面生活と直結する。

先に言及したポストモダニズムの「テクスト」に優劣をつけない考え方、すなわち古典という特権的な作品群を認めない考え方も、九〇年代に入ると再度見直されてきた。現代アメリカを代表する批評家、ハロルド・ブルーム (Harold Bloom) は一九九四年に『西洋の正典』(*The Western Canon*, Riverhead Books) を著し、シェイクスピアを中心に、ゲーテ、プルースト、ジョイスなど、ヨーロッパの古典文学の価値を改めて強調した。これは、ポストモダニズムのうちディコンストラクション派の代表と目されていたブルームが、自分はその一派には所属していない、ということを明言したものと考えられるだろう。私自身優れた文学とそうでない文学があることを再認識することが、現状を打破する不可欠な視点だと思う。イデオロギーに結びつけて、「古典作品」を特権的だと切り捨て、あらゆるものを「テクスト」として平等に見る見方は、実際の文学体験からは出てこない。作品の中にはやはり時のふるいをくぐりぬけられるものと、そうでないものがあることは実感としてわかる。アーノルドは、前述のとおり「あるがままにものを見る」と同時に、最も優れた文学に照らして目前の作品を評価することが批評であると、「詩の研究」("The Study of Poetry") で述べている。「教養」の再生には、この世には「真に優れたものが存在する」と再確認することが、何より不可欠である。そして「優れたもの」とは、それに接したとき私たちを「自己超出」させてくれるものである。

先に私は、資格試験のための科目について言及したさい、実利的な科目をあげつらい、「教養科目」だけを是認するような口振りを使ったと受け取られたかもしれない。だが、「格差社会」と言われている現在、学生がよりよい就職口を求めて、実践的な科目に精を出し、自分の能力を鍛えようとするのは当然であろう。また大学も学生の期待に応える責任がある。それゆえ、資格試験を始めとする実用的な科目は教養科目と並んで、大学教育では不可欠であることは、私も十分に認める。だがこのとき「実利」一辺倒となるとき、また「試験結果」のみを基準とするとき、それは大学教育の根本から外れていくと思う。その反面、「技術」をどこまでも極めるとき、それは「教養」と同じとなるのではないか。最高度の技術の持ち主が、最高度の教養人ともなりうることは、「名人」とか「達人」などといわれる人たちが証明している。なぜなら、技術の極みもまた「自己超出」の機会となるからだ。それゆえ、技能・技術を鍛える科目でも「優れたもの」との出会いという点では、「教養科目」と本質的に変わらない。資格試験の科目でも、真剣な勉強の末、ある時点に到達すると、いつまでも「試験」勉強だけにとどまらずに、その先へ一歩進みたくなる。これは大学受験の時とまったく同じである。大学入学後も、なお入学試験にこだわる学生はいないだろう。「最も必要な学問は何か?」と聞かれて、「間違ったことを忘れることだ」と答えたのはアンティステネスである(ショーペエンハウエル『女について』角川文庫、三五頁)。逆に「教養科目」こそ、それに真剣に取り組めば取り組むほど、人間を高め鍛えてくれるから、実際にも(たとえば就職のさいにも)大いに役立つのではないだろうか。それゆえ、本来、大学では実利科目も教養科目も専門科目もない。すべての機会に「真に優れたもの」を提供し続けること、ここにこそ大学の本当の生き残りの道がある。

＊

ところで今回の共同研究のために過去三年にわたって、私の担当科目「英米文学概説」と「イギリス文学史」に出席した学生たちに、「教養」の問題をめぐってさまざまな問いかけをしてきた。たとえば「私を支えるもの」、「私を支えた一言」、「自分がもっとも成長したと思うとき」などの小エッセイを書いてもらったり、「私が影響を受けた本」、「大学で一番待ち遠しい授業」、「一番好きな、または得意な科目」を尋ねたりそのものずばり「あなたは〈教養〉と聞いて何を連想しますか」などのアンケート調査も行った。だが、アンケート調査はあくまでも一般的傾向を知る目安にすぎず、個人の具体的な姿は伝えていない。だから私の場合、調査結果をすべて統計学的に考察することはやめにして、ただそのうち一部の結果だけを提示し、そこから見えてくるいくつかの特徴を挙げる。そしてそれを考えることで「現代学生と教養」についてのこの報告をまとめたい。

私はこれらの調査のとりまとめを、三人の大学院生に依頼した。院生たちは実に丁寧に調査用紙を読み、適切に整理し、かつそれをわかりやすい一覧表にした。パソコンを使って処理したその手際のよさは、私の院生時代では考えられないほどだ。それだけ時代が進んだことを、院生たちの仕事ぶりから感じないではいられなかった。さて、その中の一人、Ａ君は「私を支えるもの」、「私を支える言葉」というエッセイのまとめを担当したが、作業が終わってから私に一言、その感想をもらした。「先生、このエッセイを読むと今の学生たちはみな病気ですね。あまりに精神を病んでいるように思えます。」Ａ君によれば、エッセイを読むうちに、友人関係、家族関係で悩み、大学で、サークル活動で、またアルバイト先で悩む学生の多さに気が付いたという。要するに今の学生たちは、ありあまる豊かな便利な環境と溢れる情報洪水の中で、将来への不安と、自分の希薄な存在感に自信喪失しているものが少なくない。生きる意味がつかめなくて、何のために大学に通っているのかわからないものもいる。他者との心からのつながりが感じられない。毎日が惰性で過ぎ、自分はスクリーンの向こうからぼんやり遠くの情景を眺めているだけだ。人並みの恋愛さえできない。第一、異性とは上っ面な話ならともかく、心を割った満足な話さえできない。ただ就職の時期が近づくと、あわてて他の学生にまじってリクルート・スーツに身を包み、会社訪問に精出す。するとそこでもまた「社会の現実」に突き当たって挫折する。「生の昂揚」どころか、人間関係の小さな軋轢、他人と比べていかにも立ち後れた自分への焦燥感、競争に取り残されるのではないかという不安感、虚勢を張り背伸びして生きることの疲労感、人からどう見られるかばかり気にする劣等感などなど、これらが少なからぬ若者を取り巻く現実である。他面、マスコミなどで華々しく報じられる今の若者たち、たとえばスポーツ界、音楽界、芸能界など、世界で活躍する若者たちがいる。これらの「夢を実現した」若者たちは、時代の寵児となって多くの若者の、あこがれのまとと言ってもよい。だが、このように成功する幸運な若者はほんの一握りにすぎない。またたとえ成功しても、すぐに没落の恐怖が待ちかまえている。現に、何千億円も稼いだという青年企業家は、堕ちるのも早かった。今の若者たちを心底で支配しているのは、こういう恐怖感と不安感である。新興宗教やマルティ商法がターゲットにするのは、このような若者たちである。生きる意味がつかめない若者は、手もなくこれらの詐欺商法にひっかかる。「夢を持て」などと言って煽れば煽るほど、若者たちは実は困惑するばかりで、無理に無理が重なると精神的な病に陥ることになる。うつ病、パニック障害、ひきこもりなど、ここ数年、精神科で治療を受ける学生も目につく。精神障害に陥った人々は、この競争社会の中で私たちに代わって犠牲となった方々である。私たちもいつなんどき、その病に陥るかもしれない。だがこれらの病こそ、本当は健全な証拠なのかもしれない。人間の精神は、あまりにも目まぐるしい環境の中で常に緊張を強いられることに、耐えられないはずである。

それでは一体、今の「幸福な時代」に生きているはずの若者は、何を支えに生きているのだろうか。英文学科、教育学科など一七一名の学生(一年生と三年生が大半)に「私を支えるもの」は何か調査したところ、「家族・両親」「友人」・「家族と友人両方」を挙げたものがあわせて九九名、六〇パーセントで断然一位であった。第二位は「音楽」で十五名、「言葉」を挙げたものが十三名、ついで「先生」を挙げたものも十一名いた。ただしこの「先生」の多くは小学校中学校高校時代の恩師である。その他「スポーツ」と「将来の目標」がそれぞれ四名、「動物」、「ダンス」、「経験」が各三名、「本」をあげたものもわずかに二名いた。その他十二項目あったが、その中には「死」、「詩」、「映画」、「漫画」などがあった。彼らを支える言葉としては、「生きていても、この先いいことないかもしれない」、「あなたの人生はまだこれから」、「お前は本当にこれでいいのか、「人は何のために生まれてきたのだろうか」、「先輩が白と言えば、黒いものも白」、「主張するまえに義務を果たせ」、「来年またがんばればいいじゃない」、「人の何倍も努力せよ」、「明けない夜はない」、「大丈夫、死んでいないから」、「まちがったっていいじゃないか、にんげんだもの」などなど。これらを見る限りやはりＡ君の感想は当たっているようだ。だが、濃密な人間関係は家族と親友というほんの数人のみに限られる。つまりそれは自己の延長と言ってよい。だが、それがうまく行っているうちはいいが、ひとたび壊れると家庭内暴力、親殺し、子殺し、友人殺しなどとなることは、近年、多くの報道が伝えている通りである。エッセイを読む限り、若者たちは厳しい競争社会の中で、心身の癒しを求めていることが伝わってくる。「優しさ」と「癒し」は、ここ数年の流行語である。だが、多くの若者たちの目は「教養」には向かない。そもそも、その価値を教えられていないからだ。

「教養」という言葉から学生たちが連想する第一位は「知識」で、一九八名中五〇名（26・5パーセント）第二位は「常識」で十八名（9・5パーセント）、第三位は「勉強」で十七名（9パーセント）で、これを合わせると八十五名になる。次に来るのが「生きる上で必要なもの」、一〇人（5・3パーセント）、以下、「道徳」、「学校」、「創造力」、「思考力」、「読書」、「会話」、「学力」など五十四項目が続く。無回答が十二名（6・3パーセント）いた。これを見るかぎり、多くの学生たちにとって「教養」とは、知識、勉強、常識とほぼ同義であるようだ。「教養」とは「人間形成」であり、「自己の向上」である、と考えたものは合わせてわずかに五名である。次に彼らの心に残った本」を見ると、第一位は『世界の中心で愛を叫ぶ』、第二位はこの種の調査で定番といってよい漱石の『こころ』である。『ハリー・ポッター』、『五体不満足』、『Itと呼ばれた子』など、やはり近年のベストセラー本がそのあとに続く。だが読書アンケートで最も目立つことは、学生たちの読む本の多様化である。二四九名のアンケートで挙げられた本の数は、実に百七十六作品もあった。ほとんど一人一冊に近い。ただし「心に残る本」なしと答えたものも十二名いた。彼らが挙げた本の中には『失われた時を求めて』、『ユリシーズ』、『ファウスト』、『戦争と平和』、『罪と罰』、『嵐が丘』、『車輪の下』など、世界の名作・大作と言われた本もそれぞれ一冊ずつある。漱石、太宰、志賀、谷崎など、代表的な日本文学の作家の小説もある。かつてこの種のアンケートの上位を占めた『ライ麦畑でつかまえて』、『赤毛のアン』、『星の王子さま』は一、二名の学生に止まった。これらの学生の読書傾向を見ながら、私は自分の学生時代を思い出さないわけにはいかなかった。阿部次郎、倉田百三、中勘助、大西巨人などなど、高校・大学時代の私の精神を形成した人たちの名前は、すっかり消え去ってしまった。これらの人たちの作品を挙げることなど、期待する方が無理である。なにしろ、いまではこれらの本を書店で見つけることさえ難しい。今の時代、阿部や倉田を持ち出せば、「時代遅れ」のそしりをまぬがれないだろう。だが、青春期に出会った本は、還暦を過ぎたいまなお、私の心奥深くに居座っている。本だけではない。青春期に出会った人、音楽、映画、旅など、それだけで生涯揺るがない精神の基盤となる。いまの学生も、もちろんそれぞれ忘れがたい人や本や音楽や映画などとの、生涯をかけた出会いがあるだろう。それだから、日常生活を惰性で送るのではなく「生の昂揚」の瞬間を求めて精神を生き生きと活動させ続けることが大切なのだ、とアンケート調査の結果やエッセイを読みながら私は、思った。

＊

私はこれまで「現代学生と教養」の問題について、あまりにも悲観的な見方しかしてこなかったように思う。これらはいずれも、私個人の見方であって、まったくこれと異なる見方・考え方も可能であることは承知している。何より科学技術の進歩は、現代人の生活を一昔前には考えられないほど便利にした。今や日本は、道路も交通機関も整備され、どこへ行くのも容易である。巨大ショッピングセンターに入れば商品が溢れ出ている。ディズニーランドに代表されるテーマパークは、まるで夢の国そのものだ。日本人の服装も清潔で、町を歩けば通りはどこもたいていはきれいだし、下水道設備も整っている。かつてと比べれば衛生状態は格段によい。政府・行政は大気汚染や水質汚染などの環境問題にもそこそこの対処をしている。夏は冷房、冬は暖房が当然となり、駅など公共の建物内のエレベーター、エスカレーターの設置はお年寄りや体の不自由な人にはいずれも「やさしい」。食べ物も体によいものが選ばれ、日本人の健康観念は以前よりはるかに向上した。公共のマナーが悪くなったと言われてはいるが、おおむね、日本人は礼儀正しく、他人への思いやりもまだまだ残っている。驚くべきことは、今も多くの新聞や雑誌に短歌や俳句の投稿欄があって、それが盛況をきわめていることだ。伝統的な日本人の情緒は、まだ廃れてはいない。民主主義も戦後六十年、それなりに成熟してきており政治・行政の不正に声を挙げる人たちの数も増えている。銀行、役所、会社、いたるところコンピューター化され、書類一枚とるのもずいぶん便利となった。家に帰れば、連日、テレビ、ビデオＤＶＤなどで好きな番組・映画も見られる。他方、大学内に目を向ければ、一流レストランと見まごうばかりの学生食堂、ホテルの待合室なみのラウンジ、コンピューター化された、使いやすく美しい大図書館、電子機器充実した教室――どこを見ても、私の学生時代とは完全に様変わりである。当時はＬＬ教室と言えば最先端の機器が備えてあったが、今ではすっかり時代遅れとなり、コンピューターセンターに取って代わられた。将来はその気になれば、大学に通う必要もなく衛星回線を使った双方向システムによるコンピューター画面の在宅授業だけで、授業が進められるということもありうる。現に日本大学通信教育部の「メディア授業」はその先駆けである。大学のカリキユラムも数年おきに、よりよいものへと作り替えられ、かつては「講義要目」などと呼んだシラバスも、今ではパソコンで簡単に閲覧可能である。学生たちは電子辞書などを持ち歩き、大百科事典もポケットの中に収まってしまう。紙の本が電子ブックにとって代えられる日も、もうすぐであろう。携帯電話は学生たちには、学生証なみの不可欠な携帯品である。以前の「あたりまえ」が「あたりまえ」ではなくなり、まったく新しい生活様式が定着している。これは私の学生時代から考えると、本当に夢のような生活である。ただし現代人が、これらの恵まれた環境にどこまで実際に感謝し、それをどこまで創造的に生かしているかは別問題である。それは便利さを逆手にとり、最先端技術を犯罪の手段とする輩があとを断たないことからもわかる。これは科学技術の高度の発達に現代人の精神が追いつかず、その未熟さが依然として未熟なままに止まっているからである。

だが、これらの豊かで便利な生活を裏付けているものが、先に述べたように日本の経済活動である。ながらく続いた不況にも拘わらず経済の支えあればこそ、上で見た現代の生活は可能なのだ。それゆえ、今の日本を根底で動かしているのは金銭である、と言っても過言ではない。現在、政治・社会の構造改革の結果、貧富の二極化が指摘され、いわゆる「勝ち組」と「負け組」の格差がますます広がっているという。だから「負け組」にはなりたくない。そしてこれが金銭万能の幻想を生む。進歩の幻想に酔ったイギリスの一九世紀も、今の日本と同じような経済万能の時代であった。先に挙げた荻野昌利先生の『歴史を〈読む〉―ヴィクトリア朝の思想と文化』で荻野先生は、この時代を特色づけたのは「ディレッタンティズム」と「マモニズム」であると述べられている。すなわち「なまかじり」の文化と「拝金主義」の思想である。カーライルを始めとするこの時代の思想家たちがこぞって反対したのは、これらを生み出す功利主義的な考え方であった。「金がすべて」というのは、ディケンズのいた『クリスマス・キャロル』の冒頭で主人公スクルージが、またエリオットの小説『サイラス・マーナー』の冒頭で同名の主人公が見せた態度である。人間は、他に生きる意味がなくなると「金がすべて」となることを、二人が示している。同じくディケンズの『ハード・タイムズ』の冒頭では、グラッドグラインド氏の実利一辺倒な教育方法が紹介される。「金がすべて」の「実利優先」という環境で教育された人間がどうなってしまうか、同じ小説の最後でディケンズは、ある少年の実利教育の「成果」を描いてみせる。その少年は、いかなることも自分との利害関係からしか判断しない。他者の苦しみも喜びもわからない。透き通ったまつげの、まるで人工の皮膚でできたような白い顔のその少年は、感情のないロボットも同然である。彼は数字の勘定だけしかできず、一切の感情の働きに無縁である。もちろんこれはディケンズ特有の戯画化であるが、実利主義がこのまま進めば、このような少年で町があふれかえることもあり得るだろう。

大学の使命は、以上の説明からもはや明瞭である。この報告で、私はカリキュラムや学科再編などの具体的な提言を一切しなかった。しかし、「教養」の本質から大学本来のあり方を考えてきたつもりである。すなわちこの報告の結論として私が主張したいのは、大学は何より「ディレッタンティズム」と「マモニズム」を排除しなければならない、ということである。「ディレッタンティズム」とは、「教養」の名目のもとに、文化・芸術・文学・科学など多くの知的分野に細切れに接して、どんなことにでも即座に決着をつけてしまう態度である。コンピューターの二進法さながら、すべてを白か黒かで一瞬のうちに判別し、自分に物質的利益を与えるものをよしとし、不利益と判断したとたんに、それには目を向けない態度、「立ち止まって」対象を「静観」することなく、あわただしく先へ先へと進む態度である。学生の理解は表層で止まったままである。大学の講義は、学生に即解や一知半解を求めるのではなく、学生が知れば知るほど、未知の世界が広がり深まるような講義でありたい。そして、前述のように「本当に優れたもの」に学生たちの目を開かせることが、教員の使命である。私は自分の学生時代を振り返り、多くの優れた師によって導かれたことを感謝しないわけにいかない。反面、学生時代以来の私自身の貧しく細切れな読書の履歴を振り返るとき、自分が結局はどの分野であれ、「ディレッタンティズム」の枠内にしか止まっていなかったと、自分の未熟さを改めて自覚する。この自覚は今も続いている。

他方、「マモニズム」とは、「裕福」か「貧困」か、という二者択一にはまり、「負け組」にならないために、金銭万能の発想しかできなくなることである。将来の就職に有利になる科目だけを履修し、そういう実利だけを学生が目指す、または目指させられるとき大学は「マモニズム」の天下となる。それは究極的には、金銭が目標であるからである。「勝ち組」、「負け組」などという言葉は、人間を外面的に、また機械的にしか見ようとしない、心ない言葉である。真の「教養」はこんな言葉を決して発しない。「それのどこが悪い。学生が〈勝ち組〉を意識して、実際に役立つ科目を履修し、よりよい就職を目指すのは当然である。学生たちに、弱肉強食の競争社会を勝ち抜く力をつけさせるのが、大学の役目ではないか。それに、何と言っても経済の基盤なくして、教養もなにもあるものか。衣食足りて礼節を知る、というではないか。個人の欲望を満たせることこそ、近代社会最大の恩恵である。今の、幸福かつ安全で便利な社会を、お前は否定するのか」――と考える人は、ぜひ、先にあげたイギリスの未来小説を読んでほしい。こういう考え方が行き着く先がどうなって行くか、これらの小説がよく伝えているからである。再びショーペンハウエルによれば、「幸福」は必ずしも人生の最終目標ではない。

英語に“put [keep] a person in his or her place”という言い方がある。これは「人を本来の場所に置く」、「本分を守らせる」という意味である。私たちは今のこの恵まれた環境の中で、もう一度この言葉を思い起こしたい。すでに述べたように、自分を過大視する現代人は、自分の未熟さをさておいて、他者に苦痛を与えることを何とも思わなくなりつつある。本来の自分の無力と弱さを現代人は再度、謙虚に自覚すべきである。だからこそ「この世で知られ考えられたもっとも優れたもの」に触れ続けることが必要なのだ。そこに「教養」の道が拓ける。そして大学こそ、それに最もふさわしい出会いの場所であることは、ここまで辛抱強く私の報告を読んでいただけた方には、もう十分おわかりだと思う。(二〇〇六年九月)

初出一覧

「新しい目でシェイクスピアの四大悲劇を眺める」（二〇〇九年度春季日本大学公開講座で配布した資料）
「ハムレットが教えてくれたこと」（二〇一〇年九月二十四日、土浦日本大学高等学校で出張講義を担当した時の原稿）
「サイラス・マーナーの「近視」と「強硬症」」（『'67英文学論集』第十三号、一九八一年一月）
「解釈という病――*Silas Marner* の一局面」（日本大学人文科学研究所『研究紀要』第六十四号、二〇〇二年九月）
「『ロモラ』―混在の時空」（『ジョージ・エリオットの時空』、北星堂、二〇〇〇年六月）
「『ミドルマーチ』における「心筋縮小」と「心筋拡張」」（『イギリス小説の探求』大阪教育図書、二〇〇五年三月）
「*Daniel Deronda* 論―Gwendolen Harleth の結婚をめぐって」（『日本大学英文学会会報』第二十二巻、一九七四年三月）
「ジョージ・エリオットとジョージ・ヘンリー・ルイス」（『イギリス小説の悦び』大阪教育図書、二〇一四年十二月）
「*Bleak House* の世界―Mud, Dust, Papers」（日本大学人文科学研究所『研究紀要』第四十九号、一九九五年三月）
「スコットの小説におけるダーク・ヒロイン」（日本ジョージ・エリオット協会全国大会、シンポジウム発表原稿、二〇一七年十二月）
「『ミドルマーチ』のリドゲイト」（『英語青年』、二〇〇七年六月）
「最終講義　Modern Malady と十九世紀イギリス文学」（内田能嗣教授傘寿記念論文集『文藝禮讃』、大阪教育図書、二〇一六年三月）
「荻野昌利著『歴史を〈読む〉―ヴィクトリア朝の思想と文化』」（『英語青年』、二〇〇五年九月号）
「バーナード・J・パリス『ジョージ・エリオット再読』」（日本ジョージ・エリオット協会『ジョージ・エリオット研究』第七号、二〇〇五年十一月）
「寺西雅之『小説におけるポリフォニー』」（日本ジョージ・エリオット協会『日本ジョージ・エリオット研究』第十号、二〇〇七年十一月）

「廣野由美子先生への私信」(二〇一五年十二月一六日)
「五十嵐博先生への私信」(二〇一六年九月三日)
『流紋』日本図書刊行会(二〇〇六年三月)、『ルイス・キャロルとノンセンス文学』コプレス(二〇一六年三月)、『ラフカディオ・ハーンと怪奇文学』コプレス(二〇一七年九月)
「書く行為」(聖徳学園短期大学『九十九段』第十一号、一九七九年三月)
「自然災害と言葉の役割」(日本ジョージ・エリオット協会『ニューズレター』、二〇一一年六月)
「ボックス・ヒルの風に吹かれて」(『広島日英協会会報』二〇一五年四月)
「定年随想」(日本大学英文学会『学会通信』、二〇一五年六月)
「わだつみの詩人・田辺利宏のこと」(日本大学英文学会『学会通信』二〇一六年六月)
「『修証義』とともに歩んだ半世紀」(日本大学参禅同好会OB会『禅友』第十号、二〇一三年九月)
「A Man of Love――追悼・中島邦男先生」(日本大大学英文学会『英文学論叢』二〇一五年三月)
「追悼・小野寺健先生」(日本大学英文学会『学会通信』二〇一八年 六月)
「現代学生と教養」(日本大学人文科学研究所『共同研究報告書』二〇〇七年三月)

著者略歴

原　公章（はら・きみたか）

1944年、静岡県三島市生まれ。

1973年、日本大学大学院博士課程満期退学。元日本大学文理学部英文学科教授。

著書

『新編英和活用大辞典』（共著、研究社）

『新和英大辞典第5版』（共著、研究社）

『ジョージ・エリオットの時空』（共著、北星堂）

『英文学と英語のために』（大阪教育図書）

『イギリス小説の探求』（共著、大阪教育図書）

『イギリス文学の悦び』(共著、大阪教育図書)

『あらすじで読むジョージ・エリオットの小説』（共著、大阪教育図書）

訳書

メリン・ウィリアムズ『女性たちのイギリス小説』（共訳、南雲堂）。A・ロバート・リー『多文化アメリカ文学』（共訳、富山房インターナショナル）。ジョージ・エリオット『評論と書評』（共訳、彩流社）。ジョージ・エリオット『ロモラ』（彩流社）。

その他　ジョージ・メレディスなどを扱った論文多数。

英文学と教養のために―Further Salmagundi

2018年10月11日 初版第一刷発行

著　者　原 公章
発行者　横山 哲彌
印刷所　岩岡印刷株式会社

発行所　大阪教育図書株式会社
〒530-0055　大阪市北区野崎町 1-25 新大和ビル3階
電話　06-6361-5936
FAX　06-6361-5819
振替　00940-1-115500
email=daikyopb@osk4.3web.ne.jp

ISBN978-4-271-21055-9　C3098　落丁・乱丁本はお取り替えいたします。

『英文学と英語のために』
―salmagundi―

A5判　上製仕様　410頁　定価本体3200円＋税

筆者が過去30年間の間に、さまざまな機会に発表した文章をまとめたもので、シェイクスピア、メレディス、ジョージ・エリオットなどの英文学会関係の部、文化・教養をめぐる講演の部、英文法・辞書などについての英語関係の部、さらに挨拶や追悼文などのその他の部に分かれる。副題「サルマガンディ」の名の通り、一見すると「ごった煮」のような趣はあるが、著者の英文学と英語に向かう姿勢は、根底で一貫している。即ち、それは文学は人間を支える、という姿勢である。「教養」とは身につけるものではない。それは今の自分を超えようとすることである。著者 原公章の、このような思いが行き渡る雑録集の第1弾。

第2弾である『**英文学と教養のために**』は先生が英文学を通じて、第1弾から現在に至る30年、気づかれておられない身につけられた「教養」の、原 公章の集積である。